新世纪文论读本　党圣元　主编

文学史理论

党圣元　夏　静　选编

中国社会科学出版社

图书在版编目(CIP)数据

文学史理论/党圣元主编,党圣元、夏静选编. —北京:中国社会
科学出版社,2011.1

(新世纪文论读本)

ISBN 978 - 7 - 5004 - 9403 - 4

Ⅰ.①文… Ⅱ.①党…②党、夏… Ⅲ.①文学史—理论研究—
中国 Ⅳ.①I209

中国版本图书馆 CIP 数据核字(2010)第 244933 号

策划编辑 郭沂纹
责任编辑 沂 涟
责任校对 石春梅
封面设计 四色土图文设计工作室
技术编辑 李 建

出版发行 中国社会科学出版社
社 址 北京鼓楼西大街甲 158 号 邮 编 100720
电 话 010—84029450(邮购)
网 址 http://www.csspw.cn
经 销 新华书店
印刷装订 北京一二零一印刷厂
版 次 2011 年 1 月第 1 版 印 次 2011 年 1 月第 1 次印刷
开 本 890×1240 1/32
印 张 10.375 插 页 2
字 数 283 千字
定 价 30.00 元

编委会名单

主编 党圣元

编委 金惠敏　刘方喜　郭沂纹
　　　　彭亚非　高建平　党圣元

总序:新世纪文论转型及其问题域

党圣元

进入新世纪以来，在迅速推进的消费社会转型、电子媒介扩张以及迅猛发展的全球化等合力的交织作用下，中国文化的发展出现了许多新的景观。文化尤其是文艺审美活动，作为最敏感的意识形式，无论是其理论形态抑或实践形态，都在回应着这种剧烈的时代变动，因此相应地亦正经历着一种转型性质的变化。对于新世纪以来中国文论研究的这种转型，只有置于中国当代社会转型中加以考察，其理论价值和实践意义才能充分展示出来。在全球化语境中，从中国当代社会转型中所出现的新的社会、文化、文艺现实出发，对新世纪文论转型以及在这一转型过程中生成的一系列重大理论问题作深入、系统的探讨，对于推进顺应当代社会转型的中国文论的整体转型，推动中国化马克思主义文艺学创新体系的建设，意义确实重大。

一

新世纪以来的中国文论研究，是以理论创新为姿态，来因应世纪之交所出现的这一发展契机的。如果从千禧之年算起的话，在经历了10年的转变之后，我们可以说当下的文论研究在学术理念和方法论意识方面确实发生了重大的变化，在话语体系、理论范式上正在经历着一场重大的转型，这一切无不意味着新世纪以来的中国文论研究，又进入了一个新的发展时期。从学理层面来考察，新世纪中国文论研究在转型的过程中产生的一系列话题和论争，实际上或显或隐地表现为许多新的问题域。这些问题域包括审美现代性、生态批评与生态美学、媒介文化及其后果、文论转型与文学史理论建构等。

（一）关于审美现代性问题

新世纪中国文论转型是在全球化进程中生成的，因此也当置于全球化中来审视。我们知道，19 世纪末以来席卷资本主义世界的经济危机，尤其是两次世界大战的爆发，引发了"现代性"宿病的集中大爆发，并且促使西方学者对自己曾经热情讴歌的启蒙现代性产生了强烈的怀疑，深刻的反思也由此展开。对"现代性"弊端反思的维度是多重的，而其中的重要理论成果之一就是对"现代性"本身内在分裂的充分揭示。

"审美现代性"是现代化进程在文学艺术领域，扩大而言，在人的精神领域中所必然提出的命题。在西方，理论家们试图通过这个命题来讨论资本主义制度与审美精神的复杂关系，其中有对抗性的一面，也有同根同源的一面。尽管在现代性发轫之初，审美现代性就与资本主义的经济现代性、技术现代性等存在着对抗与互补关系，但是，对这种对抗与互补关系进行自觉而深入的反思并使之成为理论关注的焦点，却是在"现代性"宿病大爆发后，尤其是在两次世界大战前后，才较大规模展开的，其中主要理论代表有阿多诺、哈贝马斯和丹尼尔·贝尔等。丹尼尔·贝尔在《资本主义文化矛盾》中指出，后工业社会的"社会结构（技术—经济体系）同文化之间有着明显的断裂"，所揭示的实际上就是包括审美艺术在内的文化现代性与技术现代性、经济现代性之间的内在断裂。斯科特·拉什、约翰·厄里在《符号经济与空间经济》中提出，"消费资本主义"的一大重要特征是"自反性"的增强，其中包括"认知自反性"与"审美自反性"，侧重于揭示技术现代性与审美现代性之间的内在互动性。后现代社会的另一重要现象是大众文化的迅猛发展，这就进一步突出了审美现代性作为理解后现代消费社会的一种基本理论视角的重要性。

审美现代性问题很大程度上是在后现代消费转型中才凸显出来的，二战前后的西方马克思主义理论皆与西方社会新转型，尤其是消费社会转型密切相关，其后出现的西方种种社会理论也程度不等地与马克思主义有着较为密切的关联。法兰克福学派所谓的"文化批判"以及伯明翰学派所谓的"文化研究"，在很大程度上就是针对西方当代消费社会文化而展开各自的话语的。与消费社会转型密切相关的是西方学术界"语言转向"后出现了"文化转向"，所以"文化研究"引起了各学科领域的高度关注，出现了如鲍德里亚、理斯曼等研究消费社会文化的重要理论家，并对很多研究领域产生了影响。20 世纪 90 年代以来，随着冷战的结束，市场经济的全球化全面提速，"文化转向"的势头更加强劲，出现了像费瑟斯通等重要研究者，并且提出了"日常生活审美化"等重要理论。从理论渊源上看，消费社会文化研究与马克思主义理论尤其是其政治经济学理论、法兰克福学派的文化批判理论、伯明翰学派的文化研究、法国列斐伏尔及德塞都的日常生活研究等密切相关。从方法论上来看，又与结构主义、解构主义符号学（巴特、德里达、福柯等）密切相关。消费社会文化研究与现代性、后现代主义等研究也密切相关，从学科来看，经济学有关奢侈和消费的研究是消费社会文化研究的重要组成部分之一，这方面有桑巴特、凡勃伦等重要研究者。当然，在消费社会文化研究中，"社会学"是"显学"，在这方面，丹尼尔·贝尔、弗罗姆、斯科特·拉什，以及约翰·厄里、大卫·理斯曼、波德里亚等等，都是这方面重量级的研究者。从研究对象来看，消费社会涉及了时尚（如西美尔《时尚哲学》）、身体（如乔安妮·恩特维斯特尔的《时髦的身体》）等等。这其中，波德里亚的一系列著作直接提到了文艺与美学等问题，而布迪厄的《区隔——关于趣味判断的社会批评》，更是艺术美学方面的重要著作，其中的主要观点：文艺消费活动乃是社会身份差异的生产和再生产的活动——更是成为当代消费社会文化研究重要的基本理念之一。从总体上来看，西方有关消费社会文化的理论，是以批评马克思主义的"经济决定论"为出发点的，一方面，这些理论确实揭示了马克思、恩格斯时代所未曾出现的新的社会文化现象，另一方面，总体上也产生了走向"文化决定论"的弊端。

在中国，20世纪80年代中期以后，"审美现代性"问题开始引起学界注意。但是，其时关于"审美现代性"的讨论，主要还停留在观念启蒙的层面，对其的关注更多地集中在译介方面，尚缺乏深入而系统的研究，尤其是缺乏本土化的问题意识和观念立场，因此在当时的文论研究格局中并没有真正形成一个问题域。90年代中后期以来，尤其是进入新世纪之后，文论界关于"审美现代性"的讨论出现了一个明显的变化，就是本土的社会、文化发展为"审美现代性"讨论提供了现实的土壤，现代中国文学理论学科并逐步深化，时至今日，已经渐臻成熟。从1990年代开始，尤其新世纪以来，中国也开始由传统的生产型社会向消费型社会转型。随之，西方的消费社会文化理论不断被引进，因而形成了"西学东渐"的又一引人注目的新景观。首先，所谓"日常生活审美化"成为文论界一段时间以来相关研究和争论的一个重要关键词，随着研究的深入，有些学者已经开始将这一问题与消费社会文化理论研究结合起来作更进一步的探讨，这方面也已取得不少研究成果。其次，与消费社会转型相关的"身体写作"现象也及时地引起了文论界的关注，许多学者开始从"身体政治"等多种角度来对此加以探讨。最后，与文论转型相关的讨论集中体现在有关"文化研究"、"文化批评"之性质和定位，及其与文艺学的关系、"文艺学学科边界"等问题的学术论争中。经过一段时间的引进、消化，新世纪中国学术界有关消费社会文化的理论研究正在全面展开，并且逐步回归学理性和趋于成熟，而其中尤为重要的是，这促进了新世纪文艺学研究的理论话语和范式的重要转型。但是，检阅新世纪十年来这方面的研究，我们认为，从总体上来说，对西方理论的引进、介绍要远远多于深入、系统的研究，而结合中国当下具体实际的本土化的问题意识尚不够自觉：一些理论在热闹的争论之后并未得到更进一步的深入探究，而在充分结合中国当代社会转型的特点，从经济现代性、技术现代化和审美现代性之间互动关系的角度而展开系统、深入的研究等方面，尚略嫌不足。

（二）关于生态批评与生态美学问题

其实，人类对自然生态的干扰和破坏早就开始了，只是人类活动对自然界施加的这种干扰和破坏行为，在后现代消费社会转型及全球化迅猛发展中愈演愈烈，因而其作为一个生存性问题，便更加凸显出来了。人文研究领域介入生态问题，有其不同于自然科学和社会科学领域的视角和价值取向，即是对于消费社会转型所带来的发达国家经济实体的过度消费能源的霸权主义，以及他们为了实现资本最大限度增殖而刺激人类过度消费行为的消费主义意识形态，采取批判的立场，并且将文化研究、文化批评的观念和方法论范式引入生态批评，使之成为一个具有终极关怀性质的本体论色彩浓重的人文性话语。在价值取向方面，则坚守了诗意生存、诗性智慧、精神和谐，以及个性化与多样性等范畴，这就为美学和文艺介入生态问题敞开了大门。

从哲学层面上来讲，生态主义首先与对西方传统文化整体上的哲学反思有关。在这方面，海德格尔对西方文化中的"人类中心主义"的批判对生态哲学的影响很大，美国学者戴维·埃伦费尔德的生态哲学著作《人道主义的僭妄》也采用了与其相近的观点。此外，亨利·梭罗的《瓦尔登湖》、蕾切尔·卡逊《寂静的春天》等，亦对西方生态主义基本理念的形成产生了重要的影响。随着生态主义理念的逐步深入人心，西方学界不断出现生态学与其他学科相结合的交叉性学科，如生态伦理学提出了"大地伦理"、"敬畏生命"、自然的"内在价值论"、"荒野"本体论等重要理念，环境社会学则有"新生态范式"、"代谢断层理论"、"苦役踏车理论"等重要理论。与此同时，又出现了生态学与文艺学、美学交叉而形成的"生态批评"学科，如美国学者彻丽尔·格罗特费尔蒂就把"生态批评"定义为"探讨文学与自然环境之关系的批评"，与此相近的还有"生态学的文学批评"或"生态学取向的批评"、"文学的生态批评"等说法。1992 年，在美国内华达大学成立了一个国际性的生态批评学术组织——"文学与环境研究会"，该组织经常举办学术研讨会，积极地推动生态批评的发展。进入新世纪以来，西方生态批评在继续发展过程中充分吸收生态主义理论的思想成果，将其运用于文学理论和文学史研究，从文艺学和美学的角度对生态主义思想作出了理论贡献，从而与生态伦理学、环境社会学等一起，共同促进了全球范围内的生态主义思潮的发展。这其中，詹姆斯·奥康纳的《自然的理由——生态学马克思主义研究》，力图将生态学与马克思主义理论结合起来，对我们尤其有理论启示。

生态批评和生态美学也是新世纪中国文论转型过程中出现的一个极具前沿性和热点性的研究领域。因其研究的对象和关注的主要理论问题与现实中的全球生态环境问题紧密地保持着同步关系，因此可以说，介入性、反思性、批判性是新世纪以来生态批评和生态美学发展建构过程中逐渐体现出来的一种越来越明晰的思想和学术品格，因而业已成为当前文学理论和美学研究中的一个极其重大的理论热点和前沿问题，为新世纪十年来的文艺学和美学研究，提供了一个新的学术生长点。西方的全球化理论、生态哲学、生态伦理学、环境社会学、文化批评、反思性社会学等等理论，对中国的生态批评和生态美学研究和理论争鸣产生了深度的影响。在借鉴西方的理论之同时，密切关注中国当下的生态问题；在保持对现实问题的话语发言权之同时，注重理论和学科方面的基础建设，尤其是注重发掘中国传统文化中的生态观念，是新世纪中国生态批评和生态美学发展所表现出的一个显著特点。

生态批评和生态美学之成为"显学"，体现了文艺学、美学理论研究的现实品格，同时也在相当程度上预示着新世纪文论、美学转型的一个向度。当然，当代中国的生态批评和生态美学研究，还面临着诸多学理方面的困境和问题：1. 加紧生态批评和生态美学的学科、学理建设；2. 生态批评和生态美学在21世纪的文论建设中要担当起促进中国传统生态观念的现代转化和赋予其普适性价值意义的重要任务；3. 揭示生态危机的思想文化根源，进行生态哲学角度的文化批判和社会批判，是中国生态批评和生态美学未来发展的主要任务。

（三）大众媒介文化及其后果问题

现代大众传播媒介乃是审美现代性与技术现代性的交汇点，或者说，作为西方当代"显学"之一的现代媒体研究，把审美现代性与技术现代性绾结在一起，形成了大众传播媒介理论研究范式。这方面，麦克卢汉提出了著名的"媒介即信息"的断言，就是说现代传媒已非仅仅只是传播信息的手段，其本身就成为信息，对人的社会活动起着重大的组织作用。因此，当代传播理论认为，"媒体"不仅只是传播信息的单纯手段，"媒体"本身也是信息生产、传播、消费的重要制约力量。创立了所谓"媒体生态学"的尼尔·波兹曼的名著《娱乐至死》，则具体地分析了大众传播媒介对人的文化、政治生活等方面所产生的巨大而深刻的影响。"娱乐化"是现代大众传播媒介的一个重要特性，这种与现代大众传播媒介不可剥离的"娱乐化"，正在深刻地改变着文艺的存在方式乃至人的基本生活方式，并且对当代文学理论话语转型产生了深刻的影响。马克·波斯特、道格拉斯·凯尔纳等对现代大众传播媒介均有较为深入的探讨。与此相关，西方学者首先提出了"图像转向"问题。有关"图像"在当代社会生活中的重大作用，鲍德里亚的"拟像"理论、德波的"景观社会"理论等，均有较为深入的探讨。图像化的现代大众电子传媒迅速扩张所产生的一个重要后果是其对以语言为载体的文学产生了严重的冲击，所以德里达《明信片》中提出了"在特定的电信技术王国中，整个的所谓文学的时代将不复存在"的论断，而希利斯·米勒则相继发表系列论文，提出了"文学终结论"问题，并且被介绍进来，引发了较大反响，成为新世纪以来文论、文化研究和论争中的热门话题之一。

新世纪以来，中国学界从传播学、文化学、社会学等多重视角对现代媒体理论的研究逐步展开，文艺学和美学研究领域也及时地注意到了当代大众媒介文化对于当下中国人的文化生产和消费的深刻影响，以及由此而产生的一系列文论问题，逐步展开了这方面的研究。十年来，文论界通过对于所谓"读图转向"、"文学性泛化"、"文学祛魅"等现象的分析讨论，对现代大众媒介文化在包括文艺生活在内的当代社会生活中的重要作用的认识越来越深入。通过对于这一问题域的讨论，与媒体研究相关的"图像转向"、"文学性泛化"、"文学终结论"等问题，已经成为新世纪中国文论中的重要话题。

现代电子媒介使"文学性"越出传统的文学领域向经济领域、大众日常生活领域扩展，这同样对传统意义上的文学的存在与发展提出了挑战。这是因为，一方面，中国新时期以来的改革开放导致了剧烈的社会转型及文化转型，因此图像社会出现所带来的文化断裂、文化冲击和文化重构的力度便更大，问题也要更为复杂和独特。另一方面，中国文论自身的学科危机、学科重建问题也日益突出，而现代媒介文化及其对文艺的影响后果的研究，使得文论界对于学科危机、学科重建问题反思的角度、维度、深广度均得以确认和强化。近年来，这方面的研究又出现了一个明显的变化，就是与本土的、现实的文化、文艺新现状的联系逐渐紧密起来了，所关注和探讨的问题的在场性初步得到了体现，从而使新世纪中国文论关于媒介文化及其影响后果的研究，初步呈现出人们期待已久的问题意识本土化和现实在场性的特点。但是，从总体上来说，新世纪中国文论对于媒介文化及其后果这一问题域所涵盖的诸多问题的讨论，基本上是在分散的情况下进行的，尚缺乏整体性的观照，而围绕现代性的发展及其内在分裂来做深入、系统的研究也显得比较薄弱，同时现象性描述多于学理性分析，这便使得一些研究论文的理论性还不够强。

（四）文论转型与文学史理论建构问题

新世纪文论转型及其问题域的形成，对于新世纪以来中国文学研究产生了多方面的影响，并且引发了文学史理论的反思和重构，由此而形成了文学史理论自身的问题域。新世纪文论转型，对于既有的文学史观念提出了挑战，而西方后现代主义、解构主义对"文学"含义的无限泛化，又使文学史的研究陷入了困境。近年来文论界关于本质主义、非本质主义与反本质主义的研究和论争，也深刻地影响了文学史研究，并且促使文学史观念发生裂变。

由于受当代社会转型、文化新语境，以及诸如全球化理论、后现代史学、后解构主义、后殖民主义、反思社会学、文化诗学、新媒介理论、新传播理论、性别诗学、生态理论、文化和文学人类学等当代理论的深层次影响，文学史理论研究在文学史的问题意识、文学史方法论、文学史观、文学史本体论、文学史功能论、文学史书写和学术史反思等方面均出现了转型性质的变化。在新的社会转型、新文学理论形态的双重推动下，产生了一批新术语和新观念，出现了一批有影响力的研究成果，形成了理论与实践形态的文学史研究间的良性互动，这些都构成了新世纪以来文学史理论研究的新格局。

在中西文化的相遇中，要建构出理想形态的文学史理论研究体系，必须切实挺立中国文学的主体意识，达成现代视野与传统资源之间的健康互动，使中国文学之自性不再是以自在的形态而潜隐，而要在明确的理论自觉中成为自为的学术追求，在充分地成就文学史理论自性的自觉意识中推进中西理论互诠互释、共生共荣，从而在古今、中西文学史理论视野的互动融合中形成新的意义世界。大体而言，问题意识的转变和研究方法的更新是新世纪文学史理论研究新格局的两个基本前提条件。

但总体来说，充分利用这些新理论探讨文学史理论重构问题的研究尚有待深入展开。

二

以上在全球化的背景中梳理了新世纪中国文论所涉及的新话语，这些新话语之间的联系是非常密切的，但是总体来看，文论界从整体的角度对这些新话语之间存在的复杂的关联性的把握还做得不够，而只有在统观的整体把握中，中国文论才能真正实现自身的理论转型，全面展开自身的理论创新。新世纪中国文论乃是对新的时代的敏锐的理论回应，因此，对其统观把握首先要求对新的时代有某种整体的把握。那么，该如何来描述和把握我们这个瞬息万变的时代呢？我们更倾向于借用"边界逾越"这一表述——更准确地说是"边界开放"或"边界交融"，来描述当下新的时代特征，这种边界开放与交融发生在政治、经济、文化之间，区域之间，民族文化之间，以及科技与人文之间、知识与经验之间、哲学社会科学各学科之间，如此等等。拉什、厄里的《符号经济与空间经济》对"边界的逾越"作了更具体的描述："经济日益向文化弯折。而文化也越来越向经济弯折。为此，两者的界限逐渐模糊，经济和文化不再互为系统和环境而起作用了"。其实，这同样适用于描述其他方面的边界开放和交融。边界封闭似可相安无事，边界开放则会带来冲突，但同时也会带来发展的大好机遇，关键在于我们如何积极应对。新世纪中国文论的转型特点，正是在诸种边界的开放与交融中体现出来的。对此，我们初步有如下的概括：

其一，新世纪中国文论具有突出的全球化和跨文化色彩，因此，如何把握好"全球化视野"与"本土化立场"之间的关系，是其中的一个重要问题。

其二，新世纪中国文论具有极强的跨学科特点，处理好跨学科研究与坚持文论自身学科立场之间的关系是其要解决的另一重要问题。

其三，新世纪中国文论的重大理论问题皆与现代性问题密切相关，而在现代性的研究框架中，文学艺术又首先直接与审美（文化）现代性相关，这种审美现代性又是相对于技术现代性、经济现代性等而言的，而后现代理论的重要贡献之一就是揭示了传统所谓的"现代性"并非铁板一块，而是存在内在分裂。因此，在今日之后现代语境中，应将其置于技术现代性、经济现代性等的内在分裂与交互作用中，来重新审视审美现代性问题。

除了从诸种边界的开放与交融来把握新世纪中国文论的转型特征外，还应注意用"范式"来总结和概括文论新转型的趋向，大致说来有以下几种范式值得注意：（1）媒体本体论范式：媒介不仅只是文艺乃至人的存在的简单手段，而且也是文艺和人的存在方式，现代电子媒介在改变文艺乃至人的生存特性方面发挥着至关重要的作用。（2）消费主义范式：局限于传统的"生产主义"范式，已无法准确理解和充分把握我们当下所处时代的新特征及包括文艺在内的人类社会文化的新特征。（3）生态主义范式：生态主义理念不仅只是应对现实生态问题的一种策略，它还促使我们重新审视人的生存及包括文艺在内的社会文化的价值和意义。

媒体、消费主义、生态主义等等，不仅只是文艺研究的新视角，而且也是在整体上影响文艺研究总体发展趋向的深层的基本理论范式，只有充分认识到这些范式的重要性并充分利用这些基本范式，才能使文论在新的时代状况下实现新的有效转型。同时，如何在统观的基础上对转型文论的哲学基础进行概括，将是新世纪中国文论转型所要完成的重要理论任务之一。

三

正是基于以上认识，我和中国社会科学院文学研究所理论室的同仁选编了《新世纪文论读本》系列，其目的不外有五：其一，通过选编此读本系列，对新世纪中国文论转型与学术推进的轨迹作一次扫描。其二，在扫描的基础上，对新世纪中国文论的"新变"进行深入的反思。其三，在反思的基础上，总结和归纳出问题域，以有利于我们发现新的学术生长点。其四，为新世纪中国文论发展的前十年立此存照，留下一个思想文档。其五，通过读本的形式，为文学专业的学生和青年研究者了解新世纪中国文论转型和发展状况，掌握文论新知识，提供一个入门的路径。

本读本系列，按照话题形式，编选新世纪以来国内文论界学者围绕这些话题所发表的有代表性的重要理论论文，由于话语的连续性，也适当地选了个别发表于 90 年代末的论文。我们所选择的话题计有：

1. 审美现代性
2. 图像转向
3. 消费社会
4. 文学终结论
5. 全球文化与复数"世界文学"
6. 生态批评
7. 身体写作
8. 文学史理论

这八个方面的话题，集中体现了新世纪中国文论转型过程中所呈现出的若干大的问题域，围绕着这些问题，学界进行了广泛而深入的理论探讨和争鸣，一定程度上已经形成了分别涵盖有若干子问题的一系列理论主题，每一话题亦初步建构起了自身的思想、知识谱系，实际上构成了 20 世纪 90 年代以来我国文学理论转型演变的问题史、观念史，并且在整体上展现出了新世纪中国文论的知识和思想状况。

在具体的编辑体例方面，我们在每卷前置一《导读》，介绍该话题的来龙去脉、主要观点，并有选编者对该话题讨论情况的深度评论。

本读本系列，被列为 2008 年度中国社会科学院文学研究所重点项目。

本读本系列，有幸被中国社会科学出版社列为出版选题，在课题的研究过程，以及读本的编选过程中，郭沂纹编辑提供了诸多建议和有力的支持，赵剑英总编和王磊主任亦为该读本系列提供了难得而珍贵的建议和支持，在此一并深谢之。

编选读本系列，对于我们来说，是一个新的尝试，加之我们对于新世纪中国文论转型及其问题域的研究，还处于刚刚开始的阶段，因此一定存在着诸多不足乃至错误。为此，我们将会以诚恳的态度，接受读者、专家同行，以及入选论文作者的批评和建议。

目　　录

导　读

党圣元

世纪之交，对中国文学史学科近百年来的思想历程进行反思，总结既有成就并厘清尚存的问题，进而对中国文学史研究的未来发展进行展望，业已成为文学史研究和文学理论研究界的热点话题之一，正是在这样的学术思潮推动下，处于文学理论学科边缘的"文学史理论"进入了我们的研究视野。文学史一方面可指文学本身的发展历史；另一方面则可指经过编撰者选择编写后呈现的文学史文本，如中国文学史、现代文学史、当代文学史等。而文学史理论则指在研究文学发展历史进程和编撰文学史中所形成的原理和方法论，即文学史的一般理论形态，包括文学史学和文学史基本理论两个方面，涉及文学史哲学、文学史一般理论和文学史书写理论等。

纵观30年来的文学史相关理论研究，在学术体系、学术观点和研究方法等方面初步形成了多元化和多样性的格局。这种研究格局的形成，在笔者看来，前提条件大约有二：一是问题意识的转变；二是研究方法的更新。

一 文学史与文学史观、文学史理论

20 世纪是一个中国文学史研究和写作的自觉而热情高涨的时代，人们在"文学史"这一范畴的导引下，展开了丰富多样的文学史研究和写作实践，从而为 20 世纪的中国学术研究提供了一个新的学术增长点。这同时也是一个文学史观念走向充分自觉的过程，在新的文学观念和现代学术思想的牵引下，人们逐渐从传统文学史观的混沌中走了出来，参照和依据西方近、现代文学、史学观念和方法，并受中国近、现代"新史学"的启迪和推动，逐步建构起了具有相对独立的学科意义的文学史学科。这种文学史学科意识的产生、形成和发展的过程，实际上也是文学史观念由不自觉到自觉、由古典形态向现代形态转化的过程。20 世纪的中国文学史写作实践，在文学史观念和文学史方法论两个方面积累了丰富的学术经验。在这一过程中，马克思主义的辩证唯物主义和历史唯物主义，在更多的时候从观念和方法两个方面产生了决定性的影响和指导作用，此外如泰纳、史达尔夫人、勃兰兑斯、朗松、豪泽尔、戈得曼等的文学史观念和方法论也产生了极大的影响，而中国传统史学观和方法论亦得到了一定程度的吸收利用。"文学史"这一新兴学科在 20 世纪的蓬勃发展，与这些思想资源的吸收和借鉴是密不可分的。

在中国文学史学科的百年发展历程中，尤其是 20 世纪 80 年代以来，随着文化、学术思想多元化格局的逐渐形成，挂靠在"文学史"这一范畴之下的种种主义、观念与方法也越来越多，这既体现了我们的文学史观念和方法论模式由过去的单一化向多元化发展演变的一种趋势，也反映出人们对于"文学史"的学术期望值越来越高，同时亦说明文学史学科欲求在观念和方法扩张的过程中实现自我格局的进一步壮大与完善。这自然可以大大地拓展我们的认识视野和思维空间，以不同的文化眼光、不同的学术理念、不同的方法角度来探讨"文学史"的含义，从而深化我们对于"文学史"这一范畴的思考及其义界的确认，并且使这种思考和确认尽可能地接近"文学史"的本体。但是，在此我们不得不指出，攀附在"文学史"身上的大量的观念和方法，使"文学史"这一范畴的内涵显得非常杂混而臃肿不堪，在一定程度上反而模糊了"文学史"的义界，遮蔽了"文学史"的本体，同时也使文学史的写作越来越不堪负重，甚至无所适从。这一现象至少说明草创于20世纪初的中国文学史学科发展至当下，需要在认真反思的基础上重新确认自己的定位，并且需要整合与建构出一种系统而完整的文学史理论体系模式，以规范、支持和驱动文学史写作实践。笔者以为，从20世纪90年代以来，学界所进行的关于"文学史学"的讨论与探索，正是在这一背景下发生的，其目的就是为了建构起文学史的学科理论体系模式。

中国文学史作为一门自觉而独立的学科，虽然已有百年的发展历史，而且在观念和方法方面取得了极大的进步，积累了大量的思想资源，但是关于本学科的理论模式也就是"文学史理论"或曰"文学史学"的研究和探讨却一直开展的不够。过去，我们的文学理论研究很少关注文学史理论问题，各种文学概论或文学原理著作或教科书中鲜有专门讲述文学史理论的章节，则说明文学史理论在文学原理研究中尚不能成为一个"问题"。由于以往的研究中对于文学史学缺乏自觉的理论建构意识，所以至今我们还没有一种较为系统而完整的文学史理论。20世纪80年代末以来，文学史学日益引起了学界的重视，包括文学史研究和文学理论研究两个领域的许多专家学者纷纷撰文进行讨论，尤其是文学理论研究领域，开始有人关注文学史理论问题。另外，我们也不得不指出，截至目前，这一讨论主要集中在文学史观念和方法论两个方面，然而我们知道

"文学史理论"或曰"文学史学"的义界并不仅仅包含观念与方法这两个方面,其内涵除此二者之外还有许多。如果这种研究讨论仅停留在观念和方法论的范围之内,那么便不可能达到对文学史理论本体进行全面观照的理论学术层面。

文学史理论所指述的对象是关于文学史研究的一般性原理和原则,就其性质而言,应该属于文学理论的范畴。关于其命名,主要有"文学史学"、"文学史理论"和"文学史哲学"三种叫法,虽然称谓不同,但所指涉的对象却一致,即就是文学史研究的基本原理。文学史研究既然已经成为一门具有相对独立性的学科,那么就如同其他学科一样,也应该从理论的层面对自己的研究对象、目的和方法论作出界定与阐释,从而形成本学科的基础性理论,对文学史学科的发展与深化提供一种必不可少的思想资源方面的支持。笔者认为,具有完整的理论形态与体系的"文学史理论"或曰"文学史学"应该包含文学史本体论、文学史功能论、文学史方法论以及文学史学批评论4个部分,回答这4个方面所包含的一系列原理性、原则性的问题。

二 新世纪文学史理论研究的新格局

新世纪以来,由于受到当代社会转型、文化新语境,以及诸如全球化理论、后现代史学、后解构主义、后殖民主义、反思社会学、文化诗学、新媒介理论、新传播理论、性别诗学、生态理论、文化和文学人类学等当代理论的深层次影响,文学史理论研究在文学史的问题意识、文学史方法论、文学史观、文学史本体论、文学史功能论、文学史书写和学术史反思等方面均出现了转型性质的变化。在新的社会转型、新文学理论形态的双重推动下,产生了一批新术语和新观念,出现了一批有影响力的研究成果,形成了理论与实践形态的文学史研究的良性互动,这些都构成了新世纪以来文学史理论研究的新格局①。

大体而言，问题意识的转变和研究方法的更新是新世纪文学史理论研究新格局的两个基本的前提条件。

首先，文学史理论研究的问题意识至少应该包括以下基本层面：

1. 文学史研究的对象、目的、方法以及核心范畴。

2. 文学史与人文学科其他学科尤其是哲学、历史的关系问题。

3. 中国文学史的理论体系与回归民族性问题。

4. 西方文艺理论的影响与回应问题。

5. 文学史的书写和教学问题。

在这五个层面中，各自又牵涉到文学史理论的若干基本问题，譬如

---

① 以关键词"文学史"检索中国期刊网，2000年1月到2009年12月以来所发表的研究论文多达2380篇。新世纪以来较有代表性的文学史理论研究论文有章培恒《关于中国文学史的宏观与微观研究》（《复旦学报》1999年第1期）、王元骧《关于文学评价中的"人性"标准》（《文学评论》2006年第2期）、陈伯海《中国文学史学史的建构及其发展》（《中国文学研究》2001年第3、4期）、董乃斌《中国文学史的演进：范式的视角》（《中国社会科学》2001年第6期）、温潘亚《文学史·文学史实践·文学史学——文学史元理论的三个层次》（《文学评论》2004年第1期）、侔荣本《文学史的三维时间》（《扬州大学学报》1999年第5期）、徐公持《文学史有限论》（《文学遗产》2006年第6期）、鲁枢元《百年疏漏——中国文学史书写的生态视域》（《文学评论》2007年第1期）、袁世硕《文学史与诠释学》（《文史哲》2005年第4期）、朱晓进《二十世纪中国文学史观的反思》（《中国社会科学》2006年第1期）、陈思和《先锋与常态——现代文学史的两种基本形态》（《文艺争鸣》2007年第3期）、乔以钢《性别：文学研究的一个有效范畴》（《文史哲》2007年第2期）等。文学史理论研究代表性论著有董乃斌《中国文学史学史》（河北人民出版社2003年版）、董乃斌《文学史学原理研究》（河北人民出版社2008年版）、戴燕《文学史的权力》（北京大学出版社2002年版）、温潘亚《追寻文学流变的轨迹：文学史理论研究》（人民出版社2009年版）、葛红兵和温潘亚合著《文学史形态学》（上海大学出版社2001年版）、陈国球《文学史书写形态与文化政治》（北京大学出版社2004年版）、温儒敏《文学史的视野》（人民文学出版社2004年版）、李杨《文学史写作中的现代性问题》（山西教育出版社2006年版）、罗岗《危机时刻的文化想像：文学·文学史·文学教育》（江西教育出版社2005年版）、朱晓进《中国现代文学史研究的视阈》（人民文学出版社2008年版）、钱理群《返观与重构：文学史的研究与写作》（上海教育出版社2000年版）、陈平原《文学史的形成与建构》（广西教育出版社1999年版）、程光炜《文学史的兴起》（河南大学出版社2009年版）等。

文学史理论的哲学本体问题、价值观与方法论问题、历史意识与当代意识问题、中国文学史的总体特征、发展演变的形式、发展动因、内在规律等问题，以及文学史建构中逻辑与历史、阐释与描述、自律与他律的关系问题，还有文学史观的作用、文学史叙事的模式、客观描述和主观统摄的关系、文学史写作方式与教学方法，等等，层级复杂，牵涉广泛。新世纪文学史理论研究问题意识转变是指不同于 20 世纪上半叶中国文学史学所关注的主要问题，譬如材料的取舍、学科的确立、叙事模式的选择等，也不同于 20 世纪下半叶以来对研究主体的理论维度、文学史的内在逻辑、文学史研究的主体关系以及研究目标的客观化等问题的关注，而是呈现出一种整体性叙事范式的转型。

研究方法的更新是针对文学史的撰写与文学史理论的关系而言，一般来说，两者关系类似于鸡生蛋、蛋生鸡的循环，难有伯仲。但在现实的文学史撰写中，常常更多地表现为研究主体的文学史观以及背后的认识论与方法论作为"先见"、"前意识"，总是先在地影响文学史写作的视野与方向。这一点，在国人百余年的文学史写作热潮中体现得很鲜明，譬如社会学派总是以社会、政治、经济史来阐释文学史；文化学派总是以种族、地域、文化来阐释文学史；形式主义、新批评、结构主义认为文学史是文学形式自在、自为的历史；精神分析、原型批评则认为文学史是民族集体精神和无意识的历史；接受美学则认为文学史是读者接受的效果历史。体现在研究的理论视野上，由文本阐释到抽象形态、由微观批评到宏观研究、由文学史的内部研究到外部研究，等等，理论语境在不断地转换，此消彼长，蔚为壮观。

文学史是关于文学发展的历史，其研究对象是历史上发生的各种文学现象，因其是文学与史学的交叉学科，因此它的研究必然会受到来自文学观念和史学观念的双重影响。新世纪文学史理论研究的新格局离不开对 20 世纪文学史学的继承和革新。从一定程度来讲，有什么样的文学史观就决定着有什么样的文学史著作。朱晓进指出："文学史观作为方法论对文学史研究具有'指南'作用，但这种作用是渗透在具体的文学史研究中的，是由具体的文学史研究的结果所隐含着或显现着的，如果仅仅将某种史观当做'构造体系'的公式和贴到各种文学现象上去的标签，就容易在文学史研究和文学史写作时落入'以论带史'或'以论代史'的套路，而有违'论从史出'的文学史研究和文学史写作的通行原则。"① 因此从20世纪中国文学史学发展的具体实践出发，文学史观的反思与建构就成为新世纪文学史理论研究的核心问题。朱晓进的《二十世纪中国文学史观的反思》一文即是反思20世纪文学史观的代表性论文，在对20世纪文学史观的历史性梳理之后，他认为："总之，在对20世纪中国文学史观的反思中，史观尤其是唯物史观对文学史学术视野、方向、品格与思路的建立起了重要作用，因此，不能轻易否认文学史观之于文学史研究的价值。但要重视文学史观之于文学史研究之关系处理上出现的一些问题，如何处理好这些问题，应是当前重新强调文学史观时首先要加以解决的。在强调史观对文学史研究的指南作用时，还应重视文学史研究自身的学科特性，重视对于文学自身发展规律的见解和结论的探索，重视找寻和借鉴与文学史研究学科特点相适应的一些独特的方式和思路，把'史观'、'史识'、'史路'辩证有机地统一起来。"②

在文学史反思的基础上，20世纪80年代末现当代文学史研究中出现了"重写文学史"的争议性话题，在理论探讨的基础上，一批学者开始了"重写文学史"的实践，这股浪潮率先从现当代文学史研究中勃兴，继而在20世纪90年代扩展到文学史研究的各个领域。文学史的写作也从个人的写作扩展到集体的写作，这方面的实践性代表就是袁行霈主编的《中国文学史》和陈思和新编《中国当代文学史教程》等。同时由章

---

① 朱晓进：《二十世纪中国文学史观的反思》，《中国社会科学》2006年第1期。
② 同上。

培恒、骆玉明所提倡的以"人性标准"① 来重写文学史在新世纪亦成为文学史研究中的热点问题之一,针对两位先生所倡导的"人性标准",学界展开了一些讨论,但是广度与深度均不够,否则的话,可以有效地激活关于"重写文学史"这一话题的讨论。

一直以来,由于西方文学理论的各种研究方法构成了理解文学的基本方式,时至今日,离开了西方文论,我们仿佛已经难以确立"文学之思"的基本规范了。正是囿于这样的理论困境,随着西方式现代性弊端的不断显现和"西方文化中心论"的日趋没落,加之中国综合国力的不断增强和中国文化的不断走向世界,在 20 世纪 90 年代中后期以来的文化反思中,出现了过分抬高中国文化的倾向,甚至形成了以中国文化拯救世界的理论幻想,这就又走向了另一个极端。

我们应该看到,全球化语境下中国文学史的研究,已经没有必要再走全盘西化的老路,那么,如何在研究方法上寻找既要符合 21 世纪的多元文化语境,又要突出中国文学固有的民族文化性格和审美情趣,走中华文化复兴之路,就目前的研究情形来看,尚处初创阶段,仍然任重道远。

三 问题意识与研究范式的革新

20 世纪中国文学史的著述与理论研究始于西学东渐。中国最早的文学史著述是在西方汉学家的刺激下产生的,譬如俄国人瓦西里耶夫的《中国文学史纲要》(1880 年版)、日本人古城贞吉的《支那文学史》(1897 年版)、笹川种郎的《支那文学史》(1898 年东京版)、英国人翟理斯(Giles Herbert A)的《中国文学史》(1901 年伦敦版)、德国人顾路柏的《中国文学史》(1902 年莱比锡版),均早于中国学者的文学史论

---

① 参见章培恒《中国文学史·导论》,复旦大学出版社 1996 年版。

著。从 1904 年以京师大学堂讲义形式出现的林传甲的《中国文学史》开始，经过几代学人的努力，中国文学史的撰写呈现出繁荣发展之势，据台湾版黄文吉等编撰的《中国文学史书目提要》与附录统计，自 1880 年以降，中国和世界各地出版的中国文学史著作总书目多达 1606 种以上，其学术价值与历史意义是不可低估的①。时至今日，如果我们将文学史理论作为一门学科来研究，那么，其目的就不止于对文学历史经验的阐释和评价，更关乎未来的理论建设，关乎中国文学的再生与重建乃至中国传统学术的现代化与世界化的问题。

在现有研究成果的基础上，探讨重写中国文学史的问题，我们认为，首先是实现书写范式由外在化的西式转向内在性的中国式。这种由外向内、由西向中的转变，是指真正意义上的中国文学史不应该是以外在于中国文化的标准来梳理、来剪裁、来建构，而应当是内在于中国文化的，是对中国文化核心价值的产生、发展的内在逻辑与理论内涵以文学审美的方式加以理解与诠释的结果。因此，只有这样的诠释范式方能较为完整、准确地勾画出中国文学几千年来光辉灿烂的思想面貌，较为充分地展现中国文学独特的精神品格与审美追求。在我们看来，要实现中国文学史书写方式的根本转变，未来需要进一步展开的问题意识有：

1. 如何确立中国文学的核心价值？如果把中国文学视为一个蕴涵了中国思想文化传统的潜系统，那么，如何按照内在理路揭示其主要内容、基本特质与理论意义呢？

2. 怎么把握中国文学的基本思维模式与表述方式？中国文学的方法论具有怎样的理论特质？在中国文学史哲学的统率下，中国文学史书写中应该渗透哪些主要的哲学方法？在由外向内、由西向中的转变中，中

---

① 参见黄文吉编撰、黄惠菁等撰稿《中国文学史书目提要（1949—1994）》，台湾万卷楼图书有限公司 1996 年版。

国文学的基本思维方式、认识论、方法论乃至具体的阐释方法应该具有怎样的基本理论特质与理论意义？

3. 怎样确定中国文学史的研究对象，划定中国文学史的学科范围，并据此对相关史料做出取舍的基本原则？

4. 怎样确定与思想主体、研究对象、学科范围相适应的书写中国文学史的价值取向、观念框架、问题意识、话语系统乃至具体书写体例，并在此基础上建立一套理解和诠释中国文学史的基本书写规范？

5. 怎样寻绎组成中国文学史的各主干部分间的义理脉络及其在整个发展演进过程中融合共生的思想进程？怎样厘清中国文学发展演进的内在思想观念的逻辑关联？

6. 怎样看待中国文学的发展走势？怎样站在人类文学史共性的一般高度对中国文学史予以定位？

7. 如何更好地处理各类诸如古代文学史、现当代文学史、分体文学史、国别文学史、断代文学史等之间的关系？它们内在的逻辑关系理路将直接影响未来中国整体文学史的全貌。章培恒指出："在中国文学史的宏观研究中，除了必须重视文学观念以外，把中国所谓古代文学与现当代文学的研究打通，似已成为当务之急。否则宏观研究就不可能成为真正的宏观研究。"① 这种观念对于当下的文学史书写现状，非常具有针对性。

8. 文学史的教学问题。一方面，我们需要根据时代的变化写出符合时代需要的文学史教材，体现出审美与历史逻辑性之间的辩证统一。另一方面，又需要结合当下的文化实践予以充分的阐释，丰富和提升学生的审美能力。

在以往的中国文学史研究中，上述问题均得到程度不同的展开，并

---

① 章培恒：《关于中国文学史的宏观与微观研究》，《复旦学报》1999 年第 1 期。

取得了一定程度的理论成果，但由此而确定的理论范式却并不足以使中国文学史真正获得独立自主的存在形态。在我们看来，其根本症结在于：展开这些问题的基本价值尺度源自西方，而非内在于中国文学，依傍西方理论构成了中国文学史学科产生的历史起点与逻辑起点，这一弊端在上述问题意识中，均不同程度地有所体现，为此，我们可以举一个例子。譬如20世纪初《白话文学史》思想体系的遭遇就典型地说明了这一弊端。能够充分反映胡适先生新文学史观的是《五十年来之中国文学》、《白话文学史》等著述，他以进化论为理论武器，视白话文学为中国文学之正宗，虽然胡适在建构新的文学史观时提供了不少新材料、新考证、新见解，也颇多惊世骇俗之论，但在具体阐释中却多有偏颇，为后来的批评者留下了不少的话柄。就像陈寅恪和金岳霖两位先生批评的那样，"言论愈有条理统系，则去古人学说之真相愈远"[1]，"哲学要成见，而哲学史不要成见"[2]，因为经过胡适抽取后的"白话文学"，已经成为形式的空套子，失去了中国文学乃至整个中国文化本身所蕴涵的共生性、根源性及其价值意义。大约胡适本人也意识了这种套子的空洞与危险，他认为："一切太整齐的规律，都是形迹可疑的，因为人事从来不会如此容易被装进一个太整齐的系统里去。"[3] 所以他虽然多次放言要写完《白话文学史》，但直至去世，仍然只完成了半部。时至今日，时间过去了100年，但是这种西式的价值尺度和文学史观所形成的理论套子却仍然在指导着我们的文学史写作，只是由进化论的套子演变为辩证法和唯物论的套子，由阶级性和现实主义的"革命范式"让位于现代性和后现代性的"现代化范式"而已。问题的关键在于，这些外附在文学史上的理论体

---

① 陈寅恪：《审查报告一》，见冯友兰《中国哲学史》，中华书局1961年版，第2页。

② 金岳霖：《审查报告二》，见冯友兰《中国哲学史》，中华书局1961年版，第7页。

③ 罗尔纲：《生涯再忆——罗尔纲自述》，山西人民出版社1997年版，第42页。

系，虽然体现出诠释者在寻找内外关系的中介通道，建构历史画卷与审美图景的理论努力，但过于强烈的先验性感觉与先入为主的意志，往往导致了种种"先见"与"条理统系"离古人学说真相甚远的状况出现。因为历史远比逻辑丰富、复杂，过于整齐的逻辑常常是研究者所预设的理想境况，即使文学史有内在的逻辑性，有发展的必然方向，但我们也要承认为数不少的偶发性与随机性的存在意义。因此，如果我们仅仅想用一种理论套子来书写丰富多彩而错综复杂的文学史，大约已经是行不通了。

以反思的眼光看百年来中国文学史的撰写，虽然我们一直致力于以西方理论的方法来不断阐发并发掘中国文学基本精神的理论尝试，但或许自始便犯了一个方向性的错误：忽视了中国文学内容与形式的内在统一性。因为在归根结底的意义上，正是内容与形式一起共同构成了特定文学形态内在生命不可分割的组成要素，特定形态的文学内容总是与特定形态的审美方式和哲学方法论联结在一起的，将西方理论体系及其范畴命题直接移用到我们文化语境中的做法，不仅割裂了中国文学内容与形式本身的有机和谐，而且加深了中西文化固有的鸿沟。按照20世纪初严复的说法，就是中学与西学各有体用，分之两立，合之则两亡①。因此，借鉴西方文学理论的分析方法固然是中国文学研究进入现代化的一条途径，但从目前的研究情形看，绝不是最佳的途径，要想真正确立中国文学研究的现代形态，更为根本的课题还在于如何使外在的普遍理性形式与中国文学内容相统一的内在肌理的显发上。

然而，这一问题在以往的中国文学史书写中并未引起足够的重视，长期以来，我们理论的兴奋点均集中于如何按照西方文学理论的逻辑分析品格来改铸中国文学使之具有现代形式感上，如何有效地超越机

---

① 参见严复《与〈外交报〉主人论教育书》，《外交报》1902年第9、10期。

械式的照搬西方文学理论之具体理性形式，通过中西文学之比勘会通，在普遍论述形式及批评法则的高度来显示中国文学的内在肌理形式，系统地解释中国文学内在肌理形式的整体性、连贯性特征，在此基础上彰显出内在于中国文学智慧精神之中的审美方式与方法论原则，是今后中国文学史的书写和文学史理论研究中应该加以认真思量的重要问题。

四　全球化语境中中国文学史理论的未来走向

在全球化语境中，文学史理论研究的一个基本前提，就在于必须在"中国文学理论"与西学意义上的"文学理论"之间达成某种联结，使两者均成为人类文学思想共同体中的一个平等组成部分而非依附关系，换言之，亦即使中国文学理论与西方文学理论均成为人类文学思想共相统领下的殊相之一。

由于作为学科的中国文学史在中国学术传统中并未出现，而是在人类历史的现代阶段以西方理论为范型创制的，因而中国文学史在学科创制之初就在相当程度上对西方理论存在着依附关系。这不仅表现在文学史撰写和研究方法上的模仿，而且西方文学也成为衡断中国古代学术传统的有关内容是否可以被归之于"文学"的基本标准。这一点早在郑振铎先生为《插图本中国文学史》作绪论时就已被道破。在他看来，要编成现代意义上的中国文学史，"不仅仅成为一般大作家的传记的集合体，也不仅仅是对于许多'文艺作品'的评判的集合体"，而且要将"文学在某一个环境、时代、人种之下的一切变易与进展表示出来"①，在这里，他就明显地借鉴了法国人丹纳"时代—环境—民族"三要素的文学史观。在这个问题上，中国哲学史的开启人物冯友兰先生说得更明白：

---

① 郑振铎：《插图本中国文学史·绪论》，人民出版社1957年版，第2页。

"哲学本—西洋名词。今欲讲中国哲学史，其主要工作之一，即就中国历史上各种学问中，将其可以西洋所谓哲学名之者，选出而叙述之。"① 显然，在他们的理解中，西方理论业已被赋予了某种普遍性，于自觉或不自觉间被等同为人类理性思维之共相，在这种思想的主导下，不仅人们在思考中国文学史的思维范式时在自觉与不自觉中参照了"西方中心论"，而且中国文学史学科研究对象的确定、学科范围的划定、书写内容的取舍及其脉络系统、观念框架、问题意识、价值取向乃至话语系统、书写规范也归根结底是笼罩在西方理论的范式之下的。由于这套书写范式是外在于中国文学传统的，加之中国文学系统与西方文学系统之间在精神特质方面固有的巨大张力，这套书写范式就不仅不可能充分体现出中国文学的固有特质，而且不可避免地出现种种"以西释中"的后遗症。

与此同时，我们也要充分尊重中国文学史传统形成的复杂状况，譬如在 20 世纪 80 年代后期兴起的"重写文学史"思潮中，无论是"消解大家"、"悬置名著"的提法，或是重新排定座次，由"鲁、郭、茅、巴、老、曹"置换为"鲁、沈、巴、金、老、郁、王、张、贾"②，这样的做法，虽然显示出文学史价值体系的变化以及文学审美标准的转向，但同时也构成了文艺社会学的一个问题意识。就如同当年钱钟书先生在为香港版《宋诗选注》写的前言《模糊的铜镜》中打的比方那样，选诗很像选学会的会长和理事，选与不选都会惹是非，同时还要照顾方方面面的关系；这是历代名著产生的学术机制，也是构成文学史的复杂因素之一③。因此，我们不仅要知其然，还要知其所以然，陆侃如先生在

---

① 冯友兰：《中国哲学史》，中华书局 1961 年版，第 1 页。

② 参见陈平原《20 世纪中国小说史》（北京大学出版社 1989 年版）、郭英德《悬置名著——明清小说思辨录》（《文学评论》1999 年第 2 期）、王一川主编《二十世纪中国文学大师文集》（海南出版社 1994 年版）。

③ 参见钱钟书《宋诗选注·香港版〈宋诗选注〉前言》，三联书店 2002 年版，第 478 页。

《中古文学系年·序例》中认为:"文学史的目的,在鉴古以知今。要达到这目的,我们不仅要明白文学史上的'然',更要知道'所以然'。如以树木为喻,'然'好比表面上的青枝绿叶,'所以然'好比地底下的盘根错节。我们必须掘开泥土,方能洞悉底蕴。"在他看来,文学史的工作应包含三个步骤:一是朴学的工作,对作者的生平、作品年月的考订、字句的校勘训诂等,这是初步的准备。二是史学的工作,对于作者的环境、作品的背景尤其是当时社会经济情形,必须完全弄清楚,这是进一步的工作。三是美学的工作,对于作品的内容和形式加以分析,并说明作者的写作技巧及其影响,这是最后一步,只有"三者具备,方能写成一部完美的文学史"①。这些见解,至今看来,仍不失其理论借鉴价值。

当下全球化的进程为多元民族文学在交流与融会中逐渐凸显文学理论所具有的一般共性与地方性提供了现实的可能性,也为差异互见的中西理论的交流与融合提供了便利条件。全球化时代与之前人类历史的一个显著不同就在于:全球化改变了各民族及其文化在分隔状态下独自发展的情状,而使各民族及其文化逐渐汇入互相紧密联系的统一的共同体进程中。

伴随着全球化的不断发展与西方式现代性局限的逐渐显现,越来越多的有识之士认识到:全球化语境是影响当前及今后文学理论发展和走向的一个重要因素,但是,全球化并不是西方化过程,在近年来学界的一些讨论中,往往以彰显地方性来回应全球化,以地方性来提升民族文化自信心,这仍然不免落入中西文化二元对立的固有模式中,并不能从根本上改变中国当代文论缺乏原创性的现状。展望文学史理论研究的未来,在笔者看来,其基本的前提条件是:在中西文学理论的文化张力之中,放弃非此即彼的单向性研究范式,寻找文本背后蕴涵的文化传统与价值观念,比勘观其异,会通见其同,达成精神共享,分享知识共识,

---

① 陆侃如:《中古文学系年》,人民文学出版社 1985 年版,第 1 页。

恢复并重新搭建中西比较视野下的文化通观话语系统，走综合创新之路。

有鉴于此，我们今天的文学史理论研究，就必须从根本上改变迄今为止在相当程度上依然将西方文学理论等同于人类文学思想普遍准则的状况。一方面，西方文学理论作为人类文学思想组成之一，应该还原其本来面目，因为我们业已引进的西方文学理论，并不是西方文艺理论的整体进入，无论是早年的选本选集译介，还是近年来代表性文本的系统翻译，西方文学理论的中国成像不仅不够完整，甚至还有模糊与扭曲，其文本的经典性、创新性亦尚需假以时日予以检验，因此，只有弥补基础性层面的认知欠缺，始有批判、选择、吸纳、建构的可能。另一方面，通过深入而系统地发掘中国文学中所蕴涵的不尽同于西学的精神智慧，以进一步丰富人类文学思想的内涵，在人类文学思想之一般高度确定中西理论的平等地位，以及相互涵容，相互借鉴的存在处境，这可以说是中国文学史理论得以从根本上摆脱天生"舶来性"地位，真正以自性而自主的形态立于人类精神文化之林的基本前提。

五　中国文学史理论研究体系理想形态的建构

20 世纪 90 年代以来，中国当代社会的急剧变化以及由此引发的种种思想文化争论已经深刻地影响到中国文学的研究，如何看待古今、中西文学传统以及不断引发的纷争，这个百余年来一直没有解决的问题，再次进入我们的视野，借助理论资源的更新，在获得认识理解中国历史的和现当代的文学新视角的同时，我们也为不断书写的中国文学史在走向理想形态的过程中累积了相当多的经验，具体而言，在未来的中国文学史理论研究中要注重两种意识的培养。

其一，要注重民族文化精神的主体意识，对其间的中华特色保持高度的理论自觉，并将研究的落脚点最终坐实为尽可能充分地凸显中国文学自身的精神特质上。

尽管中国文学史理论的研究必须走出"西方中心论"，必须挺立民族文化精神的主体性，但这并不意味着必须完全消除西方文学理论的影响（这在事实上也是不可能的），按照中国传统学术经史子集的面目，纯粹用道与器、体与用、文与质的话语系统来研究中国文学史理论，那只能是闭门造车的做法，不免有井底之蛙的狭隘，难以彰显中国文学史理论哲理之思的合理性。只用通过对中西理论资源的审视、择拣与取舍，在融会与贯通中方能升华熔铸更具有包容性的理论体系；同时，不把任何一种文学史的立场本质化，不回避不同的立场和历史叙述所形成的张力，要把这种张力保留下来，呈现出来，这就不仅仅关乎开放包容的文化心态的培育，而且更需要敏锐地了解西方文学史理论的前沿观点。

　　我们应该清晰地看到：由于对历史本质认识的不断深化，文学史已经不再被视为仅仅是历史的真实的简单再现，而是文学史主体对历史的一种重构，它既不同于虚构，也不同于历史，而是一种古今融合中的效果历史；传统的进化史观、唯物史观、环境决定论、欧洲中心论受到严重挑战，文学作品的产生是融和了历史环境、文学传统、个人才智、时代要求等多种因素的复杂过程，后人对于文学史的书写与诠释也是仁者见仁，智者见智，因人因时而各有差异；文学史的撰写逐渐抛弃传统的套路，从时序排列的传记模式进入新的组合排列，譬如文体、主题、性别、地域等。

　　我们还应该注意到：20世纪以来理论研究的成果总是先于文学史的具体写作，当文学理论已经进入文化、结构、语义、符号、性别、全球化等语境时，文学史的写作还在社会政治、时代背景、作家作品的研究框架中，因此，两者如何同步的问题也是值得进一步关注的。虽然理论的重建之路总是充满了艰难险阻，但可以预见的是，近20年来这种理论纷纭变幻的发展大趋势，必将带来文学史撰写和文学史理论研究的新格局，更多具有学术个性的文学史争奇斗艳的新局面必定会出现。

其二，培养自觉的理论创新意识。归根结底，作为人类文学史的组成部分之一的中国文学史的书写是一项创新性的工作，尽管这一创新不乏继承与借鉴之处，但最终必须落脚于自觉自主的创造上，这是成功书写中国文学史不可或缺的思想基础与理论前提。

我们看到，最近20年的文学史研究取得了不少进展，譬如文学史研究对象与领域得到极大的开拓，文学史种类大量增加，文学史观念与研究方法不断丰富多样，文学史编纂体例出现诸如编年史、思潮史、思想史、学案史等多向发展，文学史理论研究的地位得以提升，有关文学史学术史与文学史理论的著作相继出现，等等。同时，随着消费时代的来临，文化研究的兴起，文学的界限正在被重划，文学史的范围也在不断变化，文学史理论研究正逐渐成为"大文论"研究的一部分。

但是，值得反思的问题也是不少的，最突出的体现在研究方法上，尤其是一些冠以比较名义的研究，将西方文论中的范畴、命题从其原生的思想文化母体中直接移用到中国文学史语境中，在一茬紧接一茬的西学语码、关键词，引领一个接一个热点与前沿的同时，却难免有囫囵吞枣、夹生不熟之嫌，亦不乏步履踉跄、力不从心之感。虽然历史结论在不断改写，定性标签在不断撤换，但是，这种皮相上的轰轰烈烈并不能从根源上掩盖我们理论创新的匮乏乃至裨贩跟风的平庸。从研究方法上看，大多源于对西方理论的照搬，研究模式的开拓和学科性的推进并不明显，而更加基础性、开拓性的论著仍然是有待来日。

与此相关的问题，就是厘清自己的学术家底。就整体研究状况来看，此前中国文学史理论对于中国传统学术之承传应该说是很不够的。究其根源，这不仅受制于中国传统学术之固有属性，譬如重社会功能忽略本体意义、重思想内容忽略审美价值、重"史"轻"论"、重"述"轻"作"等，而且与人们长期以来在"西方中心论"的主导下民族文化主体精神的隐而不显有着直接关系。

在今天，要实现中国文学史撰写与文学理论研究范式由西向中、由外向内的转化，使中国文学的自性逐渐完整地凸显出来，那么，建构具有民族特质的文学史哲学的理论体系，就必须提上议事日程了。中国传统学术蕴涵着能量巨大的学术资源，不仅构成几千年来中国思想的主流，也是中国思想发展日新又新的内在动力，值得今人借鉴并且能够出新解于陈篇的内容异常丰厚，譬如以天地人三位一体的哲学内涵和逻辑结构为文学史发展的思想根基，以复古观、循环观与通变观为主体的文学史发展观，以动静刚柔、有无相生、虚实相涵、动静合一、形神兼备、情景交融为审美追求的艺术表现手法，以天人合一、心物合一、美善合一、知行合一、情理合一为标准的价值理念，等等。

总之，面向未来，在中西文化的相遇中，要建构出理想形态的中国文学史理论研究体系，必须切实挺立中国文学的主体意识，达成现代视野与传统资源之间的健康互动，使中国文学之自性不再是以自在的形态而潜隐，而要在明确的理论自觉中成为自为的学术追求，在充分地成就中国文学史理论自性的自觉意识中推进中西理论互诠互释、共生共荣，使中国文化传统真正成为构成中国人理解中外文学和思考世界与人生诸问题的前提背景与理解起点，从而在古今、中西文学史理论视野的互动融合中形成新的意义世界。

中国文学史学史的建构及其发展

陈伯海[*]

一 文学史·文学史学·文学史学史

本书题为"中国文学史学史",显系由"中国史学史"的称谓套用过来。不过"史学史"一语已为人们熟习,而"文学史学史"之名目尚显得很陌生,有必要稍加界说,这还得从"文学史"和"文学史学"的概念说起。

通常所谓的"文学史"有这样两重含义:一是指文学自身的客观历史进程,二指研究者主体对这一进程的理解和把握,亦即客观历史进程的主观反映,这便是以撰著形态出现的文学史。跟"文学史学史"关系密切的,应该是后一种,也就是我们常说的文学史研究或文学史学科。

"文学史学"一词,亦可有两种理解。有时即用以指文学史这门学科,于是同上面所说的"文学史"的第二层意义相重合。不过眼下正在议论的关于创建中国文学史学的构想,则不限于早已成形的中国文学史学科,而是指以这门学科为对象,就它的实践和理论问题进行反思和总

---

　　* 陈伯海:上海社会科学院文学所研究员。本文系作者参与主持编撰的国家社科"九五"重点课题《中国文学史学史》一书(河北人民出版社 2003 年出版)的总导言,文章标题为《中国文学研究》刊发时编辑所加。

结。换句话说，它将是对文学史研究的再研究，本书取的便是这个含义。

作为文学史研究的研究，文学史学包括两大方面：一是对文学史研究的进程加以历史的梳理，这就是我们这里所说的文学史学史；二是对文学史学科的原理、方法作出理论的概括，可以称之为文学史学理论或文学史学原理。史学原理和史学史构成了文学史学的基本范围，它们都是建立在对文学史研究进行综合考察的基础上的。除此之外，也可以就个别史家或文学史著作加以评论，这就叫史学批评，不过史学批评的着眼点不是倾向于史，便是倾向于论，归根结底仍从属于史学史或史学原理。以上两大板块的划分自然极其粗略，进一步考虑，似可再细分为若干层面。比如就文学史研究的结构成分而言，有史料、史观、史纂之分；就其历史演进而言，有传统史学与近现代史学之分；再就其研究范围而言，有通史、断代史、分体史、专题史、民族史、地域史等区别；而若就其撰写角度和体例而言，又会有编年史、作家评传史、主题史、意象流变史、思潮史、流派史、传播史、接受史种种差异。对这些具体方面的研究，都可能构成史学史和史学原理下面的分支部类，目前还难以作全面设定。总之，文学史学是为总结文学史研究而创设的一门新型学科，关于它的构想当通过实践来给予充实和完善。

弄清了"文学史学"的概念，也就界定了"文学史学史"的性质，它是对文学史研究的历史进程所作的系统清理和总结。如上所述，作为一门学术的中国文学史是以中国文学的客观历史进程为研究对象的，其研究的成果便是各种形式的文学史撰著。但是，这一研究工作本身亦有其发展演变的过程，而这个过程又能成为另一门学科的研究对象，这便是中国文学史学史的由来。于此看来，中国文学史学史是建立在中国文学史这门学科的基础上的，它要对中国文学史学科的起源与发展、历史与现状、分期与分派、动因与动向等问题作出自己的考察、梳理、排比、阐说，实际上便成了中国文学史的学术研究史和学科发展史，这可以算是文学史学史的基本定性。

中国文学史学史同中国文学理论史、中国文学批评史、中国文学思想史、中国文学研究史等学科有一定的交叉关系。理论史、批评史研究历代有关中国文学的理论批评，思想史研究文学创作和理论批评所包含的文学思想，它们都有可能涉及文学史的观念和方法问题，这就进入了文学史学史的领域。至于文学研究史要求对中国文学研究状况作全面概括，则必然包括文学史的研究状况在内，于是文学史学史的内容便成了它的有机组成部分。但是这些学科都不能代替中国文学史学史的建构。且莫说理论史、批评史、思想史各有其特定的视角，并非以中国文学史的有关问题为瞩目对象，即使像文学研究史那样包罗广泛，而其中文学史的研究也只是一个局部，未必会成为其关注的焦点，更难以形成整体脉络。中国文学史学史则恰恰立足于文学史学科自身的历史进展，它要对这一进程的源流本末作出系统的归纳，就其方方面面加以独特的综合，这是任何别的学科所无法取代的。换言之，以历代有关文学史的研究（不限于理论形态）为其专门领域，以文学研究中的"史"的意识为其把握的核心，这可以说是中国文学史学史作为一门独立学科的个性所在，也便是文学史学史区别于文学理论史、批评史、思想史、研究史等相关学科的主要表征，当然不排斥它们之间的相互影响与相互渗透。

还需要说一说中国文学史学史和中国文学史学原理的关系。就某种意义而言，它们有着共同的出发点，即都是以中国文学史的研究实践作为自己的研究对象，力图在总结文学史经验的基础上建立自己的构架，并由此共同成为从原有中国文学史学科衍生出来的新学科，有如一母孕育的双胞胎。但两者在性质上又很有差异。史学史作为中国文学史的学术史，侧重在历史进程的梳理；史学原理作为文学史本体方法论的探讨，着眼于理论原则的概括。前者属历史科学，后者属理论科学，其学科体系和研究方法并不相侔。比较而言，历史的梳理较贴近于文学史研究的实践，理论的概括更需要高度的抽象，所以又可以将编写中国文学史学史当做建构史学原理的准备，前者因亦构成向后者过渡的桥梁。据此，从中国文学史到中国文学史学史，再到中国文学史学原理，便形成了广义的文学史学科的层级结构，而史学史在这一学科集合群里的中介位置和承上启下的作用也就昭然若揭了。

二 建立中国文学史学史的可能性和必要性

文学史学史的性质既已明了，接下来的问题便是：建立中国文学史学史究竟有无可能和必要？

先说可能性的问题，也就是中国文学史学史成立的根据，这可以用三句话来概括，叫做：两千年的传统渊源、一百年的学科演进和晚近二十来年的创新与突破。

大家知道，作为一门独立学科的中国文学史发端于 19 与 20 世纪之交，在这之前，不仅没有这门学科的完整形态，甚至连它的名称也未曾出现。但这不等于说以前就不存在文学史的研究。中国古代有历史悠久的文学传统，有大量作家和作品留传，相关资料分别收辑于历代总集、别集、史志、书目、诗话、笔记以及文人传记、年谱之中，是一笔积累丰厚的史料资源。历朝文人在其创作实践和批评活动中，为了借鉴传统的需要，都不免溯及文学流衍变化的过程，从而形成各种关于"源流正变"的看法，这就是他们的文学史观。而他们依据一定的观念，对当代或前朝的文学流变所作的评述，尽管散见于各类序跋、题辞、传论、奏议乃至杂著、书信之中，实即当时的文学史纂，不过尚不具备完整的史纂形式罢了。正因为尚不具备完整的史纂形态，加以古人和今人在观念上的差异，所以我们认定作为独立学科的文学史彼时未告正式成立，但其间积聚的史料、建立的史观和已然出现的各种形式有关文学流变的评述，则仍属于文学史研究的范畴，今人撰写文学史专著也少不了倚仗这些成果。因此，绝不能将这两千多年的传统渊源一笔勾销，要看到它们在文学史研究中的开创作用和至今仍然保持的现实意义，是我们今天建立中国文学史学史的必不可少的根基。

尽管如此，中国文学史形成一门独立发展的学科，则要迟至上一个世纪之交。最早的撰著，据已知材料，为日本古城贞吉 1897 年出版的《支那文学史》（1913 年有中译本由开智公司印行，题名《中国五千年文学史》），随后有笹川种郎 1898 年出版的《支那历朝文学史》（1903 年即有中译本由上海中西书局印行，题《历朝文学史》），英国翟理斯 1901 年版于伦敦的《中国文学史》和德国顾路柏 1902 年版于莱比锡的同名著作。以国人自己的编撰而言，窦警凡《历朝文学史》脱稿于 1897 年，至 1906 年始出版；林传甲《中国文学史》编于 1904 年京师大学堂设置中国文学史课程时，当年印成讲义，1907 年正式出版；黄人《中国文学史》约编于 1904—1909 年任教苏州东吴大学期间，亦作为教材由国学扶轮社陆续刊行，时间皆当 19 世纪末至 20 世纪初。从那时起至现今又一个世纪之交，短短 100 年间，中国文学史学科不仅经历了从"无"到"有"、由"潜"至"显"的飞跃，还由单一性的科目迅速繁衍、生息为庞大、密集的学科群落，有了通史、断代史、分体史、专题史各形态的分化和古代史、近代史、现代史、当代史诸领域的拓展，无论在史料的自觉积累、观念的变化出新、研究方法的科学化、撰写体例的多样化以及向外来思想和其他学科的开放、吸取方面，均与前人有重大差异，其成绩的显著有目共睹。在这过程中，研究工作自亦走过不少弯路，特别是因社会政治的变动而波及学术，造成大起大落、忽东忽西的局面，其惨痛的教训也值得深思。

改革开放以来，文学史的研究出现了空前未有的繁盛局面。据粗略统计，这段期间出版的各类文学史著作不下 100 余部，品种也特别繁多，不光有古代、近代、现代、当代的分野，而且有贯穿近、现、当代的 20 世纪文学史，把握由传统向现代转化的近 400 年文学思潮史，以及会通古今的中国文学通史。此外，断代如先秦、两汉、魏晋、南北朝、唐、宋、辽金、元、明、清，分体如诗、词、曲、赋、散文、骈文、小说、戏剧，民族如蒙、藏、侗、羌，地域如上海、福建、东北、湖南，思潮如古文运动、"诗界革命"、浪漫主义、现代主义，流派如江西诗派、桐城文派、学衡派、现代评论派，专题如山水诗、边塞诗、市民文学、女性文学，乃至各种主题史、意象流变史、文人心态史、传播接受史、中外交流史、文学与其他学术文化关系史等，皆有专门性著述问世，称得上琳琅满目。其研究视角也从单一的社会学、政治学立场转向文化心理、审美形态、逻辑结构与历史机制的多向开掘和相互补充，并有神话学批评、语言学批评、原型批评、意象批评、范式批评、文体批评、心理分析、结构分析、计量分析、系统分析等多种方法的倡导与试验，加以史料的系统收辑和撰著体例的推陈出新，整个研究工作呈现出一派勃勃的生机。及时地总结这些新的经验，促使现有的大好形势更健康地向前发展，是所有文学史工作者的共同心愿。

以上简略地说明了中国文学史学史成立的根据（可能性），同时便也触及建立这门新学科的意义（必要性）。历史的经验可以被总结，历史的经验更值得总结。面对眼下正在来临的世纪交替，处处都可以听到有关"百年反思"的议论，所谓"百年反思"不就意味着对已经逝去的这整个世纪来一个历史性的总结吗？中国文学史学史肩负的任务正是要在文学史研究领域进行这样的总结，不过不限于从当前回溯百年，还要从百年上溯往古，其反思的幅度更大大超过了这个世纪。当然，反思自身不是目的，目的是要开辟未来。通过反思，人们对已经走过的路有了比较清醒的认识，对正反两面的经验有了比较正确的把握，对正在趋向的目标有了自觉的追求，其将要从事的实践便会进行得更积极、更稳妥也更有效。

其实，这样的一种反思在文学史研究领域业已开始，它是以理论探讨的形式出现的，且历经几度起伏。早在1983年间，《光明日报》曾就文学史编写问题发起讨论，组织过几版专栏，实即这场"世纪末反思"的肇端，惜未引起学界足够的重视，规模和影响都比较有限。20世纪80

年代中叶，中国文学史的宏观研究得到倡扬，并产生了较大的社会反响，它是针对一段时期以来古典文学研究多局限于作家作品层面的事象罗列，缺少宏观整体性的把握和内在逻辑性的揭示而提出的，在研讨中引发了一系列的理论思考，从而导向文学史观念与方法的探究。这场争鸣兴起于 20 世纪八九十年代，断断续续地延伸了好几年，有过四五次专题性集会与报道，其中涉及文学史的性质、任务、内涵、方法、结构、形态各方面，诸如文学史的客观性与主观性、历史性与当代性，其构成方式中的人本与文本、道德与审美，以及其发展过程中的他律与自律、逻辑与随机等问题，无不关系到文学史学的理论建构。于是，至 90 年代中期，创立中国文学史学的建言便正式提上议事日程，它表明自"拨乱反正"以来的历史性反思终于找到了一个具体落脚点，也预示着中国文学史的研究将有可能迈开新的步子。

据此而言，当前关于文学史学的企望绝非出自一时的心血来潮，倒是有较长时间的酝酿和准备过程。它起于改革、开放形势下对历史清理和反思的需要，中经一系列理论探讨的催化与推动，最终到了呼之欲出的成熟境地。在这里，历史的反思是它的起点，理论的建设则是它的终局，这也是为什么我们将编写中国文学史学史视为过渡到史学原理的中介的缘由。不过两者并不能截然分开，建构史学原理固然要以总结历史经验为基础，而历史的反思仍离不开理论的指导。史学史和史学原理作为文学史学的两大部类，是在同一个时代精神的鼓动下得到诞生和成长的。

三　中国文学史学史的有机建构

现在可以进而讨论怎样来研究和编写中国文学史学史。这里要谈的不是一些操作技术上的问题，而是重在如何把握文学史学史的内在结构，亦即其各个构成部分之间的组合关系，这是建立一门学科的知识系统的先决条件。在这个问题上，又有两个方面需要顾及：一是横向的关系，即文学史学史这门学科由哪些层面合成；二是纵向的关系，即文学史学的历史发展该如何分期分段。一纵一横，一经一纬，两条线索贯穿起文学史学史的内在结构，共同交织成它的学科体系。这是学科赖以建立的支撑点，也是我们研究和解析这门学科的切入点。本节先讨论其横向关系，姑且称之为文学史学史的有机建构。

中国文学史学史是由哪些方面内容组合而成的呢？前曾述及，文学史的撰写离不开史料、史观、史纂三个方面。依据一定的史料，运用一定的史观，整合并落实为某种史纂的形式这就有了文学史的著述；而要考察和评价一部文学史，也越不出对其中史料、史观和史纂的分析批评。扩大开来看，要对一时期文学史研究的总貌作出判断，必须全面把握这个时期文学史学在史料积累、史观创新以及史纂编结上所达到的程度；而若要对整个文学史学科的历史进程加以概括，则又需要从史料的拓展，史观的演进和史纂体例的沿革因创等方面加以系统的追踪和梳理。于此看来，一部中国文学史学史实际上是由史料史、史观史和史纂史三个层面有机合成的，三者的分流并驰和交相为用，奠立了文学史学史的基本架构。

那么，三者各自的内涵与相互间的关系，应作如何理解呢？

首先，史料史，指的是文学史料变化积累的过程，特别是它的不断得到丰富和拓展的趋向，这是整个文学史学史赖以发展的基础。文学史作为历史科学，不能没有史实的依据；史料愈充足，史实愈精密，文学史的撰写便愈能得心应手，精确而全面。所以我们考察文学史学科的成长，必须以史料的拓展为重要尺度。需要说明的是，文学史料的变化积累不只有拓展一种趋向，也还有订正、辨伪即清除废料的方面，"拓"与"收"是同时并举的。但从总体上看，史料的积累日趋丰富，"拓"应该是基本倾向，史料史毕竟要以拓展为其主线。

文学史料的拓展又有多种形态。其一是由当代文学资料转化为文学史料。任何时代的现实的文学活动其实都是历史的延伸，它和文学史的进程是一脉相承的。但处在现时代环境下的人们并不把它当做历史，即使留存各种资料，也很少从"史"的角度来观照、整理，往往要等资料积聚到相当幅度，时间上也形成一定的跨度，当下这一页已然填满和即将翻过，这些资料才会被人从眼前的记忆中撤除下来，整理并串合到历史进程中去加以有系统的阐释。中国历朝以至近、现、当代文学资料都经历过这样一个由现实向历史转化的过程，这可以说是史料拓展的最普遍的形态。

其次，是文学史新分支的成立，也会带来史料范围的扩大。比如说，在我国传统的文学观念中，小说、戏曲、说唱、谣谚等俗文学或民间文学的形式长时期来"不登大雅之堂"，即不被认可为文学创作，有关资料也往往不作为文学史料来收集和珍藏，只是在这些文学样式发展到一定的高度，它们生命力的焕发受到一部分文人雅士的关注和赏爱，文学史家开始将它们纳入自己的视野时，新的史料学分支才有可能建立起来。同样道理，今天的文学史研究中提出了主题史、意象史、心态史、范式史、传播史、接受史、民族关系史、中外交流史诸种新概念，也必然会带来文学史视野的展开和文学史料学的拓新。

第三种形态是非文学史料向文学史料转变，可以举"红学"的演进作为典型例子。在"旧红学"阶段，索隐派风行一时，《红楼梦》的作者曹雪芹则鲜为人知，他的生平和家世也得不到文学史家的眷顾。"五四"以后"新红学"起来，考订曹氏为《红楼梦》的撰人，断言小说所写的故事里有作者自身经历的影子，于是其生平事迹、亲朋交游、家世渊源乃至旧居遗物，一一被潜心发掘钩稽，都进入了文学史料的行列，《红楼梦》的研究便也出现了崭新的局面。在这过程之中，原来被视为小说底本的材料如顺治帝与董鄂妃的情事、纳兰的家世等，则被剔出"红学"研究的范围，说明文学史料的拓展与清除确实是并存的。

还有一种情况，便是失落或遗忘了的史料的重新发现。20世纪初甲骨文的出土和敦煌文献的重见天日，提供大量新发现的文学史料，有力地推动了文学史的建设，是人所共知的。至于那种有意识的"遗忘"，造成某些方面的史料长期湮没不彰，待到机运转换再加以发掘并认可，这在文学史研究的进程中亦非罕见。总之，文学史学要把史料的拓展过程和演变规律作为总结学科发展史的一项重要课题，自是义不容辞。

如果说，史料的拓展构成文学史学发展的基础，那么，史观的演进则对它起着主导作用。文学史研究不仅要凭借史料，亦须立足于某种观点，因为历史从来就不是什么纯客观的写照，而是同观照着它的主体紧相联系的，在不同历史观念的烛照之下，史料的组合会呈现出不同的结构与风貌。比如说，同样是中国文学的历史进程，在传统文学史家心目中多显现为一正一变、一盛一衰的交替循环，到"五四"以后新史家眼光里却隐隐显显地看出一条向前行进的线索来，马克思主义者又把它分解为两个阶级、两条道路的斗争，至于时下用辩证论、系统论、信息论、突变论以及结构主义、形式主义、接受美学、原型批评等各种新的观念加以阐释，更将汇聚成五光十色、奇姿异彩的景观。历史永远是当代人的历史，文学史不能不一再重写，原因即在于此。故而我们讨论文学史学的进展，亦不可光着眼于史料的拓展，更须注意其整合史料、建构历史的思想方法和理论范式的演变，也就是文学史观的演变。从某种意义上讲，这个演变较之于文学史料的拓展，更足以标示文学史学的总体取向。刚才讲的从循环论到进化论，到阶级论，再到当前多元化文学史观的演进，不正体现出中国文学史学自身性质的转换，提示了这门学科由传统向近现代过渡的轨迹吗？

史观的演变既然在文学史学的建构上占据主导位置，它和史料的拓展便不能不交互影响，后者为前者提供材料的依据，前者反过来对后者起着引导和规范的作用。我们看到，正是中国古代文学传统的相对稳定，为循环论文学史观的产生奠下基础，而循环论模式的确立，又使文学现象间正变盛衰交替的秩序得以巩固。同理，中国近世文学的新变和"五四"以后新旧文学的尖锐对立，给予进化论乃至阶级论文学史观的出台以有力支持，而在这种新的历史观念支配下，原有史料中的文学进化和阶级对立的迹象则被逐一发掘出来甚或予以放大。延及前段所举小说、戏曲等俗文学史的开拓和新旧"红学"的遭际，其实也都有一个由史料发现引起史观转换，再由史观变革回过头来推动史料拓展的过程，史观史与史料史这两个层面总是这样相互渗透又相互推移的。

史料与史观构成文学史研究的两极，史纂则是它们的结合点与中介；换句话说，一定的文学史观念和一定的文学史材料，正是通过某种历史编纂形式而联结在一起，成为具体的文学史著述的。这一史纂形式也有它自身历史演化的过程，包括其体制从不独立到独立，从不完形到完形；包括其格局范围的分化与组合，如既有通史，也有断代史、分体史、区域史、民族史和各种专题史；亦包括其撰写体例的多样化，如发展出编年体、传记体、类别体、流派体、纪事本末体以及其他各种及综合性体例。对文学史纂的历史进程进行溯源别流，也属于中国文学史学史建构的题中应有之义。

还要看到，史纂既然是联结史观与史料的中介，便不能不反映两者之间的关系，且必然要受双方的制约。比如说，20世纪初期以"中国文学史"命名的著作，一般只限于古代文学史的范围，即使偶尔涉及近世文学变迁的内容，大多仅附在古代文学史的末尾，并不作为独立的时期划分出来，这显然跟近代文学史料尚处于初步积累的阶段，没有形成单独的史料学分支有关。而后，随着这方面史料的渐趋丰厚和整理工作的逐步加强，近现代文学的研究也逐渐由附庸蔚为大国，不单形成独立的题目，还有了专门的著述，标志着文学史新分支学科的建立。这应该是史料制约史纂的明证。从另一方面而言，文学史观点的演变亦给予史纂编结以重要影响。例如我国传统文学史学一向以诗文论评为大宗，戏曲、小说的研究相对薄弱，跟古代史家观念里崇雅贬俗的偏见分不开。但20世纪以来，率先问世的分体文学史撰著恰恰是积累较新的戏曲史和小说史，诗、词、文、赋各传统体式的史纂居后，自然又是文学观念变革、民俗文学受到重视的结果。此外，像妇女文学史、劳动文艺史、抗战文学史在二三十年代相继出现，亦明显打上民族民主革命形势下社会思潮变迁的烙印；至于各民族文学史乃至区域文学史在晚近的兴起，更是改革浪潮下民族和地区经济、文化发展在文学观念和文学史编纂上的投影。因此，我们的研究不能局限在就史纂谈史纂，应当力求透过史纂形式的演变，来全面把握史料史、史观史和史纂史三者的相互关系及其演进线索。

必须指出，上述文学史学三个层面之间的内在联系，同时也体现了这门学科与其他方面的关联。所谓文学史料无非是历代文学创作、传播与接受活动的遗留印记，文学史观与各种文学观、历史观、哲学观、美学观息息相通，文学史纂的体例、方法、文风也经常要受时代学术风气的制约，而这一切又都离不开特定社会环境与文化思潮的土壤和氛围。所以，把握文学史学史的内在有机建构，便同时意味着关注其复杂的外在联系，这是我们面对任何一个这样的开放系统从事研究时所不可忽略的。

四　中国文学史学史的发展脉络（上）

作为学科体系的中国文学史学史，其横向组合为史料史、史观史、史纂史的有机建构，其纵向组合便是它的整体发展脉络。表面看来，前者属逻辑关系，后者属历史关系，但实际上，逻辑的联系只有在历史的运动中才得以实现，而历史的运动也仍然包含内在的逻辑。故而我们在把握中国文学史学史的发展脉络时，必须遵循历史与逻辑相统一的原则，力求通过历史事象的梳理以揭示其自身的逻辑联系，使得中国文学史这门学科成长和演变的内在秩序能充分显露出来。

按照上述原则，我们考虑将整个文学史学史的流程划分为时间跨度上很不均匀的两个段落，即两千多年的传统渊源和近一个世纪的学科发展，其界标便在于中国文学史学科形态的成立。在这之前，中国文学史的研究尚未形成自己明确的专业范围，因亦不具备完整的学科形态；在这之后，学科体制及知识系统得以建立，并有了自身独立的演化轨迹。前者可称作传统文学史学，它是中国文学史研究的前学科时期；后者则为现代意义上的文学史学，是中国文学史作为独立学科发展的时期。由前学科向独立学科的演进，便构成中国文学史学史的基本脉络。不过这个提法有可能造成误解，即以为两千多年的传统史学仅是中国文学史研究的"史前期"，对这门学科的成长无足轻重，甚且可略而不计，这就大谬而不然了。称之为"前学科"，只是意谓它还不具备成熟的学科形态，并不应导致否认其丰富的学术内涵，更不能由此抹杀其重要的历史地位。考虑到这层因素，我们或许可以换个提法，将传统文学史学叫做"潜学科"，而将20世纪的文学史研究称为"显学科"。当前自然科学研究中有所谓"潜科学"一说，特指那些暂时还不具备成熟的科学形态，却有向科学形态转化潜能的研究。套用这个称谓，将具有丰厚历史积累却尚未形成完整学科的传统文学史学定性为"潜学科"，应该是说得过去的；而由潜在性相向显在学科形态的升华，遂成了文学史学由传统进入现代的标志。

为什么有两千多年历史的传统文学史学会长期停留在潜学科状态里呢？原因众多，而首要的一点，因为古人心目中并没有今天所谓的"纯文学"概念，也就不会有现代意义上的"文学史"观念。古代所讲的"文"，包括文采、文化、文字、文章等多方面含义，比较接近今人所谓文学作品的，是"文章"一义，但那是指成篇章的文字，并不专指文学作品。"文章"里也包括诗、词、歌、赋之类纯文学样式，却又把它们同论、赞、启、奏等说理性乃至应用性文字并列一起，不再给予特定的概括，于是文学与非文学的界限便显得模糊不清起来。加以古代文人雅士崇雅贬俗的心态作怪，往往将后起的通俗小说以及一部分戏曲作品排除在文章之外，这样一来，"文章"就更不能代替今人眼里的"文学"了。正因为如此，显示文章流衍变化观念的"文章流别"一说，自亦不能等同于今天的"文学史"。"文章流别"里包含了许多文学史的现象，而又同非文学文章体类的流变混杂在一起，且由于此说是从文章学的角度立论，更注重在文体分类和各种体类、体式的演变上，和今天的文学史研究视角亦有差异。这大概就是古代虽有悠久的文学史研究传统，却始终未能产生专门的文学史学科形态的主要原因。除此之外，古代社会盛行的复古思想容易导致人们将历史的典范与现实的追求混为一谈，于是文学史与文学批评、文学理论经常结合在一起。古人的思维重直观、重经验，多做印象式点评，少有系统的论述与逻辑严明的论证，也不利于现代意义上的文学史形态的展开。由此看来，文学史学上的传统与现代的区分似不能单纯着眼于"文学史"名目的有无及其学科专业是否确立，更要注意到因古今文学观念、文学体制的不同而造成文学史内涵与外延上的歧义，和因古今历史、哲学观念的不同而产生文学史范式的对立，乃至因古今思维方式的不同而出现研究方法、论述方法与纂写体例上的差别，这些才是从深层次上制约着其学科或前学科形态的质的规定性之所在。

传统与现代两大块的划分，界定了文学史学史的最基本轮廓，但不免粗略。为此，还需要从各块内部再区划出若干个较小的段落，以期更具体地展示这门学科由胚胎、完形以至成长、壮大的历史逻辑性。由于传统文学史学阶段独立的学科形态尚未形成，我们不能不主要参照文学史观的演进来把握其发展线索，兼顾史料的拓展和史纂形式的变化。到20世纪中国文学史学科正式成立，学科整体的演化轨迹便成为我们注目的中心，然亦不忽视文学史观在其中的主导地位。

先来看一看传统文学史学的历史进程。在本书古代卷里，我们以王朝为界标，将这段历史区分为六个段落，即：一、先秦两汉，为传统文学史学的萌生期。二、魏晋南北朝，为它的演进期。三、隋唐五代，是它由演进走向初步综合的时期。四、宋金元，作为它的转型期。五、明代，是它转型后的进一步拓展期。六、清代，为它的总结期，同时也是它经由蜕变而趋于终结的时期。六个阶段其实又可以归并为两个周期：从先秦两汉的发轫，经魏晋南北朝的演进，到隋唐五代的初步综合，是为第一周期；再从宋金元的转型，明代的进一步演变，以至清人的总结（蜕变），则为第二周期。两个周期和六个段落的界分，大体勾画出传统文学史学上下两千年间的运行路径，当然其间会有种种交叉互渗。关于这六个阶段的情况进展，古代卷绪论部分将有总体性叙说，不必重复。在这里，拟就传统文学史学进程中的四个关节点稍加提挈，便于扼要地掌握这段历史。

首先，是传统文学史学的生成，它同古代文学流变中"史"的意识的确立分不开。大致说来，先秦时期由于文学传统的积累方刚开始，流变现象不显著，"史"的意识亦不明朗，只是在有关乐论和辞说中稍稍涉及一点古今雅俗的区别问题，算是给文学史观的发生种下了胚芽。到两汉，诗歌、散文、辞赋的创作都有了一定的规模，文学现象的流衍变化开始进入人们的视野，于是出现了"风雅正变"、"诗赋源流"、"文学古今"诸说，表明"史"的意识已经在各个具体的文学领域分别生成。再到六朝，"文章流别"之说提出，各类文章的源流正变便有了一个总体性的概括。可见，文学史观念的生成也有一个发展的过程，既是"史"的识由隐而显，由局部而全局的升华、拓展，而亦是其范围由泛文化史观向文学史观的演进。文章流别论的产生，标志着这一进程的告成。与此相适应，原始的文学史料学也在经传、史志、诸子以及最早的文学总集与书目文献中渐见滥觞，传统文学史学粗具雏形。然而，这里所说"文学"，尚非现代意义上的文学，它是美文与实用性文章的总汇（或可称之为"杂文学"），甚至往往同一般学术文化的内涵相搅和，这又是传统文学史学不同于现代文学史学科的一个重要表征。

其次，要看传统文学史学的演进。从观念层面上讲，这是围绕着文学史上的"源流正变"这一核心问题而展开的。在两汉，就有"风雅正变"的区划和"文学古今"的辨析；至魏晋，正式展现为崇古与尚今两种趋向的对立；经南北朝，更演化为复古、新变、通变三大派别的论争；而终于在唐人对六朝文学新变的反思和自身新的创作实践（唐代"诗文复古"）的基础上得到整合，形成"以复古为通变"的文学发展路线，并相应地构成以"正—变—复"为基本环节的文学史演进模式，给予传统文学史学固有的"源流正变"观及其内在的循环论思维方式以较完整的表达形态。唐人的这一初步总结，不仅直接规范了北宋"诗文复古"，还影响到以后明清各代的"诗文复古"，使得"以复古为通变"成为中国古代文学史运行的最典型范式。在这期间，由于文学自觉意识的抬头和学术分科趋势的发展，文学史料的积累走向专门化，多种史纂形式陆续产生，文学批评中的"原始表末"、"溯源及流"等历史研究方法明确建立，均反映出这个阶段文学史建设上的巨大进步。

接下来谈一谈传统文学史学的转型，这主要指传统"源流正变"观的内涵由前期着眼于"质文代变"转向后期的考究"诗体正变"。"质文代变"说流行于六朝至隋唐间（两汉已有肇端，北宋仍承余波），它把古今文学的流变视以为由"质胜"（重内容）向"文胜"（重形式）的推移过程，而黜"文"返"质"就成了"诗文复古"所要追求的目标。"诗体正变"说则起源于宋，大盛于明清，它注重从文学体貌的变迁上来辨析古今异同，从而将学习、摹拟古人的风貌当做从事创作的不二法门。由"质文代变"说向"诗体正变"说的转换，意味着人们对文学的关注点有了变化，从政教功能的强调转向了艺术品位的讲求，但"伸正黜变"的思路并没有改变，也就未能越出"源流正变"的固有框架，只能算作传统文学史学内部的转型。在转型过程中，中唐以至北宋的复古思潮，特别是伴随这一思潮而兴起的"道统"和"文统"之说，起了重要的中介作用；唐宋以来风行的诗文"体派"论和"宗派"论，亦为"诗体正变"观的建立提供了助力。此外，像宋以后因雕版印刷的普及而推动文献整理工作的全面展开，由"诗体正变"观念的应用而促成"辨源别流"方法的日趋精密，以及在都市经济与文化生活繁荣背景下小说、戏曲等俗文学样式的蓬勃发展并开始受人注目，亦皆构成转型期的独特景观，须加留意。

末了一个关节点乃是传统文学史学的蜕变，也就是由传统史学向近现代史学的逐渐演化与过渡。在这个问题上，有必要多说两句，因为长期以来存在着一种偏见，认为现代意义上的文学史学科完全是从国外移植过来，与传统史学没有任何直接渊源，不能不稍加辩白。诚然，现有的学科体制和名目确系仿照国外成规而设置（包括林传甲所编《中国文学史》即声称仿日本笹川种郎书意），作为这一学科基础理论观念的"纯文学"观和"进化论"思想也是西方引进的，所以近现代文学史学与传统史学之间的确显现出很大差异，由传统至现代构成了一个飞跃。但这不应该导致割断它们之间的内在关联，尤其不能抹杀传统文学史学进程中所孕育并经历着的自身蜕变。造成这一蜕变的因素很多，给予决定性影响的，则是宋元以后俗文学的崛起。我们说过，在古代崇雅贬俗心态的支配下，小说、戏曲之类俗文学是不登大雅之堂的，文人偶有染指，也不会以之与传世的文章等而视之。这种情况后来逐渐起了变化。宋元之际的文人笔记里已有不少有关小说、戏曲创作和表演活动的记载，明清两代文士更大力搜辑、出版这方面的资料，俗文学样式广泛进入史家的视野，遂使传统"文章"的内涵发生了一定程度的变异，渐有向"纯文学"靠拢的趋向。延而及于晚清，一方面由于译介小说的风行，另一方面又因政治改革的需要，小说、戏曲之类俗文学的身价大大提高，小说至被誉为"实文学之最上乘"①。在这样情势下，现代意义上的"文学"观念得到突出体现，用"文学史"来取代传统的"文章流别"，便

① 楚卿（狄葆贤）：《论文学上小说之位置》，《新小说》，1903年第1卷第7期。

成了势之必行。俗文学的蓬勃发展，还冲击、打破了传统文学史学"源流正变"观念的一统天下。早在金元之交，便不断有人将唐诗、宋词、元曲相提并论，并据以作出"一代之兴，必有一代之绝艺足称于后世者"① 之判断。这个说法流衍于后世，遂有"体以代变"②、"法不相沿"③、"各求其至"④ 诸种议论，到清中叶焦循更推演出以"一代有一代之所胜"⑤ 为标目的一整套系统论述文学流变的见解。这种"文体代胜"的主张，以变化出新为宗旨，同传统史学的"伸正诎变"大异其趣，因亦跳出了其循环论的思维套式。而从主变化过渡到近世史学的主进化，亦仅一步之遥而已，我们知道，这个过渡是由王国维"一代有一代之文学"⑥ 命题的提出而完成的。

　　除俗文学的崛起推动文学和文学史观念的变革外，明清两代在史料积累与史纂形式的演变上也做了不少准备。受复古思潮的影响，明清学者对传统诗文的大规模结集和精心订补，其成绩是有目共睹的；他们还对各类俗文学作品加以收辑、整理，这些都为近现代文学史学科的成立打下了基础。在"诗体正变"观念的指导下，明人致力于各体文学源流正变的辨析工夫下得细，范围拓得宽，逐渐趋向系统的考察和全面的概括，一些专著开始具备了文学史的规模。清人承接明人的路向，而在重实学的时代风气笼罩下，加强了考证的功力和逻辑的成分。晚清西学的译介更促成史纂文体向析理精密、表述完整的方向发展。到世纪之初的教育改革，废八股，兴学校，带来专业设置与教材教法的重大变化，中国文学史这门学科连同其讲义著述的形态，便乘机破土而出。从上面的叙述可以看出，由传统文学史学到近现代文学史学科的建立，确有一个

---

① 　孔齐：《至正直记卷三引虞集语》，见四库全书存目丛书·子部·小说家类。
② 　胡应麟：《诗薮》内篇卷一，中华书局 1959 年版。
③ 　钟伯敬增定本：《袁中郎全集》卷一，《序小修诗》。
④ 　屠隆：《论诗文》，《鸿苞》卷 17 明万历本。
⑤ 　焦循：《易馀籥录》卷十五，《本犀轩丛书》本。
⑥ 　王国维：《宋元戏曲史·自序》，上海古籍出版社 1998 年版。

漫长的演化过程，各种社会条件（包括外来学术思想的影响）参与了这场变革，而传统史学自身的蜕变仍为其内在动因。研究文学史学史的总体进程，是不能割弃它的传统基因的。

五　中国文学史学史的发展脉络（下）

尽管如此，现代意义上的文学史学科的诞生，毕竟是一件划时代的大事，它开启了中国文学史研究的新行程。对这 100 年来学科发展的脉络，又该怎样来把握呢？依据我们的考察，可以大致分为四个段落，即学科的草创期、成长期、转折期和更新期。让我们依次做一点回顾。

草创期自 20 世纪的开首延续到其 20 年代中叶，确切地说，当断于 1923—1925 年间。从某种意义上讲，这仍是传统文学史学向近现代文学史学的转变与过渡阶段。一方面，独立的文学史学科已经建立；而另一方面，它还带有由传统学术因袭来的痕迹，尚不能给人以面貌焕然一新的感觉。即以被誉为国人自著之"最早的一部"① ——林传甲《中国文学史》而言，尽管其分篇分章追溯历史流变的叙述体例不同于旧编，而所述内容泛然包括群经、诸子、史传、诗文以及文字、音韵、训诂、文章做法等，独独没有小说、戏曲之类俗文学样式，可见作者的文学史观依然囿于传统的文章流别乃至国学源流的框架之中，同现代人的理解相距甚远。这样的例子在早期文学史撰著中并非罕见（如窦警凡《历朝文学史》干脆设"文学原始"、"经"、"史"、"子"、"集"五章分编）。后来一些著述虽陆续补入诗文以外的文学品种，而原有的杂文学体制并未得到清算，以致 1918 年出版并在当时引起较大反响的谢无量《中国大文学史》，仍不得不采取广、狭二义的文学界说来协调新旧两种观念的矛

---

① 　郑振铎：《插图本中国文学史·绪论》，作家出版社 1957 年版。

盾。直到 1923 年前后凌独见、胡怀琛、谭正璧的几种文学史相继问①，着意破除文学作品与非文学性文章之间的纠葛，明确标举"纯文学"的概念，我们才有了从内容到形式都符合现代人准则的中国文学史，这正可以作为学科草创期告一段落的界标。

当然，草创期的过渡性特点并不仅仅体现于文学史内涵与外延的把握上，诸如文学进化观念与传统"源流正变"说的并存，史纂论述体例与大量抄撮作品及文献资料的杂陈，王朝断代与历史分期的多种尝试（如谢无量《中国大文学史》即以"上古文学史"、"中古文学史"、"近古文学史"和"近世文学史"分编），这种显示出新旧转折过程中二重性变奏的迹象足以引发今天的史家去作进一步考论。与此同时，我们也要充分肯定这个阶段在创建文学史学科上的业绩。正是由于它的草创，我们才有了若干成形的文学通史著述，有了分体文学史、断代文学史乃至专题文学史的滥觞②，更有了大专各类学校文学史课程的普遍开设。而这些成果的取得，又离不开观念的更新和史料的拓展。比如说，分体史的编写不是从富于传统积累的诗、词、古文入手，偏偏由过去不为人重视的戏曲和小说发端，这个现象颇足玩味。再比如断代史之首重六朝，专题史之突出妇女文学，似亦含有某种深意在。草创期的过渡本质上属于推陈出新的过程，其创造性功能不容忽视。

草创期过后的成长期，大约从 20 年代中叶下延至 40 年代末，以 1949 年人民共和国建立为断限。这是文学史学科蓬勃发展的阶段，形成了现代文学史学建设中的第一个高潮。高潮的首要标志在于新型的文学

① 按凌独见 1922 年在浙江编有《国语文学史纲》讲义，次年 2 月改名《新著国语文学史》由商务印书馆正式出版，另胡怀琛《中国文学史略》1924 年 3 月梁溪图书馆初版，谭正璧《中国文学史大纲》1925 年 9 月光明书局初版。

② 分体如王国维《宋元戏曲史》出版于 1915 年，张静庐《中国小说史大纲》（仅总论二万字）出版于 1920 年，鲁迅《中国小说史略》出版于 1923 至 1924 年，断代如刘师培《中国中古文学史讲义》出版于 1920 年，专题如谢无量《中国妇女文学史》出版于 1916 年，皆开风气之作。

观念和进化观念已然深入人心，经由多方面的鼓吹和应用，演进为本阶段文学史研究的主导范式，甚至产生像刘经庵《中国纯文学史纲》、金受申《中国纯文学史》、谭正璧《中国文学进化史》、刘大杰《中国文学发展史》这样一些标题醒目著述，意味着具有现时代内涵的文学史学的告成。观念的彻底更新，带来视野的开拓和思想的活跃，不仅在前一阶段有所萌芽的断代文学史和分体文学史得到推广，出现了诗史、词史、韵文史、散文史、骈文史、赋史、戏曲史、小说史以及从先秦到明清各朝文学史全面开花的态势，还特别增强了专题性研究，开辟出诸如白话文学史、民间文学史、俗文学史、劳动文艺史、宗教文学史、音乐文学史、战争文学史、民族文学史乃至中国文学批评史和中外文学交流史这样一些崭新的领域，大大丰富了人们对民族文学传统的认识，反过来为文学通史的编纂打下更坚实的基础。鸦片战争以来的近代文学和"五四"以后新文学运动的史料亦开始有意识地收辑、整理，对史料的概括和研究正着手进行，原来附载于古代文学史末尾的中国近、现代文学渐渐分流而独立，成为新的分支门类。就这样，中国文学史由初期单一性的学科体制演化为多部类综合性的学科群，这也应该是进入高潮的重要表征。还要看到，文学史研究的实践又推动了理论的建树，有关文学史方法论的探讨在 20 世纪 30 年代前后渐形展开，一些新的思想命题如"白话文学正宗"论、"民间文学本源"论、"外来文化促变"论多创立于这期间，国外文学史家如泰纳、勃兰兑斯、朗宋等人的著述、见解被介绍和引用，无疑均有助于提高我国文学史学的理论水平。而在撰写形式上，本阶段相当一部分著作已逐渐摆脱前一时期那种说明加例证式的单调、刻板的教科书体，有了较为多样化和个性化的表现。这些都可当做文学史学科走向成熟的衡量尺度。

不过话说回来，这个阶段的研究工作中也并非没有弱点。不光是选题还不够宽，钻研还不够深，史料掌握不够全面，人员之间缺少有机配合，致使一部分著述流于肤浅、粗率乃至雷同因袭，更其严重的，是它用"纯文学"和"进化论"的模子来整合我们的文学传统时所暴露出来的形而上学的线性思维和庸俗社会学的倾向。这在片面地用"纯文学"来排斥"非纯文学",用"白话文学"来否定"文言文学",用"民间文学"、"平民文学"来贬抑"士大夫文学"、"贵族文学",用"写实文学"、"社会文学"来批判"唯美文学"、"山林文学",以及过分抬高外来文化的作用,夸大民族传统的落后保守性,认进步为绝对的进步,衰退为全面的衰退等方面,皆有充足的表现。这个缺失还直接遗留到下一阶段的文学史研究中,对 20 世纪中国文学史学的基本走向影响甚大,不可不加注意。

从 40 年代末到 70 年代中期,大致以"文革"结束和"新时期"肇始为分界,是文学史学科的转折期。所谓"转折",也有多重含义。一方面,社会的安定、政府的支持、文化的积累、教育的普及,促使中国文学史的教学与研究得以广泛开展,并由以往偏重在私人的讲学与著述转向规范化的公共活动,包括史料整理、史籍出版、教材与专著的编写、选题和研究的分工以及人员组合、梯队建构等,都逐渐纳入有计划运行的轨道,既保证了成品的一定质量,也便于整个工作有条不紊地进行。新中国成立以来的一批学术成果,都是在这样的基础上获得的。但是,这种大一统的模式也会造成限制视野、束缚思想的弊病,尤其当政治局面发生动荡,波及于文化教育方针之时,每每要引起文学史建设上的大起大落,这方面的教训并不在少数。转折的另一表现为马克思主义指导思想的确立。马克思主义在中国学术界的传播早在 20 年代即已开始,三四十年代间亦已扩展到文学史领域,但用为普遍的指导思想以取代进化论史学观,则是 50 年代以后的事。运用马克思主义的阶级观点和阶级分析方法于文学史研究,便于揭示文学流变与社会经济、政治变动的内在联系,肯定文学传统中的人民性与现实主义精神,克服庸俗进化论者只看形体演化、不问政治倾向的偏颇,但若加以狭隘的理解和直线式推导,也会引起两极对立的思维模式,将复杂多变的文学现象单一化。新中国成立以来广为流行的"现实主义与反现实主义相斗争"的公式以及"民间文学主流"论、反"中间作品"论、唯"政治标准"论、"愈是精华愈要批判"论,直至"文革"期间的"横扫一切"和用"儒法斗争"来贯穿全部文学史,实际上都是这种简单、机械的思维方式的投影。

这样说来,并不是要否定本阶段文学史建设的成就。应该承认,在有计划、有组织的安排下,加以文学史工作者的群策群力,无论是史料整理、材料编写、专题研究或队伍建设,从总体水平看,较之以往是有所前进的。60年代初期由中国社科院和部分高校人士集体编纂的两部《中国文学史》之获得普遍接受,成为一定时期内有关专业的稳定性教材和带有权威性的社会读物,正可作为本阶段文学史研究达到新的质量高度的明证。在此期间,学者们自觉地学习和应用马克思主义理论,更有广大青年学生的热情投入,先后引发了好几场激烈的论辩,尽管那种流于"大批判"式的做法极不可取,而论辩中提出的问题,诸如文学史的分期和演进脉络、文学盛衰的社会条件与内在根据、文学发展中的规律性、文学评价的标准、文学的批判与继承等,却是每一个严肃的史家所难以回避的,它将促使人们去作深一层的理论思考。另外,大力从事现代文学史的学科建设,也是本时期的一大建树。在相继出版的大批研究著作中,"五四"以来的文学史料得到重点发掘与整理,新文学运动的进程有了系统阐说,革命文学的传统获得充分发扬,而由于现代文坛上新旧对立的尖锐和党派纷争的剧烈,这方面的论述自不免带有泾渭分明的色调,从而对两极对立的思维定式起了推波助澜的作用。再将这一定势延伸到新中国成立以后文艺思潮的批评上来,处处设置对立面,事事上纲上线,便成了"文化大革命"的舆论先导。

"文革"结束,万象更新。从70年代后期起,文学史研究也步入更新期,出现了学科发展中的又一个高潮,于今方兴未艾。新时期文学史工作的"拨乱反正",是从打破僵化的两极对立模式入手的,它力图恢复科学论断的实事求是的作风,把理论概括建筑在可靠的实证材料的基础上。为此，文学史料的建设受到普遍重视，诸如《全唐五代诗》和《全唐五代文》的重新校理，《全宋诗》、《全明诗》、《全清词》、《中国近代文学大系》的编辑，《中国新文学大系》的续纂乃至一些重要的或过去被忽略的作家文集和传记资料的收辑订补，都迅速推上议事日程，一派百废俱兴的气象，在文学史学科的演进中可谓空前。随着史料的全面拓展，文学史研究的领域得到新的开拓，视角在不断更新，像政治、经济、学术、宗教、音乐、绘画、习俗、心理诸因素与文学流变的关系，以及文学自身在主题、意象、结构、范式、文体、风格、思潮、流派等方面的演化，都有了专门论述，分体史、断代史、专题史愈形发达。当代文学史成立，现代文学史重构，近代文学史复苏，区域、台港、少数民族和中外比较文学史兴起，文学通史建构，加以海峡两岸的学术交流和域外史学的输入与借鉴，文学史学科的推陈出新十分引人注目。在此基础上，理论探讨也日趋活跃，不光停留于具体问题的争鸣，还常提升为文学史学一般原理原则的探究，涉及中国文学的民族特质、文学史的运行轨迹、文学发展的动因和动向、文学演化的形态与逻辑，以及文学史研究的目的任务、学科的内在体性和层次结构众多方面，而各种学说思想如社会学、心理学、语言学、文化人类学、结构主义、存在主义、女性主义、接受美学乃至系统论、控制论、信息论、耗散结构理论等，亦尝试应用于文学史研究，给学科建设带来多元互补、分流并驱的繁荣先兆。总的说来，这一更化创新的趋势尚处在起步阶段，无论实践形态或理论总结均未成熟，亦不免有种种偏差谬误，而其前景无疑是广阔的。

　　追踪文学史学科由传统向现代演化的历程，我们可以清楚地看出它自"潜"而"显"、自"小"而"大"、自单一而多样、自幼稚而渐趋成熟的发展轨迹，这也就是中国文学史学史的内在逻辑。把握这一逻辑，不单为了回顾历史，更其重要的是面对现实，开辟未来。当前文学史研究的现状是从历史演变而来的，今后所面临的新局面要靠眼下的努力去开创。因此，回顾和反思它所走过的路程，包括其间的种种经验教训，都应该成为今天从事这门学科建设并为之创造美好未来的出发点。如果割断了历史，只看到循环论史观为进化论所取代，进化论史观为阶级论所否定，而那种单一、片面的两极对立模式又被当前多元互补、分流并进的趋势和格局所扬弃，那我们在理论路线上就会无所适从，我们将两手空空地进入 21 世纪，这对文学史学的建构是非常不利的。而若我们不鄙弃向历史学习，能够细心地考察文学史学演进中诸种内部与外部关系的交互作用，实事求是地估量各种理论观念、史料工作和史纂形式的历史成因及其利弊得失，认真地探索与总结其发展规律，我们就有可能获得不少宝贵的经验与教益，就会在理论和实践上得到武装，从而更自信也更有准备地迎接未来。

（原文发表于《中国文学研究》2001 年第 3、4 期）

中国文学史的演进：范式的视角

董乃斌[*]

　　将近100年前（1902），受国外学术和高等教育体制的影响，在《钦定京师大学堂章程》中，文学被作为一门专科与政、农、工、理（格致）、医、商等科并列了起来。随即在文学门里，便确定了中国文学史为必修的课程，并在1904年颁布的《奏定大学堂章程》中制定了相当详细的《中国文学史研究法》[①]。中国文学史从此成为一门大学课程，成为高等教育中的一门学科，特别是中文系的一门主课，直到今日还是如此。同时，很自然地，它又成为教授学者和许多文学工作者的一种研究理路、一种著述方式。100年来产生了数量可观的讲义和专门论著[②]，拿最初的文学史讲义或论著与今日的同类著作相比，任何人都不难发现那变化的巨大。中国文学史的100年，走过了从草创到成熟、从混沌到科学、从样式单一到形态多样、从数量有限到家族庞大，归根到底，是从传统到

---

　　* 董乃斌：上海大学学报主编、文学院教授。

　　① 参见璩鑫圭等编《中国近代教育史资料汇编·学制演变》，上海教育出版社1991年版。

　　② 陈玉堂《中国文学史书目提要》（黄山书社1986年版）收入20世纪初至1949年各类文学史346种。吉平平等编《中国文学史著版本概要》（辽海出版社1992年版）收1949—1991年各类文学史578种，其中1976年后出版者523部。黄文吉主编的《中国文学史书目提要》（台北万卷楼图书有限公司1996年版）收1949—1994年海内外学者的各类文学史1606种，内含台湾地区部分博士硕士论文。1995年以来内地新出版的各类文学史不下150种。

现代的艰辛历程，其间的曲折反复、成败利钝，已足以形成一部关于文学史的专史。为了对百年来的文学史演变发展进行梳理和分析，也为了建设一门与文学史原理有关的专门之学，本文引入范式这一概念——众多的文学史著作可以在范式的名义下进行概括分类，从这个角度探讨其特点和长短优劣，从而提炼出关于文学史原理的某些基本问题，既描绘出文学史学科的现状，又对它的发展趋势作出瞻望和预测。

一

范式，是英语词 Paradigm 的翻译，也有人译为范型、示范或典范等。当代美国科学哲学家 T. S. 库恩在探讨科学史、科学知识的增长和科学革命的动力、标志等问题时，从维特根斯坦的哲学中引出了这个表达方式。所谓范式，意味着一种为科学家们所具有的共同理念，所共同关注的问题，他们所共同遵守的操作规程和解决问题的方法，以及在科学实践中产生的某种公认的范例，等等。库恩认为，一门学科要成其为科学，范式的成立很重要。他甚至强调，范式的确立与否乃是划分科学与非科学的依据。在他眼中大部分社会科学之所以还只能算"前科学"，就是因为它们至今尚无范式可言。他还认为，科学的进步主要不表现于渐进的演化发展，而是靠激烈的革命，其标志也就是范式的更替。至于革命怎么会发生，范式何以会变更，就不可预卜也说不清楚了，用库恩的说法，可能是"突如其来"，也可能是某个科学家的"恍然大悟"①。这样一些观点，我们当然不能全盘接受和照搬硬套，但受其思路的启发，经过理解和扬弃，却仍然不妨试用于文学史学。

---

① 库恩的主要著作《必要的张力》、《科学革命的结构》均有中译本，分别由福建人民出版社、上海科技出版社于 1981 年和 1980 年出版。此处请参见施泰格缪勒《当代哲学主流》下卷，王炳文等译，商务印书馆 1992 年版，第 710 页。

据笔者了解，学界普遍认为用范式的演变来总结百年来中国文学史的发展历程，不失为一种富有概括力、比较科学的方法。当然，这里首先就要有一个前提，那就是我们绝不认为中国文学史至今还处于前科学状态，也不认为文学史无范式可言。其实，实在不必把范式看得那么神秘，也不需要给范式制定僵硬的条条框框。范式只是具备了某些基本属性的一种用于科学研究的框架，在我们用以审查、分析具体文学史著作时，范式只是一种观照角度、一种思维工具而已，没有必要为了它本身的含义而锱铢必较、胶柱鼓瑟。另外，根据中国文学史的百年发展，我们觉得其范式有一个逐步形成、渐进演变的过程，这个过程主要体现为累积性的渐变，而不是莫名其妙的突变（当然也不排斥突变的存在），而其变化的原因也是可以探究、可以阐明，至少可以作出科学假设，而不是纯属偶然、无法知晓的。应该说，我们的范式观来自库恩的理论，又与他不尽相同。

当我们试用范式理论来观察中国文学史的百年史，分析形形色色的文学史著作的时候，首先就会碰到一个问题，便是怎样来分辨一部文学史属于何种范式，或换一种说法，一部文学史属于何种范式，是由什么来决定的呢？而为了说明这个问题，就又必须首先弄清文学史的性质，也就是给文学史下一个定义。

何谓文学史？中外学术界曾有过许多从不同角度提出的说法，概括起来无非两种。一种重视文学的外部关系，把文学看做人类社会生活和心理、感情的反映，文学是人类文化的一个重要方面，而文学史便是人类文化史的一部分。研究文学史就是要弄清文学作品产生的社会生活渊源和不同时代背景。法国文论家朗松持此观点最力[①]，丹麦文学史家勃兰兑斯声言："文学史，就其最深刻的意义来说，是一种心理学，研究人

---

① 见朗松《文学史方法》，昂利·拜尔编《方法、批评及文学史》，徐继曾译，中国社会科学出版社 1992 年版，第 3—4 页。

类的灵魂，是灵魂的历史"①，显然是他的同调。他们研究文学史比较多
地从制约文学发展演变的外部因素着眼，其观点被人视为"他律论的文
学史观"。

另一种与他们不同，强调文学的内部联系。以俄国形式主义论者为
代表，更愿将文学史看成文学形式（体裁、语义、音韵、修辞、结构、
手法等）发展变化的历史，"文学史的对象是文学形式的演变本身，社
会文化与作家传记对文学史的影响不在研究之列"，"研究文学史的方法
应排除心理学和社会学，不应当把文学史放在其他文化系列的范围内加
以研究"②。他们的文学史观常被称为"自律论的文学史观"。中国的文
学史家虽与形式主义论者的哲学基础与理论背景不同，但也有不少人将
文学史看做各种文体兴衰隆替的历史，认为应该而且可以从文体流变的
角度来写文学史。

还有很多人从作用、功能、效应等角度来说明文学史的性质，如说
文学史乃大学的一门课程，教育体系中的一门学科，是研究文学的一种
思维理路，是学术著述的一种形式，或认识历史的一种特殊角度和方法，
等等。更有一些人从肯定和传承民族的传统文化，从破除对外国文化的
盲目崇拜、鼓舞民族自信心，甚至从争夺文化话语权的角度来给文学史
定性，真可谓说法纷纭，不一而足③。

文学史究竟是什么，这是一切文学史家工作的逻辑起点，中国早期
文学史家对此不能不有所思考。中国最早的两位文学史编著者之一黄人，
在其《中国文学史》的总论中就是从文学史与历史文学之关系与区别、
文学史之效用谈起的；不过，这位身为南社成员的热烈爱国者当时更为

---

① 勃兰兑斯：《十九世纪文学主潮》第一分册，张道真译，人民文学出版社
1988年版，第2页。

② 参见陶东风《文学史哲学》第四章第一节"形式主义的文学史理论"，河南
人民出版社1994年版，第147页。

③ 参见黄霖《近代文学批评史》第九章《中国文学史学》，上海古籍出版社
1993年版。

热衷的是将文学史作为唤醒国民意识、宣扬革命的教科书，所以他更为重视文学史的社会功用而并未从学理方面阐述文学史的性质。后于他的谢无量，在其《中国大文学史》的《绪论》中，对"古来关于文学史之著述"举出"流别、宗派、法律、纪事、杂评、叙传、总集"等七例后，只说："今世文学史，其评论精切，或不能逮于古，然实奄有以上诸体以为书。"① 仍然未对今世文学史之性质作进一步明确的解说。直到20世纪30年代，许多文学史家也总要在书中首先对文学史的性质论述一番。钱基博在1917年草创其《现代中国文学史长编》及后来在无锡国学专门学校、光华大学讲学时，把对文学、文学史、现代中国文学史的义界作为一个先决问题在其《绪论》中做了阐述，这种做法在当时颇具代表性，其对文学史所下的定义，既概括了同时代人的看法又具有较长的时效性。在论述了文学的特性之后，钱氏说到了文学史：

> 推而论之，文学史非文学。何也？盖文学者，文学也；文学史者，科学也。文学之职志，在抒情达意。而文学史之职志，则在纪实传信。文学史之异于文学者，文学史乃纪述之事、论证之事；而非描写创作之事。以文学为记载之对象，如动物学家之记载动物，植物学家之记载植物，理化学家之记载理化自然现象，诉诸智力而为客观之学，科学之范畴也。不如文学抒写情志之动于主观也。

后面又提到："盖文学史者，文学作业之记载也；所重者，在综贯百家，博通古今文学之嬗变，洞流索源，而不在姝姝一先生之说；在记载文学作业，而不在铺叙文学家之履历。"并提出文学史的"事""文"与"义"的问题："夫文学史之事，采诸诸史之文苑；文学史之

---

① 谢无量：《中国大文学史》卷一，上海中华书局1918年版，第43页。

文，约取诸家之文集；而义则成于文史之属有取焉。"进而对他视为灵魂的文学史之"义"作出阐说："文学史者，则所见历代文学之动，而通其变，观其会通者也。此文学史之所以取其义也。"① 概而言之，钱氏强调了文学史的科学性，认为它的职志在记叙（实证），功能是在观其会通（探寻演变线索和规律）。应该说，这是早期中国文学史家对文学史性质认识最明晰的表述，实际上也一直反映了当时和后来许多文学史家的共识。

说到文学史的社会功用，当然可以是多方面的，传播知识，弘扬传统，鼓舞民气，助益政治等，就看具体如何运用；但它的功效只能建筑在其性质的基础之上，而不能无限夸大，更不能随意滥用。若要超过限度，利用文学史充当政治斗争的工具，使之超负荷地承载，那是后来人们对它的不正当利用，会逼迫它走上歧路。

近年来，对于文学史性质的反思，其基本思路是回到学术上来。在作为"面向 21 世纪课程教材"的四卷本《中国文学史》的《总绪论》中，主编袁行霈对"何为文学史"提出了"一个最朴实无华的、直截了当的回答"，那就是："文学史是人类文化成果之一的文学的历史"，"文学史属于史学的范畴"，其具体意思则有以下几层：文学史应立足于文学本位，重视文学具有感染力和审美价值的特点；应紧紧围绕文学创作来阐释文学的发展历程，文学文本处于文学史的核心地位；文学的社会背景、创作主体、批评和鉴赏、传媒和接受等，也是文学史的题中应有之义②。这些观点大体上反映了近年来学界对文学史性质问题的思考。此外，在近年来发表的许多有关论著中，对文学史的职志、目标、内容等也颇多论述，然而对于"文学史究竟是什么"

---

① 钱基博：《现代中国文学史》，岳麓书社 1986 年据旧本重印，第 4—7 页。
② 袁行霈主编：《中国文学史》第一册，高等教育出版社 1999 年版，第 3—4 页。

这个文学史学原理的最基本问题，却总还没有从学理上给出一个明晰的回答，也就是没有一个明白的、可以为大家所接受或哪怕是可供讨论的定义。

但为了建设一门学科，这个关涉到其研究的对象、方法、具体内容和成果性质的基本定义又是必需的，因为它是此后一切运作的基本出发点。

那么，文学史的定义究竟应从哪里来？笔者以为，大量的文学史实践、实践中的成败得失，正是提取文学史定义的丰厚源泉。根据对百年来各个时期、各种类型中国文学史的研究分析，笔者觉得似可将文学史定义为：

> 依据一定的文学观和文学史观，对相关史料进行选择、取舍、辨正和组织而建构起来的一种具有自身逻辑结构的有思想的知识体系。

这里，处于最关键地位的是"建构"二字，指的是文学史研述主体的创造性活动，包括写作前的阅读、思考、设计和按某种体例把研究所得对象化的整个过程。在"建构"一词之前的"文学观、文学史观和被处理的相关史料"，是建构文学史的基础与条件，是它们的综合作用决定着文学史的模样，也就是范式。分辨文学史范式，主要就是分析渗透于史著中的文学观和文史观，以及由其所决定的史料的范围、性质和处置办法等。当然，这三个方面并非同时等量地在起作用，所谓辨析文学史范式，正需按照每部此类著作的实际情况对它们作具体分析。

在"建构"一词之后的"具有自身逻辑结构、有思想的知识体系"，则是文学史家建构活动的结果，是文学史的根本性质和特点所在。一部文学史总有其自身的结构——历史是漫长的、无始无终的，而史述却必须有起有讫，并且要确定起于何时，讫于何时，还需对历史作出一定的分期，勾勒出其发展变化的曲线；它还必须确定自己的叙述以何为主体，是把文学史写成作家系列呢，还是作品系列，抑或是文体类型、风格流派、创作方法的系列？倘若有交叉，又如何地交叉？再具体地说，倘若是将文学史写成作家系列（像勃兰兑斯的《十九世纪文学主潮》、中国社会科学院文学研究所主纂的中国文学通史系列和袁行霈主编的《中国文学史》大体上即属此型），那么就得确定如何选择叙述对象，如何来安排他们的位置，哪些单讲，哪些合论，给每个作家多少篇幅等。上述种种都决定着这部文学史本身的结构，而不管史学家如何操作，其中必须体现出前后一贯的逻辑，否则就不成其为有序的历史，不成其为科学的知识体系。然而，这里存在着一个悖论：历史发展固然有合乎逻辑，即有规律的一面，但历史更有随机、偶然，即非逻辑、无规律的一面；而且即使是前者，历史的逻辑或规律也并不总是呈现为显性状态而往往是隐蔽的、模糊的，往往表现得曲折而复杂，甚至存在许多假象。因此历史事实虽是客观存在，但历史研究和著述却离不开史家的认识、判断和思想的贯穿。文学史研究也完全是这样一种探索的过程。然而，文学史的性质又不允许仅仅罗列史料而不涉及它们之间的联系或因果承传关系，于是，史学家往往是带着某种理论预设，去努力发明出或构筑起一个在逻辑上充分自足的体系，并用种种史料来捍卫其合法性，结果愈是构建得完整周密、似乎无懈可击的体系，其中史家个人主观想象和推理、设计的成分可能愈重，而距历史真实倒不一定更近。归根到底，一部文学史具有怎样的逻辑结构，离不开编者本人所拥有的和意欲表述的"思想"。文学史属于何种范式，往往就于此显现出来。

二

如果以文学观为基本观察点，笔者以为，中国文学史可以根据文学观的宽窄新旧大致分为三种范式，即泛文学观范式、纯文学观范式和新的大文学观范式。

文学观的内容固然丰富，但其核心则是何谓文学，即对文学本质和特性的认识，对文学内涵与外延的确定，对怎样的文本才算是文学文本的判断，而这就决定了文学史家取舍史料的范围和处理史料的态度，决定了他们将会把哪些文本和作家写入文学史中，从而从根本上制约着文学史的面貌，区分出文学史的范式和发展的阶段。笔者在《文学史范式的新变——兼评傅璇琮主编的〈唐五代文学编年史〉》一文①中，曾对此做过分析，认为林传甲、黄人、谢无量、曾毅等诸家文学史所持的是传统的泛杂文学观，他们将许多被后来的新文学观所排除的"非文学"文体（如经术、小学、子史和某些应用文）也阑入书中，鲜明地显示出本学科草创期文学观尚囿于传统、比较混沌的特点。而从胡适的《白话文学史》到刘经庵的《中国纯文学史纲》，再到郑振铎、陆侃如、冯沅君、刘大杰、林庚等人以及20世纪60年代两部著名的集体编写的中国文学史，则表现出接受西方近代文学观念，即所谓纯文学观，而大力删汰所谓"非文学"或"已死亡"的传统文体，使文学史研述趋于科学化的努力。这也就形成了与前一阶段明显不同的文学史的新范式，可以划出一个新的阶段。度过十年动乱，中国文学史研究事业重新繁荣起来，经过20年左右的反思和探索，人们开始觉得应将西方近代纯文学观的科学要求和本土古代文学实践与理论的历史传承进行适当的结合与互补，建设一种新型的、既具科学性又具民族特色的大文学观。这种认识不同程度地表现于20世纪90年代出版的许多文学史著中，如程千帆与人合著的《两宋文学史》和《程氏国语文学通史》、袁行霈主编《中国文学史》和傅璇琮主编《唐五代文学编年史》等。目前，中国文学史范式正在发生深刻变革，表面看来似乎有些回归传统的意味，其实是标志着文学史研

① 该文发表于《文学遗产》2000 年第 5 期。

述向科学化、现代化的坚实迈进。

文学观还包括对文学特质和功效的理解，文学是载道辅教的，还是言志抒情的？还有文学的评价标准，即什么样的文学才算好文学、美文学？对这些问题的不同回答也决定着文学史的建构——把什么置于正统主流，把什么视作变格甚至旁门？给谁以褒？给谁以贬？这些都足以导致对整个文学进程的不同看法，使不同作者所写的文学史呈现出不同面貌，从而使文学史分居于不同的范式之中。

文学观的不同决定了文学史的基本面貌和范式。进一步，便要看文学史观了。文学史是历史著作的一种，文学史观是历史观在文学领域的体现，其中心问题是：什么是历史？已逝的历史过程与书写的历史文本是什么关系？历史的实在性体现于何处？历史的主人是谁？历史的动力是什么？历史的发展是否有规律可循？如果有，又是否能够把握，并如何加以表述？等等。文学史家不一定在书中正面回答这些问题，但却不能不在其叙述和分析中或显或隐地表现出对这些问题的认识。而史观的不同，就更足以决定一部文学史所属的范式。罗根泽在 1934 年回顾中国文学史的简短历史，曾有一段非常精彩的议论。他认为"在这短短的 20年间，治文学史者之态度与观点，一向是随着社会的急变而急变。""五四"以前是传统的封建意识为主，"五四"以后一度是资本主义意识占了上风，近来则是社会主义革命意识发展起来，反映到文学史的观念和编撰上，情况便是：

> "五四"以前泰半是用观念论的退化史观与载道的文学观来从事著述，例如谢无量的《中国大文学史》和曾毅的《中国文学史》，"五四"以后则泰半是用观念论的进化史观与缘情的文学观来从事著述，例如陆侃如和冯沅君合编的《中国诗史》、郑振铎的《插图本中国文学史》以及本书（指郑宾于《中国文学流变史》）。最近大出风头的是辩证的唯物史观与普罗文学观，本此以写成的有贺凯的

《中国文学史纲要》和谭洪的《中国文学史纲》①。

　　这段话不但清楚地概括了中国文学史作为一种"有思想的知识体系"在20世纪30年代所体现的主要思想及其各自思想的来源、性质和特色，而且实际上也揭示了文学史范式的一个重要侧面和它们前后演化替代的状况。在不同史观的指导下，文学史家所建构出来的"知识体系"必然是具有不同"自身逻辑结构"的，各部文学史面貌的不同，除所用史料和表述语言有别外，最根本的差异就在其体现史观（含价值观）的逻辑结构上。有意思的是，文学史观的守旧往往与文学观的混沌有缘，而文学观的科学趋向也往往带来史观的革命性变化，这就使我们前面依据文学观所做的三段分期，如从史观的变异上来分析，竟也大致可以适用。

　　中华人民共和国成立后，确立了以唯物主义和辩证法为根本特色和指导地位的历史观，即通常称为历史唯物主义的史观。这是一种科学进步的史观，可惜在很长一段时间内被机械化和庸俗化地理解了，造成文学史范式多元化状态一度消失。出版于1949年以前的一些文学史著，也纷纷修改重订，在史观和对作家作品的评价上向这单一的范式靠拢。这种范式一度走上极端，那就是1958年大跃进、厚今薄古、拔资产阶级白旗运动中由青年学生编著的一批文学史②。而60年代初由大学教师和科研人员分别集体编写的两部中国文学史则成了这一范式成功的典范。这个范式的哲学基础，是将人类一切活动的本质视为阶级与阶级的斗争，进一步则是路线与路线的斗争。因此，一部人类史乃是阶级斗争史，甚

---

　　① 罗根泽：《郑宾于著〈中国文学流变史〉》，原载《图书评论》1934年第二卷第10期，收入《罗根泽古典文学论文集》，上海古籍出版社1985年版。
　　② 如北京大学和复旦大学1955级同学分别集体编著的《中国文学史》，由人民文学出版社和上海中华书局先后于1958年9月和12月出版。北京师范大学1955级同学集体编著的《中国民间文学史》，亦于同年由人民文学出版社出版。

至是路线斗争史；文学史是人类文明史的一部分，自然不能例外。于是，对于作家作品的阶级论观点和阶级分析方法，便是这种范式的根本特色。无论是 1958 年，还是 1962—1963 年出版的文学史，都是依照对人民态度如何，在历史上有无进步意义这样的政治标准来衡量作家作品，而将艺术水准置于第二、实际上是很次要的地位。表面看来这两种文学史有明显的不同，但从史观的角度严格说来，二者基本上属于同一范式。只是前者更为绝对，更强行地将阶级斗争、路线斗争观念移植到文学史中来，并杜撰出带有文学色彩的"现实主义与反现实主义"两条路线斗争的历史规律，它们所建构的文学史发展的逻辑结构，不是文体的演进更替，也不是风格的因继变化，而是阶级或路线的不断斗争；而后者也并没有从根本上改变这种逻辑，但取消了某些过于绝对的说法。另外，前者是更为简单地以人为单位，对历代作家做阶级成分和政治路线的划分，大批古代作家受到否定，汇总起来也就从整体上贬低了中国文学；而后者则比较强调具体问题具体分析，放弃以人画线的办法，改为以作品为单位，对作品作具体剖析，尽量寻找值得肯定的东西。这样，即使某些基本上要被否定的作家，也就有了一些可供肯定的作品，中国文学史也就改变了只见斗争而成就寥寥的状况。60 年代两部集体编著的文学史在斗争史观范式的笼罩之下，虽不能从根本上改变突出阶级斗争路线斗争的"逻辑结构"，但却努力将"知识体系"建构得尽可能地稳妥平实，把比较准确可靠的文学史知识传授给学生和读者，它们之所以能风行 30 年之久，自非偶然。

"文革"结束，拨乱反正，文学逐步回到文学自身。出现了一系列新编文学史，它们不但在文学观上逐渐显示出新范式的品质，在文学史观上也同样有所变革。从批判"文学史是儒法斗争史"开始，文学史大都不再简单地用阶级斗争路线斗争史观来贯穿（当然也不是一概否认文学上的分歧与论争），不少学者著文比较深入地批判了以斗争史观贯穿文学史的那种范式。80 年代中，"重写文学史"的口号提出，虽然是从现当代某些作家的评价问题入手，但其实质是在于改变文学史观，并从这个方面推动范式的新变。90 年代出版了多种中国文学史，有的虽是旧作或以旧作为基础加以修订改写，但在新的历史条件下出现，却令人有耳目一新之感。如程千帆的《两宋文学史》（与吴新雷合著）、《程氏国语文学通史》（与程章灿合著）、刘大杰《中国文学发展史》40 年代的初版和林庚的《中国文学简史》等，这可以说是新时期文学史范式多元化的先声。

<h1 style="text-align:center">三</h1>

　　文学史应该是一个知识体系，而且是有思想的知识体系。这里所谓的"思想"，范围不限一端，而是很广，既可以包括文学史家的人生观、世界观，也可以包括伦理道德观念、价值取向准则、一般的社会思想乃至个人的审美趣味、人格情操以及上述种种的交融汇合，不过，论核心则还是文学观和文学史观，尤其是史家对文学史的总体看法、对文学史发展规律的认识等。文学史因史家的思想不同，也就会形成不同的面貌，归于不同的范式。

　　胡适 1928 年写《白话文学史》，是"要大家都知道白话文学史就是中国文学史的中心部分"，"要大家知道白话文学是有历史的，是有很长又很光荣的历史的。……国语文学若没有这一千几百年的历史，若不是历史进化的结果，这几年来的运动决不会有那样的容易，决不能在那么短的时间内变成一种全国的运动"。原来，用白话文学史为提倡白话文的新文学运动张目，这就是胡适编撰这部文学史的动机和指导思想，《白话文学史》这个知识体系，就是依照这个思想建构出来的。

　　钱基博"积十余岁"之功创写"起王闿运以迄胡适"之《现代中国文学史》，固然是要记述清末民初文坛诸耆宿之成就，而其一个重要的思想动机则是要载录其时某些革命弄潮儿（如章炳麟、康有为、梁启超、严复、章士钊、胡适等）的"另一面"，特别是他们后来的思想转向，所谓"康南海，维新之先锋，而垂老有笃古之论"，"严又陵与南海、任公同时辈流，早年声气标榜，抵掌图新，倡予和汝，而临绝哀音，乃力诋康、梁，以为'社会纲纪之灭裂，少年心性之浮薄，谁生厉阶？二公实尸其咎'，感慨恻怆，言之雪涕。"所以他特意点明："读者以此一帙为现代文人之忏悔录可也。"① 忏悔成了这部文学史的贯穿性思想，其范式意义当然与后来许多推崇文学革命的近现代文学史不同。

　　1958 年出版的一些文学史贯穿着斗争史观，把文学史看成是"现实主义与反现实主义"或"民间文学与文人文学"的斗争史，这种对"文学史规律"的概括也是一种思想，根据这个思想，当时的学生们也构筑起了某种知识体系，形成一种富于彼时时代气息的文学史范式。它为现实政治服务的主观企图和客观效果，都是明显的。而以人性的发展为文学史主线，则是章培恒、骆玉明主编的《中国文学史》的贯穿性思想，依此思想构建的文学史知识体系，具有浓厚的新时期思想解放的气息，自然也就具有了不同的范式意义。上述几种文学史，作为知识体系，其科学的程度和某些不足，显然与作者的思想密切相关，而思想的差异也就成了区分范式的极重要的依据。

　　在新出的文学史著作中，章培恒、骆玉明主编的《中国文学史》在范式变革的意义上很值得注意②。此书长篇《导言》追本溯源，从最基本的文学观问题"文学的定义"讲起，对"耳熟能详"，即现代以来已形成传统的文学定义提出质疑，突出了文学"以情动人"和"以美悦人"的特质，论证了应以"体现人类本性的成分"多少浓淡衡量文学价值和艺术成就，"文学的进步是与人性的发展同步的"，以及"就人性的

---

① 见岳麓书社 1986 年重印《现代中国文学史》所附的 1932 年跋语。
② 章培恒、骆玉明主编：《中国文学史》，复旦大学出版社 1996 年版。

发展与文学形式演进的间接联系来看，则审美意识与文学观念是主要的中介"等观点，并对文学史的内容做了具体的规定："一部文学史所应该显示的，乃是文学的简明而具体的历程：它是在怎样地朝人性指引的方向前进，有过怎样的曲折，在各个发展阶段之间通过怎样的扬弃而衔接起来并使文学越来越走向丰富和深入，在艺术上怎样创新和更迭，怎样从其他民族的文艺乃至文化的其他领域汲取养料，在不同地区的文学之间有何异同并怎样互相影响，等等。"这当然也就是他们这部文学史所追求的学术目标，而从人性发展的角度论文学之演变，也就成了贯穿于本书所建构的知识体系中的思想。《导言》举出许多实例来说明这种思想，并据此对一系列传统的说法提出异议，如认为"至迟从周代起，贬抑个人就成为我国文化——特别是中原地区文化——的主流"，"基于这样的文化背景，我国先秦的文学作品没有从个人——具有独立人格的个人——出发的反抗挑战之声，只有当诗人以群体利益的代表的身份出现时，才敢于愤激地抨击对方"，《诗经》中就有许多这样的作品；甚至像《将仲子》这样追求爱情的歌声，也是"严格克制"的，而《秦风·蒹葭》、《古诗十九首》等，虽是千古名篇，但"并没有对人的内心世界作任何具体描绘"，"没有显示鲜明的个性特色"，由此引申到："当这种不具体、细致地开掘人的内心世界的做法成为文学的普遍现象时，就会限制叙事文学（特别是虚构的叙事文学）的发展"，中国的长篇小说和戏剧之所以晚熟，即与此有关。而对《牡丹亭》、《拍案惊奇》等作品中描写的个人爱情追求和由此导致的对专制礼教的反抗，则给予了高度的评价。此外，对李商隐诗、柳永词爱情内容的阐述，特别是对辛弃疾词所蕴涵的英雄失落意识和"乱臣贼子气"的剖析，都体现了这种思想。如果这部文学史能以此思想贯穿全书各个章节，那么它所呈现的价值评判体系和"自身逻辑结构"，将从根本上不同于前此所有的同类著作，创造出一种新的文学史范式。可惜现在做得不够理想，虽然如此，但还是透露出不少新鲜的气息。

　　由于"知人论世"、"时运交移，质文代变"、"文变染乎世情，兴废系乎时序"① 之类思想深入人心，也由于社会—历史批评方法影响深远，迄今为止，体现于文学史中的史观以属于他律论者，即将文学发展变化之因归结为文学外部原因者居多，而像西方形式主义者那样有意搁置文学与社会的联系而专从形式角度研究文学史，即持自律论文学史观者很少，从这种史观的角度去构筑中国文学史体系而成为一种范式的，还不多见。但在新时期中，也开始有学者朝这个方向努力了，1999 年出版了一部《中国近百年文学体式流变史》②，就是按小说、诗歌、戏剧、散文、批评五种文学体式分卷撰写，从细致剖析它们各自文体特征的角度来建构文学史的。分开来看，它的每一卷也就是一种小说史、一种新诗史、一种现代散文史等，但其"自身逻辑结构"和所阐发的思想，却跟我们常见的小说史、新诗史或现代散文史大异其趣，讲出了许多前此同类文学史所没有讲过、在以往范式中也不可能讲到的内容。以其小说体式卷对鲁迅小说的分析来看，它基本上不讲鲁迅小说的思想、主题、艺术风格之类一般现代文学史或现代小说史中重复过无数次的内容，而是抓住鲁迅小说的体式，从其根本不同于古典小说的现代性，着重从小说表现技巧的层面作了虽然简略初步却具有开创性的论述。此书认为现代小说基本可分为情节—性格类和心理—情绪类两种，鲁迅均有尝试，且有上乘之作；在此基础上，又将鲁迅小说细分为以叙述具有一定故事性质的事件为结构主体的情节小说（如《药》、《风波》、《离婚》）；以写实性生活片断为结构主体的片断小说（如《一件小事》、《示众》）；以刻画人物性格、勾勒人物命运线索为结构主体的性格小说（如《孔乙己》、《阿 Q 正传》、《祝福》、《端午节》、《肥皂》）；以对人物心理过程的展示

_____

　　① 　《孟子·万章》："颂其诗，读其书，不知其人，可乎？是以论其世也。是尚友也。""时运"、"文变"两句出自刘勰《文心雕龙·时序》。

　　② 　冯光廉主编《中国近百年文学体式流变史》，人民文学出版社 1999 年版。

为结构主体的心理小说（如《狂人日记》、《伤逝》、《白光》、《弟兄》）；以特定的氛围渲染和情感、意蕴表达为结构主体的意绪小说（如《故乡》、《在酒楼上》）等五类。对每一类都举出实例进行具体剖析，如谓性格小说尚可再分为片断联缀型和细节放大型两种，《祝福》、《阿Q正传》属前者；《端午节》、《肥皂》属后者。又云心理小说还可分为往往采用第一人称手法表现的主观心理体验型和多用第三人称手法的客观心理剖视型两种。通过如此的分析，便论证了"在中国小说由古典艺术形态向现代艺术形态的转变过程中，鲁迅小说无疑应该是一块被特别提及的里程碑"①。该书的其他几卷也都紧扣"体式"的演变来梳理文学史，为此提出了不少新的概念和范畴，如批评体式卷参考阿尔贝·蒂博代《六说文学批评》将批评分为自发的、职业的、大师的方法，将30年代的文学批评分为职业批评（以周扬、冯雪峰、胡风为代表）和教授批评（以周作人、梁实秋、朱自清、朱光潜、李健吾为代表）两类等，然后对各自的体式特征作了具体分析。这部《文学体式流变史》所表现出来的从形式乃至技巧演变视角研究历史发展的理论趋势，是一种新的文学史范式将在中国兴起的重要信息。中国古代文论中的文体（从体式、风格到文字技巧）研究，从曹丕《典论·论文》、陆机《文赋》、挚虞《文章流别论》、刘勰《文心雕龙》以来，其实有着极为丰富的遗产，今日的学者一旦有了从文学内部发掘文学史动因的自觉意识，并参考汲取西方文论的有关方法，一定能够在前人提供的良好基础上创造出更新更具时代气息的文学史范式。

形形色色的西方文论思想必然会对文学史范式的新变产生重大影响。目前出现的《中国古典文学接受史》一类著作，显然就是在接受美学理论的启发下产生的。该书作者有感于"在以往的文学研究中，

---

① 冯光廉主编：《中国近百年文学体式流变史》上册，人民文学出版社 1999 年版，第 89 页。

人们往往注意了文学作品是如何产生的，而忽略了它们是如何被接受的，忽略了读者的接受在文学生产过程中的作用，从而将丰富复杂的文学现象简单化、片面化"，特意"打破了过去以作品为中心的固定角度，转而从读者接受的角度来重新审视文学史，"通过"考察研究者文学接受活动的特点借以总结一个时代的文学接受倾向，""从读者反应的角度探讨历史上的文学作品在某一特定时代的特殊效应"①。这部文学史与一般文学通史的相同之处，是从先秦按王朝更替一直讲到清代，但由于它是从接受、传播的角度来讲的，而且对"接受"又细分出文人接受、大众接受；诗歌接受、小说接受、散文接受、戏剧接受；垂直接受、水平接受；参与性接受、阅读性接受、观赏性接受；以及实用、审美、批评和艺术再创造等接受层次，因此其内容就跟一般通史有了很大的不同，如"隋唐五代的文学接受"一章讲到李白杜甫，就主要不是论述他们的创作，而是介绍唐人对李杜的种种评价，以及"李杜优劣论"的产生；又如"元明的文学接受"设"娱乐传播：戏剧演出和说书活动"一节，通过对明万历至崇祯间三份剧目的比较，分析了不同阶层、不同地域戏剧观众的接受特点，等等。这些在一般通史中往往不提或语焉不详，而接受史则予以专述，遂成为一部视角新颖的文学史。该书目前的叙述还比较简单粗糙，但在创造一种新的文学史范式上却着了先鞭。

为了说明在文学史研述中思想制约范式的问题，这里还可举出一部新出的文学史为例，那就是朱寿桐主编的《中国现代主义文学史》。把书名中的"主义"二字拿掉，它就成了"中国现代文学史"。事实上，无论从时间的起讫，还是叙述的对象而言，它也确实就是一部讲述中国现当代文学史的书。然而，它与一般常见的现当代文学史范式大异其趣，它是依据鲜明的现代主义文学观念（思想）来构筑其知识体系的。

①　尚学锋等：《中国古典文学接受史·绪论》，山东教育出版社2000年版。

著者的基本观点是：现代主义不但是中国现代文学史上的客观存在，而且应与一向被视为正宗的现实主义、浪漫主义"鼎足而立"，该书的任务就是要"将现代主义当作中国文学史特定过程中的一脉传统来理解，并注重对这脉传统的发生机制、发展阶段和基本规律作尽可能清晰的描述"①。著者相当自觉地意识到自己的写作"寓含着一种可能的观念更新"——事实上，不是"可能"，而的的确确就是观念更新，没有思想上的进境，就不会有这部文学史。该书《导论》论述了现代主义的概念内涵和现代主义文学在中国的命运及其演进的大致脉络，作为全书叙述的理论前提。由于全书有了这样一个贯穿性的思想，中国现代文学史就被叙述成了另一番模样。首先，最显眼的是一大批以往现代文学史上根本不提或一掠而过的作家登上了舞台并成了主角。如王独清、穆木天、于赓虞、李金发、施蛰存、梁宗岱、戴望舒、徐訏、袁犀、张爱玲、钱钟书、冯至以及袁可嘉等九叶诗人，还有一批名字更为生疏的台湾作家，也在"偏隅发展期"的名义下得到了评介。以这样的一些作家为主体而构成的现代文学史，当然与人们戏作简括的"鲁郭茅、巴老曹"式的现代文学史大异其趣。其次，极为引人深思的，是本书在像鲁迅、曹禺这样向来被判定为现实主义文学大师的身上和作品里发现了不少现代主义的东西，而且阐释剖析得相当深刻细致；至于田汉、郭沫若这样的浪漫派，徐志摩、闻一多这样的唯美派，本书对他们现代主义面目的揭示就更加无可怀疑了。许多以往争论不休、难以解释的问题，如鲁迅《狂人日记》、《药》、《孤独者》等小说、散文诗《野草》和《故事新编》中某些篇章的思想倾向、艺术特色，如曹禺话剧《原野》的主题和艺术师承，本书均作出了较为清晰妥帖的论析，走出了只持现实主义、浪漫主义理论武器者在此类问题上捉襟见肘的困境，表现出一种实事求是的科学态度，从而使文学史达到了新的科学高度。再

---

① 朱寿桐主编：《中国现代主义文学史·导论》，江苏教育出版社 1998 年版。

次，十分难得的是，在处理现代主义与现实主义、浪漫主义关系的问题上，本书并无扬此抑彼的成见，尤其没有因其书要着重写现代主义，便对它有所偏袒。在许多章节的叙述中，倒是让读者明白了所谓现代主义其实并不与现实主义绝缘，无论现代主义者如何大力运用象征的、心理的、感觉的、意象化的、意识流的，乃至弗洛伊德精神分析的手法，他们的作品无论多么神秘唯美、怪异荒诞，甚至表面看来难以理喻，却总是这样那样、曲折隐晦地反映着一定时期的社会现实和人们的心理现实。现代主义是现代社会或至少是正在走向现代的社会的产物，而不是空穴来风，也不是某些人头脑中凭空产生的东西。《中国现代主义文学史》在许多具体问题上也许尚可商榷，但它创新范式的意义却是无可争议的。

朱自清曾经在为林庚《中国文学史》作序时批评当时的某些文学史："这些文学史大概包罗经史子集，直到小说剧曲八股文，像具体而微的百科全书，缺少的是'见'，是'识'，是史观。"① 这话自是有的放矢而言，但深究起来却有缺陷，因为按照我们上面的分析，一部文学史总隐含着某种思想，哪怕是最起码、最简单的文学观和文学史观，而毫无思想的文学史倒很难找到。从范式的角度而言，根本无法归入某种范式的文学史，也是不存在的。当然，文学观也好，文学史观也好，确有原创因袭、科学混沌、精切粗陋、深刻浅薄、新颖陈旧、先进落后、现代传统之别，也就有优劣高下之差。我们理解，朱自清所希望于文学史的"见"、"识"和"史观"，应是原创的、科学的、精切的、深刻的、新颖的、先进的、现代的；这与我们对文学史所含"思想"的具体期待，实质上是一致的，因为这样的文学史才不是史料的堆砌，而成为具有科学性的知识体系。中国文学史的范式，从最初的混沌、传统发展到今天，经历了从单一到多元、一度重又单一、而今再度走向多元的曲折

---

① 见林庚《中国文学史》，厦门大学出版社 1947 年版。

道路。目前，文学史研述的状况是日益趋于更健康更富有活力的范式多元和类型增扩①。文学史研述的繁荣前景是没有疑问的。

（原文发表于《中国社会科学》2001 年第 6 期）

---

① 文学史类型与范式既有密切关系，又属不同问题。类型的区别更多地表现于史体和编例。类型的分法有多种，或以史体分为编年、纪传、本末、章节诸体；或以编者情况分为独著型、合著型、集体编著型；或以品位功效之别分为讲义型、专著型、普及型等；或以表述倾向之别分为叙述型、阐释型，等等。比较常见的则是按时间原则分为通史、断代史；按地域原则分为全国史、区域史；按民族原则分为全民族史、单个民族史；按文体类别分为各种文体史；按文学的题材、主题、人物、撰写者和接受者乃至上述各因素的交叉分为各类专史。目前的情况是文学史类型正在日益增多，当个人著史愈趋繁荣之时，文学史类型的增扩将表现出比范式新变更强劲的发展趋势，因为创建范式毕竟比尝试类型困难得多。

文学史·文学史实践·文学史学

——文学史元理论的三个层次

温潘亚*

　　文艺学的研究至少包括三个组成部分，即文学理论、文学批评和文学史①。长期以来，我国的文艺学体系建构比较侧重前两者，而轻视甚至忽视文学史理论，这一方面说明我国的文艺学学科建设尚不完善，同时也是因为目前学术界对文学史理论的研究开展得极不充分。如何在仅具有百年历程的中国文学史理论和学科建设的基础上建构出一套科学完整的文学史理论体系，进而指导新世纪的文学史实践，便成为摆在我们众多文艺学研究者面前的亟待解决的问题，也是避免当前我国众多的文学史教材千人一面、低水平重复的关键。文学史作为一个概念可分为三个层次：一是文学史，即客观存在的原生状态的文学发展史，又称文学实践史。二是文学史实践，也就是文学史的研究与撰写工作。三是文学史理论，即文学史的内在关联性，是关于文学史学科的理论体系，也就是所谓的文学史学。三者之间的关系如下：文学史，更多的文章称为文学史本体，它自始至终客观存在着，不以人的意志为转移，它构成了另

---

　　* 温潘亚：盐城师范学院副院长，教授。
　　① 美国著名文学理论家韦勒克在其与沃伦合著的《文学理论》一书中便持这种三分法的观点。

两个层次的基础。文学史理论是从文学史实践中抽象出来的，体现出对文学发展规律的某种见解。文学史实践则是文学史家们在某种文学史理论指导下研究分析与描述文学实践史的过程①。

一　文学史

客观存在着的文学史现象是如此的纷繁杂乱，犹如物理学上所说的"紊流"。文学史的发展进程离不开文学创作者们的种种活动，而每一个作家都有自己独特的生活道路、个性特点、表述风格，从内容到形式再到语言，总之，在文学领域内到处充满了特殊性、偶然性、随机性和可变性。原生态的文学史具有这样一些特点。

第一，它是多发的、多方向的，因而是非规范的。"文学的发展是众多其他的因素伴生着的，文人们往往以块团的形式崛起。块团与块团间，依据于多重关系，构成一种既竞争又沟通的文化网络"②。第二，是同空间上的多发性、多向性相一致的是文学史的发展在总体上是无目的的、进退往往是随机选择的特点。文学史的发展有其内在的逻辑进程，但却不是预成或可以预感到的，更非决定论的。第三，是文学史某一新方向的开辟往往是在偶然性、机遇性中，经过艰难的代代相承的努力而曲折地完成的，在总体上无目的的文学史运动中，每一个阶段的进程往往又会自成首尾，它是由民族思维的发展、文学自身发展的内在要求、社会条件的许可、杰出文学家和理论家的作用等因素迭合而成。第四，则是由于每一个时代文学家们的活动在整体上是一种混沌的勃动，因而文学史是生成的，但又是非线性的，等等。那么，文学发展到底有无规律呢，

---

① 王建：《论文学史作为历史——从盖尔维努斯的文学史观看近代文学史的形成》，《外国文学》1995 年第 3 期。

② 王钟陵：《文学史新方法论》，苏州大学出版社 1993 年版，第 84 页。

只要我们实事求是地深入到文学史实中去，就不难看到许多在一定条件下反复出现、相互联系，甚至表现为因果关系的文学现象，对这种种现象的归纳和概括，人们的认识往往就接近了客观规律。应当说，文学史的发展是有规律可循的，但绝非单一的、平面的。布吕纳介认为是体裁发生了变化，俄国形式主义认为是文学手段发生了变化，因为每个文学时代、每个文学流派都有一套特有的手段作为其特征，这些手段体现了文学体裁或者潮流的风格。梯尼亚诺夫认为是形式和功能的重新分配构成了文学的可变性，形式改变其功能，功能改变其形式，文学史最迫切的任务便是研究这种可变性，因而他断言，文学史的基本概念就是体系替代的概念。托多罗夫用三个隐喻来表示文学史的内在规律性：第一个是植物模式，即文学机体也像一个有生命的机体一样诞生、开花、衰老并最终死亡，可变性的规则就是有生命的机体的规则。第二个是万花筒模式，它假定构成文学作品的各种要素是一次给定的，而作品变化的关键仅仅在于这些同样的要素的新组合。第三个是白天和黑夜模式，文学史的变化就是昔日的文学与今日的文学之间的对立运动①。加之文学史的他律论模式从文学的各种外部因素出发寻找文学发展的动因。上述众多的对文学史发展动因的归纳均有其特定的立足点和独特的内涵。其实文学史现象是纷繁复杂、丰富多彩的，我们很难从中抽象出一种放之四海而皆准、验之百代而无讹的规律，但规律是客观存在的，不断地对此加以认识、归纳和总结，努力追寻科学的文学史规律便是文学史家们义不容辞的任务。

人类历史是一条不见首尾的滔滔长河，历史、现实与未来仅是人们习惯的、相对的划分，其实并没有绝对的界限。因此，文学史其实就是文学的昔日的生态史，是文学在一定时代、一定文化体系中的生存状态，具体包括三个层次：首先是最具体的文本，是后人可见的物化态的

---

① 托多罗夫：《文学史》，转引自《涪陵师专学报》1999 年第 1 期。

文学；其次是由作品深入到人，到作家、读者和一切人的心灵；再就是宏观地涵盖一切文学现象、文学运动、文学思潮、文学流派的文学氛围。三个层次呈现出由实到虚、由窄到宽、层层深入、浑然一体的关系，进而决定了文学史本体的相对性和无限性的性质。所谓相对性是由文学生态中无数的偶然性和文学研究者的主观性所决定的，纷纭复杂的文学生态犹如变化万端的人类社会生活一样，充满了偶然性、突发性，任何一个文学史家想穷尽文学史本相的愿望都是无法实现的。所以在相对性之中又蕴涵着文学史本体的无限性，文学虽然只是大文化体系中的一个个子系统，但由于它牵涉到人，牵涉到人的全部生活和思想感情，因此它的生存状况便只能是无限的了。这就为文学史研究的不断发展、永无止境及不断的重写文学史提供了广阔的施展空间。

文学发展的连续性表现为一种动态的时间序列，其自然发展的过程大致可归纳为以下几种：首先是时间序列，文学史的继承性决定着文学发展不可能全部抛弃以前的艺术积累和文学传统，无论是渐进的演变，还是飞跃的变革，都是"抽刀断水水更流"。任一历史时代的文学都是有源之水、有本之木，总有其来龙去脉，文学历史的长河永远奔腾不息，文学的总体发展是连续的、一脉相承、藕断丝连的，包括其各个局部。它既是社会发展大系统中的一种运动，又是文学系统的自身运动；其次是艺术序列，文学发展同时还是一种艺术的发展，一定的艺术序列总是显示着艺术的不断变化、创新、进步，不断进入新的境界，这就使艺术序列呈现出多种多样的形态，如艺术进化序列、文体演化序列、文风演变序列、文学潮流序列等。

这一切均明确地告诉我们，仅从他律论或自律论的模式出发归纳文学史流变的规律是不够科学、辩证的，同时，把文学史流变视作一个又一个向上的螺旋或文学发展是一个新事物战胜旧事物、代代更替的进程，也是片面的、主观的。这就需要我们在对文学史发展规律的归纳中处理好本体论和认识论、必然性与偶然性的关系，挖掘好一般与特殊，长时段、中时段与短时段规律之间的层次性。文学史的发展总是随着时代的不同而展现出不同的面貌，真实的文学史是存在的，但其面貌是变化的。从总体上说，不存在永恒不变的文学史面貌，所以，文学史研究可以一代又一代无止境地进行着，既然文学史总是在一定的视角上被认识，那么每一个时代人们视角的变化必然导致对文学史的认识发生变化，文学史家们当然应该既有继承，又有创新，这就好像绝对真理与相对真理的关系，每一个时代对文学史的理解都是相对的，但在这种相对的理解中又有着历史真实的绝对。

二　文学史实践

文学史的存在是两重的，首先，文学史存在于过去的时空之中，也就是它的客观的、原初的存在，尽管它已消失在历史的日益增厚的层累之中，但在书籍、文物、人类的生活与思维方式以及民族的文化心理结构中仍然留存着过去的足迹。其次，真实的文学史依赖于文学史家们对这些存留物的理解来复现，所以，文学史便获得了第二重存在，这就是我现在所说的文学史实践。"一切被保存下来的历史遗存，在它离开了产生它的环境背景之后，往往会变成一个封闭的复合的没有指称的意义总体，从而为阐释学留置了广阔的空间"①。而后人对文学史的种种解释与复现的努力，即文学史实践必然表达着文学史家们的种种理解。

《法国文学史》的作者居斯塔夫·朗松曾对文学史与历史学加以区别，认为两者的对象即历史事实虽同是"过去"，但文学作品的"过去"是一种与读者的"现在"有联系的"过去"，即文学史的对象永远具有现实性，因此不能把文学作品当做一种"历史文献"来看待。是文学作

---

① 王钟陵：《文学史新方法论》，苏州大学出版社1993年版，第86页。

品的内在本质决定了文学作品具有艺术的意图或效果，具有美或形式的魅力，能够在读者身上激起想象的回忆、感情的冲动和美的感觉。因此，文学史研究虽然也采用历史的方法，但与历史学有着根本的区别，它在触及一般事实，揭示有代表性的事实，指出两者关系同时，更着重于在文学表现中研究人类精神和民族文化的历史，更为关注具体的作品和作家的独特性。朗松的工作为使文学史实践脱离历史学、社会学和文学批评的束缚，进而成为一种运用历史社会文化方法认识文学及文学现象的独立学科作出了巨大的贡献。

我国的古代文论中一直零星地散见着各种关于文学史的观点和认识，但始终未能形成较为系统完整严密的学科理论体系。陶东风在其所著的《文学史哲学》一书中，将20世纪50年代以后至今占主导地位的文学史模式存在的问题归纳为五个方面：（1）机械的他律论；（2）传统文化与治史模式；（3）自律性的失落与形式研究的贫乏；（4）系统观念的失落与流变研究的贫乏；（5）体例的僵化与研究主体性的失落。社会环境、作家介绍、作品分析（思想分析加艺术分析）三者机械的拼贴相加便成了通行几十年的编写模式，堪称"文学史八股"①。看不到文学史研究者的个性特征与自由创造性，也就谈不上个人的独立思考和独到发现。这说明我国的文学史实践存在着深刻的危机，必须在深入把握文学史学科属性的基础上，以文学史哲学为指导进行全面彻底的反思。对文学史性质的探讨其实是文学史理论建构中的一个带有根本性的问题。文学史究竟是历史的事实呢，还是一种审美的事实，两者之间的关系又是如何的呢？

马克思主义哲学原理对此是这样表述的，历史是人类社会生活实践的总和，文学的审美活动是人类实践的一个方面，它们之间是部分与整体、部分从属于整体、审美活动不能不受到整个历史进程制约的关系。

---

① 陶东风：《文学史哲学》，河南人民出版社1994年版，第12—20页。

有人曾把文学史研究内容分成三个部分，即"文本"与"前文本"的关系，也就是文学作品与产生这些作品的作家、社会的关系；"文本"与"后文本"的关系，即文学作品与接受这些作品的读者、评论者的关系；再就是在"前文本"、"文本"、"后文本"的三者关系中确定文学史的研究角度、研究方法问题。其实，在具体的研究中，三者是一个不可分割的整体，只是侧重点不同而已，如果仅谈一点，不及其余，这样的文学史必然是片面的、教条的，当然也就谈不上科学性。新时期以来，我国的文学史界努力突破将文学作品用来图解政治的陈腐观念，注意从多方面、多角度、多层次地阐发文学与社会生活之间的联系，诸如文学史与文人心态、社会风尚、科举制度、市民生活、外来影响，以及与佛教、道教、儒学、玄学、音乐、美术等的关系，拓宽文学史观照的视野，但不论是心灵史、习俗史、思想史、文化史、精神史等，这些终不属于文学审美的历史。

从文学史的自律论模式出发，有些文学史家则把注意力集中到对"文本"自身的价值、意义、结构方式、语言形态等的研究上，以期在"文本"自身的更迭关系中寻找文学史内在的演进规律。认为文学史研究的目的就是要从系统的结构出发，揭示系统的变化与发展，进而揭示文学发展与演变的整体风貌。一部具有结构意义的文学作品、一个相对独立的文学时代，它为文学史的发展与进化所提供的实际上是一个具体的意义单位或称个体意义，代表着一个相对独立的审美规范，这个意义单位同时又被整体观念或整体意义，亦即文学史的系统质所规范。文学史进程的实质就是具有相对独立意义的审美规范的历史转换，文学史研究就其本质而言，属于审美研究范畴。这一界定对纠正他律论模式的偏颇意义重大，但在否定传统模式中由"因"及"果"的线性关系的同时，几乎在客观上又割断了"前文本"与"文本"的关系，从而有着从一个极端走向另一个极端的倾向。

针对上述情况，为了弥补两种模式各自存在的缺陷，有人提出了对"他律"与"自律"的超越论，当然这种超越也不是将内因与外因的简单叠加，而是要找出内因向外因转化的中介，这一中介便是作家的"审美心理结构"①。文学史的直接存在形态是作品的形式结构的不断交替演变，而这种交替演变是人类审美心理结构演变的物质对应物。审美心理结构是一种美的形式感，是对世界的审美感受方式，它受人类的生存状态、生存方式的影响和制约，同时人类在特定的生存状态中所产生的种种经验、感受只有经过它而得以内形式化，并最终在创作活动中通过外在的语言符号而外形式化。这一观点明显受到了戈德曼的"发生学结构主义"理论的影响，其实，文学史实践的历史与审美属性是辩证统一的关系。历史作为人的整个社会实践，它本来就包含审美活动在内，而审美虽有其自身的特殊性，但仍不能不在历史的时空中进行。原生态的文学史系由历史上曾经出现过的种种文学活动所构成，而文学活动的主体正是从事审美创造的人，包括文学的接受，是人通过其审美心灵的创造活动，建构起文本的艺术世界，"人本"决定了"文本"。同时，作为原生态历史的人的审美创造活动已消逝不复存现，今天人所能感知的除了残存于典籍中的零星记载外，主要依靠当年审美创造的结晶。因此，通过文本来了解人们的文学活动，剖视审美心灵，便成了文学史实践的必由之路。而文本所由构成的词语、声韵、体裁、格律、材料、布局、主题、形象、意象等诸要素的选择与组合，无一不是作家审美经验的积淀，文本的总体艺术结构更是作者审美心灵结构的映现。文学史实践就是要在"文本"与"人本"的双重建构、双向作用中，勾画文学系统、结构、范式、功能、文体、风格的变更，进而探求其内蕴的审美心理结构，亦即审美感知、想象、情趣、观念等活动方式总和的演化痕迹。可见文学是人学，同时又是文学，两者原来并不矛盾。历史与审美并非二元，历史制约着审美，

---

① 陈炎、王维强：《近年来文学史学研究述评》，《文学评论家》1991 年第 6 期。

文学史 · 文学史实践 · 文学史学

同时也在审美心灵活动中留下了自己的印记。一部文学作品大体由三个层面构成：文本艺术结构是表层，审美心理结构是里层，历史文化结构则为深层。表层显形为"文"，里层与深层均隐含着"人"，这"人"当然是指审美的和历史生活中的人。文学史实践就是要透过文本结构以领会审美心理结构，甚至要透过审美心理结构来窥探和把握特定时期的历史文化结构，发掘其中的历史与文化精神内涵。由人及文，由文及人，将静态的作品架构转化为动态的历史流程，文学作品的三个层面便在这历史与审美、人本与文本相统一的流程中结成互动的关系，进而组成文学史的总体进程。还有，文学史研究总是要把文学现象置于特定的时空之中，叙述它的生存、运动、发展、蜕变。恩格斯指出："一切存在的基本形式是空间和时间。"① 豪泽尔在申明他的艺术史理论的主导原则时认为："历史中的一切统统都是个人的成就；而个人总会发现他们处于某种确定的时间和地点的境况之中。"② 时间与空间是文学史研究中重要的概念范畴，因为历时性地审视文学活动是文学史研究与一般文学批评的最根本区别。

一般来说，文学史著述的形态和语式主要有三种：

第一，是重历史学派，认为文学史是一种历史，是历史学的一个分支，强调史的形态，表现出一种尚实的理论倾向。这种理论在我国传统的史学观念中有着悠久的历史，且对后世的史学产生了极为深远的影响，特别是乾嘉传统。文学史家所有的工作归根结底，就是对过去时代的文学现象进行历史的追寻与把握，当然也不排除主观的介入，只是更为强调史的特性罢了。

第二，就是重逻辑学派，注重文学史理论形态的建构，认为文学史

---

① 马克思、恩格斯：《马克思恩格斯选集》第3卷，人民出版社1975年版，第91页。

② 豪泽尔：《艺术史的哲学》，中国社会科学出版社1992年版，第3页。

研究不仅是一种客观规律的总结，而且也是作者本人的一种理论创造，是一种依托于历史的理论创造。表现出一种尚虚的理论倾向，注重主体即文学史家的理论创造和主体精神。与尚实的文学史形态论的反映论哲学依据相对应的是，后者强调文学史研究的当代性，文学史研究的对象是过去，但其自身却是当代学术的一部分，是当代思想文化精神的凝结。重视主体的作用和文学史家的素质与才能，司马迁作《史记》"欲以究天人之际，通古今之变，成一家之言"。这"一家之言"便是高扬主体精神的理论。这一派还认为复现或还原历史是不可能的，也没有必要，历史研究的实在意义在于重构历史，反映文学史家自身对历史的理解与判断。

第三，历史与逻辑相统一的文学史形态。认为文学史是人类用语言艺术来反映客观世界，表现主观世界，所以文学史实践应是研究主观与文学史客观两方面的结合。这一派的观点表现出中间性与兼容性，兼顾了历史与逻辑方法的特点与长处，是规律论与现象论的统一。一方面，文学史的编纂不能不注重其内在的逻辑，注意文学现象之间的因果关系，但又不能搞"唯逻辑论"，仅以逻辑为出发点和归宿点就会使文学史趋于简单化，甚至会出现削足适履的情况。另一方面，则要充分认识到文学史上大量存在的随机的、偶发的现象，及某些"突变"的因素，要努力反映出文学史的复杂、丰富与多姿多彩。这种虚实并重、中和兼容的文学史形态理论，其本体论上的根据就是"辩证统一"。文学史实践中的主体（文学史家）与客体（文学史实）也是一种对立统一的关系。在语式上应是表现与再现的统一，既有理论的逻辑建构，树立起概念、范畴、体系，同时又不舍弃丰富的文学史具象，且这种逻辑建构就是从无限丰富的文学史流程中抽象与归纳出来的，而不是一种主观的先验图式。较之上两种形态，这种中和式形态论似乎更加稳妥、周到、全面，在理论上避免了走极端的嫌疑。"这在自古以来就服膺中庸之道、欣赏中和之美、熟稔辩证思维的中国，自然会得到较多人的认同，易于被接受。"①

任何一种理论都有其自身的适用范围、适用层次和局限性，上述三种文学史形态理论也不例外。重历史学派如果走向极端，强调过头，就可能导致"只见树木，不见森林"，缺少宽阔的视野与统摄，缺乏"史"的发展脉络的把握，文学史便会成为史料的堆砌。

重逻辑派如果处置不当，则会导致理论与史实的脱节，或为圆自己的理论，成一家之言而"改造"史实。第三种理论的建构比较周详，但实际操作难度较大，理论的完美与实践的完美，也就是说的和做的毕竟是两回事。

三　文学史学

关于文学史学的定义，我认为，简单而言，就是对文学史实践的总结、研究和建构，其研究对象绝非"文学的本来面目"，即文学本体或原生态的文学史实，而是已有的文学史实践，包括各种文学史著述和研究，总结其特征与规律，研究其态势与走向，在此基础上建构科学而系统的文学史理论用以指导今天及以后的文学史实践。可谓是对文学史研究的再研究，对文学史主体思维的再思维，因此，在这个意义上也称为"文学史哲学"。文学史学所关注的不是具体的作家作品、文学发展过程及其演变规律，而是文学史实践所坚持的基本原则、基本概念、理论框架、思维模式等具有普遍性和广适性功能的东西，作为一种思维方法与哲学的含义基本吻合，自然可以称为文学史哲学。对文学史学研究的具体内容，学术界的看法也多种多样。其实，文学史学包含的内容是极为广泛的，我认为首先应进行文学史理论的研究与建构，包括"什么叫文学史？""原生态文学史的演进规律及其特征？""什么叫文学史实践？它

---

① 徐公持：《评文学史形态理论倾向及其意义》，《江海学刊》1994 年第 3 期。

的性质是什么?""文学史实践的时间与空间建构及述史秩序","对已有文学史实践的总结与反思","何谓文学史学?它的定义、内容、性质、目的、对象是什么?""建构文学史学的必要性与可能性是什么"等问题。其次是文学史理论研究,包括各种文学史观及历来存在的文学史学说、理论命题、基本概念的历史考察与总结,对古今中外各种文学史模式的梳理、整合、反思,对文学史主体即文学史家的研究。最后是文学史的操作理论,包括文学史研究的方法论及经验、成果问题,文学史撰写与教学问题等。

文学史学这门学科的性质是丰富而复杂的。首先,由于其研究内容的规定性,因而我们认为它是文艺学学科中的一个分支,属于文学理论的范畴。其次,文学史学从整体上说又与历史学科有着密切的联系,因为它们研究的对象文学史本来就隶属于历史科学,是历史学的一个分支。按照埃斯卡皮《文学史的历史》中的说法,可以根据作者更愿意成为一名历史学家还是更想成为一名批评家来决定文学史的叙述中心,这就提出一个问题,文学史这一本体实际上有可能沿着两种不同的方向展开:一种方向认为只有在历史的既定时序框架内,对文学史实的梳理和描述才是可能的;另一种方向主张必须寻找并确证文学自身发展的时序框架。不言而喻,后者体现了对文学史应属于历史科学这一观念的质疑。但问题在于文学史能否在舍弃既定历史框架的情况下对文学自身的发展轨迹进行描述?回答恐怕是否定的。所以文学史学强调客观描述与主观评价相统一的原则,这正是历史科学精神的体现;从理论形态上说,文学史学应是逻辑与经验的统一,既需要从文学史的丰富现象和文学史实践的既有经验中总结出带有普遍意义的问题和方法,也应从文学原理的认知结构出发建立理论模型。实际上,关于角度和方法的模型,任何人均可依照艾布拉姆斯的理论框架或者其他理论模式去构思,关键在于是否需要或是否有可能实现。它与文学原理相比具有某种经验性质,并具有一定的可操作性,较之文学史研究又更强调历史的逻辑性,所以应是逻辑与经验的统一，而不是非此即彼的关系；文学史学基本性质还有就是它的理论性与实践性。作为一种学科理论体系，它在不断完善自身的同时，还必须努力解答文学史实践中提出的带有普遍意义的问题，只有这样才能避免陷入玄学或沙龙之学的境地，因而它具有一定的理论性和思辨性。在新时期的文学史理论建构过程中，产生了一大批极具创新意义的文章和著作，为建构一门科学而系统的文学史学打下了坚实的基础和提供了现实可能性。但是我们还应看到，目前的文学史学研究还存在着一定的缺陷，主要有：

引进国外新观点、新方法多，自己创见少。由于我国的文学史理论中不太重视方法论的研究，而国外又对此积累了不少经验，在此情况下积极引进和吸收国外的科研成果，不仅是必然的，也是必要的。问题是各民族的文学既有共同性的一面，更有其自身发展的特殊规律，国外流行的每一种文学史理论和方法均有其特定的产生背景和内部规定性及其适用对象，如果我们不加选择与鉴别的全盘照搬，必然会出现张冠李戴的情况。

宏观把握多，微观分析少。目前的文学史学研究还基本停留在原则性的总体把握上，介绍性文章多，结合具体作品分析的少，提出问题的多，解决问题的少。有些研究显得过于笼统，不够具体，缺乏应有的可操作性。

理论高谈多，实际应用少。当前我国文学史学的研究人员主要来自文艺理论和文学批评的队伍，有着较高的文学理论素养，易于接收新的东西，创新精神强，但多数人缺少治史的经历和经验。反之，许多的撰史者有着扎实的史学功底，但对新理论与新方法又掌握不够，于是就造成了"史"与"论"的脱节，构成了推动文学史发展的巨大障碍。

这一切均充分表明作为一门学科的文学史学，所要关注的问题实在太多，对此，我们不妨耐心地对可以解决的一些问题研究透彻，多点突破，以点带面。只要我们注意到文学史学的任何理论思考都能主动地与新世纪人文精神的价值定位相联系，都能与历史反思和民族前瞻的思维大课题相联系，能深入到民族文化审美心理的建构和走向文化、思想、哲学层次，并向社会涵盖，建构相对于西方文学史学的独立品格，那么这样的文学史学就一定有其发生的意义、存在的价值。

（原文发表于《文学评论》2004 年第 1 期）

文学史的三维时间

俚荣本[*]

文学史研究总是要把文学现象置于特定的时间之维之中，叙述它们的生存、运动、发展、蜕变。恩格斯指出，"一切存在的基本形式是空间和时间"[①]。豪塞尔在申明他的艺术史理论的主导原则时认为，"历史中的一切统统都是个人的成就；而个人总会发现他们是处于某种确定的时间和地点的境况之中的"[②]。任何文学现象的产生都有属于它的过去、现在、未来的三维时间。文学史研究同样处于生生不已的时间之流之中，它应该是当代视界与历史视界、未来视界的融合，追求三维视界的较完美融合是文学史研究应该追求的理想境界。历时性地审视文学活动是文学史研究区别于一般文学研究的最突出特征。本文将重点讨论文学史时间的三维特征。

一

文学自诞生之日起，便在日夜川流不息的时间长河中变化发展，

---

* 俚荣本：扬州大学文学院教授。

① 《马克思恩格斯选集》第三卷，人民出版社 1972 年版，第 91 页。

② 豪塞尔：《艺术史的哲学·前言》，陈超南、刘天华译，中国社会科学出版社 1992 年版，第 2 页。

从历史的过去走来，又向历史的未来走去。每一个作家的出现，每一部作品的问世，每一股文学思潮的产生，都属于过去了的历史时段中的文学现象。文学史研究的时间总是在当下，文学史家与他审视的对象得保持一定的时间差，缺少时间差的文学现象难以进入史学家的视阈。由于文学史中的文学现象是过去历史时段中的客观存在，文学史家不能仅仅以存在于现在时间中的感觉、理念、价值尺度去评析过去了的时间中发生的文学现象。古人著书立说皆有为而发，故其所处之环境，所受之背景，非完全明了，则其学说不易评论，治史者要能够真正了解研究之对象，必须"神游冥想，与立说之古人，处于同一境界"，这样才能"批评其学说之是非得失，而无隔阂肤廓之论。"一般的历史研究是如此，文学史研究也是如此，文学史家要把他的研究对象放到特定的空间与时间之维中，方能与古人"处于同一境界"，获得"真了解"。

作为历史存在的文学现象的特定时间是包含文学传统的过去、文学活动的当下（现在）、文学发展的未来的三维时间，"因为每一共时系统必然包括它的过去和它的未来。作为不可分割的结构因素，在时间中历史某一点的文学生产。其共时性横断面必然暗示着进一步的历时性以前或以后的横断面。"① 也就是说，任何文学现象的产生都处于过去、现在、未来的三维时间之中，因此，文学史家审视文学史应该考虑文学现象所承传的历史传统，它与同一时间存在的社会文化生活的联系，它对于未来文学发展的影响及其自身为读者阐释的历史。例如，屈原这位中国古代伟大作家及其作品正是某一特定的历史时间中的产物。他参与政事，为了国家的利益，不惜得罪楚王和群臣，政治斗争失败，他被排斥，被陷害，被放逐，最后投汩罗江而死，千古绝唱《离骚》是他遭受排斥

---

① 姚斯等：《接受美学与接受理论》，周宁、金元浦译，辽宁人民出版社 1987 年版，第 47 页。

后的忧愤之作。如果从过去的时间之维来考察，我们可以看到，屈原的思想精神承传的正是楚文化的悲剧精神，是中华民族生生不息的悲剧精神。屈原使用的"骚体"是在民间流行的一种句子长短参差、多用"兮"字的诗体基础上，汲取神话传说的营养，驰骋丰富的想象而创造出来的文学形式。就未来时间之维考察，我们看到，一代又一代的读者不断阐释着屈原及其作品，屈原影响了几千年的中国文学史，还将继续影响着中国文学乃至世界文学的未来。

文学活动的当下是一个相对的时间概念。古希腊哲学家赫拉克利特说过，"我们走下而又不走下同一条河，我们存在而又不存在"。"太阳每天都是新的"①。文学活动的当下永远处于变动的时间之流中，一旦产生便又成流逝的过去，因此，我们所说的当下泛指直接影响文学活动创作主体的生存环境及诸种社会关系，少则几年，多则十几年几十年。文学活动的当下又是联系传统和未来的中介，文学传统通过当下而延续，当下成为文学未来的新的起点。豪塞尔认为，"对于历史学家来说，另一种不同就在于时间指明了未来不断地流动而成为现在和过去，因此，现在常常被看做是过去和将来的一个汇合点，在这一点上一切事物都表现出一种有开始和结束的特征。"② 只有把某一时期的作家作品、文学现象看做历史、现实、未来三维时间中的一个时段，作为走向某一目标的道路的停车场，作为传统历史的一种结果和历史运动的新的开端，才能真正了解文学史上作家作品的价值和意义。

不仅如此，文学活动的当下本身就积淀着传统与展示着未来，当下时间的每一段都包含着过去已经流逝的文学历史，孕育着文学活动的新变。当下是文学发展的最后解释和最基本原因，是文学发展的源，也是

---

① 李志逵主编：《欧洲哲学史》上卷，中国人民大学出版社 1983 年版，第 14—15 页。

② 豪塞尔：《艺术史的哲学》，陈超南、刘天华译，中国社会科学出版社 1992 年版，第 175 页。

文学发展的最直接动力。丹纳对此有过很好的论述:"由此我们可以定下一条规则:要了解一件艺术品,一个艺术家,一群艺术家,必须正确的设想他们所属的时代的精神和风俗概况。这是艺术品最后的解释,也是决定一切的基本原因。这一点已经由经验证实;只要翻一下艺术史上各个重要的时代,就可看到某种艺术是和某些时代精神与风俗情况同时出现,同时消灭的。"①

二

如果把文学史研究主体活动的时间定位为现在,那么,文学史的时间之维就会出现一个新的过去、现在、未来的三维视界。文学史研究同样处于生生不已的时间之流之中,它应该是当代个人视界(现在或个人视界)与历史视界、未来视界的融合,既不要片面强调作品意蕴的历史客观性,也不要片面强调作品意蕴的当代性和未来性。较完美地获得这种融合是不容易的,但努力达到某种融合是非常必要的,也是可能的。具体可以从以下几个方面进行分析。

第一,文学史上的任何作家作品的地位和价值都有它的时效性。随着时间的推移,社会的发展,作家作品的价值意义总会发生变化。那种认为作家作品的地位价值是客观的存在,始终如一,不受历史进程的影响的看法是形而上学的。作家作品的价值意义随着不同时代的读者的不同接受意识而浮动,从某种意义上说,读者能动的理解活动是决定文学作品的地位价值的关键因素,正如姚斯所指出的那样:"一部文学作品,并不是一个自身独立、向每一时代的每一读者均提供同样的观点的客体。它不是一尊纪念碑,形而上学地展示其超时代的本质。它更多地像一部管弦乐谱,在其演奏中不断获得读者新的反响,使本文从词的物质形态

---

① 丹纳:《艺术哲学》,傅雷译,安徽文艺出版社1991年版,第47页。

中解放出来，成为一种当代的存在。"① 文学史研究者如果只是强调作家作品不变的客观地位和价值，实际上是从过去一维的时间来审视文学史，把研究对象独立于时间和历史过程之外，窒息了文学史上的作家作品能够生成和创造现在和未来的文学和文化的无限可能性的生命力。综观文学发展的历史，不少作家的作品曾经显赫一时，轰动一时，之后却渐渐被读者遗忘。有的作品问世备受冷落，有的成为禁书，若干年后却又从新确立它在文学史上的地位和价值，受到读者的青睐，批评家的关注。

从中国古代先秦的《诗经》、楚辞和西方古希腊神话、史诗、悲剧喜剧到 20 世纪的世界文学，中外文学史上的优秀作家作品的价值和意蕴总是常说常新，每一次理解每一次诠释，都是对他们在文学史上的地位和价值的新的发现、新的确认、新的定位。人们常说，说不尽的莎士比亚，说不尽的阿 Q，也就是指莎士比亚作品的价值及阿 Q 形象的意义常说常新。因为，当代人对于文学史上作家作品的地位和价值的认同，既会受到当下审美趣味、审美价值的左右，也会受到某种审美理想的影响，而未来的价值判断正积淀于当代人的审美理想之中。例如，人们总会带着某种理想的人性去批判阿 Q 精神的弱点，哀其不幸，怒其不争。尽管如此，我们绝不能否认作家作品在文学史上地位和价值的客观性。无论哪一位读者都不会将莎士比亚与鲁迅的地位和价值相混淆。今天的读者对《水浒传》中潘金莲这个形象的价值和意蕴的理解存在很大差异，但绝不能将当代人对潘金莲的理解甚至再创造与《水浒传》中的形象混为一谈，《水浒传》中的潘金莲不同于电视剧《水浒传》中的潘金莲，也不同于川剧《潘金莲》中的潘金莲。

第二，文学史上优秀的作品总是蕴涵着多重意味，意味的呈现是一个历史过程。作品客观存在的潜在意味往往不是一下子裸露在读者的视

---

① 姚斯等：《接受美学与接受理论》，周宁、金元浦译，辽宁人民出版社 1987年版，第 26 页。

野之内。古人有"言不尽意"、"意在言外"、"言有尽而意无穷"之说，中国古代审美强调其妙处尽在不言中，只可意会难以言传，文学创作讲究含蓄。就是以模仿说作为理论基础的西方文学作品的意味同样极为丰富。作品的意味需要一代一代的接受者去体会，这是一个不断积累的过程："一部作品实际上的首次感知与其本质意义之间的距离，或易言之，新作品与其第一个读者的期待之间的差距是如此之大，以至它需要一个较长的接受过程，在第一视野中不断消化那些没有预料到的、出乎寻常的东西。"① 一般的文学阅读、欣赏、批评可以有意去误读，甚至是与文本相对立的分歧性或背离性阅读，可以任凭自己的审美好恶取舍对象，可以把文本当做自己思索和想象的凭借。文学史家的研究不是一般的文学阅读、欣赏、批评，文学史家要借鉴历史上所有阐释作家作品的经验，又要以自己的审美期待，理性地检查自我与传统的"视野交融"，努力揭示文学作品的内在意味。

作品客观存在的意味呈现之所以是一个历史过程，与不同的历史文化背景有很大关系，不同的背景会使文本的某一方面的意义呈现得更为显豁。心理学很重视知觉中对象与背景的关系，"客观事物是多种多样的，人总是有选择地以少数事物作为知觉的对象，对它们知觉得格外亲晰。被知觉的对象好像从其他事物中突出出来，出现在'前面'，而其他事物就退到'后面'去。前者是知觉的对象，后者成为知觉的背景。在知觉中，对象和背景可以相互转换。"② 心理学研究中常引用的"白色花瓶"与"两个黑色侧面人像"的"两歧图形"就是典型例证。人们对于文学文本的感知会出现类似的情形：在重"文以载道"与"劝善惩恶"文学功用的文化背景下，文本的理性意味更容易凸显；在主缘情、

---

① 姚斯等：《接受美学与接受理论》，周宁、金元浦译，辽宁人民出版社1987年版，第43页。

② 曹日昌主编：《普通心理学》上册，人民教育出版社1980年版，第149页。

重个性的文化背景下，文本的情感意味更能受到史学家的重视；在商品化浪潮汹涌澎湃的文化背景下，读者会更注意令人赏心悦目的文本的娱乐意义。这些都是文学史上经常发生的现象。

第三，三维视界的较完美融合是文学史研究应该追求的理想境界。文学史家不仅要超越当代文化的拘囿，亦要超越传统文化的束缚，他要站在时代的高处，以过去、现在、未来融合的三维视界审视文学的发展。关于这个问题的探寻存在过两种相反的看法。传统的阐释学理论代表施莱尔马赫完全专注于在理解中重建一部作品的本来规定，认为过去流传下来的文学和艺术已经脱离了其原来的世界而不再是原来的东西了，"因而，一部艺术作品本来就是扎根于其根基中的，即扎根于其周围环境的，如果艺术作品从这种周围环境中脱离出来并转入到欣赏中，那么，它就失去了其意义。这样一来，艺术作品就如同那种被从火中救出并具有烧伤痕迹的东西一样。"① 施莱尔马赫认为作品的含义深深隐匿在"过去"时间阶段，要使它显现出来，只有利用科学方法来重新构筑当时的历史环境。黑格尔是另一种理论的代表，他在论述艺术崇拜的衰亡时指出，艺术作品现在"是已经从果书上摘下来的美丽的果实：一个友好的命运把这些艺术品传递给我们，就像一个少女把那些果实呈献给我们那样。这里没有它们具体存在的真实生命，没有长有这些果实的果树，没有构成它们的实体的土壤和要素，也没有决定它们的特征的气候，更没有支配它们成长过程的一年四季的变换。同样，命运把那些古代的艺术品给予我们，但却没有把它们的周围世界，没有把那些艺术品在其中开花结果的当时伦理生活的春天和夏天一并给予我们，而给予我们的只是对这种现实性的朦胧的回忆"。黑格尔把后人对失去崇拜意义的流传下来的艺术作品的活动称之为"外在的行动，类似从这些果实中擦去雨点，扫除

---

① 伽达默尔：《真理与方法》，王才勇译，辽宁人民出版社 1987 年版，第 244—245 页。

灰尘"。然而，递来所摘下果实的姑娘给予我们的超过那"直接生长出水果的自然界"，提供我们那些艺术品的悲剧命运的精神超过"那个民族的伦理生活和现实"，"这命运把所有那些个体的神灵和实体的属性集合成一个万神殿，集合成自己意识到自己作为精神的精神。"① 这是一种以更高级的方式把握到的艺术真理，历史精神的本质不在于对过去事物的修复，而在于对现时生命的思维性沟通。

我们认为，文学的传统精神与当代阐释之间并非对立，互不相容，它们之间应该是一种相互呼唤、渐趋融合的关系。文学史上的任何一部文学作品如果能够打动当代读者，其中必定存在某种与当代相通的生命精神，这种生命精神得以显示它的当代活力，需要当代精神的映照，而当代精神正是某种传统生命精神的延续。与此相联系，文学史家的意识及深层意识总要积淀着传统的生命精神，对于文本的理解总要与某种历史因素相联系相交织，必然会产生不同程度的视界融合。如果拒绝这种融合，认为这是历史地形成的"噪音"，妨碍特定作品的意义呈现，或者排斥融合的当代因素，一味寻找作品的客观意义，那都是片面的。

当代（包括蕴涵未来的当代）与历史（或过去、传统）视界的融合不能局限于当代读者与文本作者意图的契合。一部作品的含义远远超出作家的意旨是文学史上极为常见的现象。杜勃罗留波夫写过一篇著名的评论《大雷雨》的文章《黑暗王国的一线光明》，指出女主人公卡德琳娜作为俄罗斯这个黑暗王国的一线光明的悲剧意义，认为最强烈的抗议最后总是从衰弱的而且最能忍耐的人的胸怀中迸发出来的。《大雷雨》这一意义的阐释使得作者感到卡德琳娜这个形象是杜勃罗留波夫和他共同创造的。当代与历史视界的融合要求文学史家以所能达到的当代先进的思想、方法，对文学文本进行收集、整理、辨析，爬梳源流，将其置

---

① 黑格尔：《精神现象学》下卷，贺麟、王玖兴译，商务印书馆 1979 年版，第231—232 页。

于特定历史社会的时空之下，整体地把握文本的历史价值和美学意义。这是不脱离对象、文本的当代阐释，是一种高层次的历史还原。

三维视界的融合是文学史研究的理想境界，文学史家为其所吸引并不断地去追求，但往往只能接近而不能到达这理想的境界。这是因为：其一，文学史家要能够站在时代的制高点很不容易，使得自己的视界契合时代精神及未来历史的趋向更不容易。其二，文学史家不能避免当代视界的局限，难以摆脱背离文本的误读。其三，作品新的价值意味的发现不会终结，历史、现在、未来的视界融合也永远不会终结。如果我们把追求历史、现在、未来的视界融合看做是一个生生不已的历史过程，那么，可以说这正是文学史研究具有永久魅力的重要原因。

（原文发表于《扬州大学学报》1999 年第 5 期）

作品链与活动史:对文学史观的重新审视

高小康[*]

一

自20世纪80年代以来,中国现当代文学的研究充满了矛盾和争议。这种争议首先起于"文革"后对20世纪中国作家和作品的重新认识与评价,而后逐渐拓展、深入到对文学史整体构架和研究观念的重新审视,形成了重写或重估文学史的种种观点。文学史研究由此而进入到了一个新的深化发展的阶段。

文学史研究的深入并没有使研究者的观点和立场逐渐地接近和趋向认同,恰恰相反,不同观点之间的分歧似乎变得更突出了。对作家和作品的评价由于美学的和意识形态的立场、视野不同而产生分歧,这可以说是很正常的。然而这种分歧从对作家和作品的不同评价延伸到了对文学史的整体看法上,出现了形形色色的关于文学史的观念对立:既有的与重写的,官方的与民间的,显在的与潜在的,共名的与无名的等。这些对立的产生从根本上来说是基于一种共同的文学史观念和在这个共同观念之上不同观点的分歧。这里所说的共同的文学史观念,就是都认为文学史就是历史上一代代重要的或有价值的文学作品(通常也隐含着作

品背后的作家）前后相继串联成的作品之链。观点的分歧首先是在于确认文学作品的重要性或价值的标准——意识形态、审美、人性、现代性等不同标准之间的分歧；接着便是确定哪些作品是这条长链或长河的主要成分；进一步延伸出来的分歧则是关于文学史之链究竟是一条还是若干条的问题，以及如果有若干条，那么哪些为主，哪些为辅的问题。这些分歧和争议对近 20 年来中国文学史研究和文学史观念的发展产生了积极的激活和促进作用，一方面分歧越来越大，另一方面学术研究的深度和广度却也越来越增长了。

这些关于文学史的争议无疑给了我们很多启发。但在热热闹闹争论的背后，有些基本观念方面仍然有待探讨，特别是存在于那些不同观点背后的共同的文学史观念。那种把文学史看成是文学作品之链的观念似乎被多数研究者认为是毋庸置疑的前提，然而这个前提实际上可能是有问题的。

编写一部由作品之链串联构成的文学史，这样的工作如果希望做得全面、科学，当然就需要对相应历史时期的作品有尽可能充分的了解和全面的把握。然而事实上，一个文学史的编纂者无论汇集多少作品，就任何一段历史而言都肯定是挂一漏万的；而且无原则地汇集作品的结果可能是相互冲突或不相干的作品的大杂烩而不是有线索、有观点的历史。作者只能在他力所能及的范围内依据他所采用的标准进行取舍。换句话说，构成一部文学史的作品链不会是全部作品之集合，而只能是部分作品。分歧就因为不同的作品集合而产生。

学者们评价作品的标准虽然很多，但归结起来最典型的是两个方面：一个是所谓思想标准，即从意识形态角度评价作品的好坏；另一个就是艺术标准，即以艺术水平的高低或雅俗来评价作品。经过这样筛选而组织起来的作为文学史的作品链，从某种意义上讲就如同一个人作为生平经历的相册——无论这个人在一生中为自己拍摄了多少照片，把这些照片串联起来作为他的历史仍然是残缺不全的。有些重要的人生经验可能是无法拍摄的东西，有些则可能是因为觉得不重要或不愿意表现而遗漏的东西；尤其重要的是，人的生命过程的连续性可能是一张张静止的、孤立的照片链无法表现的。作品链可能也存在着这样的问题：如果把一部部我们认为重要的或有价值的作品串联起来描述文学的历史过程，而不去注意作品背后那些由连续的、活生生的文学活动过程，恐怕也会把真正的文学发展历史忽略掉。

二

文学作品是文学活动的物化产品。如果从创作的结果回溯到创作行为过程，就是叙述。20 世纪以来由于索绪尔语言学的影响，人们都已知道具体的叙述行为和实现了的言语文本是从被称为"语言"的一整套叙述语汇和规则中抽取、派生出来的。文学创作作为叙述行为当然也离不开作者所依托的语言环境。这样一个语言学的事实经常会在研究文学史时被忽略了。当人们从作品之链的角度研究文学史时，一般会把文学特征的出现和演变的规律从两个方面进行解释：一个是所谓文学自身的发展规律，即从前后作品的继承关系角度分析其中规律。另一个是从文学与社会的关系角度，特别是直接影响、制约文学创作的政治因素作用方面解释文学的发展。这就是所谓的内部研究和外部研究。然而，这两个方面都忽略了特定的语言环境对具体的文学叙述所具有的直接的影响作用。文学史其实也是叙述语境发展演变的历史。

在研究"文革"前十七年的文学发展史时，一种观点认为这个时期的文学基本上一无是处，因为"文学为政治服务"口号对创作的影响和制约使得文学丧失了表现个人体验和审美价值的功能。另一种观点认为应当承认这个时期文学作品有其历史意义和价值，因为表现个人体验和审美价值并非文学的唯一功能；从历史主义的角度来看，为政治服务的文学同样是文学的历史形态之一。还有一种观点则认为这个时期的文学并非完全是为政治服务的宣传文学，同时也存在着民间的或潜在的文学，而这些文学作品是具有文学价值的。这种种观点虽然各不相同，但在分析文学存在和发展的根据与价值时，所关注的都是两极：一极是意识形态，另一极是审美体验。前者是文学创作的社会背景，而后者是文学创作的个人心灵根据。但问题是文学活动作为叙述行为，在社会政治背景之下和个人心灵、情感体验之上，还存在着一个与叙述关系更直接的层面，就是语言环境层面。

文学叙述是从特定的语言环境中抽取语汇、母题、范例和表达习惯来组织文本和表达具体意义的。文学叙述的个别性是语言背景的文化意义在具体文学活动中的显现。从作者进行叙述行为的角度讲，文学的直接来源不是社会生活或个人感情，而是作者存在于其中的特定语言环境。文学的发展演变规律如果简单地从社会生活尤其是政治因素解释，很容易因为这种原因的大而无当而产生矛盾，比如在同样的政治体制和政治形势下常常会产生不同的甚至相冲突的文学。如果用作品链中前后作品之间的影响和继承来解释，则可能在两个作品之间出现无法弥补的空当。比如，许多学者注意到20世纪五六十年代的许多作品带着浓厚的传统文化色彩：《烈火金刚》的章回小说形式、《铁道游击队》的传奇风格、《林海雪原》中类似《水浒传》的血腥描写等。这种风格的产生从作品链上找不到合理的答案——从《水浒传》到《林海雪原》的200年间哪些作品可以填补这条链的空当？有的具有乡土色彩的作品比较容易找到风格形成的来龙去脉，比如赵树理的小说，从《三里湾》上溯到《李有才板话》和《小二黑结婚》，其间的相似和演变线索是很清楚的。但这个例子恰恰不是一般的作品链线索，而是赵树理个人的生活环境、创作语境构成了他的文学叙述资源，因此而造成了的他的个人风格，一种几乎在现当代文学史上与其他作品无法串联在一条链上的独特风格。

其实，许多作品风格的形成都存在着与赵树理小说类似的语境影响，只是由于没有赵树理那样过分突出的独特性，使得叙述的具体特征往往被清晰的作品链关系遮蔽了。如果谈到《烈火金刚》和《铁道游击队》，人们会立刻把它们纳入抗日战争题材小说的链条中研究，它们在题材和主题方面的相似性成为构造和描述文学发展线索的重要根据。然而实际上只有在最宽泛的意识形态背景下谈论这两部小说的相似性才有意义；就具体的叙述风格而言，二者的差异性就显得十分突出了。就拿《烈火金刚》来说，这部小说从题材和主题来看属于一般历史教育意义上的抗日战争故事；但独特的叙述方式显然来自从中古流传下来的北方说书活动传统。这种语境中的文学精神不是简单地随着政治教育观念的演变而演变，常常可能是随着与说书活动相关的社会生活风尚的演变而演变。这种文学活动线索在泛泛地归纳相似性时很容易被忽略掉。然而忽略了具体语境后，文学史研究就可能变成相似主题或相似题材的归纳整理，而不再是对文学发展演变过程连续性的研究。

否定五六十年代文学的批评者之所以认为这个时代的文学基本上可以被否定，立论的根据是一种关于文学本质和价值的普遍观念，这意味着有一种从整体上概括这个时期作品价值的高度概括性和简化性的视角。这种视角就来自用题材和主题为线索的作品链观念。然而这种过分简化的文学史观念可能使我们在满足于评判作品价值的同时遗漏掉文学叙述的真实历史过程。研究者需要在分析比较作品的同时了解作品背后的叙述行为所赖以存在的社会语言环境——对作者的叙述活动产生影响的文学素材、叙述习惯、文学语汇、意象或母题等，了解语言环境的不同特点和演变。如果认为《林海雪原》的叙述特征与《水浒传》或《三国演义》有关系，那么就需要从《水浒传》、《三国演义》之类的古代民间叙事活动流传下来的民间艺术如说书、评话的发展演变形态方面进行研究，研究这些形态通过什么途径怎样对《林海雪原》之类小说的叙述发生影响。了解了这些，才有可能找到实际发生的文学叙述活动发展演变的来龙去脉。

有的学者把类似赵树理这种不同于主流叙述的文学现象归纳到主流

文学史作品链之外或之下（隐形）的民间文学史线索中去，如陈思和先生关于在主流文学史的显形结构之下存在着"民间隐形结构"的观点①，就是认为在分析文学史的作品链时，需要注意到有些作品在表达"显形"意义的背后还存在着另外一层"隐形"的民间文化的表达需要，如电影《李双双》在表达意识形态观念的背后隐含着东北二人转这种民间艺术的形态和趣味。这种观点在注意到作品背后的叙述语境资源时，主要关注的是不同于国家意识形态的"民间文化"倾向。其实，无论是否具有与意识形态主流疏离的"民间"立场，叙述行为总归是具体地发生于特定语境中，从特定语境中抽取话语资源的。从这个角度来讲，无论是官方还是民间，文学叙述都不能脱离特定的语境资源；因而对文学史的研究也不能脱离对叙述与特定语境关系的研究。

自从实证主义史学观念和文化诗学进入中国文学研究者的学术视野以来，对文学的文化语境进行研究已不是什么新鲜主张了。陈思和主编的《当代文学史教程》中对一些作品的叙述所依托的语境资源进行了有价值的探讨，如《林海雪原》中的人物组合与《三国演义》之"五虎将"的相似关系、电影《李双双》中人物关系结构之与东北二人转的相似性等。但仅仅根据某一个方面的相似性比较就判断二者之间的关系毕竟还是一种比较抽象和独断的做法，由此产生的对文学发展线索的勾绘是从一个作品跳到时空关系互不连属的另一个作品，相互之间只有相似性而看不出连续性。这样跳跃式的画面仍然没有脱离文学史就是作品链这样的基本思路。

拿具体的文学史研究例子来说，《三里湾》的文学活动语境相对说来比较清楚：赵树理本来就是个民间艺人，他的作品是从他所浸淫于其中的民间叙述历史中浮出到作品被书写的文学史作品链中的。《山乡巨变》就复杂一些了：这部作品与《三里湾》一样具有浓郁的乡土气息，

---

① 陈思和：《中国当代文学史·前言》，复旦大学出版社 1999 年版。

然而这不是真正的乡土写作,而是作为文化精英的知识分子向农民学习到的叙述风格。作家深入大众、向工农兵学习语言,这在《在延安文艺座谈会上的讲话》以后就一直受到提倡,似乎不是什么特殊现象。然而同样是在向农民学习,周立波在《山乡巨变》中淳朴温馨的叙述特色却与其他许多农村题材小说都不相同。当研究者简单地判断周立波受到农民生活和语言影响时,把《山乡巨变》作品风格和叙述语境的特殊性却可能忽略了。说《李双双》受东北二人转影响,这个判断仍然是抽象的,因为没有说明这种影响是怎样产生的:二人转的活动与李准的写作活动和叙述行为之间究竟存在着怎样的实际联系?至于谈论《林海雪原》与《三国演义》或《水浒传》的关系,问题就更复杂了:这种影响如果真的存在,那么是怎样发生的呢?是作家的古典文学素养和对古典作品的模仿还是从古代一直流传下来的民间叙述传统在继续生长并对作家的叙述发生着影响?

总之,对每一个具体的作家和作品而言,其特定的叙述资源如何影响叙述行为的问题远比简单地判断受什么影响更加重要。不去具体分析每一个作品背后的叙述资源背景,就无法真正有意义地说明文学活动的历史连续性。真正具有连续性的文学发展史需要的是填补作品链之间的空白,也就是要有对文学活动过程连续性的认识;而抽象的相似性比较和具体的叙述活动之间需要填补的空白就是对叙述行为的语境进行深入具体的研究。把文学的语境研究从宽泛的社会历史背景或生活经验的视野聚焦到特定的叙述语言环境,并从这种语言环境的研究中寻找作品背后叙述活动的语言与文化资源所在,这在仍然把作品链视为文学史的学术环境中还是一个需要进一步认真探索的方法和课题。

三

从叙述行为出发研究作品背后的文学活动,首先应该注意到的就是使作品得以存在的最直接的活动关系，即写作者和阅读者之间由"叙述—接受"构成的活动关系。这个关系由作者与读者之间有形无形的交往与默契形成：作者的写作行为其实就是有意无意地面对着自己心目中或潜意识中的读者——即所谓理想读者或隐含的读者——进行的叙述行为；而读者则通过自己的阅读行为与作者或叙述者进行对话交往。这种"叙述—接受"活动使作品意义得以实现，使文学活动成为人与人之间在生活经验和情感体验等方面进行交往的社会文化活动。从这个角度来说，文学史是作品链的背后的"叙述—接受"活动演变的历史。

"在翻阅一份手稿——一首诗、一部法典、一份信仰声明——的泛黄的纸张时，你首先注意到的是什么呢？你会说，这并不是孤立造成的。它只不过是一个铸型，就像一个化石外壳、一个印记，就像是那些在石头上浮现出一个曾经活过而又死去的动物化石。在这外壳下有着一个动物，而在那文件背后则有着一个人。如果不是为了向你自己描述这动物的话，你又何必研究它的外壳呢？同样，你之所以要研究这文件，也仅仅是为了了解那个人。"这是艺术史家丹纳在《英国文学史序言》中说的一段话，意思是说，历史研究的是史料背后曾经存在过的活生生的"人"。

文学史的研究也应当有这样一种视角，即穿过作品链去观察文学发展史上"人"的活动。从"叙述—接受"活动的角度研究文学活动的社会特征不同于文艺心理学或接受美学那样从抽象的和普适的意义上研究作者和读者之间的关系，而是要注意到具体的文学活动中参与者的特定社会关系特征。鲁迅的《阿Q正传》是现代文学史上一部伟大的作品，那么在这部作品背后的"叙述—接受"活动所形成的社会关系是怎样的呢？鲁迅写的是农民的事，这并不意味着就是与农民读者进行交往的文学活动。因为作品的文学特点和传播媒介都与农民无关，实际上主要是城市中的文化人和一定层次的市民。不过从作品寓含的对国民性的批判意图而言，可以说作者期待的读者超出了这些现实的文化人和市民读者群，希望能够通过这些读者进一步扩散影响，成为更普遍的社会传播与交往活动。这也是从新文化运动到二三十年代左翼文学活动对文学社会影响普遍性的期待：那些作者有意无意地期待着他们面对的有限读者可以把自己作品的影响传播扩大到整个社会。因为不同作者的不同价值观念和审美趣味的差异使得各自的社会影响内容不同，但都期待着社会影响的普遍性，因此这样的期待可以被归纳为一种一元性的文学交往图像。

　　然而到了 20 世纪 40 年代，毛泽东《在延安文艺座谈会上的讲话》中对文学活动的社会关系特点提出了不同的观点。他在讲话中对从大城市来的作家、艺术家和知识分子进行了激烈的批评。他的批评的重点不是这些人的作品在思想上政治上有什么问题，而是他们的感情、趣味倾向问题。毛泽东用一个大标语中的"工人"二字使用隶书书法异体字的例子来说明，这些创作者不了解或不关注延安的接受者。一个更具有戏剧性的传说曾提到，某话剧团在大冬天到部队中去为士兵演出曹禺的《雷雨》，惹得当时在场观看演出的一位将军勃然大怒。可以想见这样一个画面：一群来自社会下层身穿粗布军服的士兵在瑟瑟寒风中看戏，而舞台上服饰华丽的太太摇着扇子，还一个劲抱怨天气太热。这种近乎反讽的场面的确有点荒诞。在这里，我们发现文学史的社会形态与作品的思想意义和艺术价值问题脱了钩——无论是毛泽东举出的大标语还是传说中话剧团演出的《雷雨》，从作品本身来讲都不存在思想和艺术问题。这里存在的是"叙述—接受"活动中各种参与者之间的文化认同问题。艺术家们期待中的一元性的文学交往图像破灭了——他们和延安的工农兵群众虽然都处于相同的政治环境中，具有共同的社会政治理想；然而从文学活动的角度来看，他们属于不同的文化群落，在生活背景、文化素养、情感体验和审美趣味方面有难以相互认同的差异和隔膜，因而无法形成"叙述—接受"的文学交往关系。

　　《在延安文艺座谈会上的讲话》在揭示了知识分子和工农兵群众之间的文化隔膜后提出了文艺为工农兵服务的方向，也就是提出了一种新的一元性文学交往图像。按照这种思路，知识分子和工农兵群众之间的文化差异被理解为"阳春白雪"和"下里巴人"之间的层次差别，而这种差别可以通过"普及基础上的提高"和"提高指导下的普及"这样的文学活动引导方式整合起来。从50年代到70年代，文学活动中的"叙述—接受"关系在"革命化、民族化、大众化"的引导方向下整合为分层次的统一关系：50年代末知识分子作家参与新民歌运动是文化人的叙述在趣味上向工农民众靠拢的一种努力；而六七十年代把交响乐、芭蕾舞作为"样板戏"向全国推广则显然是在强制性地拔高一般民众的艺术接受趣味。这种整合成为在文学活动中实现意识形态统一性的一个重要手段。从主流的文学传播途径看，整合的效果很明显：一方面是那种带有孤芳自赏意味的文人小圈子作品基本上绝迹；另一方面民间的文学活动则越来越雅驯，粗鄙色情的东西大大减少了。虽然今天的一些研究展示出当时文化环境中仍然存在着非主流的文学活动，但人们在观念上普遍地接受了一元性的文学关系，即认为好的文学应该是被普遍接受的而不是属于特定人群的；孤芳自赏的高雅和粗鄙不文的通俗都是坏的或不健康的趣味。直到70年代末80年代初的"伤痕文学"、"反思文学"、"改革文学"时期，人们仍然相信文学活动的一元性。体现这种一元性观念的一种典型的批评话语就是质问一部作品"人民大众看得懂吗"，典型的赞美则是"人民大众喜闻乐见"。

80年代文学活动中的一个重大现象是直接挑战"人民大众"趣味的朦胧诗出现。对朦胧诗的批判中最典型的就是说它朦胧晦涩，也就是说它不符合文学接受者对作品意义的需要；然而朦胧诗却拥有自己的接受者群体。这表明一元性的文学活动关系开始瓦解。朦胧诗的出现在文学史上的重要性不仅仅在于作品本身的意义或价值，而且在于它重新凸显了作品背后的文学活动存在着不同文化群落的差异。

朦胧诗之后使"叙述—接受"活动的文化群落差异进一步显现的一个文学现象是王朔代表的"痞子文学"。当时批评王朔的人通常认为王朔作品中对正统意识形态的嘲讽、戏仿和玩世不恭是精神价值失落的表现。但如果认真细读王朔的小说就应当承认，那里面其实很少有一般意义上的道德失落所表现出的虚无颓废；相反倒是常常表现出一种叛逆式的狂欢。起初当一些批评家把王朔的小说称为"痞子文学"时，是想批判这种文学的消极价值。这意味着他们还只是在表达一种意识形态批判的立场：似乎"痞子"是一种介乎进步和反动之间而倾向于"落后"的立场，如同过去的文学中常见的那类"中间人物"一样，可以通过批评教育转化为进步或堕落到反动，总之是二元对立框架中的某种游离成分。但随着时间的推移人们逐渐发现，"痞子文学"所表达的社会经验是一种新的文化归属经验。换句话说，王朔小说表现的"痞子"不是传统意识形态结构中的"落后分子"或游离成分，而是正在形成中的一种文化群落——他们既不认同"进步"，也不认同"落后"或"反动"，而是在对意识形态二元对立结构的戏拟和嘲讽中表达了与传统价值秩序疏离的另外一类特殊的文化身份。起初当人们称这种身份为"痞子"的时候，还只是以一种轻蔑的态度把他们当做一种社会文化中的离散现象。然而随后的文学论争却表明，这不是"正派人"和游荡街头的个别小痞子之间的冲突，而是不同文化身份自觉的人群之间产生的冲突。"痞子"或"顽主"通过对正统和传统道德观念的嘲讽形成了自己的叙述和接受趣味，从而显示了一种同侪群落的认同和自我肯定。

自 90 年代以来，社会文化的群落分化现象越来越明显，由此而对文学产生的影响就是文学活动的群落化。90 年代后期人们开始谈论 70 年代以后出生的作家时，这种区分实际上就已经把文学创作群体的划分概念从创作思想、风格转向社会群落了。一群被媒体冠以"美女作家"的作者群和"身体写作"活动在 90 年代后期变得引人注目起来。由这些作者和作品所产生的批评和论争虽然看起来像传统的文学论争，其实基本上不是文学应该怎样反映社会生活这样普遍的理论问题，而是这些作品所表现的作者的文化归属是否能够被接受的问题。换句话说，许多人在读这些作者的小说时所产生的反感或争议主要不在于文学应该不应该那样写，而在于作品中的人物（通常被认为是作者的一种自我写照）应该不应该那样生活。"身体写作"与其说是一种文学现象，不如说是一种生活方式，是存在于特定文化群落中、表达一种亚文化认同意识的行为。

"叙述—接受"活动的社会关系影响和制约着文学作品的产生、传播与社会交往形态。越是走向当代，作为文学活动背景的文化认同与交往关系的影响就显得越是突出。在这种文化背景下，文学史越来越难于用作品链来勾画和描述了。当今的文学史研究比以往更加需要关注作品链背后的"叙述—接受"活动所体现的演变中的社会交往关系和特征。

四

从具体直接的"叙述—接受"这样的文学活动关系视角扩展开来，还应当注意到文学作品的社会传播和社会对作品的批评所具有的社会交往意义。

在文学发展的古典时期，文学传播和批评的突出功能是通过有选择的传播和评价使文学活动由一般的社会活动过程凝聚为物化的、具有公认价值的经典作品。中国的魏晋南北朝时期之所以被称为文学的自觉时代，一个重要的原因就是这个时期的文学传播活动影响了对文学作品的自觉选择和普遍的文学意识。萧统的《文选》就是这种传播活动的典型。文学批评也是如此，从曹丕的《典论·论文》到《文心雕龙》和《诗品》，文学批评通过对作家个性的辨析、创作经验的总结和作品风格的评价，形成了越来越全面深入的对优秀作品的认识和要求。因此可以说，文学传播和批评活动促进了作品和作品意识的成熟；是传播和批评使得一个时代中被认为优秀的作品得以凸显和发生影响，从而制造出了每一个时代文学的主流趋势。后代的以作品链为文学史的观念就在魏晋南北朝时期，具体地说就在《文心雕龙》上篇中自《明诗》以下诸篇对文学发展历史的梳理中就已经出现了。

然而随着文化传播的发展演变，文学的社会传播和批评所起的作用也在变化。宋代的诗话中有很大一部分就是与研究和评价作品价值无关的闲聊式批评。这些批评的作用不是在推广优秀作品，而是通过与诗歌有关的逸事之类制造着某种文学活动的兴趣氛围，并由此而形成了不同的文学活动流派，如江西诗派、豪放派词人等；到了明代，这种倾向则进一步演变成门户林立、意气纷争的活动。制造经典作品的活动开始逐渐变为制造不同文学趣味群落的活动。

从 20 世纪 70 年代末进入到 80 年代，中国文学发展中出现的朦胧诗和意识流小说显示出叙述行为开始转向内省，使得原先那种"作者—读者"的直接联系瓦解了。到了 90 年代，精英文学活动经常从传统的文学批评圈中逸出而变成热门的公众事件，叙述和阅读的重要性开始减退了。90 年代中国精英文学变得越来越不适宜于读者进行审美的鉴赏而只能靠批评者的分析、阐释和争论而存在。批评日益占据了文学活动的中心位置。当批评处于文学活动的中心位置时，作品的重要性也就随之减退，作品的重要性让位给了文学事件的重要性。批评活动从文本批评泛化为语境批评和大文化批评，从学术批评延伸到大众文化传播。泛化后批评的主要功能不再是研究和评价作品，更突出地表现为制造文学事件。以作品欣赏为中心的审美活动因此而变成了以事件传播为中心的社会交往活动。

与历史上的文学传播与社会交往相比，90 年代文学活动中事件的重要性有了明显的不同。其中很重要的一点就是信息传播方式的发展带来的影响。在当代的文学传播活动中，作品的传播主要是通过文学出版与发行网络进行的，而泛化了的批评议论和其他事件则是作为一般公共信息乃至娱乐新闻通过主流大众传媒进行传播。显然后者的影响面和效率远远高于前者。文学事件因此而逐渐从与创作的伴随关系中游离了出去。

更重要的是，这种传播不同于作品传播的单向性，而是互动的传播事件的传播与接受者的反馈形成滚雪球式的效应，推动着信息传播范围和信息量的急剧膨胀，使一个在作者、作品与批评者的有限关系中发生的事件变成更大社会范围的信息传播与交流行为。以作品欣赏为中心的审美活动因此而变成了以事件传播为中心的社会交际活动。作者、批评者、传媒和大众通过对文学事件的议论、表态和反应表现自己的文化归属，已经成为普遍的文化现象。在这样的文化背景下，对近 20 年来的文学史的研究，就不能不注意由互动形态的传播和批评制造文学事件、显现文化群落关系，以及而形成的对社会交往关系的普遍影响。

这种社会交往特征的重要性在网络文学等所谓新媒体时代的文学活动中表现得特别突出，这是人们普遍意识到的事实。所以在研究网络文学时，很少有人会把这种文学研究局限于"作品"研究；甚至认为网络文学根本就不存在传统文本形态的"作品"，只有以超文本链接的形态构成的互文性的写作与阅读关系群。这样的文学现象当然与传统文学作品相差甚远，但如果认真注意研究了当代文学活动形态发展演变的历史就会明白，这并非数码和新媒体时代文学活动中突然发生的现象，而是文学活动逐渐从文本中心转向交往中心的一种历史演变过程和趋势。

总之，随着文学活动在当代文化环境中的演变，文学的问题越来越超出了作品本身，对文学的关注和研究也不得不随之扩展到作品的产生、存在和发展演变的活动过程及其文化环境中去。文学史的研究因此也不得不从作品价值与关系的研究扩展到作品背后的活动方式与形态研究。

（原文发表于《文学评论》2005 年第 6 期）

基于文化类型的文学史分期论

蒋　寅*

一切长时段的历史研究都无法回避时代分期问题。时代分期不仅提供了一个历史书写的单位，它同时也是历史研究的基础。因为时期概念是历史认识的主要工具之一，没有时期概念，尤其是没有划分时期的标准，我们就很难有效地实现对历史的把握和建构。自人类有史学以来，历史分期就总是时代观念的产物，既然历史认识和解释是无限的，历史分期也就不可能一成不变。这在文学、艺术史研究也不例外，问题只在于文学、艺术史的分期模式和划分标准不同于一般历史。

在艺术史研究中，通常使用的分期模式有三种类型，一是政治的，如加洛林王朝的或都铎王朝的；二是文化的，如中世纪的或文艺复兴的；三是美学的，如罗马式的、古典的或巴洛克的。对文学史研究来说，时代分期既是其起点，同时也是学术深度的标志。向来的文学史研究，存在着基于自律论观念的风格史、形式史模式与基于他律论观念的广义的社会学模式之分。前者在历史上曾有以不同标准作出的文学史分期，如历史循环论的、进化论的、生物社会学的（丹纳）、形式主义的及接受美学的；后者则可以概括为着眼点不同的经济形态型、政治形态型和社会文化形态型三种。有一种不是从单一的视角，而是从社会特定阶段的

---

* 蒋寅：中国社会科学院文学所研究员。

总体特征来把握文学之历史变迁的社会—文化模式，以解释力强大而更引人注目。如美国学者拉姆齐将希腊以来的西方社会区分为统一的社会、分化的社会、威胁的社会、破碎的社会，以此来论定西方文学史的四个阶段。这种以综合的文化分析来把握文学史阶段性的模式，在阿多诺、本雅明、哈贝马斯、杰姆逊等人的著作中达到相当深刻和完善的程度。

中国传统的文学史分期以王朝和政治史为依据，属于政治形态型。近代自历史唯物主义学说传入后，经济形态开始占主导地位。早期的中国文学史写作，历史分期一般都参照当时流行的历史分期。上世纪末，随着新一轮文学史撰著热潮的兴起，文学史分期问题重新被提出来讨论，并且向自律论的模式倾斜。论争产生的根源，除了学者对历史事实认定的差异外，依据标准的不同也是很重要的一点。以新时期以来最有影响的两部古代文学通史为例，章培恒主编《中国文学史》认为文学的进步与人性的发展相联系，因而以此为叙述文学史的基本线索。而袁行霈主编《中国文学史》则"主要着眼于文学本身的发展变化，体现文学本身的发展变化所呈现的阶段性"。

应该承认，现有的每一种分期都有其理由。因为观照文学的不同视角会使文学史呈现出不同的运动轨迹，可以说在对象、视角、单位等构成文学史的要素中，以任何一个为标准都能得到一种有说服力的文学史分期。但承认文学史分期的多元性质，绝不意味着肯定各种分期在文学史编纂中具有同等的价值和普适性。就文学通史的要求而言，合适的分期应该具有以下的功能：一是最清晰地呈现文学史发展的阶段性；二是最大限度地凸显出不同文体发展的节律，并能揭示其间孕生、蜕变、消长过程的同步性；三是能有效地展现并解释不同时期文学在作家类型、写作范式、作品风格上呈现的统一性。以此为原则来衡量既有的分期模式，其概括力和有效性就明显存在各种局限，不能适应文学通史的要求，我们应该寻找一种更有效、更有概括力的模式，来划分文学史的阶段。我考虑这一问题始于1989年在中央美术学院美术史系讲授中国文学史课，当时，为了使课的内容不局限于文学内部，以便使美术史专业的学生也能从中获得对中国文化史演进历程的基本印象，我尝试了一种基于文化类型的分期方式，即参照中国历史上出现的贵族、士族、庶民三个文化类型，将20世纪以前的中国文学史分为三段四期，以概括中国古代文学的发展历程及其阶段性特征。经过多年的读书、研究，我愈益感觉这种分期法更能说明文学史演进的内在逻辑及其不同阶段的内在统一性，而文化史本身的复调式演进又能印证文学史演进的动态结构及实际过程，遂在不断吸收新研究成果的基础上，将中国古代文学史划分为：（1）商周至西汉，这是贵族文学占绝对地位的贵族文学时代；（2）东汉至北宋，这是士族文学逐渐取代贵族文学成为主流的士族文学时代；（3）南宋至清末，这是庶民文学逐渐上升，最终压过士族文学，占据主流地位的庶民文学时代。我这个分期，各段起讫或许会不期然地与旧有分期相重合，但这绝不意味着蹈袭某种思路，或落入某种分期的窠臼，相反倒可以说明，那种分期所具有的直觉的准确性已在新的理论层面上得到证实。

如果我们同意说，文学史分期的前提基于对一个时期文学文体统一性的假设①，那么就必须意识到，所谓"文体统一性"是全部文学要素的综合体。向来文学史分期的种种分歧，其实都是以不同的文学要素为分期依据所产生的结果。就当代对文学的基本认识而言，文学是作者→作品→读者的诗意授受过程，在作者和作品之间存在着创作方式的不同，在作品和读者之间存在着传播方式的差异，所以文学的诸多要素大约可以归并为作者、创作方式、作品、传播方式和读者五类。放到中国文学史中去看，这五类要素与历史时期的对应大概是这样的：

作者，按身份可分为贵族包括御用文人（商至清）、士族（周至

---

① 参看陶东风《文学史哲学》第六章"文学史的时期建构"，河南人民出版社1994年版。

清）、庶民（南朝至清）三类。

创作方式，按著作权可分为集体著作或无名作者（商至南北朝）、个人著作（春秋至清）、个人创作和集体加工相结合（南宋至清）三类。

文学作品，可以从几个层次来划分。

外在形式：可分为抒情诗（商至清）、散文辞赋（商至清）、戏曲（南宋至清）、小说（汉至清）四类。

文学语言：可分为上古汉语、中古汉语、近代汉语三个阶段——这是胡适《白话文学史》采用的分期依据。只不过他以白话文学为古代文学史的主潮，因而将中古汉语、近代汉语时期称为第一期白话文学、第二期白话文学。

内在形式：可分为未受外来影响的本土文学（西晋以前）、印度文学影响下的本土文学（东晋至明正德）、创造了活的文学样式从而构成新文学的前驱（明嘉靖至五四前）三个阶段——这是郑振铎《插图本中国文学史》的分期依据。

文学精神：可分为民族文学的形成（先秦文学）、民族传统的演进（汉至唐）、传统文学的蜕变（宋至五四）三个阶段——这是陈伯海《中国文学史之宏观》所采用的分期依据。

传播方式：可分为简牍时代（商至东汉）、卷轴时代（三国至五代）、刊本时代（宋至清），这是尚无人采用而实际上可以考虑的一种文学史分期依据。

读者，按身份和性别可分为贵族男子（商至清）、士（周至清）、士女、庶民（汉至清）、民妇（唐至清）。

通过这样列表，若干文学要素的对应和同步就使文学史时段的某种统一性浮现出来。从作品的创作方式上说，贵族文学时代是集体著作时代，无名氏和讲述者是第一作者即原创者，而整理编辑者为第二作者即定型者，其记录形式是青铜器铸造和甲骨、简牍镌刻，传播范围限于贵族垄断。士族文学时代为个人著作时代，其记录方式主要是帛纸书写，传播范围限于文化阶层。庶民文学时代是个人创作和集体加工结合的时代，文学传播手段主要是印刷和搬演，传播范围是普通民众。这就是文学史演进的主流，其他例外要么是新时段的萌芽，要么是旧时段的余波，要么是被排除在历史视线外的暗流，要之都是非主流的东西。

布罗代尔曾说过，"在长时段运动的框架内，日期的确定一般都不能十分精确。"① 而要在中国文学史这样一个多重文学要素交织的历史演进过程中，找到所有要素起讫的一致、同步，则几乎是不可能的，同时也没有必要，因为各要素在不同时代内还存在着强弱、消长的变化。这幅进程图所显示的意义只有一点，那就是文学史是个复调的运动过程，在历史上任何一个时期都存在着不同文学要素的共生和互动。不同的历史阶段之间不是简单的衔接，而是含有自身升降、消长，同时又过渡、延续的双重运动，给它命名的时段只是占主导地位的性质，在它发展的同时，其他的性质也在发生、成长或衰弱、死亡。不同要素的消长构成了文学史运动的复调轨迹。所以，当我们根据文体的统一性假设来进行文学史分期时，需要说明的问题实际包括两个方面：一是在特定时代占主导地位的要素是什么，二是它和其他要素是如何代生或共存的。文学史分期就是要最大限度地概括某些文学要素占主导地位及其消长的同步性，以呈现文学史的阶段性特征。

这么一看，根据文化性质进行文学史分期的优点就清楚地凸显出来。由这一视角来观察，中国文学文体的更替，首先清楚地反映了贵族、士族、庶民三个层次文化的消长。由抒情诗发展到小说，可以说是个由雅而俗的进程，它符合郑振铎先生说的"俗文学不仅成了中国文学史主要的成分，且也成了中国文学史的中心"的基本走向②。其次，对文学史

---

① 布罗代尔：《法兰西的特性》第 2 卷，顾良、张泽乾译，商务印书馆 1995 年版，第 112 页。

② 郑振铎：《中国俗文学史》，商务印书馆 1938 年版，第 2 页。

时段的划分正与学界对中国社会历史进程的认识相吻合。吉川幸次郎
《中国文学史序说》认为中国文学史由三大转折点——汉武帝至东汉末
年，唐玄宗到宋仁宗，清末到现代——切分为四个时段，基本上是一千
年一大变。而且，这种阶段性不只是文学史的分期，也是文化史的分期。
他进一步发挥内藤湖南之说，认为从政治史、社会史、经济史、思想史、
学术史各方面看，中国历史都可以这样划分①。这是个很大的问题，非
本文所能展开，这里只能立足于文学史略作分析。

上古时期即贵族文化阶段的文学，贵族社会对文化的垄断决定了文
学的单一性质，不仅作者均隶属于贵族阶层，而且没有个人著作。西周、
春秋时的政治、历史文献固然都出于世袭的史官之手，其他文辞也由博
士撰作。而《诗经》中的诗歌则主要出自贵族阶层，即使有少量民间作
品也依赖于太师的改编，才保存下来，因此属于集体创作。到战国时期，
随着文化的下移，私家著述开始出现，文学文体也开始繁衍。诚如章学
诚所说，"至战国而文章之变尽，至战国而著述之事专，至战国而后世之
文体备"（《文史通义·诗教上》）。春秋、战国之交乃是上古文化的一个
分水岭，贵族时代的文学也由此分为前后两段，春秋以前以礼乐的象
征——《诗》为主，而战国以后则以楚辞作品和诸子散文为主。楚辞作
者如屈原、宋玉、唐勒、景差等都贵为大夫，自然非贵族莫属，是以青
木正儿《中国文学思想史》用"贵游文学"来指称宋玉以降的宫廷文士
与侯门清客的创作，大致相当于班固《两都赋序》所谓"言语侍从之
臣"。实际上汉代的辞赋作家也应包括在内，这些人虽不全是贵族出身，
却属于以文学才能侍奉贵族的才人，其创作明显具有贵族文学的性质，
代表着文学的主流。不过，随着士阶层的崛起，士的文学逐渐在文学史
中占有一定的份额。如果说《诗经》还主要是贵族文学，"士"的角色

---

① 吉川幸次郎：《中国文学史序说》，《吉川幸次郎遗稿集》第 2 卷，日本筑摩
书房 1995 年版，第 7—9 页。

还只是若隐若现地游弋其中，那么到战国以后，以《战国策》为代表的游士说词和诸子散文就开始与《楚辞》代表的贵族文学平分秋色，到汉代则诸子书与文人赋、五言诗更占了上风，预示了士阶层主导文学的时代的到来。文学走向第二时段的大趋势，是贵族文学的衰弱和士族文学的兴盛，在文体上则表现为四言诗、大赋、历史散文的式微和五言诗、抒情小赋、诸子散文的兴盛。

班固说："春秋之后，周道寝坏，聘问歌咏不行于列国，学诗之士，逸在布衣，而贤人失志之赋作矣。"（《汉书·艺文志》）这简短的一句叙述概括了从《诗经》时代到东汉之间文学演进的大势，同时也暗示了文化下移的一个象征性标志。从西汉开始，以文才作为晋身资本的文士跻身于政治舞台。但这时文学才能还只是作为实用技能被接受，个人性的抒情文学相对于庙堂文字还处在萌芽状态。铃木虎雄所谓建安时代"文学的自觉"，是在个人抒情文学急剧膨胀的意义上提出的。这一命题涉及对"文学"和"自觉"两个概念的定义，容有辨析和商榷的余地。如果以抒情性和自主的表达目的为文学的自觉，则《诗》、《骚》已具备这种特征。但若就士阶层对个人情感和观念的表达及美学意识的明确而言，东汉确实是一个划时代的文学自觉时期，五言诗是与之相应的文体形式。同时，这种自觉也不光是抒情性的自觉，还有文体学的自觉，这都清楚地表现在理论、批评和选本中，总体上反映出文学写作越来越专门化的趋势。

与抒情文学长足发展相伴的是东汉子书的再兴，这可以说是士族文学大幅度发展的一个醒目标志。王国维曾精辟地指出，"学术变迁之在上者，莫剧于三国之际"①。随着东汉以来巨大的社会变革的到来，儒家经学丧失了它在思想领域的主宰地位，东汉末年再度出现议论蜂起、思想解放的高潮，子书也出现复兴的局面。历来的文学史研究，虽注意到中

① 王国维：《汉魏博士考》，《观堂集林》，中华书局1959年版，第191页。

古时期文学人才由经生向文士过渡的历史趋势，但似乎忽略了其间的结构性变化。实际上，六朝时代的文学创作主要是在世族阶层而不是在士族阶层中延伸的。这种情形直到隋唐之际才有所改变，科举制度使文士成为官人的主体，最终使士族文化趋于定型并成为社会的主流文化，而士族文学也逐步占据文学的主流地位。五七言诗、散文、抒情小赋、曲子词以及传奇都成为士族文学的代表性文体，与士族阶层的生活有着深刻的社会关联。终有唐一代，虽然帝王的文学爱好始终维持着宫廷风雅，权贵重臣的台阁唱和也时时助长着浮华的文学风气，但终究已无法像南朝宫廷那样主宰文坛的趣味，甚或反被流行时尚所吸引——毕竟连皇帝也很欣羡进士的荣耀啊！

近古时期即庶民文化阶段的文学，首先经历了文化和文学转型的宋代，正如陈寅恪先生所说，"华夏民族之文化，历数千载之演进，造极于赵宋之世"①。宋代既是士族文化的顶峰，同时也是市民文化的肇兴。高度发达的城市商业社会，造就一个庞大的市民社群，市井文化的崛起使文艺的重心明显发生了偏移，流行音乐、戏曲、说书这些大众娱乐形式占据了城市主要的文化消费市场。大众文艺的典型形式——戏剧正是在北宋都市的勾栏瓦肆中成型，并繁荣起来的。它不仅深入庶民的日常生活，也向士大夫的家庭生活渗透。士大夫日常的文化生活，虽仍是文社雅集，诗酒风流，但也加入了世俗娱乐的内容。顾曲填词无疑是宋元之际文士最热衷的雅好，明清以后则戏曲成为士大夫最日常的娱乐，文学创作也在不同程度上受到戏曲的影响。

庶民文学的代表性文体当然是戏曲、小说，就像闻一多先生说的，"中国文学史的路线南宋起便转向了，从此以后是小说戏剧的时代"②。

① 陈寅恪：《宋职官志考证序》，《金明馆丛稿二编》，上海古籍出版社1980年版，第245页。

② 参看闻一多《文学的历史动向》，《神话与诗》甲集，中华书局1956年版。

庶民阶层及其文化的壮大，其价值观和审美趣味的确立，离不开通俗文艺的熏陶和模塑。正是在通俗文艺中，庶民文化获得了最畅快淋漓的表现。通俗文艺既是庶民文化制造的结果，同时也是直接参与其中的建设者，它在参与建构庶民文化的同时建构了自身。与此相应，雕版印刷的发明加速了文化的传播和下移，刊本的普及使文化的积累和传播更为便利，同时满足了城市人口对经史典籍和通俗文艺消费的需求。通俗文艺在社会上的普及，最醒目的标志是古代最大的非文化群体——妇女的普遍接受。通过明清戏曲小说的序跋、故事情节乃至评点，我们可以感觉到，深闺妇女是通俗文艺一个很大的读者群。戏曲、小说、弹词、唱本，都是冯小卿、林黛玉们公开地或悄悄地阅读的对象，在这个群体中还涌现出吴藻、陈长生、侯芝、汪端，这样的戏曲、长篇弹词、历史小说作者。

需要说明的是，尽管庶民文学的市场十分膨胀，但它主要还是在自己的范围内运行的。说庶民文学是庶民文化阶段的文学主流，更多的是意味着庶民阶层的趣味主导着文学的发展，宫廷贵族和士族社会虽仍拥有自己的文学活动方式和写作标准，但它们已不能改变通俗文学发展的趋势，并且它们自身也难免被其吸引和渗透的命运。到明清时代，宫廷和贵族文化较中古时期对社会的影响更小，在某种程度上说甚至已无自己的独立品位，而向市井文化靠拢。上古文学史的两条线索——贵族化的大赋消亡和乐府民歌兴起，即胡适《中古文学概论序》中提出的"民间文学升作正统文学"的趋势①，到近世的宫廷表现为诗文的边缘化和戏曲、小说的流行。士族文人跨界创作通俗文艺的现象十分普遍，这固然是文学才能向通俗文学领域的扩张，同时实际上也是士族文化下移的结果。

从以上的文学史分期研究中，起码可以获得这样一些认识：

---

① 《胡适文存》二集卷四，上海亚东图书馆1931年版。

1. 复调式的文学史运动观，印证了当代文学史研究的一个假说：文学史的延续，可以看做是一个主因群（处于特定作品或特定阶段的前景中的某一因素或因素组）被另一个主因群不断取代的过程。被取代了的主因群并不从系统中全然消失：他们退入背景中，日后以一种新的方式重新出现。

2. 文化族群和文学传统在任何时代都呈现为多元共存的格局，构成文学史运动的复调性：上古贵族文学主流与士族文学的萌生，中古贵族文学、士族文学的消长及庶民文学的萌生，近古士族文学与庶民文学的并峙、贵族文学与庶民文学的合流。

3. 文学传统演变的趋势显示为文化下移的过程：贵族同化于士族，士族同化于市民。文化的下移形成审美趋同，最终整合、融汇成华夏民族的文学精神和审美趣味。

4. 文体演变趋势所显现的范式意义：士族的抒情传统向庶民的叙事性倾斜，而叙事性因被士族化也吸收了其抒情性，形成中国叙事文学浓厚的抒情性。

正如历史学家卡尔所理解的那样，将历史分为若干时期并不是一种实际情况，而只是一种必要的假设，或者说思想工具。这种假设或工具，只要能说明问题便能发生效力，而且是靠解释发生效力。根据文化类型来划分文学史阶段，我认为更能统摄作者→创作方式→作品→传播方式→读者等诸多文学史要素，概括更多文学要素之间的同步性，从而说明文学的实际承担者及文学时段在文学演进不同层面上的内在统一性，完整地呈现文学史的阶段性和结构模式。

（原文发表于《中国社会科学院院报》，2008 年 1 月 29 日）

重写文学史与新历史精神

王岳川 *

　　思想史中的断裂，使全面的总体的历史图景成为飘逝的烟云，新的历史使新的理论在社会历史的迷宫中冒险，并开掘自己的通道。

　　让历史的差异性自身以本来的形态发言，可以说是所谓新历史主义和新历史小说的核心观念。新历史主义是西方舶来品，而新历史小说却是在 20 世纪 80 年代到 90 年代中国土生土长的小说形态。相当一部分批评家认为，这二者之间并没有什么关联。但在我看来，新历史小说无疑是受到了克罗齐的历史哲学和新解释学理论的影响，而且与新历史主义的理论在产生的时间和基本理论的向度上具有相当的趋同性。不妨说，当代文艺理论研究成果与小说创作实践在吸收全球化思潮中西方新理论的同时，又将其基本精神脉络整合在自己的言说方式和民族性格中。因此，所谓本土理论新历史小说的理论和实践，并不能脱离全球化思潮，在这个意义上，贸然断言新历史"小说"与新历史"主义"毫无关系，本身就是非历史的态度。

　　产生于 1982 年的西方新历史主义，与产生于 80 年代中期到 90 年代的中国新历史小说，具有某种精神上的血缘性。新历史小说和新历史主义的内在一致性，并不排斥其具有精神差异性和文化本土性。我只是想

　　* 王岳川：北京大学中文系教授。

说，这二者的精神路数大致接近，但又存在着不同的价值取向。因为任何一种外来理论和文化模式，都会通过本土的文化过滤和文化变异，最后沉淀为本土的母语文化精神。因此，新历史小说应该说具有三种不同精神资源：一是80年代的寻根小说对其基本的思路和艺术模式的直接启示。二是90年代的新写实为其细屑的日常化边缘化状态描写的写作语境提供了参照。三是西方解释学和新历史主义为其理论意向提供了学理资源。正是这三重文化资源和参照点，使新历史小说能够在90年代中国全面生长起来。

一　新历史小说的价值诉求

人们用以描述时代精神和跨世纪语境的语言单位，已经出现了断裂现象。因此，我们面对的与其说是一种线性发展的不断展开的历史，毋宁说是一大堆的问题。面对这些问题，阐释的理论出现了先天不足，即很难完全阐释那些非连续性的不同的观念，它们在决裂、冲突、分割、变化、转换中，生成了一种新的理论对现实的阐释模式。于是，在政治、制度、经济、文化和知识的新格局前，在思想和知识的分析中，那种对统一性、趋同性的关注日益减少，而越来越关注个体性、差异性和非连续性，这些构成了90年代鲜明的特点。

新历史小说与旧历史小说有相当的区别。所谓旧历史小说，即严格地按照历史本来的情况出发加以创作的小说。在这类作品中，虚构总是服从于真实，服从于历史本来的面目，其所谓成功与否，大致是以刻画的生动性、情节的曲折性、细节的真实性和语言的艺术性为标准。这一类小说中有影响的当数姚雪垠的《李自成》，凌力的《少年天子》、《暮鼓沉钟》，唐浩明的《曾国藩》，刘斯奋的《白门柳》，任光椿的《戊戌喋血记》，穆陶的《林则徐》，二月河的《雍正皇帝》，苏童的《武则天》等。大多是对20世纪初叶之前的中国旧历史进行重新体认，然而，这种重新体认并不是全然虚构，而是按照历史的本来面目，尽可能去重现历史风云中的真实人生状态，因此，大致上说还是历史大于文学，文学服从于历史的真实。这一重大转型，使它具有以下几个基本特征：

1. 小说主题强调从正史到野史。

新历史小说要打破旧历史那种经学化、意识形态化的框架，消解已经僵硬的体制化思维模式，或一元化的政治主导心理的所谓正史，将其所遮蔽的意义加以敞开，以获得一种多元意义的可能性。在政治话语或经学化、意识形态化的权力话语中，分解出审美的话语、宗教的话语、日常生活的话语甚至世俗关怀的话语，从而使正史的唯一性、一元性，逐渐为野史的多元性和多层性消解，以一种反向性思维去消解真实的历史链条。换言之，你如果强调意识形态性，我就强调非意识形态性；你强调一元，我就强调多元；你强调中心，我就强调边缘；你强调强势文化，我就强调弱势文化；你强调一种党史或革命史的题材，我就强调非党史和非革命史的题材。终于使历史的中心话语变成了历史的边缘话语。这类小说大体上以乔良的《灵旗》和莫言的《红高粱》为其开端。

乔良的《灵旗》重新解读了湘江之战中红军、蒋军、湘军、民团等集体之间的旧的二元对立关系，不再以一般模式去写战争的残酷和红军的凯旋，而是写出了蒋军、湘军等对红军的残暴枪杀，红军战士那汉子终于逃跑，并在其后的情节中不断描写其内心的精神冲突，沦落为赌徒无赖。将历史的偶然性、血腥性和残酷性暴露出来。作者没有按过去那种正面人物高大全，反面人物矮丑恶的方式，去"三突出"正面力量的胜利，相反，他叙述了一种新的历史，或阐释了他所理解的历史真实，从而使正史的意识形态话语让位于站在人性立场上来进行历史叙事的价值观。

同样，《红高粱》系列，一反那种先进的精致文化对于落后文化的控制贬损，而是标举"我爷爷"、"我奶奶"那种带有民间文化的，以原欲为基础的生存意识和生命冲动，使这种原始命冲动在天穹旷野之下，在特殊的战争环境之中，具有一种活生生的生命历史感，为文学的民间性和非意识形态性，以及叙事的中性化和冷漠化（非煽情性）打开了一条通道。

其后李锐的《旧址》，余华的《在细语中呼喊》，刘震云的《故乡天下黄花》，陈忠实的《白鹿原》，张炜的《古船》，李晓的《相会在 K 市》，刘恒的《狗日的粮食》、《菊豆》，苏童的《罂粟之家》、《1934 年的逃亡》和余华的《活着》等，都从各个方面推进了这一"新历史"文学思想，将旧历史的一元化的裂口撕开，从而使新历史小说得以在 90 年代形成一种风气，当然也使得批评家们对这一杂糅现象感到难以命名。

2. 思想观念从民族寓言到家族寓言。

杰姆逊曾经认为，鲁迅的小说《阿 Q 正传》尽管写的是阿 Q 这一个体，但是他表现出了传统中国的"精神胜利法"和"历史吃人"的真面目，因此事实上成为了一个"民族寓言"。同样，过去题材的历史小说往往从题材的正史或革命战争史中正面地加以描述，所有个体性、私人化的东西，都必须纳入革命的暴风骤雨和战争环境的严酷中。因此，从体裁上看，旧历史小说总是要表现一种宏伟的历史场景。如巴金的《家》、《春》、《秋》，茅盾的《子夜》，李准的《黄河东流去》，老舍的《四世同堂》，描述在革命的急风暴雨的冲击中，可以看到一种革命的、战争的、总体性的意识形态意向，并且其作品的思想大多是吁求抛弃那种腐朽没落的家而走向更广阔的天地。于是，决裂与选择的双重痛苦离家出走或向往奔赴的主题，成为一代革命文学的主题。

新历史小说却将这一切彻底改写了，不再是去重视民族性的、革命性的、战争式的大体裁和大寓言，而是回归到个体的家族史、村史和血缘的族史，使"民族寓言"还原缩小归约为"家族寓言"，使其从宏观走向微观，从显性的政治学走向潜在的存在论。新历史小说已然告别了这种"正史"化的文学模式，开始突出、放大、凝聚个体家族史，使这一放大有意将个体前景夸张突出，而淡化了革命的、战争的历史。在

《白鹿原》可以看到不同的党派之争，互相倾轧，在各自的舞台上不断演出一出出闹剧，其潜台词显现出作者超越阶级、超越历史、超越政治集团、超越政治代言、超越意识形态对家族、土地、乡土的独特依恋与表现。《故乡天下黄花》更是在阶级斗争的话语背后，使人看到以家族为基本单位所出演的"你方唱罢我登场"的历史活剧，从而将一种冷酷的你死我活的阶级斗争，演变为一出各领风骚30年的闹剧。这种写法其用意是颇为曲致的，其历史解构性也是在平静中蕴涵着不平静。

3. 叙事角度强调历史的虚构叙事。

在新历史主义看来，旧历史主义往往是以历史叙事为蓝本和中心，须臾不能偏离，任何描摹叙事和语言细节，都要服从于历史的真实。然而，新历史主义将这一模式打碎，强调过去那种历史的叙事是真实的谎言，它在真实的历史框架中，却是将若干谎言意识硬塞给人们，使人们看不到真正的历史。所以它只具有真实历史的躯壳，而不具有真实历史的神态。而现在，小说作者一反这种常态模式，以大量的虚构和想象去填空历史，重组历史，使历史变成了虚构的历史，真实变成了虚构的真实。

于是，这种虚构历史的叙事成为新历史小说的重要方面，如《活着》、《妻妾成群》、《霸王别姬》等，都是将"真实的谎言"置换为"虚构的真实"。这样，将过去那种大的阶级冲突和敌我矛盾变成了一种模糊的、充满阴暗色彩的血亲复仇，或表现现世的、生存暧昧的、温馨的乡土意识，或以虚构的真实和杜撰的乡土气息，去描摹那种腐败的封建家庭故事，并在这种家庭故事中折射出历史的一瞬。同时，二元对立的拆解角度，使得新历史主义反对历史必然性，强调历史偶然性，反对意识话语的政治化倾向，而张扬非意识形态的人性化倾向。如《罂粟之家》等，不再去写历史的规律，不再写历史不以人的意志为转移的发展前景，而去大写特写历史的偶然性，历史的荒诞性，历史的困惑性，历史的非历史性。

4. 人物形态从红黑对立到中间灰色域。

新历史主义一反过去小说是正面人物和反面人物的对比模式。正面人物机智勇敢，品德高尚，完美高大，而反面人物则愚蠢懦弱、卑琐猥亵，色厉内荏，甚至连相貌也是正面人物英俊魁梧，反面人物丑陋猥琐。新历史小说在人物塑造上强调人物的边缘性，土匪、地主、娼妓、姬妾，以及一切凡夫俗子，皆在正面描写之列。同时不描写人物高大的形象、豪壮的语言、高妙的思想和超越历史迷误的眼光，相反，不厌其烦地写他们的日常生活、吃喝拉撒、蛮憨愚蠢、疯狂复仇的狭隘胸襟，世俗的争斗和无休无止的暗算策划，以及凶狠残暴毒辣的行径等，使得正统的政治色彩消失殆尽，而边缘人物、中间状态，以及世俗化、生活化、民间化的东西成为小说的主要色调。灰色已然成为新历史主义的"钟爱色"。

5. 小说语言表征为从雅语到俗语。

新历史小说再也不是一种无所不知、无所不晓的全知视角和话语，而是不断回归，陷入历史的相对性和不可知论。所运用的语言是粗糙的世俗化、日常化口语，甚至是带有调侃的、农村化的充满喜剧色彩的语言。这种语言具有一种松散的人物心态和身份的编码机制，不再奢侈地用一系列带有正面表征意义的话语去张扬，而是改写了人物的身份、心境和精神空间，让语言成为一种新与旧的残存意识的错位对话，成为一种反意识形态教诲、启蒙、宣谕的退守式的反启蒙语言，粗糙甚至粗俗的具有破坏性的当下性语言。从而使那种人物的血性、悲剧性和人物的当下体验的绝望感，在语言中抽取出来并加以重新书写。

新历史小说之"新"确实对旧历史小说主题人物加以剥离，对旧经学加以反动，对旧的意识形态加以颠覆，使新历史小说走向了重新解释历史，再造历史，再造心态史，再造文化史的新话语，从而具有了新的理论和实践的阐释框架。尽管这一框架问题不少。

二　重写文化史与文学史的理论维度

20世纪90年代，从政治一元模式和不断变换性，到物质金钱成为唯一重要话语的阶段，使得思想观念意识等各层次都有其不同于往昔的断裂。每一个层次都有自己独特的问题，这些问题可以表述为：在各种知识群体之间，在各种知识的历史范式之间，应该建立怎样的必然关联？什么是贯穿这些不同的文化事件和政治事件的连续性？在各种差异性的事件中，怎样才会具有连续性或整体性的意义？究竟历史中有没有连续性中心性的意义存在？

1. 重写文学史成为权力话语解构方式。

无疑，西方的新历史"主义"和中国的新历史"小说"，都在"新历史"这一共同旗号下，在理论和小说艺术实践两个方面，进行着某种话语的大胆操作，即颠倒历史、颠倒过去的意识形态，从而使得"重写历史"的主题成为90年代一个显现话语。

无论是重写文化史，重写文学史，重写思想史，还是重写精神发展史，总之，重写重读就是将过去误读的历史再颠倒过来，将过去那种意识形态史、政治权力史、一元中心化史，变成多元文化史、审美风俗史和局部心态史。其目的在于瓦解过去正史的意义，使文学、文化和文本的互相指涉的互文本关系，成为历史连续性之后的非连续性割断了过去那种意识形态解释的连续性，而将历史转化为一种新的话语模式，在压缩意义范围中揭示出权力话语运作的潜在轨迹。

强调从"历史诗学"转向"文化诗学"，也就是从线性的历史发展，变为文化的、当代人的重新阐释，使绝对的历史观获得相对性视野，从而使非历史主义的言说成为可能。将历史修饰打扮，拆装重组，使人们进入这种新历史主义和新历史小说作品时，不再注意历史脉络或作品本身结构，而仅仅注意作品隐喻所包含的"弹性能指"，其"文化政治诗学"的意义是显而易见的。

追求话语叙事功能。新历史小说强调一种先定的主观性决定历史意义的倾向，从而将历史的切片从连续中抽出来，赋予这个切片以复杂性、偶然性、多元性，使得历史非历史化。这样，历史叙事变成了转述、复述、颠倒，这种历史叙事方式既割断了时间，又中断了历史，使历史不再是旧的亦步亦趋的线性发展，而是通过主体对历史重新解读，见他人之所未见，言他人之所未言，使历史叙事变成历史的再造，叙事本身成为历史的一种言说方式和意义的塞入方式。

这种新历史主义和新历史小说重写文学史的意向，又存在一些弊端。其主要表现在，使得意义成为虚无性的意义，也就是说，小说在多重意义重构中，使得意义变成多元、日常、零碎和民间的同时，却使小说不再表现那种历史发展的东西，也不再表现历史发展的基本方向，将历史说成是无序的、偶然的，这种历史的倒退观，终于使得历史不是朝前发展，而是朝后退缩，因此是历史的虚无主义阐释占了上风。这种对历史的抽取和改造，对历史的任意颠倒，甚至刻意加以曲解、误解，使历史的发展变得非常可疑，从而否定了历史的真实性，以及历史发展的进化论思想，于是从虚无走向新的虚无，从历史走向更加迷惘的历史，使这种重写文学史变成了一种人言言殊的历史，历史的共识被置换为历史的不通融性。

新历史小说重写文学史，使得它有可能将带有每个个人的心态去颠倒历史，对历史话题进行变形性重读，其结果是扩充历史的宿命感。如张炜的《古船》、刘震云的《故乡天下黄花》，都将历史的宿命感演变为历史的寓言叙事，从而使重写文学史消解了历史的发展意识，在对外部世界的把握中，仅仅落入历史事件的解说陷入意识分裂状态，或众声喧哗状态而莫衷一是，很难对历史获得有深度的、流动变化的意义把握。

当然，新历史主义出于纠偏的目的，强调对历史的翻案，强调对过去政治史、意识形态史的反拨而回归到个体，这有其合法性。但由于存在一种反历史的焦虑，将历史分解为多重复杂破碎的东西，并在这种破碎感上叠加语言、修辞、借喻、叙事等平面化修辞和叙事模式，使得历史理念与作品的精神性被贬到一个低层次。这种重新虚构和修辞的历史，并非是真实世界所把握的历史。这样，新历史主义就具有了一种非历史化，使其重新写文学史的可信度和真实性成为可疑。

尤其是"重写文学史"和"重写文化史"的诉求，其本身或许是在运作一种大话语或大体系框架，并以一种真理在握的"进步观"掩盖了这种新叙事下面的权力渗透和前提虚设，甚至是一种"重新模式"来重设价值判断的非多元性。就此而言，这种"新历史"之"新"仍然是值得审理，仍然需要在历史和文学史的价值解读中，重新证明其历史意识的合法性。

不管怎样，新历史主义的正负面效应都充分说明，它具有对历史的沉重一页加以掀起和重解的积极性，同时，它也不可能超越自身的局限，只可能在历史中获得自己有限性的意义。

2. 从"色彩——政治象征"到"性别——身体象征"。

除了前面提到的新历史小说以外，新历史主义这一思想其实是通过大众传媒和全球话语，已经深入到了当代中国艺术创作的思维模式和当代艺术精神之中的。如在第五代导演的电影中，新历史话语也是比比皆是的。

在我看来，最有文本分析意义的，是陈凯歌导演的电影《霸王别姬》。《霸王别姬》故事情节十分简单，它虚构了一个花脸和一个青衣两个小人物的命运，却进行了一种宏观史诗般的大视野拍摄——讲述了整个现代中国史演变的沧桑感。

色彩——政治象征。这部电影首先从色彩的政治性象征意义入手进行镜头调度：开篇的镜头俯拍，构成一种历史叙事的张力，并隐含了镜头叙事的先定权力优势地位。这一居于审视地位的"历史镜头"，在历史的碎片的匆匆巡礼中，完成了历史煽情的定调。从清末开始的镜头，通过令人窒息的灰色调，展示小艺人艰辛痛苦的学艺并获得其艺术资本的过程，以及受到了清末宫廷贵人喜爱的情节。

民国镜头蒙太奇调度使色调转成黄色，大军阀同样对他们的精湛艺术欣赏不已，但是已经增添了不少非祥和的战争气氛，使京剧艺术的生存前景蒙上了一层阴影。

到了解放时期的镜头，色彩转成红色，电影表现出"革命"这一重大转型，展示了军事性和艺术性的内在扭曲和冲突——当他们为军人演出《霸王别姬》时，所形成的一种文化精神冲突——舞台下的军人唱的是慷慨激昂的革命歌曲，而台上的艺人演出的却是被称为"封资修"的东西。这一重大对比无疑告诉人们，"艺术"未曾变，而"天"已经变了，已经由解放以前的欣赏、喜爱、捧角儿，转化成现在的冷漠对峙和无所适从。

"文革"期间镜头色调在火光中变成血红色，镜头张皇地表现红卫兵的批斗与迫害，于是，艺术成为他们耻辱和灾难的根源，成为互相仇视以至于将人性变恶的原因，成为他们必须抛弃的不祥物。

八九十年代的商品大潮的镜头已然变成灰黑色，俯拍的空荡冷清的剧场的镜头，终于使"霸王别姬"的主题幕终点题——程蝶衣拔剑自刎，完成了一种历史回顾的"宏伟叙事"，即精湛的"艺术和传统"在20世纪不断沦落，不断遭受排挤和挤压，在20世纪末，主体只能走向自杀的触目惊心的过程。可以说，作者通过电影色调的转换，构成一种深层次的历史政治转型性象征，将要传达的意思极为精审地传达出来。

性别——身体象征。作者善于回避大历史叙事的空洞说教，而是在真实历史的演绎中，以虚构的小人物、虚构的情节和虚构的政治话语，去形成自己的叙事平台上的真实叙事。为使这一叙事真实可信，创作者采用了个体肉体呈现方式，即"性别—身体象征"方式传达这种虚构层面的历史真实。如果说，前面的色彩政治象征带有意识形态的叙述模式，是一种20世纪史诗鸟瞰模式，那么，后者则是在公众"场域"中进行个体身体性欲的微型叙述，同样按历史分成几段，并都与身体肉体紧密相关：断指的肉体惨痛。小时候的程蝶衣被母亲送去学艺，通过镜头的流动变化，表现出世纪之初即清末整个社会的沉闷封闭，然而，为了学艺居然断其肢指，使幼小的生命从个体历史之初就遭此铭心刻骨的痛恨，同时也隐喻了与家庭血缘的中断——他不知其父而母亲也从此神秘地消失了。

身体性别的辨识转换。这是一种精神性的侵犯——程蝶衣学《思凡》戏时，坚持自己的男性身份，始终不肯承认自己是"女娇娘"，师兄段小楼通过凶狠的惩罚以让他开口，他最终满口鲜血终于唱出了戏文，完成了身份的错位和性别的转换。

同性恋的肉体焦虑。程蝶衣不断遭受清宫老太监的凌辱，使他有了一种转性意识和对性的恐惧厌恶。同时这种大胆的对中国传统宫廷文化的揭底，又使电影具有更为刺激的观看效应。当然，由于京剧的角色的缘故，程蝶衣对师兄产生了的同性恋依恋，并对其娶妻的矛盾焦虑、肇事报复等，也使得人们通过这个剧情对戏剧性的文化瑰宝有了新的想象空间。

"文革"的肉体惩罚和精神批斗。这无疑使主体深切地感受到通过肉体的磨难方式触及灵魂内在的撕裂感。这种在血与火中的肉体痛苦映射出精神崩溃的前兆，将整个电影变成一种生命存在的危险火山口。

商品经济大潮中自刎。这个时代终于使传统艺术的门可罗雀所导致的最终虚无感和绝望的自刎，肉体生命的中断成为艺术飘零的现实隐性叙事，至此，肉体生命深深陷入一种无边无涯的存在沼泽。经历世纪奉献的肉体的飘逝表明精神的四散。

无疑，通过这种"色彩——政治象征"和"性别——身体象征"的交叉叙事，演绎了另一种"新历史"的世俗化生命性叙事，使前面对那种色彩政治象征的宏伟叙事，具有了填充和具体丰满的情节主题。这个带有变态的、同性态的、"文革"暴力的描写，以及被老太监凌辱的多重性别肉体象征话语，构成了当代传媒和大众市场的卖点。使"政治—性别"两种象征语言所形成的张力，使电影具有新历史虚构所显现出来的某种程度的现实真实性。

在跨国资本投资的新历史语境中，近距离地对 20 世纪中国史加以化约性扫描，通过人物跳跃式命运去进行浓缩的编年史叙事，使电影具有了历史虚构和夸张变形的新历史观。同时，在客观上又使这种"东方景观"，即戏子、太监、同性恋、"文革"暴力，成为西方视野中的东方主义景观，从而完成了一种关于东方主义的政治叙事。可以说，《霸王别姬》的成功显示出第五代导演以新历史观念去重新叙述电影，改变电影的叙述模式和叙事内容，进而完成对跨国语境中的"中国问题"的宏伟叙事。

当然，《霸王别姬》与《菊豆》、《大红灯笼高高挂》、《黄土地》等相类，都具有关于东方主义、后殖民主义叙事和新历史叙事的双重性。因此，每每引起理论界批评界的争论不休。正是新历史主义对历史内容的修改，对历史意识形态的淡化或变形，使得在跨国的后殖民主义语境中，对作品主题和内容的阐释变得人言言殊。

"新历史"无论是"主义"还是"小说"，还存在多方面的困惑，即它的解读总是为读者而写，它的叙事模式、思维方法仍然是二元对立的大叙事模式，尽管它标举多元甚至无元的方式。它在颠覆与反颠覆、权力与反权力、历史与反历史、语言与反语言之间，总是以非此即彼的方式和二元对立的方式去看待文学文本和社会文本，看待历史意识和非历史意识。这样，就可能使文学作品边缘化、局部化和底层化、粗俗化。同时，也使得在反政治、反意识形态、反旧的经学化的时候，走向新的政治化和新的权力化，仍然在反历史大叙事的同时，产生出新的历史大叙事——一种新的知识霸权。

然而，新历史的"小说"或"主义"，其正负面效应都已然说明，它具有对历史的沉重一页加以掀起和重解的积极性，同时，它也不可能超越自身的历史局限，而只可能在历史叙事中获得自己有限性的意义即通过对历史的当代重释，对当下的生存语境加以话语寓言式的折射而已。

（原文发表于《当代作家评论》1999 年第 6 期）

文学史有限论

徐公持

徐公持[*]

一　问题的提起

董乃斌先生在 2003 年武汉大学"《文学遗产》论坛"上，曾提出"文学史无限论"：

> 本文所说具有无限性的文学史，包括但不止于成品形式是《某某文学史》的那种研究和著述，而是更广泛地指文学研究中的一个范畴。同时，也指文学研究的一种理路一种方法，即把一切文学现象，从人到人的活动，到这活动的种种产物，都看作是一条长河中的朵朵浪花，对其中任何一朵浪花进行研究，都必须运用历史的眼光。所谓无限，则说的是这种研究范围的广阔无垠和成品样式的极其多样、没有穷尽。本文从各方面论证了文学史的无限性之后，把问题提升到范式的高度，指出文学史样式的繁荣必将导致范式的更新和发展。①

＊　徐公持：中国社会科学院文学所研究员。
①　董乃斌：《文学史无限论》，《文学遗产》2003 年第 6 期。

其基本思想是作为一种文学研究范畴的文学史，有着极其丰富的可能性，来对文学发展的"一条长河"，作出"广阔无垠"和"极其多样"的描述，它的可能性"没有穷尽"。今天我们的文学史研究和著述，虽然取得了不小的成就和繁荣度，但距离这种"无限性"还很遥远，文学史研究和著述，还有很大幅度（接近于无限）提升工作品质的空间。所以对于文学史工作者而言，还要付出更多的努力，朝着这种"无限性"不断前进。我赞同董先生的思路，认为他提出了一个重要的命题。这个命题，对于拓展我们文学史研究的空间，激励我们向未知领域不断求索的勇气，发展文学史研究的范式，可以起到很大的启迪和促进作用。不过我同时认为，文学史有限性的存在，也是毋庸置疑的，它存在于文学史研究和编写的所有环节之中。重视文学史的有限性，对于我们提升文学史研究和编写的水准，建立和完善文学史研究的范式，使学科得到健康发展，同样具有重要意义。我认为，文学史的无限性与有限性，构成有关文学史的可能性的完整表述，亦即这是一枚硬币的两面。所以我在这里所说的意思，既是在董先生文章启发下生成的，也是对董先生文章的延伸。实际上，自董先生发表他的论点之际，即有学者（韩经太先生）提出："我以为不妨在考虑'无限性'的同时，适当考虑一下'有限性'问题。""'无限性'主要是一个应然概念，而'有限性'则带一点实然性。至少，我们也可以兼顾到'无限'与'有限'的辩证关系。"[1] 不过我自己对于能否处理好这一层"辩证关系"，实在没有把握，只是想从文学史"有限性"的角度，谨陈述一点粗浅理解，与各位同好共同思考交流，意在与"无限性"形成有机的组合，以深入探讨关于"文学史的可能性"这样一个大命题。

---

① 《文学遗产》，2003 年第 6 期。

二　文学史观念的有限性

这是"文学史有限论"能够成立的第一个依据。文学史观是文学史学的灵魂。人的思想观念是无限自由的，其向度和空间无限广大，所谓"海阔凭鱼跃，天高任鸟飞"是也。但是人的思想观念也是有限的，因为它受制于时代、地域、民族，及相关个人的思维类型和能力的限制。思想也要有一定的物质依凭，方能自由飞翔。物质第一性、精神第二性的原理，在此仍然适用；而"海"并非无限"阔"，"天"也并非无限"空"。另外，思想也要有一定的社会体制依凭，例如进化论观念的提出，有待消除神学迷信的社会环境。思想观念本身还具有历史性特征，原始时代人的思维，当然达不到文明期的高度；刘勰的思想在那个时代里堪称"博大精深"，但他当然不可能具备今天的"科学的"、"人文的"系统观念。文学史观念就是经由千百年来许多学者的创造性劳动，"层累地堆积"起来，方才达到了今天的高度。至于今天的文学史观念，我们也不能说就是最进步、最发达、最完善的了，它肯定还有巨大的发展前景，因为我们受制于现实的社会和文化环境，以及本身的思维能力，不可能达致终极境界。

我们可以回顾近30年来的文学史观念演变历程，来说明此点。20世纪70、80年代之交，当时古典文学界批判"四人帮"、"影射手法"等"极左思潮"，恢复"二为"纲领（"文艺为无产阶级政治服务，为工农兵服务"）。从社会倾向言，这是一种进步，以故当时名之曰"拨乱反正"；但就思想性质言，二者具有同一性，其本质都是从阶级斗争论出发的政治实用主义。至80年代中、后期，文学史研究领域又流行"美学"的、"心理学"的、"文化学"的、"比较文学"的研究，同时"新三论"等新的研究方式也一时涌现，我们当时名之曰"新观念"、"新方法"，"多角度、多学科的交叉研究"，以为学科从此将迎来一场大的革新，学科的体质将由此获得极大提升。但今天回顾起来，无论是"心理学"的、"文化学"的还是"新三论"的观念或方法，实际上都是以其他人文学科和自然科学中的观念和方法，来渗透和置换作为人文学科的文学史自身的观念和方法。而在现代学术研究中，每一个学科都有自身的完整体系，学科性质以及与学科性质相匹配的学科观念和学科方法，都应当有严格的规定性。不同学科体系之间可以互相渗透、互相融合，甚至产生新的学科，但既存的学科体系必须是严整有序的，亦即是"自足"和"规范"的。文学史研究或曰"文学史学"，本身既是一门相对独立的学科，它就应当有属于本学科的观念理论和方法体系，所以，那些"心理学"、"文化学"之类，与文学研究虽然是相邻学科，观念和方法不妨互相利用、互相渗透、互相补充，实行"交叉研究"，这样做对发展本学科有利；但无论如何，"交叉研究"不能取代本学科的观念和方法，每一门学科都不可能不主要运用本学科的观念和方法来从事研究工作。所以"从心理学的视角来研究文学史"等等，并非不可以，但对于文学史研究而言，这样做只不过是提供了重要的视角和方法上的补充，绝不应当成为文学史研究的主要方法。文学史研究根本上还应当运用文学史的方法。我赞成在观念和方法上都应当"回归文学本体"。就如有的论者所云：

> 这一切的要点，都在于回到文学文本，回到文学的内在品质中。这并不只是建立现当代文学学科研究规范的需要，而且也是摆脱那些虚假的信念，回到我们更真切的心灵的需要。也许多少年之后，我们会意识到，在历史上的这个时期，保持一种阅读态度、一种经验、一种审美感悟，也像保持某个濒临灭绝的物种一样重要。①

① 陈晓明：《重建现当代文学研究规范的思考》，《南方文坛》2003 年第 1 期。

不能设想一个独立的学科，需要以其他学科的方法来充当主力；如果文学史真的需要借用其他学科的方法，而缺乏与自身相匹配的基本方法，那么这个学科的成熟度或生命力本身也就成了问题。这正如自然科学研究虽然可以借助艺术的想象力，但规范的研究，还是必须运用严密的科学的方法。从学理方面说，必然是这样的。

所以回顾80、90年代在观念和方法上的革新努力，有推进我们学科的良好动机，也提出了一些正确的主张，丰富了学科的研究范式，正面的作用是明显的。但舍本逐末的偏颇也不可否认，文学本位的立场没有牢固树立起来，表现出了一定的焦虑甚至浮躁情绪。再说这些文学之外的其他学科的方法被引入文学史研究领域，实际上我们的前辈已经尝试过了。以心理学方法的引入为例，姜亮夫先生早在30年代初即已经阐述了"心理学观的文学"，主张研究"文学起源的心理学观"、"文学要质的心理学观"等问题①，朱光潜先生在40年代也已经发表了他的名著《文艺心理学》。所以在80年代，我们所做的某些观念领域的革新，实际上也并未突破时代的限制和可能，这也是毫无疑义的。

到90年代末，一些文学史研究者经过冷静思考，在观念问题上重新确立自己的立场。他们并未全盘否定80年代以来出现的一些新观念和新方法，而且显然吸收了其中不少正确的成分，但加以融会贯通、斟酌折中，然后按照自己的理解提出了文学史研究观念方面的见解。我将这种在20世纪末重新确立立场的做法称之为"复位"，但这种复位不是回复到50、60年代，而是经过理性思考之后的一种"调整"和"整合"。如：

> 把文学当成文学来研究，文学史著作应立足于文学本位，重视文学之所以成为文学并具有艺术感染力的特点及其审美价值。……

---

① 姜亮夫：《文学概论讲述》，北新书局1931年版。

从某种意义上说，文学史属于史学的范畴，撰写文学史应当具有史学的思维方式。文学史著作既然是"史"，就要突破过去那种按照时代顺序将一个个作家作品论简单地排列在一起的模式，应当注意"史"的脉络，清晰地描述出承传流变的过程。……

我们不但不排斥而且十分注意文学史与其他相关学科的交叉研究，从广阔的文化学视角考察文学。……①

这里的表述是比较周到的，既重视了"史学的思维方式"，又"十分注意"多学科的"交叉研究"，但是它最强调的是"文学本位"，以此为根本立足点。与此前的若干激进主张和提法相比，它在"趋新"色彩上归于平淡，但是显然避免了偏颇，同时又吸收了时代进步的元素，体现了一种观念和方法论上的温和理性倾向，同时也体现了文学史观念领域扎扎实实的前进步伐。在观念形态问题上，目前对于我们古代文学工作来说面临一个非常重要的情况，即：当前有许多理论问题正在探讨，如中国古代社会的性质问题，历史前进的动力问题，古代社会的阶级构成问题，农民战争的性质和作用问题，中国有无"资本主义萌芽"问题，等等。这些问题在思想界、史学界备受关注。对于古代文学研究而言，这些问题都具有根本性意义，一旦有重要成果出现，对我们学科的影响是极为巨大的、根本性的。当然由于各种主客观条件的制约，今天在这些问题上尚未获得决定性的进展，有些问题正在深入探讨中，有些问题甚至只是刚刚提出，短期内难有大家信服接受的结论，但是就我本人极其迟钝的理论感觉说，我认为某些长久通行的重要观念，实在是到了非变更或者修正而不可的地步了。例如关于"封建社会"之说，对此早就有眼光敏锐者指出：

① 袁行霈主编：《中国文学史·总绪论》，高等教育出版社1999年版，第3—5页。

> 认为中国自周秦以来一直是封建社会……就名辞本身来说，这是极可笑的。因为它把"中央集权"、"专制"和"封建"搞在一起，真正是在调和无可调和的矛盾。①

> 五十多年前受教育的人都知道秦始皇废封建，立郡县以后就不再是封建社会了。胡适就说过"五四"不是反封建的，因为封建在两千年前就不存在了。你看鲁迅的书，你要找他"反封建"的字样，也是找不到的。这是那时全中国人的常识……②

基本的问题在于将中国古代秦汉以下长期实行的中央集权社会体制、专制政治体制，与本质上是"非"中央集权的封建制，混同起来了。我们不能不承认，这里的确存在"极可笑"的理论思维大误区，而我们今天许多人在许多场合竟仍在沿用它。又例如"阶级斗争是推动历史前进的动力"论，它到底正确到什么程度？我们在现实政策中已经舍弃"以阶级斗争为纲"，那么在历史领域是否应当对这样一条曾经的基本观念作适当的修正？我们看到近年新编写出版的多数文学史著作，对这个基本观念已经普遍采取了"弱化"的措施，阶级斗争理论已经明显不再用来作为文学发展的一条"纲"，而是将它作为一种相关文学史实的背景性说明来处理；而有的文学史更迈出了较大的步子，已经基本上放弃了这一理论观念。再例如"资本主义萌芽"问题，此问题早在 20 世纪 30 年代即有讨论，40 年代因有领袖出面表态，遂达致统一的观点。然而问题本身的复杂性，不是这样简单可以解决的，而且实际上，以往许多人对"资本主义"的理解，都流于表面化。什么是"资本主义"？它的"萌

---

① 顾准：《历史讨论》，《顾准文存·顾准笔记》，中国青年出版社 2002 年版，第 21 页。

② 李慎之：《新世纪，老任务——李慎之访谈录》，《书屋》2001 年第 1 期。

芽"需要怎样的历史条件和社会环境？论者对这些都不甚了了，他们作出的结论自然也就难切实际。对此亦早有人指出：

> 中国那些侈谈什么中国也可以从内部自然成长出资本主义的人们，忘掉资本主义并不纯粹是一种经济现象，它也是一种法权体系。法权体系是上层建筑。并不只有经济基础才决定上层建筑，上层建筑也决定，什么样的经济结构能够生长出来或不能够生长出来。资本主义是从希腊罗马文明中产生出来的，印度、中国、波斯、阿拉伯、东正教文明都没有产生出来资本主义，这并不是偶然的。……①

> 阻碍资本主义的，不是封建主义。真正的封建主义是萎弱无力到不足以阻止资本主义的生长的（欧洲、日本），它不过多少起一些绊脚作用，即其分散落后的性质和资本主义的集中的要求有矛盾而已。真正足以阻止资本主义生长的是专制主义。②

这样的论点当然还要经过进一步论证和检验，未必就是确定的真理。但是这种直面历史探寻真相的勇气，以及对问题把握的明晰性，确实令人感到振聋发聩、豁然开朗。而近年来学界对于这样的观念，也在日渐重视并得到越来越多学者的首肯。例如有一位80年代主编过《中国资本主义的萌芽》一书的史学家，在该书中曾认为中国明清时代，已有资本主义的萌芽，而且认为"资本主义萌芽是封建社会内部的一种新的生产关系，它具有新事物的生命力，它既然产生，除非有不可抗的力量，是不会夭折的，而是导向新的生产方式，我们在考察资本主义萌芽时，就应

---

① 顾准：《关于原始积累和资本主义发展的笔记》，《顾准文存·顾准文稿》，中国青年出版社2002年版，第335页。

② 顾准：《历史笔记》，《顾准文存·顾准文稿》，第27页。

该考察它的延续性和导向性"①。然而这同一位学者，在上述著作出版10年之后，他"在进行了更深入、更周密的思考之后"，在多次学术会议上"提出了与自己过去观点完全不同的新见"②。在《中国经济史研究》杂志最近一次的笔谈中，该学者明白表态，在中国的"历史研究上，不要提研究资本主义萌芽了"③。而在最近的一次关于中国社会形态及相关理论问题的学术讨论中，另有一些学者进一步认为，所谓资本主义萌芽"只能是一种假设"，是一个"假问题"④。又有学者通过全方位的考察，明确指出：

> 那种认为16世纪（明代中期）前后的中国已经具有"走出中世纪的曙光"，它原本可以导致"资本主义萌芽"自发成长为现代制度文明的看法，很可惜只是一种流布久远的神话。尽管如以前经常被提及的，明代中期以后在太湖流域出现了一些比较发达的手工业和城镇经济，但直到今天的世界历史都反复证明：仅是一定时段内的城市经济增长并不必然导向新制度形态；而对于走出中世纪同样必须的，还要有政治体制、法律制度、经济关系、国民人格和心理等一系列保证。⑤

诸如此类问题上的新思考，无疑对促进我们的文学史观念的进步具有积极意义，而反过来也表明，我们学科中的许多流行多年的观念，实在已

① 吴承明：《中国资本主义的发展述略》，载《中华学术论文集》，中华书局1981年版；参阅许涤新、吴承明主编《中国资本主义的萌芽》，人民出版社1985年版，第6页。

② 李伯重：《吴承明先生学术小传》；见吴承明《市场·近代化·经济史论》，云南大学出版社1996年版，第300页。

③ 《中国经济史研究》1995年第2期，第2页。

④ 参阅《历史研究》2000年第2期，第31页。

⑤ 王毅：《再论明代流氓文化与专制政体的关系》，《社会学研究》2002年第2期，第113页。

经到了不能不重新审视的时候了。我现在有一种感觉，学科观念理论领域正面临着一场大的变革，事实上观念革新之门已经开启了一条缝隙。这扇门何时全面打开？当然需要一个相当长的过程，但它确定会发生，是毫无疑义的，认真的文学史工作者，对此应当作必要的精神准备。

回到关于观念的有限性问题上，我想说的是，面临着今天的思想学术环境和趋势，我们文学史工作者在思想观念上应当与时俱进，不应抱残守缺，守着既有的理论观念不放。观念的相对正确性，它的时代性特征，在今天显得特别明显。观念的有限性，它的确制约着今天的文学史学取得更大的成就。观念的有限性是广泛存在的，具有普适性。那么有无个别不受此有限性所限制的情况发生呢？比如会不会有个别"天才"理论家诞生，提出超乎时代、超乎历史的理论观念？我认为基本上不可能。马克思是旷世天才，他对资本主义社会的分析，非常深刻；他提出的"科学共产主义"理论，也具有相当的预见性。但是一百几十年后今天的现实告诉我们，人类社会的发展可能，比任何天才预见都要丰富复杂得多，在总的方向上的预见也许好办一些，也许正确度比例高一些，但是在发展的途径、方式等方面，要作出准确的预见实在是极其困难的事情。尤其是社会发展的细节，各别国家和民族在不同时期的发展道路，因为受着太多偶然性、特殊性因素的制约，简直无法预料。与任何确定的"预见"和"规划"相比较，"摸着石头过河"这种没有预见的预见，没有规划的规划，或许更能体现政治和理论上的智慧。"未来学"固然是有意义的学科，但研究起来必须非常小心。许杰先生在 20 世纪 20 年代末曾提出"普罗文学是否超时代"的问题[1]，半个多世纪的历史已经回答了他，任何文学及思想观念都不可能是"超时代"的。就以标榜为"后现代"的思潮为例，其实也就是 20 世纪后半叶出现的思潮之一种，不必再过几百年，"后现代"思潮恐怕只能算是那时人心目中"古典思

---

① 许杰：《新兴文艺短论》，上海明日书店 1929 年版，第 45 页。

潮"之一种，这"后现代"三个字会在思想史上产生滑稽感，那时的人们会说："20 世纪的某些人欠缺历史意识，而太多超前的焦虑和妄想。"所以我们从事文学史研究，从长久的历史角度看，其实也应该奉"摸着石头过河"为金科玉律，其基本的含义是不断地探索、不断地前进，随时准备接受某种新的思想，随时准备修正自身既有的观念，调整我们的研究方向和路径。这里并非主张不思进取，只是观念的有限性太明显，如此当更有效，也更能体现智慧。老子曰："上善若水……故几于道。"①诚哉斯言。文学史观念欲"几于道"，必也如水流之顺应自然，方能在种种限制中迂回曲折前行。

三　文学史材料的有限性

观念和史料是文学史学赖以生存发展的两大支柱。文学史研究离不开文学史料，而文学史料的有限性是无须多说的。中国文学史的史料，从总量说相对地比较丰富，而且随着考古发掘的进展，不断地增添着数量。但是必须指出，这种"增添"在总量的比例上是很少的，甚至是微乎其微的，"增加"的速度也是很缓慢的，指望在较短的时间内文学史材料会明显增长，显然是不现实的。而且在不同领域的史料，增加的多寡也差别明显，有的呈爆发式增加，如 20 世纪初的敦煌学材料；有的则几乎没有什么增加，例如屈原、陶渊明、李白、杜甫这些中国文学史上最重要的作家，他们的相关史料千百年来基本只有这些，几乎没有什么增加。而前一种情形只存在于少数领域，后一种情形则是普遍大量存在着。据说现在所掌握的唐代诗歌总数，已经超过《全唐诗》一倍以上，但这"超过"部分，并非都是"新发现"的，不能解释为"史料的增加"，它们只是当代学者在收集整理的工夫方面比前人有了很大进步的结

---

① 《道德经》卷上。

果。所以在文学史史料方面，其实基本状况是相对稳定的，"有限性"比"无限性"更加突出，也更加现实。

正因此，我们许多研究者在许多场合，总是觉得"材料不够"，尤其当研究深入下去之后，越发感到材料太少，而不是太多，研究工作因此受到制约。记得在我的学生时代，导师就在我确定专业方向时说：研究先秦文学材料太少，研究唐宋以后又材料太多，汉魏六朝不多也不少。当时听了他的话，遂选定这一段了。现在我还常听人叹息先秦文学"材料太少"，该说的话都已被别人说完。近来连研究汉魏六朝的人也渐渐发出类似的感叹，博士生想找个题目做论文真不容易，费尽心思想出一个好题目，网上一查，发现早已有人做过了，而且不止一个人。

材料的限制，还使得文学史上一些重要问题无法说清楚。孔子早就说过："夏礼吾能言之，杞不足征也。殷礼吾能言之，宋不足征也。文献不足故也，足则吾能征之矣。"① 文学史上类似的问题很多，研究得越深越细，越是感到"文献不足"。以做作家作品系年为例说，这是文学史料研究的基本工作。如果做的是王渔洋年谱或者朱彝尊年谱，可能不觉得材料少；可是要做司马迁年谱或者王充年谱、刘勰年谱，恐怕就感到捉襟见肘，更别提为先秦诸子做年谱了。即使做朱彝尊年谱，还要看做到什么程度，如果要将事迹和作品系到年、月尚可，要系到日，恐怕也会遇到材料不够的麻烦。当然，材料问题大的主要是一些中古和中古之前的作家，以及虽然是中古之后但生前名声不显、未受到主流社会重视的作家。陶渊明的年谱迄今已有十多本，但关于他的年岁问题，至今尚无定论，论者各说各话，读者择善而从。他的《闲情赋》广受文学史家注意，但作于何年，也诸说不一。古直系于陶渊明三十二岁，理由是"五柳先生传云：'尝著文章自娱，颇示己志。'集中二赋，皆示志之作"（《陶靖节年谱》）。王瑶系于三十岁，理由是"渊明于晋太元十九年甲午

① 《论语·八佾》。

丧偶……《闲情赋》是抒情文字，或即这年所作，时渊明三十岁"（《陶渊明集》）。袁行霈系于十九岁，理由是"《闲情赋》当系少壮闲居时所作，故其《序》曰'余园间多暇'，姑系于此年下"（《陶渊明研究》附《陶渊明年谱汇考》）。哪一说正确，只能自己判断。元明清时期虽距离稍近，总体上史料较多，但在有些领域，"文献不足"的问题也相当突出。尤其是以前不被重视的"俗文学"领域，以及若干非主流的"体制外"作家。元代戏曲作家的材料普遍太少，许多人连生卒年也不清楚，生平事迹只有那几条，所以孙楷第先生《元曲家考略》显得弥足珍贵，但他也只能"考略"。曹雪芹更是个显著例子，其材料之少与他的文学史地位极不相称，以至他的生平事迹中的许多环节至今处于扑朔迷离状态，有关曹雪芹的考证之学大兴，聚讼不已，实缘于他的材料太少。吴恩裕先生在80年代初发现《废艺斋集稿》，当做稀世奇珍发表出来，可是马上就有学者出来"辨伪"，指出其中诸多漏洞，说那东西不可靠。还有的研究者忽然声称发现了曹雪芹的诗，刊布出来后引起大家关注，这是何等珍贵的文献！但过后不久，他又说那诗不是曹雪芹的，而是他自己作的，目的是要"考验"一下大家的"眼力"。诸如此类怪事的发生，皆缘于大家都渴望有更多的曹雪芹材料出现，"材料空白"使得有些问题似乎永远得不到解决了。这是说材料量的有限性。

在材料问题上，还有另一层面的有限性，即材料内涵的有限性。有的材料本身很简单，语焉不详，义指不明，难以作更多的深入解释；有的材料文字有多义性，含糊混沌，可做多种理解，易引起种种歧说。上博简《孔子诗论》的发现，为研究孔子的诗学思想提供了重要的新材料。但是其中的文字和内容也颇有歧异之处，连是"孔子"还是"卜子"，学界都尚未取得一致意见，遑论其他？如果是"卜子"，那就是子夏的诗论了，虽然还是儒家的思想系统，但事主已然不同，意义当然也不一样。此外如长期争论不休而莫衷一是的问题，如关于《柏梁台诗》的真伪问题，关于蔡文姬作品（《胡笳十八拍》、《悲愤诗》五言和骚体）

的真伪问题，关于《公莫舞》的解读问题，等等，莫不受着材料有限的制约。

即使有形的材料不少，有些文学史现象也还会出现难以捉摸的状况。阮籍《咏怀》诗、李商隐《无题》诗就是如此，其内涵扑朔迷离，极难理解，论者也就只能各逞其智，作揣摩发挥，甚至联翩臆想了。至于所说是否正确，只能听凭他人明鉴。此种状况的形成，当然与作家的诗风直接有关联，但确实也由于缺少相关作品的写作背景材料，遂增添了理解上的诸多困难。

要之，材料的"有限性"，包括了材料本身量的有限性和材料内涵方面的有限性两层意思，它们对文学史研究和编写带来的限制实在很大。"有一分材料，说一分话"，这是某学术大师说的。如果研究一个问题，该问题的相关材料只有"一分"，我们只能把话说到"一分"程度，这在研究者而言，是"实事求是"，是体现了"科学精神"；但在读者看来，岂非吞吞吐吐、暧昧不明？对严肃的文学史研究而言，宁可态度暧昧也不能强为之说，因为我们不能强行超越和突破文学史材料的"有限性"。

四　文学史体式的有限性

文学史研究最终要落实到文学史著作的编写。董乃斌先生文章中着重论证了文学史编写总是要选择一种"样式"，在此我习惯地将它说成"体式"，基本意思略同，只是强调其文"体"性质而已。董先生文中阐述道：

> 有多种因素制约着文学史研究和文学史论著的编撰，但这些因素同时也为文学史的研究著述提供着丰富的可能性，并且，这些因素——文学的内部要素、外部要素、史料、著述形式——的交叉和

排列组合，还会使文学史论著的可能性成倍、甚至成几何级数地增长。①

这里的观点我是赞同的。但体式固然多种多样，可以"提供着丰富的可能性"，就本质言，体式毕竟是表现形式，但凡形式不能不有局限性，不存在一种没有局限性的形式。是"新瓶装旧酒"也好，是"旧瓶装新酒"也好，"新瓶装新酒"也好，你可以制造无限个瓶子，但作为"瓶子"的体式或样式，对于其内容肯定都要起一定的限制作用。这里我强调的是，文学史体式从总体的"量"的层面说可能是无限的，但从其具体的功能层面说，则一定是有限的。文学史体式千变万化，就我们熟知的情形说，主要有两大类，一类是"作家作品论"体式，一类是"史的描述"（或曰"史论"）体式。此外当然还有二者相结合的体式。各种体式都有其优势，也都有其劣势，亦即都有各自的"有限性"。以我们常见的"作家作品论"体式言，尽管它在中国具有悠久深厚的传统（"纪传体"传统），它受到的非议和诟病却不少。主要问题是它的基本"切入点"选取在个别的作家或作品上，这决定了它的叙述方式是以"微观考察"和"局部描述"为起点的特征，其中宏观的（即"面"的）和发展的（即"线"的）描述相对较少，缺少对一个时代文学性格和文学发展脉络的整体性描述，总体呈现"点"强而"线"与"面"弱的不平衡状态。即使写得好，读者得到的印象也只是那一时期有一个个活生生的作家，而作家们之间有哪些共同的风格特色，他们在文学发展潮流中所居的地位和互相间有何承续发展关系，印象总是要淡一些。这个问题其实几乎所有采取"作家作品论"体式的文学史编著者都是能够意识到的，他们也几乎都曾在自己的文学史著作中采取某种措施来做补救。比如每隔一个较短的时期，就设置一个综论或纵论章节，专门论述一个时

---

① 《文学遗产》2003 年第 6 期。

期的文学性质和风气概貌，叙述文学的发展流变，力图使大量的个体作家在某种学理系统中互相有机联系起来，改变个体与个体的分离状态，改变个体与总体的畸轻畸重弊端，努力体现"史"的面貌。这种补救措施，我们在许多采取"作家作品论"体式的文学史著作中都可以看到。例如我自己参与的中国社会科学院总纂的《中国文学通史系列》①　即是，郭预衡先生主编的四卷本《中国古代文学史》② 等皆如此。补救的效果依情况而定，有的看上去达到了作家作品与史（综论和纵论）两种要素相对平衡的境地，固有的弊端大部分得到弥补。有的则不然，补救得生硬不自然，仍然是"两张皮"，看上去倒像是新裁罗衣上故意打上去的补丁。

　　"史论"体式又如何？应当承认，这种体式由于它的切入角度瞄准了一定历史阶段（或者整个朝代）中的文学大趋势，以及表现这种趋势的文学思潮、文学流派、文学的承前启后关系、某种文学样式的发展进程等，所以它形成了一种整体性的叙述方式，从而强化了文学史的宏观把握，作家作品之间的关联性、群体性和继承性描述，突出了文学史的"史"的特征，能够在文学发展脉络方面给读者以比较清晰的印象。在这些方面，它对于"作家作品论"体式的文学史拥有明显的优势。这种体式的文学史的代表著作，就是曾经受到广泛好评的刘大杰《中国文学发展史》③。不过切莫以为这种体式就完美无缺了，特别是它既然以"史"的总体性把握和描述为特征，那么在有关文学个体的描述方面，是必然会有损失的。在此种"史论"体式下，其叙述方式是以"宏大叙述架构"方式进行的，由于叙述的重心在宏大架构，所以对于作家作品的介绍和分析，必然是服从于宏大思路的，是为了阐明某个学理系统而

---

①　人民文学出版社自 1988 年起陆续出版，迄今已出版八卷。
②　上海古籍出版社 l998 年版。
③　刘大杰：《中国文学发展史》，中华书局 1941 年 1 月上卷出版，至 1949 年 1 月方出齐三卷。

论及作家作品。在这种宏大叙述格局中，学理系统是主体，作家作品主要是为说明学理系统而出现，它们不是叙述主体，而是叙述的证据和部件，所以必然是居于次要的从属地位。如此，便发生了两个问题。首先，某些作家作品由于不合学理系统的需要，而可能被忽略、被舍弃，而本来他们（它们）是具有相当文学史价值的。由此我们可以发现，在"史论"体式文学史著作中，被论及的作家作品的数量，还有作家的个体活动细节都比较少，这就意味着它所提供的文学史信息量较少。此是一方面欠缺。其次，由于宏大叙述方式本身是按照学科的学理系统来进行的，或者是文学史时段的系统，或者是文学群体的系统（皆属横向的"综论"性质），或者是文体的系统，或者是思潮的系统（皆属纵向的"纵论"性质），等等，所以对作家作品的叙述，必然是不系统的。如果作家作品成了系统，那整部文学史著作的体式就形成二元化局面，体式将发生混乱，那是一般著者所不取的。

如此便必然会出现作家作品被割裂的问题。举例言，设若某文学家既是文论家，又是重要的创作者，而且是多种文体的写作能手，既是诗人、散文家，还兼赋家，又是重要流派的代表或成员（这样的作家在古代不少），那么他在"宏大叙述"体式的文学史著作中，就很可能被分别安排在多个叙述系统之内，他几乎要在所有"综论"和"纵论"系统中出现。在此种叙述方式中，我们就会看到同一个作家在不同系统的场合中被多次言及，以论述他在众多学理系统中的贡献和地位。但是问题随之发生了：关于这个作家生平的整体面貌，关于他的总的文学活动的完整叙述，却看不到了。这样的"割裂"事例将会在几乎大部分重要作家身上发生，以两汉魏晋作家为例说，就有班固（文章家、诗人、赋家）、张衡（诗人、赋家）、曹操（诗人、文章家）、曹丕（诗人、文论家）、曹植（诗人、赋家、文论家）、陆机（文论家、诗人、文章家、赋家）、陶渊明（诗人、赋家、文章家），等等，他们在不同的叙述系统中都应该被论及，也就意味着要被割裂，弄得"身首异处"。同一个曹植，在"建安风骨"一节中必须说及他的"雅好慷慨",在"五言诗的成熟"一节中要提到他的《赠白马王彪》,在"魏晋文论的发展"一节中也要说及他的《与杨德祖书》,在"魏晋文章的骈偶化"一节中写到他的《求自试表》,在"魏晋辞赋流变"一节中又言及他的《洛神赋》。一人而散见五处(是否像"五马分尸"),但无一处集中介绍他的生平和总体文学成就。如果说"作家作品论"体式的问题是"只见树木,不见森林",那末这里的问题正相反,就是"只见森林不见树木"了。这样的欠缺是明显的,已有的一些"史论"体式文学史著作中都可看到,即使在刘大杰文学史中,也不能免。所以我们看到在不少"史论"体式的文学史著作中,著者也采取了一些补救措施,办法是将一些重要的作家作品,单独设立章节,予以完整的介绍叙述。补救的效果如何,也要看情形而定。有的文学史著作既围绕着"史论"的宏大叙事方式设计,忽然其中插入一个"作家作品论"章节,显得颇不协调。有的"补救"较多,虽然使得较多的作家得以免于身首异处,能够以整体人格文格出现,但对全书来说,则又减弱了"史论"体式特征。作家作品独立章节出现多了,必然会减弱其"史论"体式性质。这里也有两难的选择。

对于作家作品的被割裂这一问题,或许宏大叙述体式的主张者会辩解说:这种分割并不影响对于这位作家的总体介绍和评价,甚至会更加突出他的某些特长和优点,因此不见得是坏事。但是这样的辩解无济于事,因为我们这里讨论的是叙述方式的优劣长短,而不是内容的多寡和评价的高低。从叙述方式角度言,一个叙述主体的被割裂,总是会影响阅读和理解的完整性的,何况在宏大叙述系统中,对于某一作家的叙述只限于本学理系统的范围,每个系统都如此,结果那些不可能被归入学理系统中的内容,就难以得到应有的安排,例如作家的生平经历,他的性格爱好,一些重要的行事、交际活动等,这些内容对于某些作家来说,很重要;但是将它们安排到任何学理系统中给予叙述,都无法避免不协调和累赘感。要之,在"条条"(纵论文字)"块块"(综论文字)的分割下，"史论"体式文学史中作家作品的完整性必定将受到一定的损害。可见它的"有限性"也是存在的。

在这个问题上，我们曾看到论者对"作家作品论"体式文学史发出较多的批评意见，有的意见相当尖锐，认为那只是作家作品论的"凑合排列"，干脆就不能算是文学史，令不少"作家作品论"体式文学史的编撰者汗颜不已，经常作自我反省，认为自己"文学史理论太弱"，或者"驾驭文学史全局的能力不够"。不过不同的声音也是有的，例如有人认为：

> "作家作品中心论"这种模式既符合中国史传传统，在方式上也能够为人们所接受，同时又便于教学和编纂，所以，这种模式得到广泛的认可，不断地被沿袭，以至形成一种根深蒂固的传统，即"本位观"。我们看到，不论是"现代文学史"还是"当代文学史"，都是这样一种模式。鲁迅、郭沫若、茅盾、巴金、老舍、曹禺、艾青、赵树理、柳青、王蒙、贾平凹等构成了中国现代文学的代表，他们的作品构成了中国现代文学的典范，一部中国现代文学史就是一部中国现代作家作品史。①
>
> 理想的文学史写作应该首先进行史的定位，即建构史学体系。文学史写作要做到点与面、散与整、史与论、代与谱的结合。……文学史应重"史述"而轻"史论"，应重视对作家、作品、思潮和源流等内容的"再现"，而轻"表现"。②

按照这样的见解，似乎"作家作品论"体式还是不错，至少还不是一无

---

① 高玉：《中国现代文学史作家作品论批判》，《人文杂志》2003 年第 2 期。
② 《文学史理论创新与建构暨 20 世纪中国文学通史研讨会综述》，《文学评论》2005 年第 2 期。

是处。我想两种体式在比较之下既然各有长短，都有自身的"有限性"，那么在尽量弥补其欠缺的前提下，不同体式的文学史不妨并存，一方面可以起到互补作用，另一方面也可以满足不同爱好者的不同要求，多元化本来应该是学科成熟的基本内涵。对于编写者来说，可以各扬其长；对于读者而言，则是各取所需。而"森林"和"树木"的问题，在互补中也可以得到一定程度的解决。

五　研究者学识的有限性

研究文学史，谁都希望能够做出成绩，甚至臻于一流。在文学史研究中存在"研究者主观能动的无限"①，从学理上说是正确的；然而"主观能动"实际上也是有限的。其原因也就是研究者的学力和识见，每个人不免有广狭高下深浅巧拙之分。中国文学史学自近代发轫以来，已届百岁高龄，产出有形的文学史著作，已达 1600 余部②，然而近时却听到有论者感慨地说："中国文学史出版泛滥，有多少值得信赖？"③ 此言是在一次"百年文学史"专题研讨会上说的，为专家之言，岂不令闻者丧气？不过细思此论，倒也不无道理，百年时间不算短暂，学科发展迭经波折，不但古典文学研究，即便其他社会人文学科领域，又有多少学术著作能够经受世纪的考验而屹立不倒？曾听小说研究界的朋友说过"中国小说史虽然数量很多，但至今几乎没有在总体水平上超越鲁迅《中国

---

①　《文学史理论创新与建构暨 20 世纪中国文学通史研讨会综述》，《文学评论》2005 年第 2 期。

②　据董乃斌文章介绍，"郑州大学的陈飞教授在参与了《中国文学史学史》课题，负责编撰'丰富多彩的专题文学史'两章后，在已有的三部文学史书目（陈玉堂《中国文学史书目提要》、吉平平等《中国文学史著版本概览》、黄文吉《中国文学史书目提要》）之外继续搜集 1999 年后新出的各类文学史，加上原先遗漏的，编成又一部文学专史竟有近千种之多"。

③　2004 年 11 月苏州大学举办"中国文学史百年研讨会"，会议报道中有此发言。见《苏州大学简报》2004 年第 1 期。

小说史略》的"。个中原因是什么？我想除了学术工作本身是艰难的创造活动，学术精品只能属于少数外，只能说我们许多文学史编写者，在学术准备上还是存在不少欠缺。个人学力和识见的有限性，限制了他们写出优秀的"值得信赖"的著作来。而文学史的编写，对于著者个人学力和识见的要求是很高的。因为研究某些局部文学史现象，包括某些作家作品，甚至文学流派文学思潮，固然具有特定难度；但是编写文学史工作由于其牵涉面广、问题多而复杂，所以比起前者来困难更加多一些。这是一项"全面型"的工作，当然要求也相应地更加全面。钱理群先生提出，编写文学史需要具备两个"前提"：

> 写文学史首先要有两个前提：一是自己的而不是别人的文学观，同时还要有自己的独立的历史观。在没有形成自己的文学观、历史观之前，写文学史是非常危险的。第二个前提是文学史的写作是总结性的写作，要在研究清楚后才能写，而且是对研究有所增添。但目前不少局部问题都没有搞清楚，与其花很多的精力、时间去重复自己的或别人的观点，不如做些具体研究、专题研究。①

提出这样的要求我认为是合理的，只有如此才能保证写出的文学史具有充分价值。不过对于现实中的文学史工作者个人而言，要具备这样的"前提"，实在是非常困难的事，几乎高标不可企及。个人才学（"总结性的写作"）和识见（"独立的文学观、历史观"）的有限性，在这里实在太大了，以致我们只能无奈面对"有多少值得信赖"的责问。钱理群先生甚至说："越研究下去越不敢写史。"② 这样说当然是一种负责任的

---

① 《苏州大学简报》2004 年第 1 期。又据《南方都市报》2004 年 11 月 29 日报道：《我们的文学史为何如此多？》。

② 《苏州大学简报》2004 年第 1 期。

态度。不过我想我们不应当给文学史的编写设置太高的"门槛",任何有相当学术准备的有心人都可以尝试为之,但是这里必须说明白的是,个人才学和识见的有限性,将极大地影响文学史著作的成功率。看看百年来比较成功的文学史著作,如王国维《宋元戏曲史》、鲁迅《中国小说史略》、郑振铎《插图本中国文学史》、刘大杰《中国文学发展史》等。这些著者,几乎无不是学识广博精深的优秀学人,甚至是公认的"大师"级人物。他们取得成功,无不以深厚学识为前提,所以他们都能够以一人之力,承担总结数千年文学发展历史的重任。

从上述学术史事实中,我们还可以引发出另一问题来讨论:既然今天作为个体的学人,很少能具备前辈大师那种博大精深的学力和识见,那么我们集合众人之力,来联手完成一人难以承担的任务,岂不也是一种替代的解决方案,甚至更能够发挥"集思广益"的优势吗?这样的思路,其实也正是自从 20 世纪 50 年代以来出现许多集体编写文学史的缘由之一。50、60 年代的集体编书做法,带有浓重"大跃进"色彩,我们且不去说它。就学术上的学力和识见而言,"集体"却未必一定比个人高明,一加一直至加 N,未必大于一。而且文学史本身要求全书逻辑的严整和风格的统一,这岂是人多势众所能解决的问题?弄得不好,非但不能"集思广益",反受其累,成为平庸的大杂烩也完全可能。在这种场合,人手众多,可能意味着有限性也众多。"中国文学史出版泛滥"的弊端,这种集体编书做法,恐怕也起了一定助长的作用。我不是在此不分青红皂白绝对地否定集体编书,事实上成于众手的中国文学史中,也出现过若干种品质好的著作。我只是想说,任何编写方式都应当以充足的学术准备为前提。

结　语

我要用两位大师的话来结束本文。斯蒂芬·霍金引述莎士比亚《哈姆雷特》里的台词说："即便把我关在果壳里，仍然自以为无限空间之王！"① 在文学史研究领域中，也存在着充分的无限拓展的可能性，因此我们相信"文学史无限论"。鲁迅说，人不能"用自己的手拔着自己的头发要离开地球"②。文学史研究和著述，也不可能挣脱各种限制而"心想事成"，为此我们在这里强调"文学史有限论"。对于整个文学史学科而言，我们应当看到其发展的无限性；而对于每一位文学史研究者个人的能力和成就而言，我们不能不指出其有限性。唯其研究者的有限，才彰显出学科前景的无限，我们所做的工作，才会代代赓续而无尽。"文学史无限论"帮助你打开思维、勇于进取、开拓空间，去挖掘和发挥你的所有潜能，做你想做的事情，去创造你的生命奇迹；而"文学史有限论"则告诉你，作为学术工作者，一定要认清现实，脚踏实地，了解对象，了解自己，做好你能够做到的事情，走向你的学术"宿命"。

（原文发表于《文学遗产》2006 年第 6 期）

---

① ［英］斯蒂芬·霍金：《果壳中的宇宙》，吴忠超译，湖南科学技术出版社 2002 年版，第 99 页。

② 《论第三种人》，《现代杂志》第 2 卷第 1 期，1932 年 11 月；收入《南腔北调集》。

关于文学评价中的"人性"标准

王元骧[*]

一

以往我们的文学研究和批评曾被一种"左"的思潮和庸俗社会学思想统治着，突出地表现为把阶级分析的观点和方法简单化、庸俗化，以作家的阶级身份和作品的阶级内容来评判作品的高低、决定对作品的取舍。作为对这种极"左"思潮和庸俗社会学的观点和方法的反拨，近几年来，又出现了一种完全排除对作品作社会历史的评价，仅仅以所谓"人性"为标准和尺度来衡量文学作品的价值，解释文学的"永恒性"的问题。这种以"人性"为评价标准观点的提出较早、较系统的见之于章培恒先生为其所主编的《中国文学史》所撰写的导论之中；近年来，黄修己先生又把它推广到中国现代文学史研究的领域，而邓晓芒先生则从理论上对之进行提升，并以它来说明文学永恒性的原因。

章培恒先生提出评价文学作品的人性标准的理论依据，就是马克思所说的"人的一般本性"的思想。那么，什么是马克思所说的"人的一般本性"呢？朱光潜先生最初认为是指人类的"自然本性"[①]，章序中就

---

　*　王元骧：浙江大学中文系教授。
　①　朱光潜：《关于人性、人道主义、人情味和共同美问题》，《文艺研究》1979年第 3 期。

突出地认同了这种观点。我认为这是值得商榷的。我认为马克思的"人的一般本性"只是相对于私有制社会"异化劳动"而造成的"异化"的人而言的，认为这种异化劳动使"动物的东西成为人的东西，而人的东西成为动物的东西"①，人也就不再是真正意义上的人了。所以他提出"人的自我异化的扬弃，对人的本质的真正占有，是人向自身、社会的（即人的）人的复归"②。这个人的复归就是"人的全面而自由的发展"③，我认为这才是马克思所说的"人的一般本性"的内容。但是章先生从"人的一般本性"就是人的自然性的思想出发，把"个人的全面而自由的发展"理解为就是人的"原欲"、"本能的个人欲望"的最大解放，认为"最无愧适合于人类本性"的社会，就在于个人欲望"不受压抑"，使"每个人的个人利益都得到了最充分的满足"④，并认为他的这种理解是与马克思在《神圣家族》中所摘引的18世纪法国哲学家爱尔维修的"人……是服从于自己的利益的"、霍尔巴赫的"人……只爱他自己"、以及英国功利主义理论学家边沁的"个人利益是唯一现实的利益"⑤的思想是一致的。但是，只要查阅一下《神圣家族》，就不难发现章先生这些摘录是断章取义、歪曲原意的。由于篇幅关系，只摘录马克思援引的其中一段：

　　霍尔巴赫："人在他所爱的对象中，只爱他自己；人对于和他自己同类的其他存在物的依恋只是基于对自己的爱。……但是，人为

---

①　马克思：《1844年经济学哲学手稿》，人民出版社1985年版，第51页。

②　同上书，第77页。

③　马克思：《资本论》，《马克思恩格斯全集》第25卷，人民出版社1974年版，第927页。

④　章培恒：《中国文学史·导论》，复旦大学出版社1996年版（下文引章先生语均出自此篇）。

⑤　马克思、恩格斯：《神圣家族》，《马克思恩格斯全集》第2卷，人民出版社1957年版，第169—170页。

了自身的利益必须要爱别人，因为别人是他自身幸福所必须的……道德向他证明，在一切存在物中，人最需要的是人"，"真正的道德也像真正的政治一样，其目的是力求使人们能够为相互间的幸福而共同努力工作。凡是把我们的利益和我们同伴的利益分开的道德，都是虚伪的、无意义的、反常的道德"。……"美德不外就是组成社会的人们的利益"。……"人若对同类的一切漠不关心，毫无情欲，自满自足，就不成其为社会的生物……美德不外是传送幸福。"

另外援引爱尔维修和边沁两段话所表述的意思也基本相似。马克思在引这些话之前有一句说明，说"18 世纪的唯物主义同 19 世纪的英国和法国的共产主义的关系，则还需要详尽地阐述"①。这表明马克思只是作为英法共产主义的思想资源来引用这些话的，并不等于他就认同这些观点；即使这样，我还是认为章先生的理解与这些话的原意有很大出入，甚至是相反的。这些思想源于亚里士多德的《政治学》，它们的本意在我看来实际上是表达了一种"合理利己主义"的伦理观，强调利己的同时还应该利他，认为只有顾及别人和社会的利益，自己的利益才能得到保障。这在某种意义上也说明了人的生存是离不开社会的，人只有进入社会，与社会、与别人建立联系之后，才能成其为人，即马克思所说的"作为人的人"②。这个"人的人"不同于自然的人，是社会造成的，是通过社会化的过程来实现的。这是由于人不同于一般动物，一般动物降生到世上是已经完成了的，它先天地具有日后生存的一切能力；而人降生到世上是未完成的，他只有进入社会、接受社会文化的熏陶和教育，即经过"社会化"的过程，摆脱纯粹的原欲支配的自然状态，才能成为真正意

① 马克思、恩格斯：《神圣家族》，《马克思恩格斯全集》第 2 卷，人民出版社1957 年版，第 169 页。

② 马克思：《1844 年经济学哲学手稿》，第 78 页。

义上的人。所以马克思说"社会生产作为人的人","只有在社会中，人的自然存在对他来说才是人的存在"①。这就要求我们不能"把社会当作抽象的东西与人对立起来，个人就是社会的存在物"②。这种思想其实在古代就已经萌生，如亚里士多德在《政治学》中就认为：按自然形成的顺序和时间先后而言，个人与家庭先于城邦；但按照人的本性而言，城邦先于个人和家庭③，这表明社会对于个人来说，总是逻辑先存在的。不过，他还没有说明何以如此。黑格尔比前人的高明之处就在于他把"人的自我产生"理解为"劳动"④。认为是由人的自身活动，是通过历史发展的辩证法来完成的他的局限，是把这种劳动理解为一种抽象的精神活动。马克思批判了黑格尔这种唯心主义的劳动观，而首先把劳动看作感性的物质生产活动，提出"世界历史是人通过劳动而诞生的过程，是自然界对人来说的生成过程"⑤，这在他看来只有到彻底消灭剥削与压迫的共产主义社会才能最后完成，所以他说共产主义是"人的本质对人来说的真正实现"⑥。因此，他提出的人的自由解放并非像章先生理解的那样是一种回到"原欲"支配的状态，而把一切社会关系和社会规范看做都是对人性的压抑；相反，对于"原欲"恰恰是采取批判的态度的。他不仅强调"人的机能"不同于"动物的机能"，批判资本主义异化劳动"使动物的东西变成人的东西，而人的东西成为动物的东西"⑦；而且在谈到"具有条顿血统并有自由思想的那些好心的热情者"（按：疑指卢梭）试图"从史前的原始森林去寻找人们自由的历史"时还说，"假如我们自由的历史只能到森林中去找，那么，我们的自由历史和野猪的

---

① 马克思：《1844 年经济学哲学手稿》，第 29 页。
② 同上书，第 79 页。
③ 陈村富等编写：《古希腊名著提要》，浙江人民出版社 1989 年版，第 585 页。
④ 马克思：《1844 年经济学哲学手稿》，第 131 页。
⑤ 同上书，第 88 页。
⑥ 同上书，第 131 页。
⑦ 同上书，第 51 页。

自由历史又有什么区别呢？"①

所以，我觉得马克思所谈的"人的一般本性"主要是为了批判资本主义异化劳动，吸取了德国古典哲学思辨理性的先验方法论的合理成分，在理论上的一种预设。我很赞同邓晓芒先生所说的："实际上，当马克思从人的本质角度对资本主义异化现象进行历史分析和批判时，他是有一个'一般人性'作为参照系的，否则他凭借什么来判定人的本质遭到了'异化'?"② 但是，这"一般人性"是什么呢？是一个现实的尺度还是理想的尺度？邓先生并没有作任何具体的说明。如果按邓先生的所谈是马克思"凭借'本质直观'而'看'出来的普遍的超越结构"、一种"永恒和共同的人性"的说法，那么我认为"本质直观"在"面向事物本身"、通过个别东西的直观来把握事物的共相过程中，就不免会带有意向性和想象性的成分，它就不可能只是经验事实的概括，同时也是对意向目标的一种追求。这样，它所把握到的就不完全是一个事实的尺度而更是一个理想的尺度了。所以卡西尔认为："伦理思想的本性和特征决不是谦卑地接受'给予'，而是永远在制造中。伟大的政治和社会改革家们确实总是不得不把不可能的当作仿佛是可能的那样来看待。"他认为卢梭提出"自然人"的概念是"试图把伽利略在研究自然现象中所采取的假设法引入到道德科学的领域中来"，就像他自己所说"我们在这里可以从事的研究不应当被看做是历史的真理，而仅仅是作为假设的有条件的推理，他们较适合于用来阐明事物的本性而不是用来揭示事物的真正根源"③。从马克思的著作来看，我认为它也只是一个供推论用的预设的尺度，不过与卢梭的那种他自己也认为"现在已不复存在、过去也许从

---

① 马克思：《〈黑格尔法哲学批判〉导言》，《马克思恩格斯选集》（第 1 卷），人民出版社 1972 年版，第 3 页。

② 邓晓芒：《艺术作品的永恒性》，《浙江学刊》2004 年第 3 期（下文引邓先生语均出自此篇）。

③ 卡西尔：《人论》，上海译文出版社 1985 年版，第 77—78 页。

来没有存在过，将来也许永远不会存在"① 的纯属虚构的人的自然状态
的理论预设不同，它同时建立在科学论证的基础之上，被作为历史发展
的一个目标提出来的，认为只有到了共产主义社会，才能实现"人的本
质的现实的生成"，使"人的本质"对人来说得到"真正的实现"，"是
人的本质作为某种现实的东西的实现"②。但是邓先生却忽略了这一点，
而把它误认作一个现实的尺度，并认为凭着这个"永恒普遍人性"，"我
们就用不着任何故弄玄虚，而能对艺术作品的永恒性问题作一种近乎实
证的说明"；从而得出文学艺术的本质就是"将阶级关系中所暴露出来
的人性的深层结构展示在人们面前，使不同阶级的人也能超越本阶级的
局限性而达到互相沟通"，而把历史上一切描写不同阶级之间的矛盾、斗
争的作品都看做是艺术自身本质的"丧失"。有这样一种作为"永恒普
遍人性"而存在的"人性的深层结构"吗？我是持怀疑态度的。马克思
说："人并不是抽象的栖息在世界以外的东西，人就是人的世界，就是国
家、社会"③，表明人与他所生存的社会现实是须臾不可分离的，他的一
切思想、内心活动本身必然是具有一定社会内容的，即就邓先生列举的
他最为欣赏的一些作家、作品所描写的人物的心理活动和内心生活来看，
也无非是社会上的一些弱势群体、市井草民、一些被损害者和被侮辱者
身处生存困境所产生的生存体验，由此所反映出来的那些"最无能"、
"最无力"、"最无奈"的生存状态，没有类似经历和经验的大款富豪们
是无法领会的。这就说明它们本身就是有着非常现实的社会历史内容的。
所以我们也只有不仅从心理学的角度，而且从社会学的角度，把两方面
统一起来进行研究，才能深入揭示这些作品的思想内容，否则，就等于

---

① 卢梭：《〈论人类不平等的起源和基础〉序》，商务印书馆 1962 年版，第 63—
64 页。

② 马克思：《1844 年经济学哲学手稿》，第 131 页。

③ 马克思：《〈黑格尔法哲学批判〉导言》，《马克思恩格斯选集》（第 1 卷），
人民出版社 1972 年版，第 1 页。

把人性完全心理学化了。如果我们把人性完全心理学化，把文学艺术的"归位"最终只是落实到描写超越现实矛盾和斗争的人的"普遍人性"或"永恒的共同人性"，那么，这个人就非邓先生自己所主张的"具体的、历史的和发展着的人性"，而只能是一种"抽象的、栖息在世界之外的东西了"。

黄修己先生看问题的角度与章、邓二位先生略有不同，他主要不是从人性本身，而是从反映在人的意识中的价值观来看待中国现代文学研究中的问题的。认为以往我们研究中国现代文学"都从社会价值判断来评价文学。而社会价值观在不同国家、民族、人群中有非常大的差异，有的就不能互通"，这样就制约更多人对中国现代文学的理解而"不能适应全球化的历史趋向"。为了适应这一趋向，他竭尽全力去寻求一种"全人类性"的标准——"中国现代文学全人类性的阐释体系"。其内容是：一、"以人性论为理论基础，研究现代文学在特定的时代背景下，如何反映或表现人类共有的人性"；二、"承认人类共同的价值底线，以此为标准来衡量、评价现代文学的得失，解释它的历史"。从而建构一个"超越了民族、国家、阶级集团的价值观，是持不同的社会价值观的人们都能理解、接受，都能在这个思想层面上沟通的"，"反映了全人类公共利益需求"，"为人类公认为价值原则和行为原则"①。但我认为这一理论同样是不切合实际的，首先是价值观作为人们在现实生活中对于价值体系的选择和追求的观念形态，是人们现实需求在意识中的一种反映。在现实生活中，由于人们经济、政治、社会地位的不同，在价值选择和追求上也必然有着不同的倾向，因而也就不可能有为不同阶级、阶层和社会集团所共同接受和认同的价值观，这在社会矛盾激化的历史年代表现得更为突出。黄先生自己也承认"当今世界上，还存在着价值观的相互

① 黄修己：《全球化语境下的中国现代文学研究》，《文学评论》2004 年第 5 期（下文引黄先生语均出自此篇）。

矛盾、冲突",要形成"全人类性的价值底线",还"要有非常长的历史过程",而中国 20 世纪又"是一个阶级矛盾、民族矛盾空前激化的年代",文学作品总是现实生活的反映,它不可能脱离现实去虚构世界大同的美梦。作为代表着这个时代、反映时代精神的文学,也必然是与这些现实斗争息息相关的作品。既然这样,又怎么能以这种非现实的"全人类的价值底线"为标准去评价反映现实人生的文学作品?所以,试图以所谓反映"全人类公共利益需求"的"全人类性的价值底线"来分析评价我国现代文学、发掘为各阶级所接受的全人类人的内容,在我看来简直是方枘圆凿!再说,艺术接受总是要经过读者的选择和改造,尽管不同时代、阶级的读者都在阅读同一部作品,但着眼点往往并不相同、甚至完全不同。如同豪泽尔所说:"当狄更斯的作品被下层资产阶级和上层资产阶级阅读的时候,狄更斯就成了不同的狄更斯。"① 所以我们也不能因为文学作品为不同阶级所阅读就认为有人类公认价值原则的存在,更不能认为只有表现了共同人性和人类公认价值原则的作品才能为不同阶级读者所接受,否则都难免会把复杂的问题简单化。

当然,邓先生与黄先生对于"人性"的理解与章先生并不完全相同,至少他们没有像章先生那样把"人性"看做完全是一种人的本能欲望,与人的自然性直接等同。但是由于割断了与人的实际生存活动的联系,在抽取人性的社会内容对"人性"作抽象化的理解上,我觉得与章先生是完全一致的。

二

我们说马克思的"人的一般本性"只是一个理想的尺度而非现实的尺度,那么,在现实生活中,还有没有大家所谈的"人性"这种东西

---

① 豪泽尔:《艺术社会学》,学林出版社 1987 年版,第 140 页。

呢？对此，我觉得可以从这样两方面去进行分析：从人类学的观点来看，人之所以是人，就在于他身上有着一种长期在社会生活中所形成的不同于动物的一般社会属性，如情感需求、交往需求等。反映在人的意识中，也就逐步形成了人类为了维护自身生存所起码的价值观和伦理观，这些观念在人类的内心深处积淀下来而成为人作为人的一些最基本的品性，如正义感、同情心等等，以至于我们常把那些违背人的基本品性的行为斥之为丧尽天良、灭绝人性。但是从社会学的观点来看，人的思想意识总是受他生活中的一定现实关系所制约，在进入阶级社会以后，由于人们所处的社会地位的不同，人类的价值观和伦理观又必然会出现分化，特别是剥削阶级对广大人民大众的剥削和压迫所造成的社会的不公和不平，更是激起了人与人之间的对立和仇恨的情绪。这样普世价值也就成了只不过是人们的想象和愿望，甚至是剥削阶级为了播扬他们的价值观念所进行的一种欺骗宣传。这是一个基本的社会事实，并不是以剥削阶级中尚有个别或少数超越了自身阶级局限，在身上还"保存了"人类自身"以往发展的全部财富"① 的良知未曾泯灭、较为开明的贤达人士的存在所能改变的。这就使得从总体的意义上，所谓一般人性成了一种没有现实内容的抽象设定，一种排除了社会关系的纯心理的描述。从历史上看，人、人性就是在这样既统一又对立的状态中演进的。这就要求我们对于人性必须作辩证的分析和对待。从这一认识出发，我们应该承认，在文学作品中，那些不直接涉及阶级利害关系的，如一些抒写乡情、亲情、友情、爱情的作品，比之于那些描写社会矛盾的作品来，确实较能引起不同时代、不同阶级的读者的共鸣，为不同时代、不同阶级的读者所接受。反之，在对立阶级的读者那里就会产生抗拒的心理。但这也不足以说明共同人性在这些作品中已不再是抽象的东西而化为现实的存在，因为只要我们承认这些作品所抒写的乡情、亲情、友情、爱情不完全是

---

① 马克思：《1844 年经济学哲学手稿》，第 77 页。

人的一种纯粹的心理现象，而是在人类社会生活过程中产生和形成的一种情绪体验，这样它就不可能完全没有社会伦理的内容，所以作家在描写时往往也只有把这些情感与社会现实联系起来，才能显示它的深度，彰明它的意义。这就是我国文学史上在诸多爱情题材的作品中，孔尚任的《桃花扇》是其中一部难得的杰作的原因。即使那些不像孔尚任那样有意"借离合之情、抒兴亡之感"，把李香君与侯朝宗的爱情放在一个巨大的社会背景之下，与社会的剧变紧密联系起来去描写爱情的那些作品，如《孔雀东南飞》、《莺莺传》、《西厢记》、《牡丹亭》、《红楼梦》、《伤逝》、《二月》、《小二黑结婚》等，它们所描写的爱情生活也都是有社会内容的，由于时代的不同，所表现的意义也不完全一样，实在是很难排除社会内容以抽象的"共同人性"来加以概括和说明的。更何况各个时代反映社会矛盾和现实斗争的作品毕竟是绝大多数，对于这些作品我们尽可以从艺术表现上的成败得失（如描写外部世界与揭示人的内心世界如何更有机地统一等）方面加以总结和评判，但采取否定的态度无论如何是轻率而不负责任的。因此，我认为就目前以人性标准来评价文学作品的实践来看，所产生的实际效果是不好的。这至少表现在以下两个方面：

一、由于把人性抽象化、自然化而导致对文学社会内容、思想意义的贬损和否定。文学之所以在人类社会产生并得以发展，自然有着多方面的功能，但不能否认反映生活、认识生活是诸多功能中的最基本方面。章先生的《中国文学史·导论》通过前文所谈到的对马克思在《神圣家族》中所摘引的爱尔维修、霍尔巴赫等人的言论断章取义的转引，认为这种"对自己的爱"就是要求反对一切压制和束缚而使"每个人的个人利益都得到最充分的满足"，并以此来作为衡量人的自由解放的尺度和评价文学作品的标准。这样一来，本来很有社会内容的作品经由章先生一分析，就成了只不过是个人欲望的渴求。对李白的《将进酒》和辛弃疾的《水龙吟·登建康赏心亭》的分析，就是典型的两个例子。如，《将进酒》约作于天宝十一载。写的是借酒浇愁，虽然没有明指愁的是什么，但是联系李白的生平，我们不难作出一些推测：他于天宝初年被玄宗召入长安，供奉翰林，极想有一番作为，但由于秉性耿直，不愿"摧眉折腰事权贵"，所以屡遭谗言的诋毁，不久就被迫辞官离京，"浪迹天下，以诗酒自适"①，抒发内心的悲愤，从"古来圣贤皆寂寞"、"与尔同销万古愁"等句中，都不难看出李白当时的这种心情。这大概不能说是求之过深的吧?! 但到了章先生眼中，这首诗的内容竟成了："一、对于以喝酒为中心的享乐生活的赞颂和追求；二、对个人才具的自信；三、对人生短促的悲哀。而第一点尤为突出。"这就成了一种出于"对自己的爱"的个人享乐主义的演绎了。

　　章先生的分析是否切合实际暂且不论，我着重要说的是，由于章先生所理解的人性只是人的自然性，人的本能欲望，这就必然会把个人性与社会性绝对对立起来，把人的社会性看作是从外部强加在人身上的，是束缚和压抑人性的东西来加以否定，我认为这是对人的社会性的一大误解。其实，我们所说的社会性无非指人进入社会之后，在社会生产和交往活动中所形成的人的一种本性，它与人性是内在统一的，从而使得人性也就成了指人有别于动物的一种类本性。这就是马克思再三强调的"应当避免重新把'社会'当作抽象的东西同个人对立起来。个人是社会存在物"。"他的生命表现，即使不采取共同的、同其他人一起完成的生命表现这种直接形式，也是社会生活的表现和确证"② 的原因。自从进入阶级社会以后，统治阶级为了维护自己的统治地位，编制出他们自己的意识形态，并总是把本阶级的虚假意识当做全社会的需要来向群众作欺骗性的宣传，力图按照他们的愿望对这种类本性进行改造。在我国历史上延续了两千多年的封建礼教就是这样，这是封建统治阶级对人

---

①　刘全白：《唐故翰林学士李君碣记》。
②　马克思：《1844 年经济学哲学手稿》，第 79 页。

民群众的思想压迫和思想奴役，所构成的封建思想与人民群众的关系与一般所说的社会与人、群体与个体之间的关系是根本不同的两回事。但章先生为了在文学史研究中贯彻他的人性标准，却有意无意地把两者加以混淆以借批判封建礼教的统治为名，来否定人的社会性，来说明原欲的解放对于推进文学发展、对于作家创作个性形成的重大意义，认为"我国从先秦起，个人就被群体压得喘不过气来"。"当个体对群体极为驯顺，一切以群体的意旨为依归时，其个性的真正特色也就随之消融"，"由于个人的感情受到抑制，也就难以对人内心世界作具体、细致的开掘"，以致"连《古诗十九首》这样优秀之作，也没有显示鲜明的个性特色"。只有到元明以后的戏曲、小说中，随着思想禁锢的放松，有了"更多欲望世界的展示"之后，作品才"越来越显出个人特色的印记"。这样来探讨和理解作品的个人特色是大可不必的。像章先生这样把它归之于源于个人"欲望世界的展示"恐怕也只是他的一家之言！

由于否定了人的社会性，把文学看做不过是个人欲望的宣泄，在对文学作品的思想评价中，"意义"这个为我们所追问的终极目标也就被章先生彻底抛弃，取而代之的是"本能的追求"和"欲的炽烈"。不但罗惜惜的"贪婪地享受爱的快乐"是"欲的炽烈"，牛峤《菩萨蛮》中的女子所表白的："须作一生拼，尽君今日颂"的决心是"欲的炽烈"，甚至辛弃疾的《水龙吟·登建康赏心亭》所给人的震撼力也源于纯粹对个人欲望"追求之强烈"……而杜丽娘之所以不如罗惜惜她们，在章先生看来就在于她"对自己的要求做过理性的思考"，"不能像罗惜惜似的仅仅靠本能行事"。这样，人性岂不就完全成了动物性？我们并不一概反对对欲望的描写，但正是由于人是社会的存在物，所以对人来说，如同马克思所指出的："吃、喝、性行为等等，虽然也是真正的人的机能，但是如果使这些机能脱离了人的其他活动，并使他们成为最后的和唯一的终极目的，那么在这种抽象中，它们就是动物的机能。"① 这就决定了对于人的一切活动，我们只有把它放到一定社会关系中去进行考察，才能理解和揭示它的意义。从这样的观点来看，对于杜丽娘的爱情追求，以及《牡丹亭》在文学史上的地位的确立，就不是什么少女"本能欲望"的肯定，而恰恰是通过对杜丽娘"自我意识的初步觉醒"的描写表达了对封建礼教的批判，是与罗惜惜身上所表现的那种仅仅为追求原始欲望的满足是有区别的，这也是"迎闺闼坚心灯火，闹图圉捷报旗旌"与《牡丹亭》在文学史上的地位不可同日而语的重要原因之一。而到了章先生眼中，这两者不仅没有地位的高低之分，而且还因杜丽娘身上还"曾对自己的要求作过理性的思考"而不能完全"凭本能行事"，给人的感受没有像罗惜惜的行为那样"令人战栗的悲壮"而加以贬低，这还算得上是一种对文学作品的评价吗？

二、由于把"人性"与社会性相分离，必然导致文学评价标准的迷乱和思想导向的失误。黄修己先生在谈到"五四"新文学运动的先驱如鲁迅等人的创作主张时认为："从最低的人权要求出发，鲁迅提出'一要生存，二要发展，三要温饱'"，"鲁迅自己说他写小说意在提出一些问题来，揭示'病态社会'和'不幸人们'，目的也在于让人能'幸福的度日，合理的做人'"。又如在谈到"信奉'有了爱就有了一切'的冰心"的"问题小说"时，说她写小说"归根到底是要探究怎样才能有幸福、合理生活的人"等之后，得出"把人的问题、人自身的完善、作为重大的主题，这是新文学的一大鲜明特点"。我认为这毫无疑问都是正确的。但是黄先生却不应忽略对问题作这样一种基本的分析和追问：即在当时社会里，不能"幸福度日、合理做人"的是哪些人？鲁迅等人提出这些问题时具体指向的又是为了哪些人？毫无疑问，是指文学研究会宗旨中谈到的那些"被损害者"和"被侮辱者"，即身处水深火热生活中

---

① 马克思：《1844 年经济学哲学手稿》，第 51 页。

的广大劳苦大众。尽管像鲁迅等新文学的先驱人物在当时由于思想和认识上的局限，笼统地以"人"来称呼，但是只要联系当时的社会历史环境来加以考察，他们的具体指向是明显不过的。所以，那些新文学运动的先驱人物在提出"幸福度日、合理做人"的时候，虽然不一定很明确意识到这不可能靠上帝恩赐，而只有通过社会革命才能获得，但至少在他们之间许多人并没有否定反抗和斗争，如同黄先生转引的陈独秀推崇列夫·托尔斯泰的话时所说的，都是"尊人道、恶强权"的，也如黄先生后来自己所发挥的："凡是真正的艺术家没有不关心社会的问题，没有不痛恨丑恶的社会组织而深表同情于善良人类的不平境遇的"，这表明"尊人道"与"恶强权"这两种倾向在"五四"新文学运动的先驱者身上大多是统一的。这集中体现在鲁迅、茅盾、郭沫若等人的身上，并成了他们随着现实斗争的发展在创作思想和作品内容转向的最根本的内在因素。20 世纪前 50 年黄先生也承认"是中国阶级斗争十分尖锐的时期"，在 20 世纪中国的土地上提出"幸福度日、合理做人"，离开了对当时阶级矛盾和民族矛盾的揭示和描写岂不完全是一种空谈？这就决定了在 20 世纪前 50 年产生和发展起来的以现实主义文学为主导的中国新文学也自然不可能回避对这些社会矛盾的揭示和描写，这既是文学作为现实人生的反映性质所决定的，也是中国现代新文学对于社会历史所应该承担的一种职责和所作出的一种承诺。否则，它就将有负于历史、有负于时代、有负于民族，也有负于人民大众。中国现代文学的不少作品还停留在"讲故事"的水平，既缺少对人物内心和命运作深入发掘和剖析，也缺少透过具体故事所表达的对于人类命运沉思的那种普世情怀。我觉得我们的文学要走向世界，还得要从提高作品的思想和艺术水平入手，而并不是一味地去追求和发掘所谓"普遍人性"，以此来求得别人的认可。但是黄先生似乎并不这么认为，他把文学接受看做仅仅是停留在经验认同的水平上，为了在中国现代文学中寻求"为不同阶级所认同的"所谓的"全人类性的价值底线"，并证明这种"价值底线"的实际存在，把目光投注到"五四"时期一些小资产阶级作家的某些"问题小说"中，特别是像王统照的《微笑》、许地山的《缀网劳蛛》、叶圣陶的《潜隐的爱》等"颂扬宽广的人间爱"等作品来寻找自己的例证。这些作品在我看来不仅不能代表中国新文学的成就和业绩，即使在"文学研究会"的作家创作中，乃至这些作家本人的作品中，也说不上是最有代表性的作品，因为这种对爱的力量的虚构，并幻想以"爱"来拯救社会、改造社会的描写显然回避了现实的严酷性，带有脱离现实的理想主义和空想主义的色彩，而真正有现实感的读者也不需要这样一种廉价的精神安慰。因此，"五四"时期那些热衷于宣扬以爱来改造社会人生的作家随着社会和他们创作思想与创作实践的发展，这种创作倾向也逐渐为他们自己所否定和抛弃，如王统照后来在回顾自己早年的创作时就毫不掩饰地认为，由于当时"对社会生活的经历与认识的肤浅，思想的落弱"，以致"多从空想中设境或安排人物"，"只是从理想中祈求慰安"，后来随着"对人生苦痛的尖刺愈来愈觉得锋利"促使了自己的作品"更向现实生活深入分析，对腐朽与不合理的一切，除冷讽外加以抨击"①。这到底是这些作家理论和创作实践的进步还是倒退，是新文学的进步还是倒退？黄先生不仅没有予以认真的思考和回答，反而搜索枯肠地找出这些中国新文学运动早期不算成功，甚至还比较稚嫩的作品来作为中国新文学的代表，来证明"全人类性道德底线"的存在，并试图以此为标准来"衡量、评价现代文学的得失、解释它的历史"。这样一来，中国新文学运动的方向只能是被彻底地予以否定，或者由黄先生所说的以另一条线索，即"从胡适的'国语的文学、文学的国语'，尤其是周作人的'人的文学'论开始，后来有梁实秋的'人性论'、'自由人'、'第三种人'的'文学自由论'等一直延续到如今"的线索取而代之了。

---

① 王统照：《王统照短篇小说选集·序》，《王统照文集》第2卷，山东人民出版社1981年版，第118—189页。

三

　　这里要说明一点：我之所以不赞同文学评价中以与社会性相对立的"人性"为标准，绝不是意在鼓吹阶级斗争，要求通过作品来煽起阶级仇恨。文学确切是一种美好的东西，许多作家也确实都是抱着美好的理想，为实现人类建立和谐社会的愿望来进行创作的，以致人们常把作家看做是"人类的良心"、"民众的喉舌"；但是他们对社会不平的憎恶和揭露却又是最深切和深刻不过的。这是否与他们的主张相矛盾？我觉得并不矛盾，理由就在于我们前面所说的所谓"一般人性"只不过是一个理想的尺度而非现实的尺度。所以，若是我们不仅只是从主观的、心理学的观点，而同时从客观的、社会学的观点来看待问题，那么，尽管剥削阶级中的人物并非个个都像屠格涅夫《总管》中的宾诺奇金那样阴险、狠毒，他们中也不乏心地善良的人，如鲁迅《祝福》中的鲁四婶，她虽然为祥林嫂的悲惨身世洒过一掬同情的眼泪，但她的社会地位使得她不可能把这种同情坚持到底，以致祥林嫂最终还是被赶出了鲁家，惨死街头。这说明在阶级社会中，作为一个阶级的人，他的思想行为是由他的实际地位所决定的，是无法因主观意愿所改变的，这哪里还有什么"普世价值"？但文学毕竟不只是生活的反映，它还体现着作家对人生理想的一种追求，因此，它在揭示人间的不平、不公、丑陋和罪恶的时候，并不排除具有唤起人性的觉醒、以自己的作品来促进人性同化的愿望。我们不妨说这是一种"普世情怀"。现在我就想集中来谈谈对这两者关系的看法。

　　普世价值与普世情怀都关涉到一个普遍适用性的问题，但两者又有根本的区别：普世价值是一个客观观念，表明这种价值在实际生活中是客观存在着的，是以视一般人性为现实的存在为思想依据的；而普世情怀是一个主观的概念，它只是把一般人性看做是一种理想的尺度，只是表明对于普世价值的一种主观的意向和追求。所以在我看来，只要社会上还存在着人压迫人、人剥削人的现象，还存在着强势群体和弱势群体的对立，建立在共同人性基础上的普世价值、全人类价值是不存在的。虽然有些思想家也在这样提倡，如弗洛姆，他在《健全的社会》、《人的呼唤》等著作中提出博爱、泛爱、全人类的爱，认为"正如对一个人的爱，如果排除了对别人的爱，就不是真正的爱一样，对自己民族国家的爱，如果不包括对人类的爱就不是爱而是偶像崇拜"①，试图以"爱"、"人性"和"人道"为出发点，建立一种超越社会和历史的、以全人类共同的价值为尺度的道德体系，并以此为标准来衡量一个社会是否健全。但这不过是他们对人类美好社会的一种设计和构想、企盼和愿望，表明的是一种普世情怀。

而我们之所以不赞同普世价值而提倡普世情怀，是因为它作为对美好人性、实现人间的正义、公平、亲善、友爱的一种理想和愿望，对于一个从事"美的艺术"创造的作家来说是不可缺少的。这是由于美作为一种引导人们超越一己的利害关系，凭着感性观照而能普遍使人产生愉快的对象，确实可以使人"把他对客体的愉快，推断于别的人，把他的情感作为以普遍传达的"②，就像在认识活动中那"个人的愉快对于其他各个人也能够宣称做法则"③，这种普遍可传达性的功能使得它在性质上非常接近道德意识中的"善"。因此凡是从事美的艺术创造的作家，往往总是比一般人更能超越自身社会地位的限制，从普世的观点来思考和评判社会人生。这是文学史上许多出身剥削阶级的作家之所以能超越本阶级政治立场和思想偏见而站到广大人民大众一边，作为"人类的良心"、"民众的喉舌"为他们的悲惨和不幸的遭遇进行呼吁和请命的原

---

① 弗洛姆：《健全的社会》，中国文联出版社 1988 年版，第 57 页。
② 康德：《判断力批判》（上卷），商务印书馆 1964 年版，第 166 页。
③ 同上书，第 137 页。

因。就像列宁在谈到列夫·托尔斯泰时所说的，他在作品中"对国家以及警察官办的教会的那种强烈的、愤激的而常常是尖锐无情的抗议"①是如此热烈而激愤，"千百万人民群众都借他的口说了话"②。这是历史上许多伟大作家和他们的作品所共同的特性，一当我们在阅读屈原、杜甫、白居易、陆游、曹雪芹、鲁迅、雨果、列夫·托尔斯泰、涅克拉索夫、契诃夫等人的作品时，无不都深深地为他们在作品中通过对现实的抗争所表现出来的这种普世情怀所感动。它可以唤醒读者的良知，激励人们为创造这种美好的人生去奋斗；这也是一切人类伟大思想和伟大学说的共同品格。康德就曾提出人类历史作为"大自然的一项隐蔽的计划"③，它所要实现的最终目的就是"人类物种的全部原始秉赋都将在它那里得到发展的一种普遍的世界公民状态"④，即人类大同社会，这与马克思主义的精神也是相通的。这种追求全人类自由、平等、大团结的目标和理想难道不是一种普世情怀？从这个意义上说，我认为一个作家若是具有了这样一种普世情怀，那么，他在作品中描写社会的矛盾、社会的罪恶、不公、人民群众的反抗和斗争，与追求人间的大爱是不矛盾的。因为从普世情怀的眼光来看，这种反抗和斗争不是狭隘的阶级复仇主义，不是像阿Q的"革命"那样，为的只是得到"吴妈"和"秀才娘子的宁式床"，而是作为实现全社会的公平、正义，全人类的亲善、友爱、自由、解放这一最终目标过程中的一个不可缺少的环节来理解的。所以康德认为："甚至战争，假使它用秩序和尊重公民权利的神圣性进行着，它

---

① 列宁：《列夫·托尔斯泰》，《列宁论文学》，人民文学出版社1958年版，第18页。

② 列宁：《托尔斯泰与无产阶级斗争》，《列宁论文学》，人民文学出版社1958年版，第27页。

③ 康德：《世界公民观点之下的普遍历史观念》，《历史理性批判文集》，商务印书馆1990年版，第15页。

④ 同上书，第18页。

在自身也就具有崇高性"①，特别是"当它冒的危险愈多而在这里面愈益勇敢地维护着自己时"，那么"使用这种方式进行战争的人的思想风度愈益崇高"②。

这里，在对待人民群众的反抗、斗争，以及这种反抗斗争的最高形式战争的问题上，我们也就找到了我们所说的普世情怀与资产阶级人道主义的分歧所在。历史上很多伟大的作家都非常同情人民大众的苦难、憎恶社会的不公和不平，并以他们博大的情怀为实现他们心目中的人世间的大爱而热情呼唤；但是，他们没有认识到这种人间的大爱不可能靠上帝恩赐，而只有唤醒人民群众自己去争取，更不理解反抗、斗争与实现人间的大爱之间的内在的一致性和统一性。所以，每当遇到反抗与斗争，他们就感到恐惧，就开始畏退了。列夫·托尔斯泰公开提出了"不以暴力抗恶"；雨果虽然没有像列夫·托尔斯泰那样公开表明他的主义，但是在他的反映法国大革命后革命军与复辟势力所开展的轰轰烈烈斗争的小说《九三年》中，通过近乎戏剧性的、人为的情节安排来表明："在革命之上"，"还有人心的无限仁慈"，在"绝对正确的革命"之上，还应该有一个"绝对正确的人道主义"，以示革命与人道主义之间水火不相容的性质，而使得这一作品实际上不加分析地变成了对一切暴力，包括革命暴力的一种控诉。这毫无疑问是他们思想的局限。但从另一方面也启示我们：对于一部美的艺术作品来说，描写战争，不应该只成为对暴力的展示，更不应该变成对暴力的歌颂，激发人们去欣赏暴力。从这个意义上，我觉得黄修己先生以《一个人的遭遇》和《这里的黎明静悄悄》为例证，所提出的评价战争题材作品的原则是值得我们深思的：我们描写战争，"肯定的是保卫人类共同的独立、自由的价值观的勇敢和牺牲的精神，是以人类性为标准，而不仅仅以民族性、阶级性（按：我

---

① 康德：《判断力批判》（上卷），商务印书馆1964年版，第123—124页。
② 同上书，第103页。

理解的是狭隘的民族复仇和阶级复仇主义）为标准，更不是去肯定战争本身"。而有些描写战争的作品之所以立意不高、震撼力不强，就因为它缺少这样一种普世情怀，若是仅仅出于民族和阶级的复仇情绪，那么，战争的正义性也就难以充分显示了。

上述三位先生在提出关于文学评价的"人性"标准时，都直接间接关涉到对文学"永恒性"的理解，其中邓晓芒先生更是直接由此切入，章培恒、黄修己先生虽没有直接提出，但实际上也都涉及了。文学的永恒性是一个很复杂的、值得深入研究的问题。以前，我们主要从认识论的观点来进行解释：认为历史是不可重复的，而文学由于是以感性的形式来反映生活的，它为我们展示的是一个未经知性分解的现实生活的整体形象，像是把一个时代重新展现在我们面前，从而因其细节的丰富性、生动性和鲜活性，提供给我们以历史记载所不能取代的认识价值。这确是一个重要原因，但似乎只适合于解释叙事类文学，而对于抒情类文学，特别是其中的一些小诗，就显得无能为力。现在章、邓、黄三位先生转而从"人性"的观点，从读者对作品价值内涵的感觉认同的观点来看是否就达到圆满解释了呢？我觉得似乎同样困难重重。比如章先生在把陆游的《秋夜将晓，出篱门迎凉有感二首》与辛弃疾的《水龙吟·登建康赏心亭》进行比较；褒后者、贬前者的理由就是：由于后者抒写"为了实现自己生命的价值，做一番事业，可以不择手段"，合乎"对自己的爱"的"人的一般本性"；而前者抒写对于国土沦丧的痛切只不过是特定时代的情感，从而使得后者直到今天也能"与读者的情感相通"，而前者的感染力随时代的变迁也就日趋淡化。这种评价文学作品的标准、解释文学永恒性的理由我认为是大可商讨的。因为它把审美意识完全混同为日常意识，并仅仅以日常意识层面上的沟通来作为评价作品的依据。这就把艺术欣赏与艺术接受降低为只是一种低层次的感觉认同水平。这样来理解艺术接受也就完全逸出审美的判断了。众所周知，自康德以来，许多美学理论都认同这样的思想：即美感不同于快感，它属于一种"反思着的判断力"，它并不只是依据人的感觉，而是按照普遍而必然的原则来作出评判的；它对人的意义就在于通过审美使感性的人与理性的人实现统一，达到在精神上的提升和超越。而对于美的艺术来说，它的这种普遍而必然的意蕴在我看来就是源于作品所表达的作家的一种普世情怀。因此对于一般以作家本人为抒情主人公的抒情诗来说，我国传统诗论都非常强调诗人自身人格修养在创作中的重要。如叶燮在谈到抒情诗的时候曾这样认为："诗之基，其人之胸襟是也。有胸襟，然后能载其性情，智慧、聪明才辨以出，随遇发生，随生而盛。"① 这就是我们"读其诗，想见其为人"② 的原因。在陆游的许多爱国诗中，所表现的正是诗人的这种人格，这种时刻思念、至死不忘抗金复国的爱国情怀。所以，它对于一个真正有爱国心而又有鉴赏力的读者来说，不论在什么时候去阅读，是国难当头的年代，还是和平建设时期，都是会被他这种伟大的人格所感动的，它的价值因此也就是不朽而永恒的。这就决定了我们欣赏文学作品，把握其内在的意义和价值的时候，就不能仅仅直接依靠感觉的认同，而是还要通过思维和想象。所以黑格尔认为"艺术作品不仅是作为感性对象，只诉之于感性掌握的，它一方面是感性的，另一方面却基本上是诉之于心灵的，心灵也受它感动，从它得到某种满足"③。因而"单靠本能是不能辨别出美的"，"审美的感官需要文化修养"，他"把这种有修养的美感叫做趣味或鉴赏力"④。章先生等显然无视这些最基本的理论常识，他把艺术接受看做只是出于读者"对自己的爱"所生的感觉认同，并由这种以感觉认同所生的"众多读者的巨大感动"来作为评价作品的依据，这样，评价作品也就失去了客观标准，使作品的价值变成完全是随机的、当下的、飘忽不定而仅仅是以读者的感觉所决定的，事实

---

① 叶燮：《原诗》，人民文学出版社 1979 年版，第 17 页。
② 沈德潜：《说诗晬语》，人民文学出版社 1979 年版，第 257 页。
③ 黑格尔：《美学》第 1 卷，商务印书馆 1979 年版，第 44 页。
④ 同上书，第 42 页。

上证明这样一种"轰动效应"是由许多外在的因素所制约的,并非完全取决于作品自身的价值,历史上有些轰动一时的作品未必就是什么上乘之作,如《伤痕》。

所以,我觉得人性标准在文学批评中之所以陷入困境就在于它把理想尺度当做一个现实的尺度,来评价以现实人生为对象的文学作品。但既然人性又是一个理想的尺度,又是人们自己行动争取的目标,这虽然只能与共产主义社会实现而同步实现,但这并不排除文学作品通过审美教育来唤起人性的觉醒、促进人性同化的功能。因此,我十分赞同邓晓芒先生的观点:"文学艺术本质上是在一个异化社会中趋向和满足人性同化因素",而文学之所以会有这种功能,是由于美的艺术所表现的那种普世情怀,使人们在阅读中在一定程度上有可能从日常意识和个人意识的思维方式中,即仅仅从个人的、阶级的利益关系出发思考问题的方式中摆脱出来,置身于作品中人物的地位上,去感受和体验他们所遭遇的一切,与他们在情感上获得沟通。那种以阶级出身和阶级身份为依据来评判一个人的道德人格的做法已证明了庸俗社会学的浅薄和荒唐;但若是因个人的人格可以超越阶级局限的个例,来试图在还存在着阶级的尖锐对立和阶层的巨大差别的社会里,否定不同阶级和阶层之间利害的冲突这一基本的事实,以及社会存在决定社会意识这一分析问题的基本原则,而妄想以"一般人性"和"普遍价值"为尺度来评价作品,也是徒劳无益的。

(原文发表于《文学评论》2006 年第 2 期)

20 世纪中国文学史观的反思

朱晓进*

　　中国文学史研究作为独立的学科，以及中国文学史研究的学术品格的建立，是 20 世纪初才开始的。在此之前，中国有文学理论研究，如《文心雕龙》、《艺概》、《诗品》之类；有文学批评，如诗话、词话、小说评点之类。但唯独没有现代意义上的文学史研究。从 1904 年印行的林传甲的《中国文学史》算起，中国文学史研究至今已有一百年的历史。这百年文学史研究的历史，从学科研究的角度看，到底给我们提供了哪些启示呢？近年来，人们谈论较多的是文学史观的问题。对于文学史观的关注，这的确体现了当前文学史研究和文学史写作上的理论自觉。在20 世纪的中国文学史研究中，曾有过对文学史观的数度强调，而几乎在强调过后也曾产生过对史观问题的疑虑。文学史观作为方法论对文学史研究具有"指南"作用，但这种作用是渗透在具体的文学史研究中的，是由具体的文学史研究的结果所隐含着或显现着的，如果仅仅将某种史观当作"构造体系"的公式和贴到各种文学现象上去的标签，就容易在文学史研究和文学史写作时落入"以论带史"或"以论代史"的套路，而有违"论从史出"的文学史研究和文学史写作的通行原则。文学史观之于文学史研究的意义是重要的，没有文学史观的统摄，分散的文学现

　　* 朱晓进：南京师范大学文学院教授。

象往往难以凝聚成史。关键是要正确认识文学史观之于文学史研究的意义，处理好文学史观与文学史研究的关系。

一

中国人最早为文学作"史"，主要接受了进化论的史观，进化论史观在文学史最初的研究尤其在"五四"时期占重要地位。胡适《白话文学史》的方法论用他自己的话说是归纳的理论、历史的眼光和进化的观念。① 谭正璧的《中国文学史大纲》是我国第一部用白话文编写的由上古叙述到现代的中国文学史著作（1924 年泰在图书局初版），其中心史观也是进化论的，他在 1929 年更是出版了一部《中国文学进化史》（开明书局），在书名上就标明"进化"二字。稍后，郑振铎出版了《中国文学史》（插图本）、《文学大纲》、《中国俗文学史》、《中国文学史中古卷》等文学史著作。他在介绍研究中国文学的新途径时，基本上是重复胡适的观点，认为只要掌握了"归纳的考察"与"进化的观念"，便如同"执持了一把镰刀，一柄犁把，有了它们，便可以下手去垦种了"②。

"进化的文学史观念"在 20 世纪 20 年代比较盛行③。由于进化的文学史观强调文学发展的运动和变迁、发展和进步、联系和规律，应该说就最初的文学史研究而言，进化的文学史观对文学史研究建立自己的学科品格起了重要作用。但由于对进化的文学史观念的过分强调，使文学史研究的目的论色彩过重，文学史研究似乎仅仅为了用来印证事物进

---

① 胡适：《胡适留学日记》，商务印书馆 1947 年版，第 167 页。
② 郑振铎：《研究中国文学的新途径》，《中国文学研究》，商务印书馆 1927 年版，第 12 页。
③ 关于 20 年代文学史研究中的"进化的文学史观"，可参见陈平原《小说史：理论与实践》（北京大学出版社，1993 年）中"进化的观念"一节。

化的普遍规律，而文学史研究自身的目的和意义却多少被忽略了。而且，进化的文学史观念本身在方法论上导致的线性思维和决定论思想方法，也给文学史研究带来了许多负面影响。这引起了研究界的不同看法，尤其值得注意的是 30 年代学界对之的反拨。

明确对这种文学史观提出不同意见的是周作人。他在 1932 年出版的《中国新文学的源流》中认为："中国的文学，在过去所走的并不是一条直路，而是像一道弯曲的河流，从甲处流到乙处，又从乙处流到甲处。遇到一次抵抗，其方向即起一次转变。"而这"两种不同的潮流"，周作人是概括为"诗言志—言志派"与"文以载道—载道派"，"这两种潮流的起伏，便造成了中国的文学史"①。这种归纳是否准确可以讨论，把"二元"简化成"言志"与"载道"也有简单化之嫌，这难以解释包括"白话文学"在内的文学史现象。其实，完全可以设立多条"二元"线索，例如再设立一些诸如"雅与俗"、"文言与白话"、"文人"与"民间"等的二元线索，也许能够从文学观念到文学形式等多方面的演变中展示文学发展的历史。但周作人这种观点的提出在当时是意在对进化的文学史观的反思和反拨。周作人认为，"五四"以后的学者以"进化论"治文学史，其长处是终于结束了此前对文学的"孤立的、隔离的研究"，以联系的发展的眼光看问题，使之成为名符其实的"文学史的研究"。但同时周作人又指出，以"进化论"研究文学史，其缺点也太明显，这就是易于"空想"出"文学上的一直的方向"，即认为文学是沿一条直线向着某一目标不断进化发展的。周作人还直接点了胡适的名，他说："胡适之先生在他所著的《白话文学史》中，他以为白话文学是中国文学唯一的目的地，以前的文学也是朝着这个方向走，只因障碍物太多，直到现在才得走入正轨，而从今以后一定要这样

---

① 周作人：《中国新文学的源流》，岳麓书社（据 1934 年人文书店重版《中国新文学的源流》校订）1989 年版，第 17—18 页。

走下去。"周作人明确表示自己"不大赞同"这种"意见",而坚持认为"中国文学始终是两种互相反对的力量起伏着,过去如此,将来也总如此"①。这种重视文学发展过程中的内部矛盾运动的观点,起码可以对"进化的文学史观"起一种纠偏作用。胡适的《白话文学史》既然以白话文学为"中国文学的唯一的目的地",就不能不否定或忽略非白话文学的存在意义和价值,这完全是带着"五四"时期反对文言文、提倡白话文的倾向的,如此描述出来的中国文学发展史,其真实性是很值得怀疑的。而周作人强调文学发展史中"互相反对的力量起伏",情况就很不一样,它没有预设的文学发展目标,各种对立、对峙的文学现象便都能进入文学史家的研究视野,这就在接近文学历史的真实性方面前进了一步。30 年代像周作人这样对进化论文学史观明确进行质疑的虽不多,但文学史研究和写作中直接使用进化论史观的已不多见。与 20 年代较多的文学通史相比,30 年代文学史写作,更加趋向于精细化,更注意文学发展的具体性和复杂状态,出版的文学史著作也更多了一些断代史、文体史②。这多少可以表明,人们似乎不再对一条线贯穿到底的文学史写法过于自信,开始关注每一时段文学发展和不同文体体裁文

---

① 周作人:《中国新文学的源流》,第 18 页。

② 例如断代文学史著作有:游国恩的《先秦文学》(商务印书馆 1934 年版)、杨荫深的《先秦文学大纲》(中华书局 1932 年版)、罗根泽的《乐府文学史》(北京文化学社 1931 年版)、王礼锡的《南北社会的形态与文学的演变》(神州国光 1931 年版)、苏雪林的《辽金元文学》(商务印书馆 1933 年版)、《唐诗概论》(商务印书馆 1934 年版)、吕思勉的《宋代文学》(商务印书馆 1929 年版)、柯敦伯的《宋文学史》(商务印书馆 1934 年版)、宋云彬的《明文学史》(商务印书馆 1934 年版)、钱基博的《明代文学》(商务印书馆 1934 年版)等;文体史著作有:刘麟生的《中国骈文史》(商务印书馆 1936 年版)、王易的《词曲史》(神州国光 1932 年版)、朱谦之的《中国音乐文学史》(商务印书馆 1935 年版)、朱东润的《中国文学批评史大纲》(开明书店 1929 年版)、陈中凡的《中国韵文通论》(中华书局 1929 年版)、郭绍虞的《中国文学批评史》(商务印书馆 1934 年版)、陆侃如的《中国诗史》(大江书铺 1931 年版)、方孝岳的《中国散文概论》(世界书局 1934 年版)、《中国文学批评》(世界书局 1934 年版)等。

学发展的独特性、丰富性和复杂性。

二

对文学史观的再次强调是在 20 世纪 50 年代。50 年代到 70 年代，基本上是集体编写文学史的时代。在文学史的写作中，对文学史观特别强调，即要求以历史唯物主义史观为支撑，强调以人民性或现实主义为线索。早在 30 年代，唯物史观就曾一度对文学史的编写产生过影响，罗根泽当年在总结"编文学史的三个时期"时，认为"五四"前为退化史观，"五四"后是进化史观占主导地位，而 30 年代则是辩证的唯物史观在起影响作用①。但 30 年代以辩证唯物史观来写文学史，留下的有影响的文学史著作并不多见，这是因为当时对辩证唯物史观的理解还很肤浅，往往只是从几个最基本的概念出发，缺少对唯物主义史观系统而深入的把握，所以成功之作不多。50 年代在文学史研究中强调历史唯物主义史观，曾取得了很大的成效。例如，由于唯物史观强调对历史发展规律的揭示，激发了人们对文学发展规律探究的兴趣，这也使当时的文学史的研究和写作，都特别注重研究文学发展历史的进程，文学史的"历史"特征得到了很大程度的强化；由于强调社会存在与社会意识的关系问题，文学现象的政治经济等社会的背景受到了充分的关注，这帮助人们从一个相当重要的方面去认识文学现象的原始起因和最终决定因素，使许多文学现象的存在之由、变迁之故得到了更加合理的解释；由于注重以阶级分析的方法研究作家，可以让人们从阶级和社会学这个特殊的角度去理解社会生活如何通过作家这个特殊中介折射在文学作品中的；由于强调文学的人民性和现实主义，使文学与社会主体以及与社会现实的关系

---

① 罗根泽：《郑宾于著〈中国文学流变史〉》，《罗根泽古典文学论文集》，上海古籍出版社 1985 年版，第 53—54 页。

得到了特别的重视，文学的社会功用更加凸显出来，这也使得文学史研究对文学作品思想内容的揭示和阐释给予了特别关注。这些都给文学史研究带来了新的面貌。

但在具体文学史的研究中，由于许多研究者没有从方法论的整体上把握历史唯物主义史观，只从片面理解的某些历史唯物主义的现成观点去机械地对应所有的文学现象，因而也导致了文学史研究和写作中的失误。例如，历史唯物主义史观强调"人民创造历史"，而从表面看，历朝历代的文学作品往往并非直接由"劳动人民"创作的，这就要求研究者对文学创作与"人民创造历史"之间的关系作出合理的解释。在当时文学史的写作中努力找寻文学创作与"人民"的相关性，可以看成是试图作出这种解释的一种努力。在文学发展史中发掘"人民性"成了文学史写作的重要任务。这样，在内容上，那些多少表现了民生疾苦、为下层人民鸣不平、揭露或讽刺了统治者丑行以及批判了社会现实的文学作品，理所当然地受到了特别的重视；在艺术上，那些由民间创作的，或者多少汲取借鉴了民间艺术养分、多少采用了民间艺术形式或多少与民间文学艺术有点渊源关系的文学作品理所当然地得到了较高的评价。但在此同时，许多虽与上述情况不符但仍具有一定的思想意义和艺术价值的文学创作却被有意无意地忽略了。如何使所有的有价值的文学都能进入文学史研究的视野，在当时却是一个没有解决的课题。此外，当时在解释历史上大多数思想意识属于统治阶级而在艺术上又取得了很高成就的作家作品时，认为那是因为作家所遵循的现实主义创作方法，部分地抵消了他们的世界观的反动性等。于是，"现实主义"创作方法的作用和意义被提升到了不太恰当的位置，本来是属于文学诸种创作方法之一的"现实主义"成了文学价值的评判标准，忽视了文学创作方法的多样性。用"现实主义"与"反现实主义"来划分中国文学发展史上的创作类别曾成为文学史写作的通行做法。例如，有人将中国文学发展史仅仅归结为"现实主义"

与"反现实主义"的斗争历史①。这种归结不仅不够全面，而且仅仅将现实主义作为一种价值评判的标准，对许多作家作品就难以作出更公正、准确的评价。这样就有许多非现实主义作家作品在这一评判标准之下被摒弃在文学史研究和写作的视野之外或受到了否定。而有时要肯定某个作家时，就奉送一顶"现实主义"的帽子，甚至不管这个作家实际所采用的创作方法。例如，为了推崇李白，在肯定其具有的"积极浪漫主义"（在当时，积极浪漫主义已经被赋予了新的内容，茅盾就指出："积极的浪漫主义，可以说是和现实主义异曲而同工。"②）的同时，仍要努力去发掘和昭示其"现实主义"的精神和特质③。上述情况在很大程度上影响了文学史研究中运用唯物史观本来应该达到的更高的学术成就。恩格斯曾经指出："我们的历史观首先是进行研究工作的指南，并不是按照黑格尔学派的方式构造体系的方法。必须重新研究全部历史，必须详细研究各种社会形态存在的条件，然后设法从这些条件中找出相应的政治、私法、美学、哲学、宗教等等的观点。"④ 恩格斯这里所说的是"指南"，它不能代替对具体文学历史现象的分析，更不是"构造体系"的公式。恩格斯曾经严肃批评过，在一些人那里"'唯物主义的'这个词只是一个套语，他们把这个套语当作标签贴到各种事物上去，再不作进一步的研究"⑤。这种情况在五六十年代的文学史研究中是比较普遍的。

由于"中国现代文学史"这一阶段历史的特殊性，其研究呈现出更

---

① 茅盾：《夜读偶记》第二部分"中国文学史上的现实主义与反现实主义的斗争"。《夜读偶记》，百花出版社1958年版。

② 茅盾：《茅盾评论文集》（下），人民文学出版社1978年版，第5页。

③ 孙殊青：《论李白的现实主义精神》，《李白诗论及其他》，长江文艺出版社1957年版。

④ 恩格斯：《致康·施米特》，《马克思恩格斯选集》第4卷，人民出版社1972年版，第475页。

⑤ 同上。

为复杂的状况。新中国刚成立便提出了把"新文学（现代文学）"从古代文学史中分离出来成为独立学科的要求，这一方面是顺应当时"厚今薄古"的时代需要，另一方面是出于更明确的革命功利主义的目的：通过对历史的重新描述，论证新的革命政权及其革命意识形态的历史合法性，并为新政权制定的新文艺政策提供历史的根据。王瑶先生的《中国新文学史稿》最先建立起"中国新文学史"的完整体系，他力图顺应当时的政治要求，试图用毛泽东的"新民主主义理论"作为写这部文学史的指导思想，明确提出，"新文学史是新民主主义革命的一部分"，是无产阶级领导的，人民大众的，反帝反封建的民主主义的文学。在这个前提下，该书首先对革命的进步的文学给予了充分肯定，另一方面又根据毛泽东关于新民主主义时期还不是社会主义的，民族资产阶级还有一定时期中和一定程度上的革命性的论述，对资产阶级作家也给予了一定的评价。这里，用阶级分析的方法研究作家，基本上还是在比较合理的范围内进行的。但这部书出版后却曾被一些人认定是站在资产阶级立场上做学问①。这是因为，新中国成立后中国政治形势变化很快，对"新文学"之"新"的含义不断有更高的阐释要求，1953 年第二次文代会上提出了建设社会主义文学的任务，为了给社会主义文学提供历史根据，对五四文学要作出新的估价，即要强调"五四以来中国革命的文学运动，就是在工人阶级思想指导下，沿着社会主义现实主义方向发展过来的"②。因此，其后所出现的新文学史就成了一部"社会主义现实主义在新文学中萌芽、成长和发展的历史"。于是那些身份"左"倾，思想艺术并不太高的作家的作品被描述成文学史的主流，许多有成就的作家被忽略了（明显的就有沈从文、徐志摩、路翎、张爱玲等，还有与现实主义相异的现代派诗人、小说家等）。这里，用阶级分析的方法研究作家，

---

① 《〈中国新文学史稿（上册）〉座谈会记录》，载《文艺报》1952 年第 20 号。
② 参见钱理群《一代学者的历史困境》，《读书》1994 年第 7 期。

已经超出了较合理的范围。这些做法，应该说是背离了唯物史观的基本原则。

新时期到来以后，文学史研究与所有的学术领域一样，面临的是学科重建的问题，而这种重建首先是从一些具体的方面入手的。在文学史评价标准的调适中，许多作家作品、文学现象重新纳入文学史研究的视野。例如，在中国古代文学史研究中曾一度被忽略的诸如宋诗、明清诗文（过去囿于直线式思维，将文学的发展简单地视为是后起的文学文体对此前的文学文体的取代，文学史叙述的链条往往是唐诗—宋词—元曲—明清小说戏曲等；而宋诗"味同嚼蜡"、明清诗文"陷入僵化"等便成了顺理成章的结论①）等开始受到研究者的重视，曾一度被贬低的许多作家作品得到了重新评价（如陶渊明、王维、李商隐等这类过去难以用现实主义框定而受到否定的作家）。中国现代文学史研究当时提出了两个口号：一是历史主义的，即针对过去反历史主义的做法，要求恢复历史的本来面貌；还有一个是"现代化"的，即对中国现代文学的"现代"这两个字重新定义。认为"现代"二字"并不仅仅是一个时期划分上的简单概念，而具有确定的丰富得多的含义"，"文学的现代性或现代化，实际上包括了从文学语言、艺术形式、表现手法到作品思想内容、审美情趣诸方面不同于传统文学的全面深刻的变革和创新"。"'五四'以来的中国文学，是向现代化迈进的与世界文学相沟通的民族文学。"②研究的热点最初基本上也是两个方面：一是研究那些曾遭冷落的作家作

---

① 学界长期以来就有诗歌到唐代已经做尽的观点。关于明清诗文，新中国成立后的许多文学史著作都认为其已走向衰落，如游国恩等认为：明代"散文、诗词……处在一种衰退的状态"。清代诗文"由于大多数作家基本上没有跳出拟古主义和形式主义的圈子，所以很少取得更新的成就"。（《中国文学史》第 4 卷，人民文学出版社1979 年版，第 152、306 页）这些观点有一定道理，但却不能成为文学史研究予以忽略的理由。

② 严家炎：《新时期十五年的中国现代文学研究》，《中国现代文学研究丛刊》1995 年第 1 期。

品如徐志摩、沈从文、路翎、周作人、张爱玲，以及新感觉派文学、象征主义文学、现代主义文学等；二是重新评价过去对许多作家的不实定论，如对丁玲《在医院中》和胡风文艺思想等进行重新评价。

总的说来，在新时期开始之后的一段时期内，从中国文学史研究观念、模式和方法上看，人们似乎在有意无意地搁置文学史观的问题，出现了一种摆脱"苏联模式"而开始转向"英美模式"的倾向。所谓"英美模式"的特点是，"着重学术考证和作品欣赏，近年来也对思想和社会背景给以更大注意"。"'浪漫主义'也作为一种文学运动给予总体叙述，'现代主义'也是常见之词，但'现实主义'很少用于小说以外的体裁，就在小说中也主要指19世纪中叶狄更斯诸人所作。重点作家叙述较详，也着重思想内容，但结合艺术和语言特点来谈，写法虽人各不同，受推重的则是一种有深度、有文采的一类。……这个模式有学术性，可读性，但系统性不强。"① 之所以英美模式在新时期受到重视，只因为在新中国成立后的中国文学史研究领域中有一种轻视考证（尤其是在对胡适《红楼梦》研究的批判之后，彻底否定了实证主义的治学方法）的做法，而新时期提出要恢复历史的本来面貌，学术考证恰恰又是必不可少的；再有，就是新中国成立后的中国文学研究一直有重视内容而忽略艺术的倾向，作为反拨，有特别强调艺术欣赏重要性的必要。这些，就使得人们对重视学术考证、文学欣赏和艺术分析的"英美模式"有着某种趋同心理（一度出现的"鉴赏辞典"大量涌现的现象多少能说明问题，虽然这一现象出现的原因是多方面的，例如有学术研究的通俗化倾向——与文学的通俗化倾向相一致，但英美文学史模式的影响也是很显然的原因）。

重视文本细读和文本分析是重要的，这是文学史研究的重要基础。

---

① 王佐良：《一种尝试的开始——谈外国文学史编写的中国化》，《读书》1992年第3期。

但"英美模式"的不注重体系，实际上也容易忽略文学历史的演进规律，如果止于考证、止于作品欣赏，止于单个作品的分析，缺少以文学史观对文学现象的统摄，文学史研究的"史"的品格便会丧失。针对中国文学史研究中大家过分注重单个作家作品，而缺少体系性，在1985年前后，文学史研究界提出了"注重宏观研究"的口号，中国古代文学、近代文学直到现当代文学研究界都同时在关注这一问题。这种关注，应该说是对当时那种"只见树木，不见森林"研究倾向的纠偏。但不久，问题又来了。本来，宏观研究就必须是在对微观已熟练掌握的基础上进行的，在众多的微观研究的基础上，"宏观"一下可以把研究向前推进一步。但这个口号一旦被懒惰者接过来就成了问题，尤其一些学术功底不深而又不愿在学术上下细致工夫的年轻学人，在文学史研究和写作中，常以"宏观研究"为旗帜，热衷于拉大架子，以空疏的内容代替扎实的研究，这导致了当时的学术上的浮躁气。为了纠偏，于是学界又有人提出"名著重读"、"名著精读"的口号。这无非是强调：一是要注重对具体的作家作品的研究，这是基础；二是要体现新时代新的学术水准，也必须对名著精读、细读、重读，以期从一个个细部找寻突破前人的契机。但作为文学史研究，显然又不可能永远停留在对文学文本的精读、细读、重读上，于是，这就有了近年来人们谈论较多的文学史观的问题。

三

近年来对于文学史观的关注，多少体现了当前文学史研究和文学史写作上某种理论的自觉。在文学史观问题的讨论中，人们对文学史观之于文学史研究的意义和作用问题给予了特别关注，但对文学史观的关注不能停留在这个层面。上述中国文学史研究和写作的两个重要的历史时代，其所展示的中国文学史研究百年的历史中对文学史观处置的钟摆现象，已经多少能说明问题。事实上每次对文学史观的强调，都曾给文学史研究带来过新的推进，因此这不是文学史研究中需不需要文学史观的问题，而是如何处理好文学史观之与文学史研究和写作的关系问题。在20世纪文学史研究对文学史观的处置中，有很多经验和教训值得认真思考。

从中国文学史研究百年历史看，如何处理和把握文学史观与文学史研究的关系，人们有时会陷入两难境地。不提文学史观，文学研究难以成"史"；但过分强调某种文学史观而又处理不好史观与文学史具体研究的关系时，又容易导致文学史研究和文学史的描述对某种史观的现成结论的依赖，容易造成对文学历史具体的真实状况的背离，或者造成文学史写作的模式化。在前述的两个重要的文学史研究和写作时期，可看出在文学史观处置上所走入的误区。强调史观，主要是为了寻求文学现象背后的统一性，但在寻求这种统一性的同时也应该对文学史研究的学科独特性给予足够的重视。"五四"时期对进化史观的过分强调，其目的其实已不在文学史本身，文学史研究往往被用来证明事物进化这一铁律。一切作家作品都被纳入了"进化"的轨道中，都无不在证明"进化"的客观规律。文学现象（包括作家作品等）的独特价值，它们区别于其他一般事物发展的独特贡献往往被忽略了。这种对进化论史观的过分强调，就使其跨出了方法论的范围而具有了目的论的色彩。似乎文学史上作家作品相互联系的方式和发展趋向，就是奔着一个明确目标而来的，而这个目标也就是要证明的进化的观念。更有甚者，"进化"的观念甚至成为了文学史评价的标准。例如，胡适在《文学进化观念与戏剧改良》一文中，就是以是否符合"进化"铁律来评价中西戏剧的优劣的。他认为"西洋的戏剧便是自由发展的进化；中国的戏剧只是局部自由的结果"。他把中国戏曲在长期发展历史中形成的诸如"脸谱、嗓子、台步、武把子、唱工、锣鼓、马鞭子、跑龙套等等"看成是不符合"进化观念"的"遗形物"，提出要将之"扫除干净"。他将一些"剧评家"

所持的不同意见归结为是"不懂得文学进化的道理",将人们对这些"遗形物"的看重,指责为"这真是缺乏文学进化观念的大害"①。用进化论观念来研究中国戏剧史,不仅得出的结论有失偏颇、谬误,而且也无助于对戏剧的理解,无助于对中国戏剧发展的经验教训进行总结,当然也无助于中国戏剧的革新。五六十年代文学史研究中强调要以历史唯物主义观点为指导无疑是正确的,但在处理唯物史观之于文学史研究和写作的关系时,也出现了"史观"跨越了方法论(即恩格斯所谓的"指南")的范围而成了套语,当作标签贴到各种具体的文学现象上去的研究情况。在一些研究中机械和庸俗地运用唯物史观几乎成了文学史写作"构造体系"的公式,文学史研究几乎也成了证明这一史观某些概念的一种工作,而忽略了对具体文学历史现象的具体分析,以及文学史自身研究观点结论的得出。这样,文学史研究独立的学科价值也就被忽略了。如果所有的文学史研究都只是为了证明某一种"史观"的现成结论,而这种"史观"的现成结论又是在政治史、哲学史或思想史中亦已被反复证明过的,那么在政治史、哲学史或思想史之外还要文学史研究干什么?文学史研究与一般的政治史、哲学史或思想史的区别,不仅仅体现在表面的研究对象的不同,即文学史不仅仅是以文学为对象,更重要、关键的还在于文学史研究与政治史、哲学史或思想史等所关注的问题是不同的。文学史关注的,它所要发现、提出和回答的应是"文学"的问题。在文学史研究中,在涉及文学这一研究对象时,其实并不排除与文学相关的非文学因素,即不能抛开包括政治、经济等在内的社会环境。但非文学的因素并不是文学史研究的旨归,而只是为了更好地有助于理解文学。文学史的研究,不管采用什么方法,都要有正确的"史观",都要落实到对文学的理解、对文学现象的解释、对文学问题的真正解答上。

---

① 胡适:《文学进化观念与戏剧改良》,《胡适思想小品》,上海社会科学出版社1997年版。

　　文学史研究要重视对具体文学现象的研究，但绝不能止于对个别现象的孤立研究。文学史既要与一般的政治史、哲学史或思想史区分开来，使之具有"文学"史的意味，同时又要与孤立的"作家传记以及个别作品的鉴赏加以比较和区分"，使其成为文学"史"的研究①。如果说前述的将"史观"仅仅当做套语、当做标签贴到各种具体的文学现象的研究上去的做法，会导致对文学自身"问题"的忽视和对文学史价值的忽略，使文学史研究不成其为"文学"史；那么，前面论及的就作品论作品、就作家论作家式的对文学现象的孤立的研究，则会使文学史研究不成其为文学"史"。毫无疑问，文学史的研究和写作，既要注意到文学现象的独特性，又不能让历史过程仅仅变成连续发生的但却又互不关联的现象的堆积。文学史研究中不同时段、不同的具体文学现象之间逻辑联系的缺失，确实会使文学史之为"史"的品格得不到体现，因此，"史观"的统摄是必不可少的，研究者可以在"史观"的引领下去发现文学现象之间的联系。

　　从中国文学史百年研究的历史源头看，中国文学史研究学术品格之建立与当时对文学史观的强调有关，"史观"在文学史研究的整体性和体系性形成中起过重要作用，但这个作用首先是在方法论层面上的。自从进化论的文学史观引入文学研究，结束了以往就文学现象研究文学现象的孤立状态，注重了文学现象之间的历史联系。进化的文学史观的意义关键在于引发了研究者的历史联系的思路和眼光，文学史之为"史"的品格的建立，就在于这种历史联系的思路和眼光的确立，但这种方法论层面上的意义不能笼统地与文学史之为"史"的品格画等号。这涉及的更关键的问题是进行文学史研究的目的！如果说进行文学史研究的目的，不仅仅是为了满足按照某种史观将历朝历代的文学和纷繁复杂的众

————————

　　① 雷·韦勒克、奥·沃伦：《文学理论》，刘象愚等译，三联书店1984年版，第292页。

多文学现象编织成一张人为逻辑化的网络，即恩格斯所谓的"构造体系的方法"，而是为了再现文学历史的真实状况、发现文学历史的内在理路、总结文学历史的经验教训、探究文学历史发展的自身规律、找寻可供后人借鉴的启示；那么，在充分强调史观"指南"作用的同时，还应该给予"史识"和"思路"问题以更多的关注和重视。文学史研究成果的一个重要价值在于，是否能以独特的思路和史识（包括历史的眼光）对文学历史、文学现象有独特的发现，即通过文学史研究得出对文学历史现象独特而有意义的见解。

重视史观的"指南"作用，强调研究中对文学史自身"史识"和"思路"的关注，也许能使我们从对"史观"问题的艰难处置中解脱出来。文学史观，说到底是研究者所持的历史观、道德观和价值观，如历史观是指人们关于历史是什么的理论图式，用什么样的历史观去阐释文学现象至关重要。对于既有史观的轻易否定和对任何一种史观的轻易拿来，都是不足取的，科学的历史观才是正确选择。同时，我们在使用科学的历史观去阐释文学现象时，又不能忽略文学历史自身的独特性，要避免让文学史现象仅仅成为阐释某种史观个别概念和结论的材料，要坚持"论从史出"的文学史研究的基本原则。因此，在重视史观的前提下，有必要强调文学史研究自身的"史识"和"思路"。而所谓"史识"，指的是史出之"论"，是通过对文学现象之研究得出的。强化"史识"，就是要提倡在具体的文学史研究中，设法从文学自身的历史条件中找出相应的关于文学的"问题"，得出对于文学自身发展规律的见解和结论。强调文学史研究的独特"思路"，是为了避免以某种史观来作为文学史研究"构造体系"的公式，以使文学史研究方式的独特性受到应有的重视。文学史研究必须是以现象为主，所有的观点应该是在对特定历史范围内的具体的文学现象的研究中产生出来的，文学现象之间联系的发现，文学史之为"史"的内在理路的找寻也应该是在对文学现象自身的具体研究中获得的，强调文学史研究的"思路"，就是要提倡以与文学史研究学科特点相适应的独特方式，去找寻和发现文学史自身发展的内在的理路。

四

应该承认，在中国文学史百年研究中，唯物史观起了关键和决定性作用，因为它既是一种世界观又是方法论，它的政治性、历史性、实践性、规律性以及实事求是与比较研究，都被实践证明是行之有效的理论和方法。以鲁迅为例，在"五四"时期尤其在此之前的早期，他主要信仰的还是进化论，但后来在认真研读了马克思主义的著作，他的世界观、人生观和文学观变得更为辩证和深入。当然，唯物史观也需要发展，但其基本理论与方法仍不过时，仍然有其勃勃的生机。在文学史研究中我们应当坚持作为世界观、价值观和方法论的唯物史观的指导。除此之外，我认为，起码还有三种比较典型的文学史研究思路值得关注：一是以胡适的文学史研究为标志的科学实证、历史还原的思路；二是以鲁迅文学史研究为标志的典型现象分析的思路；三是以周作人文学史研究为标志的长时段研究的思路。

文学史研究要尊重历史，要真实地再现历史，首先要掌握基本的历史事实。这就要在史料上下工夫，这是文学史研究的基础和起点。在这方面，胡适的科学实证的思路值得注意。

胡适研究文学史，注重"考辨源流"，他认为，这样才能逐层昭示出历史的本来面目。胡适用这种方法来考辨文学变迁史，尤其是研究中国小说史取得了突出的成就。中国的小说，诸如《三国演义》、《水浒传》和《西游记》等，每部小说的生成过程都非常独特。胡适的研究所注重的不是某一部小说的某个孤立文本，而是借同一故事的不同流变来考察该部小说的产生过程。这里体现的就是考辨源流的历史眼光，而支撑起这种研究的基础是版本考据。"假设"可以大胆，但必须"小心求证"。在《〈红楼梦〉考证》一文中胡适这样表述："我在这篇文章里，处处想撇开一切先入的成见；处处存一个搜求证据的目的；处处尊重证据，让证据做向导，引我到相当的结论上去。"① 这种"科学实证"的思路，虽然绝不是文学史研究唯一可行的思路，也不能解决文学史研究的全部问题，但却是一个重要的不可忽略的思路，是文学史研究的重要基础。

这里强调"实证"问题很有现实意义。现时许多从事文学史研究的人往往远离目录学、版本学、校勘学等，实在是一种损失。现有的一些文学史研究，常被研究者极强烈的主观意图及理论选择笼罩，而这种主观意图及理论选择常侵入文学历史的叙述表达，于是这种叙述不再是历史而是超历史的，叙述语言裹挟了现在时与过去时的互相混淆，使人分不清文学现象的历史本相。不重事实考据，就必然消解文学的"历史"意味。提倡实证，有利于克服文学史研究界出现的一些不讲学术规范、不辨真伪、不辨源流、强作解人的学术浮躁之气。

文学史研究首先要弄清基本的历史事实，要从文学发展过程中的基本的文学现象入手，这是毋庸置疑的。但并非每一个历史事实和文学现象都具有文学史意义，文学史研究事实上也不可能穷尽所有的文学现象，这就要对历史事实和文学现象进行选择。要选择就必然要依据一定的价值标准，但"这些价值本身只能产生于对这一发展过程的观照之中"。"历史的过程得由价值来判断，而价值本身却又是从历史中取得的"② 显然，文学史研究对历史事实和文学现象的涉及，其实是一个二度介入的过程。第一次是不带先入为主的观念原则，尽可能大量、广泛的去涉及基本历史事实和文学现象的原始材料，这里，科学实证的思路起重要

---

① 胡适：《〈红楼梦〉考证》，《胡适红楼梦研究论述全编》，上海古籍出版社1988年版，第118页。

② 雷·韦勒克、奥·沃伦：《文学理论》，刘象愚等译，三联书店1984年版，第296页。

作用。从史料的研究中，得出对文学历史的理解与见解后，以其最终要表达的某种史出之论，建构相应的框架，然后是对有关基本历史事实和文学现象的原始材料的二度介入，是有选择的介入。这里可以借鉴的是典型现象分析的思路。

鲁迅的文学史研究体现的是一种典型现象分析的思路。鲁迅治文学史特别注重从现象分析，而不是从先入为主的目的性入手，这就能在相当程度上对文学历史作出客观描述。但文学现象从表面看是杂乱无章的，而且在写作一部文学史时，事实上不可能将一切文学现象都包罗进去。研究者必须对文学现象进行选择，并在杂乱无章的文学现象之间找到某种联系。鲁迅曾说过，他研究"中国小说的历史的变迁"，是"从倒行的杂乱的作品里寻出一条进行的线索来"①。要对文学现象进行选择，要从杂乱的文学现象中清理出历史发展线索，要建立起一系列有因果关系的文学现象之间的联系，依据的当然是文学家的史识，而这种史识又是在对文学现象的研究中得出的，而不是外加上去的。这样，经过选择的文学现象虽然仍是现象形态的东西，但已不是原来那种无意义地杂乱堆积在一起的现象，而是蕴涵了文学史家的史识，体现了文学史家对文学现象的整体性理解和认识，能说明许多重要的文学问题，具有一定代表性和典型性的现象。它保留了一切文学现象所具有的原生形态，又具有对一系列现象的概括性。这种典型现象的选择和对之进行的研究，由于包含了研究者对文学现象的文学史价值和这些现象之间的联系及联系方式的认识，这就使单个的、分散的文学现象之组合具有了文学史意义，文学现象组合所呈现出的就不再是"无意义的变化的流"，而是相互关联和有意义的发展变化着的文学史的图景。

鲁迅写文学史强调的就是史识，鲁迅在评郑振铎的《中国文学史》

---

① 鲁迅：《中国小说的历史的变迁》，《鲁迅全集》第9卷，人民文学出版社1981年版，第301页。

时指出："郑君所作《中国文学史》顷已在上海豫约出版，我曾于《小说月报》上见其关于小说者数章，诚哉滔滔不已，然此乃文学史资料长编，非'史'也。但倘有具史识者，资以为史，亦可用耳。"① 鲁迅评价是否得当且不论，重要的是他关注"资料长编"与"文学史"的差异就在于"史识"。在《中国小说史略》中，鲁迅在涉及的大量小说现象中归纳提炼出"神魔小说"、"人情小说"等若干小说类型，再通过每一类型有代表性的典型性作品在元明清三代的产生及演变，从而第一次为这五六百年的中国小说发展勾勒出了一个清晰的面影。这就是一种经过典型化处理的，融入了规律性思考的"典型现象"研究。鲁迅在治文学史时，所抓取的"这些典型现象自然是从大量文学现象的分析、比较中提炼出来的，是研究的结果；同时又是描述的起点，即在整个文学史描述过程中，都必须紧紧抓住这些典型现象、基本元素，对其进行多层次的开掘，揭示出其内含着的以及与之相关的时代文化背景、作家心态、文学特征等等。这就能做到'抓住一点而总揽全局'，集博大与精微于一身"②。其实，辩证地理解，鲁迅治文学史的思路与唯物史观的理论和方法并不矛盾，相反，还有某些内在关联。

文学史研究对于"史"的注重当是题中应有之义。在对文学现象或典型文学现象的分析和阐释中，绝不能止于就现象论现象，就作品论作品，还要关注现象间的历史关联，探讨文学现象的"存在之由和变迁之故"。这就要有将文学现象摆到文学历史的进程中加以考察的自觉意识，文学史研究之"史"的品格也正体现于此。这里，长时段研究的思路值得借鉴。

周作人在《中国新文学的源流》中体现的就是一种长时段研究的思

---

① 鲁迅：《320815 致台静农》，《鲁迅全集》第 12 卷，人民文学出版社 1981 年版，第 102 页。

② 钱理群：《返观与重构》，上海教育出版社 2000 年版，第 27—28 页。

路。周作人试图通过中国文学长时段的发展过程找寻新文学的源和流，以说明新文学运动并非"破天荒"的孤立现象，而是中国长期的文学史内部矛盾运动的必然结果。他认为中国文学由"言志派"和"载道派"这两种潮流的起伏构成了一个周期性发展的曲线。周作人把对新文学源流的考察，置于这一周期性发展曲线的大背景下，由此将新文学运动的"来源"定在明末。这是因为明末的文学运动"和民国以来的这次文学革命运动，很有些相像的地方。两次的主张和趋势都很相同。更奇怪的是，有许多作品也都很相似。胡适之，冰心，和徐志摩的作品，很像公安派的，清新透明而味道不甚深厚"。"和竟陵派相似的是俞平伯和废名两人"，"然而更奇怪的是俞平伯和废名并不读竟陵派的书籍，他们的相似完全是无意中的巧合。"① 也就是说二者的相似并不在于它们之间有什么直接的影响关系。那么把这二者连在一起的依据是什么呢？周作人认为，它们处在中国文学史周期性变化的同一位置上。从明末到民国是一个相对完整的规律性周期，通过这种周期能显示新文学运动内在的历史根源。周作人在找寻新文学源流时，并未更多关注晚清的文学改良运动，这是因为他认为晚清文学改良运动与新文学运动加起来也还只构成一个周期性变化的后半截，如果仅关注晚清文学运动与新文学运动的关系，就不能将一个相对完整的周期性变化显现出来，中国传统文学内部变革的动力也就无法揭示。

　　周作人所找寻的中国文学发展的内部动力（言志与载道）是否准确，可以讨论，但他在这里提供了一种长时段研究的思路。长时段研究，不只是一个单纯的时间跨度长短问题，而是如何使具体的文学现象，在历史性的发展周期中获得更具史学意义的解释问题。合理地找寻历史的动因是长时段研究的根本目的。

　　科学实证与历史还原的思路、典型现象分析的思路以及长时段研究

---

① 　周作人：《中国新文学的源流》，第27页。

的思路恰好从三个不同方面对文学史研究进行了某种规范，其中它们也自觉不自觉地包含了唯物史观的思想因素及其理路，多少也可以回答文学史研究如何尊重历史、如何再现历史、如何对文学历史现象进行提炼整合、文学史研究如何注重历史的联系使其不失为"史"等基本问题。

总之，在对 20 世纪中国文学史观的反思中，史观尤其是唯物史观对文学史学术视野、方向、品格与思路的建立起了重要作用，因此，不能轻易否认文学史观之于文学史研究的价值。但要重视文学史观之于文学史研究之关系处理上出现的一些问题，如何处理好这些问题，应是当前重新强调文学史观时首先要加以解决的。在强调史观对文学史研究的指南作用时，还应重视文学史研究自身的学科特性，重视对于文学自身发展规律的见解和结论的探索，重视找寻和借鉴与文学史研究学科特点相适应的一些独特的方式和思路，把"史观"、"史识"、"史路"辩证有机地统一起来。

（原文发表于《中国社会科学》2006 年第 1 期）

中国古代的文学史构建及其特点

钱志熙[*]

钱志熙[*]

一

文学史一词的复杂性，是近年来学界每有讨论的问题。就这个词的全部含义来讲，是指文学自身的纯客观的生成与发展的历史，一些学者称为文学史的"本体"[①]，还有一些学者称为文学史的"原生态"[②]。在我们对文学史进行直觉性的想象时，我们意识到这种文学史的"本体"或"原生态"是存在的，并且它有一种纯客观的性质。科学的文学史研究，把向文学的真实的历史逼近作为研究的一个终极目标，并且也将此作为判断某一文学史研究成果的价值高下的一个标准。但是，"原生态"和"本体"事实上只存在于直觉的想象与逻辑的思辨中，实际存在于人们的认识与阐述中的文学史，最直观的就是我们今天所看到的种种以

---

[*] 钱志熙：北京大学中文系教授。

[①] 如朱德发、贾振勇："文学史的总体构成不外两个大层面，一是文学发展本身即文学史的本体，一是编纂者对文学演变过程的发见即文学史本体的认识。"（《评判与建构——现代中国文学史学》，山东大学出版社 2002 年版，第 94 页）陶东风："如果要最简单地概括一下文学史的构成层面（维度），那么，可以说文学史是由文学史的本体与人们对这一本体的主观认识和评价构成的。"（《文学史哲学》，河南人民出版社 1994 年版，第 3 页）

[②] 如王钟陵《文学史新方法论》（苏州大学出版社 1993 年版）一书，就用较多的篇幅论述文学史原生态这一概念及其研究方法。

"文学史"为题的著作，它们事实上是通过一种认识体系构建出来的。文学史的这种性质甚至在它处于史料状态时就已经体现出来了，这些史料即保存至今的文学作品和一些文学史的文献，都是经过自然与人为的选择的结果，都是经过叙述的。另外就产生文学的历史文化背景来看，我们所依赖的也多是历史学家的成果。所以，真正意义上的原生态，早已成为历史的东西，无法复原。从这个意义上说，我们所把握住的文学史，无论是零星的还是系统的，无不是进入我们的自身的认识领域的东西，即构建出来的东西。文学史越系统、越宏观，它的构建的性质也就越突出。所谓构建，只是一个权宜使用的词，它的真正意义，应该是指主观使用自己的认识系统来整合纷繁的客观事实，来得到一个相对稳定的对于客观事物的描述系统。承认文学史是构建、阐释的成果，并非否定文学史的客观性，将其看成完全相对的东西。文学史研究、文学史文本书写的真正奥秘，存在于主观的文学史认识系统与客观的文学史本体之间的辩证关系之中。以上的看法，只是对近年来文学史性质研究的一个总结，这种认识的达成，也许可以看做是学界对文学史科学的一次自觉。当然关于文学史性质的讨论，也深受史学界关于历史本体与史学之关系的研究的启发。

认识到文学史的研究与书写具有阐释与构建的性质，有助于我们扩大回顾文学史学的视野，文学史的回顾、构建与书写，与文学批评、文学鉴赏一样，是人类文学活动中的一种基本的实践形式。尽管对文学史全史的书写始于近现代之际①，成熟的文学史研究学科体系也是此后形成的，但是古代的作家、批评家等对文学史的建构，却是自有非常久远的历史和丰富的成果。至少在中国古代文学史学科内，传统文学史研究的成果是构成现代的文学史研究、文学史文本撰写的最重要的基础。由于近代以来的文

---

① 戴燕：《文学史的权力》（北京大学出版社 2002 年版）一书，比较系统地研究了近代以来中国文学史的撰写历史。

学史学建立，是引进西方的文学史学研究的方法及观念的结果，是对旧的文学研究方法的一个革命。所以，尽管近代以来的文学史撰写本身经历了多次的体系与观念的嬗变，但是它们作为旧的文学史学的否定这一性质却一直没有很大的变化。也因此，在这一新的文学史研究的系统中，对传统文学史学的成就的评价总体上说是偏低的，甚至有时根本没有意识到传统的文学史学的存在。所以，反思与研究中国古代的文学史研究、构建的成果是十分必要的。近年来学者们开始注意到这一点，如陈伯海《中国文学史之宏观》一书，对"传统文学史观之演变"与"近代文学史观之变迁"作了宏观式的鸟瞰，在这方面有开拓性的意义①。郭英德等人的《中国古典文学研究史》，第一次明确地提出古典文学研究史这一概念，也对各时期的文学史研究作了专门的介绍②。新近出版的董乃斌、陈伯海、刘扬忠等先生的《中国文学史学史》③，也设《传统的中国文学史》一卷。但一般的看法，基本上是将其看成近现代文学史科学形成之前的一种前学科状态，认为它缺乏系统性与科学性。其实，传统的文学史学，不仅其实际的成果构成了现代的文学史研究与构建的不可或缺的基础，而且作为一种传统的学术形式，自有其相对自足的独立的学术系统与学术规范。尤其是各时期文学史研究与同期文学发展的互动关系，即是中国古代文学史学的一大特点，同时也反映出文学史构建的普遍性的规律。

二

传统文学史学得以发生的根本性原因，即在于人类回顾历史的天性

① 陈伯海：《中国文学史之宏观》，中国社会科学出版社1995年版，第149—193页。

② 郭英德、谢思炜、尚学锋、于翠玲：《中国古典文学研究史》，中华书局1995年版。

③ 董乃斌、陈伯海、刘扬忠主编：《中国文学史学史》，河北人民出版社2003年版。

和文学的继承发展规律。对于文学进行史的回顾与构建，是文学的发展历史中所不可缺少的一部分。从这个意义上说，文学史学是与文学史同条共贯而生的。当然，作为一种学术，文学史学也与其他学术一样，经历了从不自觉到自觉的转变。

与任何意识及学术的渊源一样，文学史学的渊源也几乎是不可穷尽的。设想当先民以最原始的方法保存他们的祖先创造的神话与诗歌时，事实也是在对文学作一种"史"的回顾。"诗三百篇"的原始编纂，虽然主要是依据歌诗的音乐性质与发生地域来分类，但编纂中不可能完全不发生诗歌史的意识，如商颂、周颂、鲁颂这三颂的分类，就明显地昭示了颂诗的发展阶段。所以关于《诗经》成书过程中诗史意识的问题，是值得研究的问题。从春秋战国到两汉的儒家诗学，虽然把主要精力放在研究诗的文化性质和对具体诗歌作品的诠释上，但也在一定程度上注意到对诗的发生与发展历史的研究，并且开始了自觉的诗史构建，他们的成就构成了传统文学史学的第一批文本。《毛诗序》不仅讲到了诗的发生原理，还建立了从先王之世的充分体现诗道的教化功能的风、雅、颂到王道衰微时代的吟咏情性的变风、变雅这样一种诗史演变的历史逻辑，同时也体现了与尊尚先王先圣的历史观念联系在一起的重古轻今、重前轻后的文学史观，对后世的文学影响极为深远。郑玄依据《毛诗序》的上述诗史理论，具体地将《诗经》编为"诗谱"，其《诗谱序》则是第一篇系统的诗史著作，可以说是集儒家一派诗史研究之大成。值得注意的是，他的考察对象不限于《诗经》，而是延伸到更久远的诗歌发展历史，即虞、夏的时代。虽然他关于《诗经》前诗史的推测，多付阙疑，无多成果，但其所表现出的力求把握诗歌发展全史的意图，作为一种学术意识是很可贵的。可以不夸张地说，这标志着我国古代诗史学的正式建立。汉儒文学史方面的成就的取得，与史学的发展分不开，某种程度上可以说是史学的自觉在文学史学方面的体现。汉代的史家，也为文学史的构建作出了自己的贡献。班固《汉书·艺文志》不仅体现了文学史料学的成果，也对诗、赋、小说家等文学门类的历史作出了一些论述。如其对古诗演变为辞赋的历史勾勒，就是文学史方面的一个重要见解①，尽管他对战国以后诗道衰落的原因的解释不太准确。由此可见，汉代是我国古代文学史学的初建期，其文学史研究的最核心的观念与方法就是立足于政教的文学价值观的源流正变之学。这一史观对后世影响很大，其认为"王泽衰而变风、变雅起"，"诗道微而辞赋起"的观点，也差不多完全被后来的文学史构建者所接受，尤其是深为唐宋复古派的诗人所认同。

　　魏晋南北朝是我国传统的文学史学正式确立的时期。如果说汉代的文学史学可分为经学家与史家两流，则魏晋南北朝的文学批评可分为文论家与史家两流。两流的不同，主要体现于学术的分野与著撰的形式方面，至于基本的文学史观，则是比较统一的。这时期文学史学的进展，主要表现在这样几方面：一、"文"的范畴的完全确定，促成了文学史的全史观念的建立，并发生了全史回顾的视野。汉代的文学范畴不太清晰，比如"诗"原本是界限最分明的一种文体，可有时被统合于"乐"，有时又被统合于"经"，只有班固《汉书·艺文志》是诗赋合称，似乎突出了"文学"的类别概念，但又并不包括《诗经》。至于其他杂文，也都各自为界。所以，汉人没有一个将各种文体统一在一起的"文学"概念，自然也没有一个统一各种文体的"文学史"概念。但汉末以来，文学的整体渐显清晰。其最突出的标志，即是曹丕《典论·论文》首次

---

　　① 班固《汉书·艺文志》："古者诸侯卿大夫交接邻国，以微言相感，当揖让之时，必称《诗》以谕其志，盖以别贤不肖而观盛衰焉。故孔子曰'不学《诗》，无以言'也。春秋之后，周道浸坏，聘问歌咏不行于列国，学《诗》之士逸在布衣，而贤人失志之赋作矣。大儒孙卿及楚臣屈原离谗忧国，皆作赋以风，咸有恻隐古诗之义。其后宋玉、唐勒，汉兴，枚乘、司马相如，下及扬子云，竞为侈丽闳衍之词，没其风谕之义。是以扬子悔之，曰：'诗人之赋丽以则，辞人之赋丽以淫。如孔氏之门用赋也，则贾谊登堂，相如入室矣，如其不用何？'"

提出"文本同而末异"的观点①，第一次触及文学的本体与整体，文学中部分与全体的关系，是极了不起的理论创造。自此之后，对于文学本体的体验、论证与寻求，成了魏晋南北朝文学创作与批评中的一种自觉意识。而创作与批评中文体意识的空前强化，则是此期的另一重要特点。所有的魏晋文论，无不显示出对文的本与末的同时重视。可见"本"与"末"这对相依相存的范畴，实为魏晋文学思想的大纲。同时也是此期文学史构建的大纲。二、文学的发展问题成了重要的课题。汉儒也意识到诗歌的演变问题，但完全从政治教化影响于诗歌这一角度来讲。魏晋南北朝的文学发展史观，一方面对汉儒的上述研究方法作了扬弃的继承，扩大了对文学发展的社会文化背景的考察，其最有代表性的成果就是刘勰的《文心雕龙·时序》，它对每一时代的文学与社会文化背景的关系都作了系统的论述，并总结出文学史发展的外部规律，"故知文变染乎世情，兴废系乎时序，原始以要终，虽百世可知也"。更重要的是，魏晋南北朝文论家很深入地探讨了文学史发展的内部规律，刘勰的《文心雕龙·通变》和沈约的《宋书·谢灵运传论》是这方面最有代表性的成果。作为主流的文学史家的刘勰、钟嵘、沈约、萧统等人，都论述过文学在艺术上是不断发展的。如刘勰提出"文律运周，日新其业。变则可久，通则不乏"（《文心雕龙·通变》），沈约论定"自汉至魏，四百余年，文人才子，文体三变"（《宋书·谢灵运传论》），萧子显认为"习玩为理，事久则渎，在于文章，弥患凡旧，若无新变，不能代雄"（《南齐书·文学传论》），萧统也说"盖踵其事而增华，变其本而加厉，物既有之，文亦宜然"（《文选序》）。文学摆脱了儒家崇尚先王之道思想下的是古非今的文学观，揭示出文学发展的客观规律。三、文学史研究的体系和方法

---

① 曹丕《典论·论文》："而文非一体，鲜能备善"；"夫文本同而末异，盖奏议宜雅，书论宜理，铭诔尚实，诗赋欲丽。此四科不同，故能之者偏也；唯通才能备其体"（据《四部丛刊》影宋本六臣注《文选》卷五十二）。

趋于成熟，文学史在文学研究与史学研究中同时获得了自己的位置。以史家文论来看，由范晔与沈约分别创立的文苑传和文学传论体例，为后代南北朝及初唐史家所继承，实为托体于全史中的文学专史。文论家不仅研究文学的整个发展历史，而且在研究各种文体与文学因素时，也极其显著地贯穿沿波讨源的文学史研究方法。可以说，魏晋南北朝的文学批评的繁荣，是与文学史研究方法的取得分不开的。从某种意义上说，魏晋南北朝的文学史学代表了传统文学史的最高峰，至少就其学术形式而言是这样。

汉儒的文学史研究，与同时代的文学创作关系不大。虽然依附于经史之学，作为文学研究的独立性不够，但从形式来看，倒很接近我们今天的文化诗学的研究方法。魏晋南北朝的文学史研究，完全是由同时代的文学发展促成的，一些重要的史观和对文学史的重要判断，也都与当时的文学发展密切联系着，如钟、刘对文学史的一些看法，就深受齐梁之际文学风气的影响，即有体现时风的一面，又有力图通过正确的文学史系统的建立来指导当代的文学道路的一面，这是传统文学史学的深化，也确立了传统文学史学的基本意趣。但是，由于此期文学批评相对于文学创作的独立性程度较大，钟、刘及史家、文论家，在建构文学史时，作为批评家与史家的历史客观的意识也比较强，所以此期的文学史学，相对于后世的以作家为主体的文学史学来说，反而体现了更多客观、科学的学术研究意识，与我们今天的文学史研究的意趣更为接近。这种看似超前的学术现象，其实与我国学术与文学发展的大趋向有关。我国古代的学术的最早形成，为西周王官之学。春秋战国时期，王官之学衰微，诸子之学随着士阶层的兴起而盛行。至汉代，诸子之学转衰而经学兴起，魏晋则由经学与子学的一部分转为玄学。但在魏晋南北朝时期，经学、子学、史学一直还是重要的学术形式，并且融合玄佛之理，思想方法更为精致。由此可见，唐代以前的文化中，学术传统远强于文学传统，事实上，唐以前的学者与思想家的人数与成就，都要远远超过文学家。魏晋南北朝文学批评的兴盛，固有其他多方面的原因，但从大背景来看，正是因为此期学术传统之强大。所以此期的文学研究，也比后来的唐宋时期具有更自觉的文学史学的学术意识。

三

唐代文学史学的特点，是文学史的建构与当代的文学发展主题更加紧密地结合在一起，作家尤其是文学潮流的代表人物成了文学史的主要构建者，从此以后，一直到近代客观研究的文学史学兴起之前，这一派事实上成了传统文学史学的主流。

唐初高祖、太宗年间，出于资治、显示王统及成一代之学术等多种目的，撰修了《周书》、《隋书》、《晋书》、《北齐书》、《梁书》、《陈书》、《南史》、《北史》等八部史书，从史学上看，是继承南北朝史而集其成，因此也完全沿承了南北朝史书以文苑传、文学传论来描述文学史的模式，从这一点可以说是南北朝文学史学之余波。而且在具体的学术观点上，"八史"也多是继承前代史家之说，在描写具体的文学史时，也基本上是采取接着前人所描写的时段继续说下去的作法，《隋书·文学传序》就是这样做的：

> 自汉魏以来，迄乎晋、宋，其体屡变，前哲论之详矣。暨永明、天监之际，太和、天保之间，洛阳、江左，文雅尤盛。于是作者，济阳江淹、吴郡沈约、乐安任昉、济阴温子升、河间邢子才、巨鹿魏伯起等，并学穷书圃，思极人文，缛彩郁于云霞，逸响振于金石。英华秀发，波澜浩荡，笔有余力，词无竭源。方诸张、蔡、曹、王，亦各一时之选也。

凡是前人已经论定，不再重叙，即所谓"前哲论之详矣"，主要的精力放在前史修成之后的南北朝后期的文学史之叙述。这是唐初八史的一种断制，正反映了他们重视历史系统的完整性与客观性的史家的学术观念，与后来的文学家的文学史叙述是不同的。但是，在建构文学史时，八部史书比较一致地显示出研究前代文学以为新兴的唐王朝文学发展指示道路的意趣，从这个角度来看，又是开启上述的文学史建构与当代文学主题紧密结合的主流倾向。其中对齐梁以来绮靡文风的批评、南北文风的不同及融合之可能性的探讨、文学史与治运之间的规律性的关系的寻究，则为八史在文学史研究方面的理论兴趣之所在。初唐八史以后所修的正史，虽然也沿承文苑传及文学传论、文学传序的体制，但已经不能做到南北朝至唐初那样自成一派，其在文学批评史的地位差不多是无足轻重，其对文学发展的实际影响更是微乎其微。正史文论的兴衰，实为传统文学史学发展的关键性问题，值得深入探讨。

　　单纯从学术的形式来看，唐人在文学史学方面的学术意识，反而不如南北朝史家、文论家之自觉，不仅唐初史家文学史学后来无继，就是文论家一派的文学史学，也再没有出现钟、刘那样的大家巨著。唐末有张为的《诗人主客图》，算是一种诗史著作，但也只局限于对中晚唐一段的几个流派的勾勒。所以，衡之以今天的文学史学的学术标准，说唐代是文学史学的衰微期也无不可。非但唐代，逮至宋、元，也没有与钟、刘意趣相近、成就相媲的文学史家的出现。只有严羽《沧浪诗话》对诗史作了一次比较完整的叙述，但严氏之诗史建构，完全是从当代的诗歌创作的问题意识出发，体现的仍然是作家建构文学史的意趣，只不过是他稍微增强了理论建树与历史研究的意识而已，所以其作为文学史学的客观性、系统性，都无法与钟、刘相比。只有到了明清时代，这种情况才有改变，出现了学术研究的目的性很明确的一类文学史著作，尤以胡应麟、许学夷、胡震亨等人对于诗史的研究为代表，代表了传统文学史学的学科独立趋势。

但是，从唐宋时代的文学史建构的主流即文学史与当代文学发展的密切结合、作家建构文学史这一方面来看，唐宋时代在文学史的建构、具体的文学现象、文学史上的经典作家与作品的研究，其实际深度与广度，远远超过以前阶段。可以这么说，唐宋时代，一个作家在艺术追求过程中的自觉性的标志，就是从不太自觉地继承发展到自觉地站在文学史高度对自身在艺术上的继承与发展的方向与方式做出明确的判断，从而建立了作家个人的一种文学史观。而其最终文学成就的高下，也取决于其文学史之是非高下及对文学史把握的深度与广度如何。唐人主流的诗歌史构建，是与唐代诗歌发展的进程一致的。初唐魏征等史家，最关注的是南北朝后期的文学风气，其主要的论点是"江左宫商发越，贵于清绮；河朔词义贞刚，重乎气质"（《隋书·文学传序》），认为南北两派的文风互有长短，如能"各去所短，合其两长，则文质彬彬，尽善尽美矣"，可见他们最深刻掌握到的，是距离他们最近的一段文学史。此外的先秦汉魏晋的文学史，不过是沿前人之成说而已。到了陈子昂，随着复古文学思想与创作实践的深入，显示出超越齐梁，直接汉魏的继承观点，而其对诗史的有机的建构，也上溯到汉魏诗史中去。其《与东方左史虬修竹篇序》对诗史做出一个重要的判断：

> 文章道弊五百年矣。汉魏风骨，晋宋莫传，然而文献有可征者。仆尝暇时观齐梁间诗，彩丽竞繁，而兴寄都绝，每以永叹。

通常理解这一段话，都只是将它作为一种创作主张来看，认为陈氏提倡汉魏，否定齐梁。这自然是对的，但是这段话同时也是陈氏的一个诗史建构。实际上他的重要观点是认为汉魏风骨之衰落，或者文章之道弊，是一个渐进的过程。根据这一观点，他将汉魏以来的诗史分为汉魏、晋宋、齐梁三大阶段。这种文章之道或诗道逐渐衰微的观点，对后来诗人影响很大，可以说构成了唐代复古派的一种基本史观。李白《古风》其一和白居易的《与元九书》也是采取这样的认识方法的，尤其是白居易，以"六义"为诗歌之道，将《诗经》以后的整个诗史分成"六义始刓"（周衰秦兴）、"六义始缺"（骚辞）、"六义浸微"（晋宋）、"六义尽去"（齐梁），对陈子昂的诗道衰微说做了进一步的发展。李白等盛唐诗人，对陈子昂诗史建构的一个发展，就是由汉魏经典进一步上溯到风雅之祖，这正是由初唐到盛唐复古的文学创作实践的深化。另一方面，从近体诗歌的发展历史出发，唐人也客观地接近建构从建安到初唐诗体及诗歌艺术的发展。《新唐书·宋之问传》的这段论述，实际上正是概括了唐代注重近体这一派的诗史建构：

> 魏建安迄江左，诗律屡变。至沈约、庾信，以音韵相婉附，属对精密。及之问、佺期，又加靡丽，回忌声病，约句准篇，如锦绣成文，学者宗之，号为沈、宋。

杜甫的诗史建构，则可以说是集上述两派之大成。与陈、李一派宗旨相近，但具体的方法与观点有很大的不同，是杜甫通过他自己的创作实践建构的文学史观，杜甫的重要论诗作品，如《偶题》、《戏为论诗六绝句》、《解闷五首》等作品，比较系统地阐述了杜甫的诗史体系。他的"别裁伪体亲风雅"的主张，与李白、白居易一致，但是在具体的史观和继承的方式上，则是风雅为源，汉魏、齐梁并重。所以与他的创作集大成相一致，他的诗史建构也是唐人中最近全面客观的，值得我们作专门的研究。在散文方面，唐人对于散文史的建构，也完全是与古文实践的发展相联系。当然，我们这里说的，是一些重要的文学家在文学史建构方面的成就，其实一般作家，只要在艺术上有自觉的继承中求发展的意识，他们也都有自己对文学史的一番建构。

四

宋人研究文学史的学术风气，比唐代有很大的提高，其成就主要表现为诗话一体的出现，诗话虽不是系统的文学史著作，并且其撰著的主要动机仍然是供创作者借鉴。但体制灵活，理论、批评、谈艺、考史俱备，实为集中宋代文学史研究成果的渊薮，值得我们很好地去整理。除此之外，宋人对儒家经典的研究及先秦重要典籍的研究，也更多地体现向文学还原的特点。所以宋代之诗经学、楚辞学，也比前更多地具备文学史学的特性。如郑樵《通志》在论《诗经》艺术的性质时，提出"诗在声不辞"的重要观点，实为前期诗史研究的重要发现。朱熹的《诗集传》，也在《诗经》文学史真相的还原上做出突出的贡献。宋人对唐人诗文集的整理、选编、注释，也都是属于客观的文学史研究范畴的成果。郭茂倩的《乐府诗集》，在乐府诗史将近终结的时代，为乐府诗做了一个总的整理，不仅是一个文学总集，同时也是一部乐府专史。

宋人在文学实践方面的面向文学的意识，比唐人更为自觉。宋人处于古代文学的高峰之后，正统文学诗、文、辞赋都已经完成艺术理想的圆满实现，中国文学史的主体部分、中国古代的文学史构建及其特点与发展图景已经呈现出来，所以宋人不能不在面向文学史的前提下展开他们自己的文学发展课题①。另一方面，宋代的学术风气很浓厚，宋代的文学家，也比前代文学家更多一分学者的气质与知识结构，所以宋代的文学创作中"学"的意识很突出，不太说"作者"而喜欢说"学者"。而宋学的整体特点是尊古中开新，崇尚传统，重视渊承，所以整体上看，宋代作家的文学史修养，较之唐人，实为倍蓰。所以，宋代文学史学的

---

① 参见拙文《论黄庭坚诗学实践的基本课题》，《漳州师院学报》1997 年第 1 期。

主流，仍然是作家建构的文学史。以宋诗代表作家黄庭坚而论，他有极为自觉的诗歌史意识，其个人的诗歌创作道路，也是一个不断地向诗史回顾的过程。在其诗歌不同的发展阶段，对中唐至北宋的"古文诗派"、中晚唐近体诗、杜诗、魏晋诗歌，都有过很深入的汲取，不仅如此，他的整个诗歌艺术渊源还扩大到《诗经》与屈宋辞赋，他是很自觉地走着杜甫的集大成的艺术道路，只不过比杜甫更加强调个人风格的建立。因此宋人说他是"荟萃百家句律之长，究极历代体制之变"①，其所体现的诗歌史方面的深厚的造诣，至少在当时，可以说是无与伦比的。他的诗史的建构也很能体现作家建构诗史的特点：

　　夫寒暑相推，庆荣而吊衰，其鸣皆若有谓，候虫是也。不得其平则声若雷霆，涧水是也。寂寞无声，以宫商考之则动而中律，金石丝竹是也。维金石丝竹之声，国风雅颂之言似之；涧水之声，楚人之言似之；至于候虫之声，则末世诗人之言似之。②

他将诗史分为三种类型：国风雅颂、楚辞、后世诗人之言。这其中仍然体现唐人的诗道渐衰的诗史观，但又鲜明体现他自己提倡"情性为诗"、追求"兴寄高远"的美学理想。在论到诗歌经典时，他崇尚陶、杜，并说"建安数六七子，开元才两三人"③，并认为近百年诗虽非毫无建树，但不宜作为经典来学习④，开了后来严羽一派尊尚汉魏盛唐诗歌的先声，对后来的诗史建构影响十分深远。

　　正如唐人是中古诗史建构的奠基者，唐代诗史的建构也是奠定于宋人，历其后的元明清三代而臻于完成，纲目俱备。关于唐诗的研究历史，

----

① 刘克庄：《江西诗派小序》，《历代诗话》本。
② 黄庭坚：《胡宗元诗集序》，明万历刊本《重刻豫章黄先生文集》卷十二。
③ 黄庭坚：《再用前韵赠子勉四首》，《山谷内集》卷十六。
④ 黄庭坚：《与赵伯充》，《宋黄文节公全集·别集》卷十五。

陈伯海先生的《唐诗学引论·学术史篇》已经作了比较系统的研究①。这里着重从诗史建构与诗歌史发展的互动关系来考察。虽然我们现在将唐代诗史作为一个整体来看，认为唐诗史的完整建构始于唐代之后。但对于唐人来讲，他们不仅在建构风、骚及中古的诗史，同时也在不断地回顾本朝的诗史，杜甫《论诗六绝句》对王、杨、卢、骆"当时体"的论定，就是他研究本朝诗的一个成果；李白的《古风》其一："圣代复玄古，垂衣贵清真。群才属休明，乘运共跃鳞。文质相炳焕，众星罗秋旻。我志在删述，垂辉映千春。"虽是印象式地回顾了本朝诗史，但表达了"删述"的愿望，正是系统建构诗史的意图。传统文学史构建的最大特点就是辨别源流正变，标举诗道、文道，亦即李白诗句"宪章亦已沦"的"宪章"。唐诗史建构中的最关键的一步，就是盛唐诗歌作为唐诗发展高峰，李、杜、王、孟等人作为唐诗最高典范的确定。它的第一层学术积累，实是中晚唐诗人学习盛唐诗的结果，大历十才子之学王、孟，确立了王、孟之诗史地位，而李、杜在诗史上的崇高地位，则是通过韩愈、白居易、元稹、李商隐等大家名家对他们的继承与发展而呈现出来的。唐末五代诗境趋于浅狭，诗道偏颇，在诗歌的继承方面又重新回到杜甫曾经批评过的"递相祖述"的局面，虽然这时唐代诗史已经完成，但从作家文学史的建构来看，对唐诗史反而失去了整体性的把握，我们看刘昫《旧唐书·文苑传序》这样一个正式的描述文学史的文本，却没将唐诗和唐代文学的整体轮廓呈现出来②，就可知这时对唐诗史认识的肤浅。

---

　　① 陈伯海：《唐诗学引论》，知识出版社 1988 年版。
　　② 《旧唐书·文苑传序》在论唐代文学时说："爰及我朝，挺生贤俊，文皇帝解戎衣而开学校，饰贲帛而礼儒生，门罗吐凤之才，人擅握蛇之价。靡不发言为论，下笔成文，足以纬俗经邦，岂止雕章缛句。韵谐金奏，词炳丹青，故贞观之风，同乎三代。高宗、天后，尤重详延，天子赋横汾之诗，臣下继柏梁之奏，巍巍济济，辉烁古今。如燕、许之润色王言，吴、陆之铺扬鸿业，元稹、刘贲之对策，王维、杜甫之雕虫，并非肄业使然，自是天机秀绝。"

　　从诗歌史的建构来看，宋代诗歌的发展过程，也是宋人建构唐代诗史的过程。宋初的一个阶段，所关注的主要是中晚唐的一段诗史，其晚唐体取法最近，基本上是五代诗风之延续，白体与西昆体，分别以白居易与李商隐为取法对象，开始更主动地寻找唐诗的典范，对唐末五代"递相祖述"的诗风有所突破，其中像王禹偁等诗人，对盛唐杜甫也已有所取法。庆历诗坛的主流派，一方面明确地将唐末五代的诗歌流弊作为否定对象，开了宋代主流诗学轻视晚唐的先声；另一方面则取法韩孟诗派而力求上溯李杜，初步形成宋诗的风格，而其对唐诗史的把握也趋于全面。元丰、元祐诗坛的各大家，在诗学的取法上开始向整个诗史展开，其对唐诗的继承也是在确立典范的同时，兼顾各家各派。从上面对唐代和宋代诗人学习唐诗、建构唐诗史的论述可以看到，唐诗经典的论定、唐诗各发展阶段特征的认识，是中晚唐至北宋诗史的产物。我们通常认为唐诗分期的理论是严羽最初奠定的，从作为一种学术观点来说，也许可以这样说。但唐诗的分期，决不能简单地看做是一种学术研究的成果，严羽的贡献在于他汲取他的时代唐诗学的普遍知识，对唐诗史作了一个比较系统的论定。以后南宋、金、元、明都以自己时代学习唐诗的经验深化了对唐诗发展史的认识，至高棅《唐诗品汇》最后确定了四唐诗的分期理论。可见，唐诗史的完整的建构，是中晚唐迄宋、元、明、清数代诗家的成果。唐诗研究的成就之所以超过后来的各代诗研究，重要的原因就是古人已经对其发展史作出准确的分期。当然，宋、元、明、清各代的唐诗研究成就，远远不止于这一个成果，在四唐诗分期的框架下，唐诗史的研究日趋完备，最终出现《诗数》、《唐音癸签》、《诗源辨体》等重要的诗史著作，为我们今天的唐诗研究奠定了坚实的基础。不仅是唐诗史，宋诗及元、明诗史，也都在它们发生以后的时代得到构建。可以说，中国传统的文学史，除了小说、戏曲的历史，古人的研究比较薄弱外，正统文学的诗词、骈散文、辞赋，古人的研究都很丰富。虽然我们所采用的学术形式为古人所无，思想方法也为古人所没有，但是我们对文学史的基本建构来自传统文学史学，无数的学术观点，也是承自古人的。像唐诗分初盛中晚四期，在今天似乎已经是一种常识，但这一常识却是古人长期探索的结果，它的合理性在于不是简单地从历史分期为文学史（分期）借来一个外壳，而是真正能够展示唐代诗歌发展趋势的科学的分期。

通过对传统文学史学的回顾，我们发现，文学史的呈现与建构，从根本上讲，是文学发展的结果。前一代文学历史，通过后一代的文学的发展而自然地建构出来。从这个意义上讲，每一代的文学的发展，不仅在创造自己时代的文学史（就文学史的客观的一面而说），同时也在书写前代的文学史，这种书写有时就是文学史的本身，并不依赖于作为学术形态的文学史文本。当然，文学史的建构与呈现不只是逐代完成的，事实上，一代的文学，不仅在书写前一代的文学史，而且也在对其前的所有的时代的文学史进行继续建构，有时还对前代人的文学史建构作出颠覆性的重构。所以，文学史在文学的发展中，不断地被书写、回顾、建构乃至重构。文学创作在不断地发展，文学史也在不断地建构，一次次地重新被阐释、被挖掘，文学也通过这种建构，逐渐地接近文学发展的规律，建立正确的史观，并且对文学史获得比较客观的认识。所以，建构文学史的最大的、最有效的动力，恐怕是来自文学自身的发展。所以文学史的建构与文学自身的发展是紧密联系在一起的。这是我们研究传统文学史学时最应关注的。

我们今天的文学史研究，比较多地具备了客观的、科学的性质，并且与现实的文学创作分流。但是，仍然受着上述规律的制约，现代以来的文学史建构，是与现代文学的发展相联系的，受着现代文学史的深刻影响。支配着我们今天文学史研究的文学史观，就是文学现代化进程的成果。正是因为现代新文学的出现，我们才为一切的古代文学画上了终结号。更引人深思的是，由此而带来一个重要的、事实上完全是经验性与非学术性的史观，认为古典形式的文学发展上的生命力，终止于现代文学发生之顷。这个古代文学史的终止符和与之相应的这种史观,影响了我们对整个古典文学史的重新建构。值得深思的是,这次建构,与历史上无数次的建构不同,不是在古代文学自身的有机生长的历史中构建,而是在与古典文学之间虽不无渊源但究竟来说是完全不同的两种文学的现代文学中构建。与此相关,这一次的构建与历史上无数次构建的最大不同之处,是将整个现代文学之前的文学史,作为一种完全过去了的,即"古代"的文学史来构建。由此而引起了文学史观的革命,一种摆脱古代文学本身的古代文学史的构建。在其赢得比古人更为系统、客观的同时,是不是也在某种程度上比古人更远离了古代文学史的真相?惟其如此,回顾传统的文学史学是重要的。

(原文发表于《文学遗产》2003 年第 6 期)

中国古代文学批评中的"进步观"

党圣元[*]

自现代学术以来，在中国古代文学史研究和文学史通史书写领域，通过科学主义的"新史学"为中介，受"进化论"学说之影响，在批判、清算传统的所谓"循环论"之基础上，形成了诸如"发展"、"进步"等价值范畴，并且成为文学史书写中的价值评价标准，影响了整整一个世纪的中国文学史研究和书写。在此语境下，中国文学批评史研究方面，也致力于对中国传统文学批评话语中的"发展"、"进步"观念之爬梳和诠释。对这一学术现象进行思想史层面的反思，以及准确认识、评价传统思想、传统诗文评中的"发展"、"进步"观念，对于我们总结和反思 20 世纪中国文学史理论建构和书写实践意义重大。本文试图梳理中国古代文学批评中"进步观"的内在理路，其思想与知识谱系，以及由传统变易发展观到现代意义的"进步观"之演变脉络，在此基础上，分析"进步观"由学术边缘走向中心之缘由，并对其学理背景及学术地位进行反思。

从中国古代文学批评史发展的内在理路看，我们今天所谓"进步观"的种种表征，在传统时代主流意识形态的语境中，往往是以思想异端的面目出现的。但是历史的发展并没有按照已有的逻辑进行，当中国

＊ 党圣元：中国社会科学院文学研究所副所长、研究员，《文学评论》副主编。

社会的历史步入了内忧外患的近代以来，随着传统思想系统的崩溃和西学的引入，尤其是进化论、唯物观的深入人心，此一思想找到了理论的生成点，其反传统、反主流的思想品格不仅切合了社会变革之急需以及西学理论本土化之要求，而且对于传统信仰系统业已崩溃的中国思想界而言，亦是具有相当吸引力的话语、思想资源，遂蓬勃发展起来，成为一个多世纪以来中国社会思想文化领域最时尚、最主流的话语形态，影响至今。在古代文学和古代文学批评研究领域中，也迅速将"进步观"的地位提升到与传统时代主流思想乃至国家意识形态抗衡的地步，成为与代表主流意识形态的落后思想针锋相对的进步思想，从而在相当程度上改变了历史本原状态，在一定意义上重新书写了一部中国的文学批评史，并成为古代文学批评范式的现代学术转型中一个成功嫁接的范例。对于这一现象之形成进行剖析，既可以了解传统，也可以启迪未来，本身就是一件很有意义的事情。

一

中国古代文学批评"进步观"之思想因子是在传统宇宙观、历史观和时间观所构成的古代知识系统中孕育而成的。虽然中国古代社会的历史在治乱交替、王朝更迭中流变着，但思想文化形成所依据的知识与信仰系统并无新变，加之秦汉至清以来中国社会的基本性质没有根本变化，因而形成了以复古观和循环观为主、"进步观"为辅的历史观和文学史观，其基本的学术品格定型于先秦。在我们对"进步观"之知识谱系进行审视之前，需要对其所依生的复古观、循环观进行一番了解。

以复古观而论，发展于三代、鼎盛于西周的礼乐理念在中国思想史上营造了一种独特的复古文化模式，其最显著的特点是，"轴心时代"的诸子都认为上古存在一个乌托邦的完美的社会形态，并由此转化为真诚的信仰，对其极尽美化之能事。儒家的理想是尧舜等圣王治理的"有道之世"——"大同世界";道家乌托邦指向尧舜之前"小国寡民"状态的"至德之世";墨家提倡"兼相爱、交相利"的尧舜及三代圣王之世。即使是崇古非今,直面现实的法家,其思想体系中仍然隐含着对三代传统及其文明成就的认可。尽管诸子学术倾向各异,论证的角度不同,且他们对圣贤的认定与理想时代的标准也不同,但是他们在致力于探索社会改良方案与实施路径以回归他们的王道理想时,都具有相同的复古价值取向。在他们看来,人类起初都有无限美好的"黄金时代",尔后便日趋堕落,今不如昔,一代不如一代,这是西周礼乐秩序崩溃后种种复杂情绪,诸如对现实社会的失望、对黄金时代的追忆以及对理想秩序重建的期待等,共同交织而成。这构成了中国历史上最主流的乌托邦,由此所形成的"向后看"的思维模式直接影响了古代学术思想中复古风气之盛行,从汉代今文经学的谶纬、唐宋"古文运动"、明清经学的注疏、清末龚自珍、魏源、康有为的"托古改制",要么尊道统而复古,要么假复古之名行变革之实,无不借古人之名抒己心志。综观一部中国文学发展史,就是在"贵古"与"趋新"之间反复拉锯展开的一部文学批评退化史。细观中国文学史上各种文学观念,不论提出目的何在,多少都带有复古的理论色彩。这一方面促使了文学批评史上重质轻文、贵古贱今、文以载道以及政教传统的形成,同时亦是"原始表末"、"格以代降"、"用事"等思维模式形成之根本缘由。

以循环观而论,其思想渊源虽然可以追溯到《夏小正》中有关夏代天象与物候的周期性描述,也可以在殷商卜辞的六十甲子表与周原卜辞中月相往复循环的记载中觅得,但明确的理论形态在《周易》与五行说中。《周易》通行本之卦序,以乾、坤二卦开始,既济、未济二卦终结,代表宇宙万物的六十卦居中,其意在于:乾为天,坤为地,乾坤处于往复无穷的交流之中,万物由此而生,由此而变,此乃天地间第一大循环。凡日月往来,寒暑交替,阴阳变幻,人事兴衰,生死轮续,乃至国家、民族的兴衰递嬗,无不烙上这种循环往复的印记,此乃《周易》泰卦九三爻辞所谓"无平不陂，无往不复"的循环理论。《老子》五十八章有"祸福相因"的思想；《庄子·天下》有"道无终始……一虚一满"的自然循环观念；《孟子·滕文公下》有"天下之生久矣，一治一乱"的思想；《公孙丑下》有"五百年必有王者兴"的社会人事循环观念，凡此种种，无不具有浓厚的循环论思想因子。循环史观创始于邹衍的"五德始终说"，此一学说把五行说应用于社会历史领域，认为人类社会的历史是遵循五行相生相克的规律而变化发展的。就中国古代史而言，虞土、夏木、殷金、周火的历史演变，便是依照土、木、金、火、水依次相生相克的秩序，按照《吕氏春秋·应同》的说法，历史的下一个阶段"代火者必将水"，到了水德，历史发展便完成一个循环，此后"水气至而不知，数奋，将徙于土"，社会历史就是在五行循环中周而复始发展的。这种循环史观在秦汉时期极为流行，汉代公羊学家有据乱世、升平世、太平世的社会兴衰治乱"三世"说，董仲舒创黑统、白统、赤统之朝代更替"三统"说。循环论之所以在古代思维体系中极为发达，是与自春秋以来王朝更迭而社会性质没有根本变化这一社会特征密切相关的。人们习惯在历史的循环往复和时间的永恒轮回中解释世间万事万物，所谓人之生死、家之荣辱、国之兴衰、天下之分合，都不离循环的路数。这既可视为古代诗歌回环反复与八股文章"起承转合"形成之思想缘由，亦是小说、戏曲中宿命论、因果报应思想大量存在的文化原因，更是文学批评中"一治一乱"、"一盛一衰"、"一文一质"、"一分一合"思维模式特别盛行之根本缘由。

在复古观和循环观所构成的主流意识形态的历史语境中，同生共长着以变易发展为主旨的"进步观"。从价值取向上看，与复古观憧憬历史的"本然"状态和循环观追求历史的"必然"状态不同，它追求历史"应然"的未来价值向度。从思想史的角度考察，所谓"进步观"有广义与狭义之分。就广义而言，凡是对古代整体知识系统以及在此背景下形成的主要思想传统，尤其是天人观、历史观和时间观所构成的价值核心层面质疑或挑战的，都可视为"进步观"的代表。如荀子发端的天人相分思想对主流的天人合一传统的质疑，其后王充、柳宗元、王安石、王廷相、魏源等人对此有所继承发展，在中国近现代思想史、哲学史和文学批评史的研究中，此一类常常被冠以唯物主义或具有进步性、人民性等名称。在中国古代思想发展史上，复古观和循环观诚然占据了思想发展的主流地位，但求新求变的思想传统也一直存在，单从文学批评的思想发展来看，主要体现在核心范畴"古今"上，凡是认为今胜于古，对占据主导地位的复古论、循环论质疑的，都可视为古代文学批评中"进步观"的代表。这种更新通变的思想始终贯穿于传统文学发展中，时起时伏，时隐时现，虽然常常有来自于强大的正统思想对这些见解的打压，使之不能成为文学批评的主流思想，但在总体上仍然以极强的延续力、衍生力和包容性一直占据着古代文学思潮的一隅。

复古观、循环观和"进步观"是伴随着三代思想传统的崩溃，在春秋战国的社会剧变中萌生的，具有深厚的历史传统和人文内涵，代表了中国古代主要的文学发展史观。从学理逻辑上看，无论是"向后看"，还是"向前看"，都是乌托邦，都是源于对事物"已然"状态的不满所作的新的价值判断，因此，本质上并没有优与劣、进步与落后之别。从知识构成来看，虽然三者都萌生于社会思想的大变动时代，但是，复古观与循环观是在缺乏外来文明和异类资源的背景下，在本土思想资源的唤起与重新阐释中生成的，其价值源泉和思想基础来源于三代文化，因而先秦时期就相当成熟了。而变易发展观思想的若干因子虽然出现很早，但转换为具有现代学术色彩的"进步观"则完成于近现代的"西学东渐"中，在19世纪末到20世纪初的思想变革中，在旧学与新知的相互渗入、相互交汇中最终完成其现代转型。故而，受此影响而形成的循环、复古、进步三种文学发展史观在思想资源、生成模式乃至理论的适应度上都有了很大的不同。前两者体系完善尤其不乏思辨上的意义，代有传人，故而牢牢地掌控了传统时代意识形态的核心地位；后者在思想体系、理论深度、理论传承诸方面并不具有优势，在传统时代有所发展，但从未占据主流地位，在思想史、文学史上的影响甚微，响应者甚少，但因其成功的现代转型，遂成为近代以来文学研究中最核心的价值取向，历久弥新，终成主流。

二

在中国古代文学批评史上，以变易发展、今胜于昔为主旨的"进步观"，有着深厚的学术思想基础和幽微不显的发展演变脉络，其兴起之内缘乃萌生于先秦的变易史观到中古时期反传统思想，逮至明清时期的思想变革，外缘则是西学理论中进化论、唯物史观的引入。从先秦到明清，许多理论家表述了一定层面的进步理念，并逐步汇流成为古代思想发展中源源不断的一脉，其间亦出现了几次值得关注的理论总结阶段。

"进步观"的源头可以追溯到先秦。这是一个社会大变动的时期，三代礼乐文明在创造了丰硕的思想文化成就的同时，也带来了深刻的社会政治和精神文化危机：王室衰微、诸侯放恣、天子失官、大夫专权、学术四散等，而处于思想交锋中的诸子为因应现实的需要，从各自立场提出了变易发展的思想。孔子"信而好古"，对现实政治制度和社会思想有诸多批评，经常赞美尧、舜、禹等古代圣人，但他所持的并不仅仅是一种简单的复古思想，他主张因革，对三代礼乐制度之演变取一种发展的观点，《论语·为政》云"殷因于夏礼，所损益，可知也。周因于殷礼，所损益，可知也。其或继周者，虽百世可知也"。孔子认为每代都会继承前代的思想制度，并会根据现实变化进行适当"损益"，去掉一些不合时宜的旧制度，增加一些社会需要的新内容。其后的荀子更为强调变化，《荀子·礼论》云："天地合而万物生，阴阳接而变化起。"他提倡法后王，《非相》云："吾孰法焉？故曰：文久而息，节族久而绝，守法数之有司极礼而褫。故曰：欲观圣王之迹，则于其粲然者矣，后王是也。"先秦时期的重要典籍《周易》，强调"穷则变，变则通，通则久"的法则。提出了变化、更革、日新的思想，《系辞上》云："参伍以变，错综其数，通其变，遂成天地之文。极其数，遂定天下之象。非天下之至变，其孰能与于此?"尤为突出变化发展在自然、人事上的重要意义，这些思想对后世都产生了相当的影响。

法家倡导变法，认为治理社会的法则随着时代变化而变化，因而力倡社会历史的发展观。商鞅认为中国社会历史的发展经历了三个阶段，《商君书·开塞》云："上世亲亲而爱私，中世上贤而说仁，下世贵贵而尊官。……世事变而行道异也。"因而《更法》中提出："治世不一道，便国不必古。汤武之王也，不循古而兴。商夏之灭也，不易礼而亡。然则反古者未可必非。循礼者未足多是也。"秦孝公用商鞅变法，奖励耕战，富国强兵，秦经六世吞并六国，一统天下。韩非进一步演绎了商鞅的社会发展阶段论，《韩非子·五蠹》中把历史划分为上古、中古、近古三个时代，他认为上古之世原始落后，人们构木为巢、钻燧取火，与禽兽虫蛇斗争；中古之世战胜洪水，前进了一步；近古之世，社会政治上平定桀、纣暴乱，又前进一步。当今之世已经进入了人类社会历史发展的第四个时期，所以"圣人不期修古，不法常可，论世之事，因为之备"。韩非子认为无论从自然生活条件到社会政治环境，人类都是一代比一代进步的，不明此理，就如同缘木求鱼似的迂阔和刻舟求剑似的愚蠢了。

考察先秦时期的发展变易观，可以看到，思想家们所关注的领域主要在于社会政治与历史演进方面，尚未进入文学这一次生领域，但其求变的精神为后来许多思想家所继承和发挥，并逐渐在文学与文学批评领域展开。秦汉以后，随着大一统政治的形成和古代社会思想体系的确立完善，社会性质、政治制度、日常生活乃至人们的思维方式、精神世界、文化气质，都基本定型而没有新的质的变革与突破，因而出现了一批主张变革进化的理论家，如王充、葛洪、刘知几、皎然、柳宗元、王安石、

中国古代文学批评中的「进步观」

李贽、公安三袁等，尤其是明清之际与晚清，变易观得到了更进一步的发展，代表人物如王夫之、章学诚、龚自珍、魏源等。他们的理论大多集中在文史哲领域，或大胆怀疑、或勇敢否定了先秦以来的复古论与循环论，认为社会历史变化的趋势是不断向前进步的，肯定今胜于昔。后世超过前代，文学的发展亦不例外，故而也或多或少的涉及文学批评领域。

在中国古代文学批评史上，最早举起"进步观"大旗，考究古今利弊得失，致力于寻找文学批评正确立场者，东汉王充乃第一人。王充虽然师从班彪，思想体系也基本不离儒家范畴，但"细族孤门"的身份使其思想带有更多反传统、反主流的因素。他反对天人感应说、反对谶纬学说、反对拟古，与主流意识形态格格不入。针对汉代文学创作领域厚古贱今、模拟因袭以及复古主义倾向的普遍泛滥，王充明确反对"好高古而下今"的思维定式，嘲笑厚古薄今者"谓文当与前合"的观点，认为事物是殊类而不相似，故为文不能"强类"和"务似"，否则就会失却作者的本意或事物的原貌，即所谓"失情"和"失形"。在《论衡》一书中，王充多处批判"尊古卑今"、"褒古而毁今"、"好长古而短今"、"今之文不如古书"的世俗偏见，认为以时间先后作为批评标准并不符合文学发展的事实，他提出一系列新的文学批评标准，如真美、尚用、文质并重、独创、元气等，其论有破有立，并不简单地"非古"、"颂今"，而是具有较为通达的文学批评视野。也正因为王充对汉代以来的主流意识形态持否定立场，加之其论在理论思维方面的意义并不突出，因此他的思想在东汉一代基本上没有影响。晋代葛洪继承了王充反对尊古卑今的思想，认为今文不仅不逊色于古文，而且远远胜于古文，故《抱朴子·钧世》云"且夫《尚书》者，政事之集也，然未若近代之优文、诏策、军书、奏议之清富赡丽也。《毛诗》者，华彩之辞也，然不及《上林》、《羽猎》、《二京》、《三都》之汪秽博富也。"葛洪以文学进步发展观，对"古"一概否定，因而得出《诗经》不如汉赋的结论，其反传统的勇气固然可嘉，但矫枉过正，片面强调今胜于古，不免走向了另一个极端。

中古以后一批持"进步观"的思想家，不仅主张中国古代文学批评中的"进步观"是不断发展前进的，各种典章制度随着时代而发展变化，而且认为这种发展变化有其自身发展的客观规律。如刘知幾《史通·烦省》中承法家"古今不同，势使之然"而来的历史进化论，认为社会进化不是圣人主宰的，而是由"势"决定的，后有柳宗元、刘禹锡、王廷相、王夫之、章学诚、魏源对"势"认识的不断深化。又如唐代杜佑《通典》、宋代郑樵《通志》、元代马端临《文献通考》对于历代名物、制度、礼节沿革的述考，他们主要致力于政治制度和人文教化的理论建树，极具历史演进的目光，但目的在于资治，少有论及文学批评的；隋唐以后，中国文学史上出现了几次目标明确、口号鲜明、声势浩大的文学革新运动，如唐代陈子昂等倡导的诗歌革新运动、元白的新乐府运动、明代反复古文学思潮、直至近代梁启超、黄遵宪等的"诗界革命"、"小说革命"，凡此种种，都延续了先秦两汉以来的进步理念，具体到文学批评理论的建设上，较为重要的是明代反复古思潮。

明代反复古的文学思潮，针对前后七子"文必秦汉，诗必盛唐"的复古主义文学见解及其文学退化论，先有李贽，后有公安三袁。李贽认为文学是随历史而发展的，应以"童心"而不是以时势先后作为评论文章的标准，如《童心说》云"诗何必古选，文何必先秦，降而为六朝，变而为近体。又变而为传奇，变而为院本，为杂剧，为《西厢曲》，为《水浒传》，为今之举子业，皆古今至文，不可得而时势先后论也"。他对明代的复古思潮与模拟倾向表达了强烈的不满。承其衣钵的三袁，以"天下无百年不变之文章"为口号，高举反复古主义大旗，对复古派诗文的流弊进行了尖锐而深刻的批判，形成了一系列鲜明的理论主张。他们以"势"论文学，其主旨在于"变"，如袁宏道《与江进之》云"譬如《周书》、《大诰》、《多方》等篇，古之告示也，今尚可作告示不？……世道既变，文亦因之，今之不必摹古者也，亦势也"。他们认为古今文学的不同在于时代的变化，文学之可贵在于变。三袁以"识"、"才"、"学"、"胆"、"趣"为诗文三昧的根本，以"独抒性灵"、"见从己出"的独创论来批判和纠正复古派的形式主义模拟论，思想体系较为全面。李贽、三袁的思想以强烈的反传统、反理性和提倡人性自由解放的精神，展示了具有近代思想色彩的革新品格与审美理想，表明一些新的质素开始出现在古代文学批评领域，尽管这些思想因素的影响还是微弱的，远远不能与传统的主流意识形态抗拒，其不久被晚明复古主义思潮的复兴所颠覆即为一个明证，但这毕竟为中国古代文学批评史留下了一个具有近代启蒙色彩的结尾。逮至清代，袁枚《答沈大宗伯论诗书》中"诗有工拙而无今古"的说法，以及晚清龚自珍等人的文艺思想，在一定程度上仍然是对李贽、三袁思想的承续，但是从整体上看，不仅没有超越反而有所退步。明清时期反复古的思想运动是伴随着中国封建社会末期传统价值观的动摇以及意识形态的自我批评与更新展开的，而当所谓"天崩地解"的历史剧变来临时，中国古代知识体系本身已经不具有自我更新的力量，古代文学批评史也因此失去自我更新的能力而终结。

值得一提的是齐梁时代的刘勰，《文心雕龙》一书多篇论及文学发展观念，因此现代学者多从继承与发展的关系来肯定彦和之文学发展进步论。虽然刘勰在具体论及八十余种文体时，首明其所自、次考其演变、末察其所终，使人明了每一种文体发展流变的全过程，因而具有明确的历史意识。但从文学史观上考察，刘勰重传统胜于新创，在文学史观上所受复古观、循环观的影响远远胜于"进步观"，其新变的内容都是在"征圣"与"宗经"这些亘古不变的框架中进行的。刘勰在《通变》中对历代文学的历史变迁作价值评价时提出，文学发展的历史就是"从质及讹，弥近弥淡"的过程，认为一部文学史的发展乃是今不胜古的质文更迭循环，这与明代胡应麟以"格以代降"来定格《诗经》以后诗歌的发展态势具有相同的价值取向，批评史上的这样类型的话语甚多，无不简明扼要地点出了文论家从古今对照中得出文学退化论的共同认识。实际上，视"通变"为复古之变，前人已经有很多研究成果，如纪昀评云"复古而名以通变"；黄侃认为："彦和此篇，既以通变为旨，而章内乃历举古人转相因袭之文，可知通变之道，惟在师古，所谓变者，变世俗之文，非变古昔之法也。"① 通变，为循环之变，也可以从《通变》篇中找到不少印证，如"明理相因"、"循环相因"、"莫不相循"，彦和在"质文之间"、"雅俗之际"言通变的思想，明显带有"一治一乱"、"一盛一衰"、"一文一质"的循环论痕迹。因此，就主体思想而言，刘勰虽然主张变易的发展观，但并非"进步观"，而是以复古观和循环观为主体的守成思想。《文心雕龙》一书的主导思想，与其所处时代是格格不入的，因而在很长的历史时期都无甚影响，其理论生命力直到近代以后才得以充分挖掘，始引起较大的学术反响。实际上，考察中国文学批评史，少有能够与传统彻底决裂的理论家，他们大都在传统的复归与时代的呼应中持一种矛盾的文化心态，虽然不乏新变的因子，但在整体历史观和文学史观上却毫无例外都是极为守成的，巨大的传统常常作为先在的知识资源规定了他们理解的视野和方向。类似的情况在清代叶燮的思想中也存在，虽然其"惟正有渐变，故变能启盛"的说法首次为新变找到了理论基础，但其"正变盛衰，互为循环"，也是明显承循环论的路子。

三

　　中国古代文学批评中虽然有着久远的变易观传统，也不乏进步的某些质素，但是具有近现代思想色彩的"进步观"的出场，并最终成为传统批评范式现代转型中的一个成功例子，是于近代以来中国积弱的国势，

---

① 黄侃：《文心雕龙札记》，华东师范大学出版社 1996 年版，第 131 页。

并与中国传统经学体系的崩溃和西方现代学术体系的引进密切相连的。"进步观"现代学术意义之确立，得益于中国近代以来一批先进的思想家，他们充分挖掘了《周易》"通变"以及荀子"合群"、"与天争胜"等思想中所包含的进化论乃至唯物史观的思想精髓，同时又极大地吸收了近代西方自然科学理论和社会政治学说，将二者逐步结合、熔炼，从而创造出中国式的进步理论。从戊戌维新、辛亥革命、"五四"新文化运动到新民主主义革命这些中国近代史上的重大变革中，在进化论、实用主义、非理性主义、马克思主义唯物史观等思想武器巅峰与落退的交织中，"进步观"所确立的不断发展、不断进步的主旨伴随着新的世界观、价值标准的确立得以不断深化，并伴随着进化论之深入人心与唯物史观地位之强化最终确立了主导地位。

作为解释历史演进的世界观和求新求变的方法论，进化论不仅具有科学的理性精神，更重要的是它物竞天择、适者生存的思想内核在中国内忧外患的历史语境中契合了人们救亡图存的情感需求与寻求变革的社会心理，因而能迅速地被中国知识分子所接受并成为戊戌变法至"五四"前后影响最为广泛的思想潮流，衣被几代人，对20世纪中国思想文化产生了深远的影响。

康有为第一次将进化论引入社会历史领域，并与《周易》变易思想和公羊学"三世说"形式相结合，提出不中不西的社会进化理论。他认为人类社会发展的历程是从君主专制的"据乱世"进而到君主立宪的"升平世"再发展到民主的"太平世"这样一个从低级到高级的过程，严复依据达尔文的生物进化理论和斯宾塞学说的社会达尔文主义，将生物"物竞天择"、"后胜于今"的进化论直接应用于人类社会历史领域。其论完全建立在自然科学的基础上，突出了进化规律的普遍有效性，摆脱了传统经学的套路，具有更为完全意义上的近代科学品格；梁启超以社会历史的进化思想对传统的史学观尤其是孟子"一治一乱"的循环史观进行了尖锐的批判，他认为"凡在天地之间者，莫不变"，"变"乃

"古今之公理"①，故而积极倡导思想解放与学术变革，提倡"史学革命"、"诗界革命"、"文界革命"、"小说界革命"。梁氏将进化论用于文学研究，影响极大，对于当时倡导以复古为通变的"宋诗派"、"桐城派"给予了致命的一击，牢牢地占据了文学批评领域的统治地位；刘师培更是以进化论研究中国古代学术史的躬行者，在《哲学史序》中，他以达尔文"物竞天择"之说分析周末诸子学说，认为儒墨代表了天演学派，儒家之论近于达尔文，墨家之论近于赫胥黎②；《论文杂记》从进化论的角度，对古代文学的语言通俗化进程给予了肯定的评价③。其论中西对照比较，虽不免有穿凿附会之嫌，但字里行间亦不乏真知灼见、使人耳目一新，至今仍然不失其借鉴价值。

被恩格斯誉为"十九世纪三大发现"之一的进化论，以强调进步与发展、肯定创新与变革的思想内核贯穿了近代中国政治革命、思想革命和文学革命的各个领域。当运用于文学领域时，进化论所具有的现代品格、进步理念和乐观精神，能够迅速适应社会思想剧变时期所赋予文学的超值想象。在进化论思想的指导下，中国文学完成了由古典形态向现代形态转型的质变，文学批评领域也因此发生了巨大的变化，新的价值标准开始形成。

从梁启超倡导"政治小说"开始，一种新的文学批评标准就开始确立了。他拔高小说地位，视小说为造成中国群治腐败的总根源，将其视为国家兴亡的唯一问题来言说，因此认为必须改良小说才能振兴民族、富强国家。其小说理论，虽然像传统时代的文学批评一样，包含了对人文教化的关注而具有明确的政治倾向性，但以鲜明的现实针对性并融入了对民生疾苦的关怀与思想启蒙的要求，因而在一个灾难深重的时代颇

---

① 梁启超：《变法通议》，《饮冰室合集》第 1 册，上海中华书局 1936 年版，第 1 页。
② 刘师培：《刘师培全集》第 1 册，中共中央党校出版社 1997 年版，第 512 页。
③ 刘师培：《刘师培全集》第 2 册，中共中央党校出版社 1997 年版，第 81 页。

能为国人所接受。"五四"前后，在进化论思想的影响下，新文化运动的倡导者彻底抛弃了崇古、复古的价值取向，在小说、诗歌、散文、戏曲等各个方面不断注入新的质素，从语言到形式、从内容到理念实现了彻底的革命。胡适《文学改良刍议》中，打破了传统文学研究中占主流的复古观和循环观，将文学史的进程描绘成一个动态的发展过程："文学者，随时代而变迁者也。一时代有一时代之文学……此非吾一人之私言，乃文明进化之公理也。"① 在这种观念的指导下，他在《白话文学史》中将白话文学视为中国古典文学的正宗，认为白话文学取代文言文学是历史发展的必然结果；陈独秀在《现代欧洲文艺史谭》中，用进化论将欧洲近代文艺史的发展过程描述为古典主义、理想主义、写实主义到自然主义的由低到高的发展过程②；青年时代的鲁迅也是进化论的信仰者，他相信一代胜于一代，青年胜于老年，将来胜于过去，"后起的生命，总比以前的更有意义，更近完全，因此也更有价值，更可宝贵"③；1929 年谭正璧编《中国文学进化史》，更明确地将中国古代文学分为进化与退化两端，宣称"以进化的文学为正宗，而其余为旁及"，故不但"拒绝叙非文学的作家或作品，而且对于退化了的文学，也加以非议和忽视"④。迭至刘大杰 1939 年著《中国文学发展史》自序仍云："文学的发展，必然也是进化的而不是停滞的了。文学史者的任务，就在叙述他这种进化的过程与实质、形式的演变以及那作品中所表现的思想与感情。"⑤

　　以进化论为理论武器所形成的"进步观"理念，极大地催生了中国

---

① 胡适：《胡适全集》第 1 卷，安徽教育出版社 2003 年版，第 6 页。

② 陈独秀：《现代欧洲文艺史谭》，《青年杂志》第一卷第三、四号，1915 年 11 月 15 日、12 月 15 日。

③ 鲁迅：《我们现在怎样做父亲》，《鲁迅全集》第一卷，人民文学出版社 1981 年版，第 132 页。

④ 谭正璧：《中国文学进化史》，上海光明书局 1930 年再版，第 11 页。

⑤ 刘大杰：《中国文学发展史》（上卷），古典文学出版社 1957 年版，第 1 页。

现代文学创作与研究中不断追求进步思想品格的确立，产生了广泛而深远的社会影响与历史效应。以今人之眼光观之，其学理基础有二：其一，所谓的"进步观"实际上是在西学体系……并参照西方的现代化模式，对中国传统文学思想进行的价值重估，因此其批评话语的预设中已经暗含了对于这一参照模式所具有的先进性的认同。其二，"进步观"之确立也深受 20 世纪以来流行的矛盾论思维方式的影响，也就是将新与旧、传统与现代、进步与落后作为对立存在的二元，非此即彼。其先在的西方中心主义和二元对立思维模式固然可以使我们从另一个角度理解传统文化，但是对于传统本身，可能是一种误解。其实最早看出进化论弱点的是章太炎，他于 1906 年写《俱分进化论》一文反对进化论，认为善在进化、恶也在进化，进化与退化同时存在，故而"进化之恶，又甚于未进化"①；冯友兰在上世纪 20 年代所写的《一种新人生论》（上）中也认为："中国近译演化为进化，愈滋误会。其实所谓演化，如所谓革命，乃指一种程序，其所生结果，为进步亦可为退步，本不定也。"② 其论虽深刻，但惜其今日也未能引起足够的重视。

伴随着 20 世纪科学主义的破产，20 世纪 20 年代以来，进化论以其内在的缺陷而被马克思主义唯物史观所取代。两相比较，其同在于：进化论与唯物史观是与复古的、循环的历史观相对立的进步发展观，都对社会历史的发展持肯定的价值判断，正因为两者都具有不断追求进步的相同理念，这也为当时激进的民主主义者迅速转化为马克思主义者提供了理论上的可能；其异在于：进化论是把生物的进化规律运用于人类社会，唯物史观则是从人类社会自身的生产力来解释社会进化的缘由，它提倡有别于生物进化的社会发展规律，这既能回答历史的问题又能回答

---

① 章太炎：《俱分进化论》，《章太炎全集》（四），上海人民出版社 1982 年版，第 386 页。

② 冯友兰：《人生哲学》第十二章，《三松堂全集》（第一卷），河南人民出版社 1985 年版，第 515 页。

社会人生的问题，因而具有更强大的理论说服力，加之被十月革命的胜利所证实，更强化了其科学实证品格，因此很快取代进化论而成为新的思想主导范式。但在进化论影响下所形成的新胜于旧的价值理念和不断进步的理想主义乐观品格，却得到了进一步的强化。这种观念认为新的就是好的、进步的，而旧的就是不好的、落后的。表现在文学观念上，凡是与传统时代主流意识形态结合紧密的都是腐朽的、落后的，而凡是在当时以思想异端面目出现的都是积极的、进步的。

一种批评标准的形成，不仅取决于批评主体自身的需要、利益、情感，而且更受制于所处之环境、历史传统以及自身的知识储备与行动目标等因素。以"进步观"论文学之失在于放大、夸张了主体的变革意图与创新理念，将古代文学思想中的某些倾向提升并扩大到与传统主流思想抗衡的地步，从而使一些论断偏离了历史的真相。而这样一种并不甚切合文学批评史真相的理论定位之所以能够成立并长期占据主流地位，并演变为一种根深蒂固的思想传统，主要原因在于进化论、唯物史观在批评家诠释文学史的活动中起到了预设的理论导向作用。这些既定的传统至今仍然作为古代文学研究中知人论世的价值标准，支配着此一领域的研究，从而形成遮蔽历史真相的难以破除的偏见。

如果我们从经济、政治、文化、生态以及人自身发展完善的角度对历史发展中的"进步观"进行综合、系统的评价，可以发现，无论是被表述为按照既定模式和节奏直线发展的"进步观"，还是被表述为在新旧斗争与否定之否定中前进的"进步观"，在向我们展现了一幅理想主义的乐观前景时，却忽略了"进步"过程中的失败和教训，忽略了不断"进步"理念下人类所付出的惨重代价。20世纪以来，在战争杀戮不断重现、经济发展延缓停滞、生态环境整体恶化、科技负面效应渐次凸显之时，重新关照人类自身的存在命运，作为人类心灵支撑的理性主义"进步观"已经受到一定程度的质疑与挑战，人类社会的发展已经进入反思持续"进步"的阶段。正如我们无法在进化与退化、进步与落后的两极之间，对其是否承载了人类社会发展的规律进行终极性证明一样，我们也无法对文学发展的过去与未来作出一劳永逸的解释。如果我们超越近代知识论中的真理意志，在考察中国古代批评史的发展观时，暂时悬置"进步"与"保守"、"前进"与"落后"等价值判断，而把问题放在更为广阔的历史语境中，提出有关"进步"的话语是如何由边缘走向中心并在一个多世纪中兴盛不衰的问题，可以发现，其意义绝不仅仅在于一种理论在历史实践中的突破，它更多地关乎话语权争夺中的文化策略与文化立场，更多地关乎新意识形态的建立，更多地关乎人类自身生存状态与历史命运的反思，因此，对其合法性与正当性乃至未来走向进行深度反思也就不可避免了。

（原文发表于《文学评论》2008 年第 5 期）

从"民间"到"人民"

——中国文学史上的正统论

戴　燕[*]

一

40 年代末，随着全中国解放的迫近，中国的大部分地区都沉浸在了万象更新的气氛中，这种气氛鼓舞了居住在北京和从解放区、国统区陆续汇集到北京的学者，使他们中的许多人产生了为新中国重新书写历史的愿望。1949 年 7 月，当国庆的大典还在酝酿之中，"新史学研究会"就召开了它的筹备会议，准备着"从旧史学到新史学"的过渡。同是 7 月召开的第一次文代会上，据茅盾说，几百件代表的提案中，也包括了"对于中国文学史，尤其是'五四'到现在的新文艺运动史，也应该组织专家们从新的观点来研究"的要求。

1950 年 4 月，上海北新书局率先出版了一本《中国人民文学史》，作者是蒋祖怡，无锡国专 1937 年的毕业生。在新中国成立后正式出版的这第一部中国文学史中，蒋祖怡声称"愿意做国内的革命文学史家们的一个马前卒，在文学革命的阵营里，作一声冲锋时候的呐喊"，他还说当 1948 年秋天也就是杭州解放的前夜，在浙江大学首开的"新文艺"课

---

[*]　戴燕：复旦大学中文系教授。

上，围绕着"新文艺的方向"和"文学史的观点"两个问题，他已经与学生进行了讨论。

"新文艺的方向"和"文学史的观点"，是彼此贯通的两个问题，对"五四"以后大多数的文学史家来说，观察与叙述旧文学的角度，在很大程度上，往往是由他们的新文学立场决定的，而对待新文学的态度如何，则又取决于他们对当前文学的理解以及对未来文学的预测，文学史观不但埋伏在新文学的方向之中，也隐藏在文学未来的发展趋势里边。蒋祖怡自然是懂得这一点的，他并且认为能够"把观察的重点放在那些正在发展的东西上"，也很符合辩证唯物论的文学史观要求。而对于现实中"正在发展的东西"，蒋祖怡确信自己也有十足的把握，因为周扬在第一次"文代会"上已经宣布了新文艺的方向，就是《在延安文艺座谈会上的讲话》所规定的"人民"的方向。蒋祖怡在书中写道，自辛亥革命以来，由梁启超、陈独秀到文学研究会、创造社、"左联"，再到延安文艺座谈会，人民文学就一路提升，当前文艺界的任务，仍不外是了解和创造人民文学，而文学史家的责任，便是要通过讲述古代人民文学的历史，来"指出人民文学的重要性及其发展的规律性，来加深理解新现实社会的肯定性，新文艺方向的准确性，来解决当前文艺工作上的若干实际问题"，除此以外，更无第二条路可走。此刻要写的，只能是"中国人民文学史"。

人民文学，蒋祖怡认为或可称之为"大众化"的文学，什么是"大众化"？按照毛主席对作家的指示，就是在思想情绪上应与工农兵大众打成一片，"而要打成一片，应从学习群众的语言开始"，所以人民文学首先必须是用劳动大众的语言创造的文学，劳动大众语言创造的文学，也就是口语的文学，道理很简单，尤其在封建社会，文字被统治阶级垄断，只有贵族士大夫的文学才能够见于文献记载，劳动大众既失去识字的机会，他们的作品便只能够"在口语的河床上奔流"，因此人民文学史，也就是口语的文学史。但是，蒋祖怡说，在过去的文学史中，恰恰最难看到像楚歌、六朝民歌、唐宋以后的讲史宝卷、弹词大鼓和现代地方戏这样一些口语文学，文学史的"正统"宝座上，从来都占据着《诗经》、楚辞、汉代的乐府诗赋、魏晋六朝的骈文、唐代的律绝传奇、宋词元曲、明南剧和清古文等属于上层社会、用以维护封建王权的东西，这些历史上的所谓文学主流，其实只是人民文学的一枝树桠、一条汊港，所以，站在无产阶级人民大众一边的文学史家必须负担起描绘口语文学本身自成系统、不断前进的历史责任，使人认清中国文学史的"正统"应当是历代劳动人民创造的文学，是神话与传说、谣谚与诗歌、巫舞与杂剧、传说与说话、讲唱与表演。

蒋祖怡拿口语和文字的对立，作为划分人民文学和旧的正统文学的界限，这种观念，带有很深的"五四"新文学思潮影响的痕迹。"五四"前后，当新文学的倡导者们面对强大的以古典诗文为核心的文学传统的时候，他们援引来瓦解这一传统的正统文学的资源之一，就是从民间重新发掘的口语文学。来自民间的口语文学，如歌谣传说、童话谚语，不仅以处于边缘和底层的文学形式，反抗着以专制政治文化为背景的诗文文学的垄断，也以代表不同地域的方言文学形式，反抗着带有"国家"意识形态的国语文学一统天下的局面。据说在文学史中，最早把中国文学分成"正统文学"和"平民文学"两部分的是1924年出版的徐嘉瑞的《中古文学概论》，它在叙述中古文学史时，用了乐府诗集中的许多材料，包括廋词，并且努力说明文学与音乐、与舞蹈间的密切关系，胡适在为这部书写的序中于是说道：做文学史最要紧的，便是这样叫大家知道历史上曾有民间文学升作正统文学的先例，可以给发掘与探索口承文艺，提供一点比较的材料。

蒋祖怡定义"人民文学"有四项特质：口语的、集体创作的、勇于接受新东西、新鲜活泼而又粗俗浑朴的，从这一定义中可以看到他的基本思路与方法，也是承袭了民间文学（俗文学）研究。民间文学研究的提倡，在中国也始于"五四"前后，二三十年代的学术界还都倾向于认为民间文学就是集体创作的口承文学，在 1938 年出版的《中国俗文学史》中，郑振铎总结民间文学（即俗文学）的特质，所例举的也正是大众的集体创作、口传的、新鲜粗鄙却想象力奔放和勇于引进这几项。20年代末期，继北京之后，广东、浙江先后成为民间文学研究的中心，1930 年杭州成立的中国民俗学会，以及由这个学会负责出版的《民俗》周刊、《民间》月刊和丛书，在浙江及邻近省份发生较大影响，蒋祖怡此前出版的几种书籍当中，已能辨认出这一影响的痕迹。而如一般的民间文学研究者一样，蒋祖怡不但坚持需要区分文人贵族文学和人民大众文学的立场，还相信人民大众的文学是一切文学的根源，他认为唐诗之所以发达，是因为有歌谣特别是南方人民的歌唱作源泉，又认为在对方言文学、民歌民谣进行了充分的调查与研究之后，1949 年后的南方文学必也会向前跨上一大步。

　　蒋祖怡把民间口传文学当作中国文学史主流的看法，自然是得到北新书局首肯的，这不但因为在较早的北新书局的出版物里，就有过《歌谣论集》、《民间趣事》等，书局老板李小峰化名林兰编辑的四十多种民间故事集，也早已成为民间文学界的一段佳话，就在蒋祖怡文学史出版的前后，北新书局同时正陆续出版一套"民间文艺丛书"，这套以口传的民间文学和创作的通俗文学为主要收集对象的丛书，据出版社说，正是为了响应毛泽东在延安文艺座谈会上希望文艺工作者接近工农兵、学习人民大众语言、在普及的基础上提高的谈话，也是为了响应出版总署和华东出版委员会关于搜集整理及创作民间文艺的号召而策划编辑的，出版社希望它们"能成为工农兵和一般大众的读物以及研究民间文艺的重要参考"。可以肯定，蒋祖怡《中国人民文学史》的宗旨，与北新书局的出版方向是相当吻合的。

　　蒋祖怡的看法也深得文学史家兼北新书局编辑赵景深的赞同。从20 年代起，赵景深就涉足童话和民间传说的研究领域，无论在方言文艺、民歌民谣的搜集整理上，还是在古代戏曲小说的研究上，他都有着相当多的经验和业绩，抗战期间，他采用民间大鼓词的形式，还写了不少宣传抗日的作品，此时，他正一边主持着"民间文艺丛书"的编辑，一边在复旦大学讲"民间文艺"课。作为南方代表团的一名成员，赵景深刚刚参加过在北京召开的第一次"文代会"，了解到批判地接受文学遗产，特别是继承与发展中国人民的优良文艺传统，是新的文艺政策的重要一环，这使他对于中国文学史的重要性，对于文学史在辨别旧文学中的"鲜花""毒草"方面应起的作用，有了更加深切的认识。在为蒋祖怡《中国人民文学史》写的序中，赵景深于是除了称赞它"是以辩证唯物的观点，来叙述中国人民文学源流的尝试"，"是以马列主义为观点，以经济制度和社会生活来解释若干文学史上的问题的"，肯定它"引用了马克思、恩格斯、高尔基、鲁迅、毛泽东、闻一多、郭沫若等人的说法，正是要打通古今文学的道路，鉴往知来，让我们知道今后应该走人民文学的方向"之外，还以特别欣赏的语气，提到蒋祖怡能把伏羲女娲的神话同浙东民间流传的天地开辟故事联系起来，能在《诗经》中突出《七月》、在楚辞中强调《九歌》，讲小说时，又能着重介绍民间传说与说书，他认为凡此都是"比较切合于人民性的"。赵景深对蒋祖怡有一个非常不错的评价，说他是讲出了"人民文学"和"辩证唯物主义"。

二

北风南下，无论当时还是以后，人们都能从第一次"文代会"上掂量出在这场号称解放区和国统区文艺工作者的大会师中，来自解放区的优势。从周恩来的政治报告，到周扬代表解放区的发言，核心只有一个，就是要求在今后的文艺工作中，必须坚持文艺为人民服务、首先是为工农兵服务这样一个延安传统。由延安边区发端的这种文艺理念，很显然，将要在这个"光芒万丈，伟大无比的新时代"，进入"人民政权的司令台——北平"①，作为这个古老的文化中心城市的正宗，再推广遍及全国。

但是从延安到北京，环境毕竟不同。在延安，文艺的受众大部分本就是工农兵和干部，理解和执行文艺为人民首先为工农兵服务的政策尚算容易，进入城市以后，城市又有城市自身的文化，有一批并非工农兵的"小众"存在，文艺为人民服务的"人民"当中，是否也包括这些人？这些人需要的又是什么样的作品？1949年8月的上海，马上有人提出可不可以写小资产阶级的问题，在《文汇报》上讨论了两个多月，后来周扬为此作了检讨，说它实际上就是有意无意地在抗拒"文艺为工农兵的方向"②。从延安到北京，还有一个显著的变化，便是随着和平的降临，学校的教育秩序逐步恢复，而学校历来是有保存和传递传统文化的任务的，有与激烈变动的社会现实隔绝的一面，以高校为例，就像后来有人批评的那样，在1952年思想改造运动以前，从教师到学生，口头上虽也挂着"工农兵方向"一类的新名词，却对它的内涵并不理解，大多数教中国古代文学的教师，在课堂上讲的仍是"国粹"那一套③。面对为人民首先为工农兵的文艺政策，许多人深感困惑，在为工农兵喜爱的民间的、大众的形式之外，"人民文学"是否也包括他们熟悉的那些传统文学形式？

1949年11月25日出版的《文艺报》上，就刊登了一封北京中学生的来信，信中问：在今日一切都走向工农兵的时代，文艺当然也如此，并且要比其他学科还要显著一些，学习写作者与爱好文艺者，都要学习工农兵的文章以及为工农兵服务的文章，但是中国的旧文学像诗、词等，

---

① 见郭沫若致大会闭幕词，载《中华全国文学艺术工作者代表大会纪念集》，1950年，第141页。

② 参见李策《上海文艺界进行文艺整风学习》，载《文艺报》1952年第13号。

③ 《改进高等学校的文艺教学——关于高等学校文艺教学问题讨论的综合评述》，载《文艺报》1952年第8号（4月）。

是否也可以学习呢？它们也有文学遗产的价值，并且在文学技术方面也是很高超的。信中写道：要不要学习中国旧文学，同时是批判地学习的问题，直到现在也没有解决，以至于影响了我的学习。这封中学生的来信犹如一根导火线，点燃了潜伏在许多人心中的对新文艺政策和现状、对如何评价和处置传统文学的一连串疑问，从而在北京的《文艺报》上引发了一场持续数月的"关于中国旧文学的学习问题"的讨论。

对于中学生的来信，同期有杜子劲、叶蠖生代表叶圣陶的一个简单答复，这几位中小学教育专家建议酷好旧文学主要是诗词的这名中学生，在这一阶段，要尽可能多地接触具有现实性的新文学，对旧文学，只可作有选择、有批判、有目的、有指导的阅读，绝不可暗中摸索，他们说旧文学的技术并不见得多么高超，现在看来已经步入了绝境。这篇简短的答复，立刻遭到反驳，陈涌在 12 月 10 日出版的一期《文艺报》上批评说：这样简单否定过去长久的诗词遗产价值，"是有背于历史唯物主义观点的，它反映了一部分新文化工作者至今还存在的轻视乃至否定中国的历史传统那样的思想残余"，乃是毛主席在《反对党八股》中批评的资产阶级形式主义方法的表现，说坏就是绝对的坏，一切皆坏，说好就是绝对的好，一切皆好。陈涌指出，这样一种历史的教训，在延安整风以后就得到了理论上的解决，只是"真正有计划的去学习历史的优秀传统，实在还没有开始"，但是从事文学工作的人现在一定要明白，"中国过去的文学也正如外国的和民间的文学一样，至少有两方面是可以学习的，这就是一切属于人民性的内容和属于现实主义的表现方法"。

陈涌指出，具有"人民性的内容"和"现实主义的表现方法"的传统文学，仍然值得今人学习，但什么是"属于人民性的内容"呢？叶蠖生觉得很难理解，要说指"古代劳动人民的作品"，那么谁都知道，像民歌这样的由民间搜集到的劳动人民作品，历来少之又少，"一切刊刻留传的文学书籍中间，千分之九百九十九都不是劳动人民的作品"，这种情况下谈继承封建社会的文学遗产，无异于夏虫语冰。再说到技术的层面，即结构布置和表现方法，他认为从进化的角度看，"我们最好的遗产，无论是小说、诗歌、戏曲都远比不上资本主义社会中的名作，更不用说和社会主义苏联的作品相比了"，所以他坚持不要中学生多接触旧文学①。

此后的《文艺报》上，可以看到有更多的人卷入了争论，争论者也大体分为"拥叶派"和"拥陈派"，拥叶派的立场越是固执，拥陈派的态度就越近乎居高临下，像早就表态支持陈涌观点的王子野就说，毛主席在延安文艺座谈会上已经讲过不可拒绝借鉴古人的东西，"哪怕是封建阶级与资产阶级的东西也必须借鉴"，证明阅读旧的文学作品，对今天的写作也十分有益②。

转眼到了第二年春天，《文艺报》发表了署名武汉大学中文系教员互助小组撰写的文章，是这场讨论中篇幅最长也最有学理味道的一篇。文章在对陈涌、王子野的观点表示了明确的赞同意见之后，特别强调进一步了解叶先生的思想根源和历史根源，对这一"带有原则性的争论"、对此后文学教学中处理旧的文学遗产将会大有益处。文章说，叶先生的思想、历史根源在哪里呢？探明这一点，需要把接受封建社会文学遗产的问题，跟1917年以来的现代文学发展联系在一起考虑。现代文学实际经历过两个阶段，早期的"五四"新文学作家大都怀着启蒙的心态，片面地向外国学习，"以资本主义的文学形式作工具，以资产阶级社会初期的自由平等思想作内容"，对中国的文学传统则采取绝对否定的态度，结果造成新、旧文学的分家，造成文学工作者热心提倡的大众文学与广大人民实际喜爱的文艺思想和文学形式的断裂。叶先生的意见，可以说正是沿袭了"五四"新文学早期的这种观念，它的问题也在这里。"五四"新文学早期对待旧文学的粗暴态度，实际上在抗战以后就有了改变，在

---

① 陈涌：《对"关于学习旧文学的话"的意见》，叶蠖生《关于中国旧文学的技术水平和接受遗产问题》，载《文艺报》第1卷第6期（1949年12月）。

② 《"关于中国旧文学的技术水平和接受遗产问题"的几点意见》，载《文艺报》第1卷第7期（1949年12月）。

老解放区文艺为工农兵服务的工作中，文艺工作者已经具体地认识到了旧形式的某些长处，并尝试改造它们来丰富新的文学，毛主席关于新民主主义文化是民族的、大众的、科学的文化的论述、关于创造人民大众喜闻乐见的中国作风与中国气派的指示以及《在延安文艺座谈会上的讲话》，对批判地接受文学遗产，又从理论上作了"彻底的解决"，使我们知道人民生活是文学的源泉，但对封建阶级和资产阶级旧的文学形式也不应当拒绝。文章提醒人们注意：今天我们引以为据的当然应该是毛主席的指示和抗战后的经验，而不是"五四"新文学早期的观念，我们必须懂得古代人民大众自己的作品固然最可宝贵，但包含有人民性的内容和现实主义表现方法的作品，也不该被排斥。文章最后还例举了值得学习的具有人民性内容的一些作品，包括为人民痛苦而呼号的如屈原、杜甫、白居易作品的一部分，有意无意暴露统治阶级罪恶的如《金瓶梅》、《水浒传》的一部分，发扬爱国主义民族意识的如晚宋晚明的许多诗文及守节不屈的遗民之作，同时也例举了具有现实主义表现方法的作品，如《红楼梦》、《还魂记》、《文明小史》和《水浒传》等①。

在刊登这篇文章时，《文艺报》加有一段按语，表达了编辑部大体认同的态度。陆陆续续还有信号传达出这份创刊于1949年9月的文联机关刊物，似乎已经有了某种倾向性的意见，同期打头的一篇便是茅盾写的《谈水浒的人物和结构》，接下来的一期则登了陈涌批评阿垅的文章，半月后再出版的新的一期，虽是在不甚显要的位置，却刊登了郭沫若对读者所提"为什么'五四'前后新诗人转写旧诗"问题的一个答复，郭沫若的答复显然有着不同寻常的意义，因为他在论及旧诗词的意义和价值时，举出了毛泽东的《沁园春》做例子。郭沫若说第一，新诗人写旧诗只是形式的转变，而我们是不能单从形式上来论新旧的，主要还得看

---

① 《我们对于接受文学遗产的意见》，载《文艺报》第2卷第2期（1950年4月）。

内容，看作者的思想和立场、作品的对象和作用；第二，旧诗词本来也是民间文艺的一种加工品，导源于古代的民歌民谣，利用旧诗词来写革命的内容，所以也就有可能收到为人民服务的效果，"旧式的诗词在今天依然有它的相对的生命，而且好的旧诗词，例如毛主席的《沁园春》，并显然有强大的魅力，这是事实"①。

三

《中国人民文学史》在 1951 年 4 月便印出了第二版，然而令蒋祖怡和赵景深意想不到的是，各方面尤其是北京方面的批评也随之而来。6 月的《文艺报》上，先有一篇评论赵景深《民间文学概论》的文章，批评了赵景深在民间文艺上的若干错误观念，其中有一条，就是对由民间文学加工而成的作品的意义估计不足，不过文章的语调还算温和。到 8 月，《学习》杂志发表了蔡仪的《评〈中国人民文学史〉》一文，文字不长，态度却严厉了许多。蔡仪一开头就用了嘲讽的口气："《中国人民文学史》，一个很能引人注意的书名。"但是，蔡仪毫不客气地指出，本书的著者和作序者大概以为既然在书里面引用了马克思、恩格斯、列宁的话，既然在书中的有些地方，在讲文学史实之先，也讲到了社会史实，就可算是有了马克思列宁主义、有了辩证唯物的观点了，可是马克思、列宁的话的真正意义究竟怎样，社会史实和文学史实的具体关系又究竟怎样，作者其实并不了解，他不过在搬弄似乎是马克思主义的词句，任意瞎说。

不懂得马克思主义，作者也就并不懂得什么叫做"人民文学"，并不懂得在"中国人民文学史"这样的一个书名下面究竟该说些什么，蔡仪说，蒋祖怡在书中总结的所谓人民文学的那四个特点，"既没有说到文

---

① 《论写旧诗词》，载《文艺报》第 2 卷第 4 期（1950 年 5 月）。

学的思想内容，也没有表现出中国文学的优良传统的特色"，只是表现了"一种极端庸俗的形式主义观点"，是把一般所谓的"民间文学"当成了"人民文学"。由于这种形式主义的观点，所以连"杜甫这样的大诗人，在这本书中仅仅是偶然地提到了他的名字"，而如此"粗暴"对待中国文学历史的态度，则是"胡适的《白话文学史》一流的变种"。蔡仪指出，必须辨别清楚，人民文学并不等于民间文学，"固然'民间文学'中是包含着中国人民优秀的才能和智慧，不应该被埋没，但我们决不能因此而把一切在中国文学历史中光芒万丈的文学家的名字都开除出中国人民的文学传统之外去"。他提醒真正的马克思主义的文学史家，一定要"根据科学的历史主义的分析方法，从屈原、司马迁、陶潜、杜甫、李白、白居易、辛弃疾等人的作品中，看出他们的不同程度的丰富的人民性，而把这些作品适当地陈列在中国人民的优秀的文学传统的宝库中"。

最后，蔡仪再次批评了蒋祖怡不懂得什么叫做文学的人民性，却偏要把他的书叫做"人民文学史"、偏要拿"辩证唯物"来标榜的做法，"无非是因为这种招牌是动人的，是'时髦'的"，他提议"我们必须和这种市侩主义的行为宣战，因为这种行为虽然损害不了马克思主义思想，却会扰乱一般读者对马克思主义的诚恳的认真的学习"。

《学习》是 1949 年 9 月在北京创刊、由三联书店出版的一份知识分子杂志，它的编委会由社会科学和自然科学各方面专家组成，它的编辑宗旨是"用马列主义毛泽东思想的基本观点，分析说明政治、经济、历史、文化、艺术各方面的问题，提供读者以学习上的范例"[1]，20 世纪 50 年代初它就创下过全国发行近 30 万份的业绩，在思想学术界发挥了极其重要的影响作用。1950 年，响应政府对出版行业加强管理的号召，学术出版界开

---

① 参见《辅助干部学生学习，〈学习〉杂志将创刊》，载《人民日报》1949 年 8 月 24 日。

始重视图书评论的工作①，从 1951 年 8 月出版的第 4 卷第 8 期起，《学习》杂志也设立了书评栏目，蔡仪评论《中国人民文学史》的文章，便是该刊第一次发表的书评，同期刊出的另一篇书评是黎澍的《评吴泽著〈历史人物的评判问题〉》，黎澍还有另一篇题作《反对故作高深》的评论文字，发表在这一期的短评栏里，那是针对侯外庐在《光明日报》上发表的《武训，中国农民拆散时代的封建喜剧丑角》一文而写的。

1952 年，在知识分子思想改造运动中，时任复旦大学教务长的周谷城检讨了自己"自恃有名老教授，马马虎虎，不求进步"的毛病，他特意提到"《学习》杂志没有买过一本"这样一桩事情②，这或许可从另一个侧面证明《学习》杂志的权威性，又或许可以说明在当时的上海，有人仍对北京这个政治文化中心保持了一点点游离。但是在这样的刊物上被蔡仪这样著名的学者点名批评，毕竟使年资尚低的蒋祖怡惊出了一身冷汗，在第四卷第十期也就是相隔仅十五天后出版的《学习》上，就登有他写给编辑部的一封信，他在信上写着：蔡仪先生的文章"指出了我所编写的《中国人民文学史》中的错误。他底批评是准确的，同时，这对于我也是非常必要的。我已通知赵景深先生，请他转告北新书店，暂时把这书停止发售。我决心加强学习马列主义毛泽东思想。我愿意在同志们的帮助和指示下，用新的具体行动来补偿这一次重大的过失"。与此信同时刊出的还有侯外庐致编辑部的一封信，侯外庐也表示衷心接受黎澍的意见，"作为改正文风与克服缺点的药石良言"。

蒋祖怡此时未必就懂得了"人民文学"与"民间文学"的差别、"人民文学"与"人民性"的关系，他和蔡仪不一样，他是把自己当做一个仍然需要自我改造、脱掉小资产阶级习性的知识分子来看的，他渴

<hr>

① 参见《关于书评工作》，载《人民日报》1950 年 8 月 9 日。
② 见葛剑雄著《悠悠长水——谭其骧前传》，上海华东师范大学出版社 1997 年版，第 187 页。

望加入到人民大众之中，却又仿佛时刻知道到自己与人民之间的距离，或许正是这种自我认知上的差别，导致他过分狭隘地理解了"人民"和"人民文学"。然而，毫无疑问，他已经能够清晰地感觉到来自北京的压力，北京和杭州，现在已不光是两个自然地理上相距甚远的城市，在政治地理、文化地理上，也越来越明显地被分列在两个级别不等的区域。

或许是新的中国文学史迟迟没有出现的缘故，蒋祖怡和赵景深在以后相当长的一段时间里，常常成为批评的靶子。1952 年 2 月，《文艺报》曾刊出一封署名复旦大学张德林的来信，指出赵景深对见诸报刊的批评意见从不认真检讨、不虚心学习，证据之一就是"蒋祖怡的《中国人民文学史》（北新书局出版），赵先生称之为'用马列主义唯物辩证法'写的新文学史（见该书序文），实际上却是一本完全歪曲和诬蔑三十多年来新中国文学的坏书，《人民日报》、《学习》杂志上许多同志都严正地批评过"。到 1954 年蓝翎仍在《文艺报》的一次座谈会上指责《中国人民文学史》的"作者根本不懂什么叫'人民'，而是冠以'人民'字样钻钻空子，欺骗广大的青年读者，实际上是资产阶级的东西"。

四

《文艺报》关于旧文学的讨论，随着武大中文系文章的发表，话题似乎转向了对五四新文学与传统文学关系的反省，进而是对五四新文学本身的反省，这种转向并非没有前因，在长达数月的讨论之中，参与论辩的各方越来越清楚地透露出各自立论的依据，当有人频繁征引毛主席《讲话》的时候，另一些人则还在如武大中文系文章指出的那样，依然固执着五四新文学早期的立场。

1949 年，依然有很多问题存在。一方面，就像陈涌在讨论中感到的，五四时期与传统割裂的历史教训，在延安整风后虽得到了理论上的解决，"但真正有计划的去学习历史的优秀传统，实在还没有开始"；另一方面，在延安以外的广大地区，尤其是江南的原国民党统治区，许多文学工作者依然承继着"五四"反抗正统势力压迫的精神，鼓吹方言文艺、民歌民谣，动员民间和地方的力量。① 这些早已习惯于置身边缘和被压迫处境的文学家们，大都未能迅速意识到 1949 年以后的中国文学，将要立足于一个新的历史起点，这个起点最不同于"五四"的地方，是它不再需要以批判、摧毁象征国家政权、制度的传统文学为己任，而是要重新树立足以代表一个新生的共和国的文学形象，而这样一个国家形象的树立，不仅需要民间、地方的资源，更需要一切可以吸纳的资源，正像吕骥在第一次"文代会"上对于新音乐的期盼："毛主席要我们坐在工农兵方面，一手伸向古代，一手伸向西洋。他所指的古代，无疑地应该包括历史上各个时期的统治阶级的音乐与被统治的人民的音乐。"②

1950 年 5 月，何其芳在《文艺报》上谈新诗，说新诗应有旧诗、"五四"新诗和民间韵文三个传统，其中"旧诗是一个很长很长的传统，因而也就是一个很丰富的传统"③，对传统诗歌的现代价值给予了充分的肯定。几天后，《人民日报》发表了陆侃如的一封公开信，信中引述高尔基文学史上无处不张着"摄取人心灵的网子"的说法，以及法捷耶夫"封建社会优秀作家的创作是人民批准的"说法，呼吁"每一个研究中国文学史的同志"，应该起来"毫无反顾地抛弃了'五四'以来的旧包袱"④。

如果说抛弃"五四"以来的旧包袱，可以算是重写中国文学史的一个预告的话，那么新文学史的重新梳理，则给中国文学史的重写提供了实际的原则和具体的范例。由于新文学史的过程与中国共产党产生发展的过程在时间上恰好重合，当 1949 年，中国共产党在新形势下建构自己

---

① 参见茅盾《在反动派压迫下斗争和发展的革命文艺——十年来国统区革命文艺运动报告提纲》，载《中华全国文学艺术工作者代表大会纪念文集》，第 59 页。

② 《论音乐工作的普及、提高与接受遗产》，载《文艺报》第 1 卷第 1 期（1949 年 9 月）。

③ 《话说新诗》，载《文艺报》第 2 卷第 4 期。

④ 《一封公开信，给研究文学史的同志们》，载《光明日报》1950 年 5 月 26 日。

崭新历史的同时，重新梳理与此相关的新文学史就变得非常重要，而重写的依据，则是毛泽东的《新民主主义论》，这篇提供了理解这一段历史最重要的一些观念的文章，其时也是一般人所必须接受的政治读本。1951 年的下半年，受教育部委派，老舍、蔡仪、王瑶和李何林共同编写了一份《〈中国新文学史〉教学大纲（初稿）》，《大纲》规定，新文学的特性既非胡适所谓白话文学、国语文学，亦非周作人所谓人的文学、平民的文学，而是"新民主主义的文学"，学习新文学史的目的，因此也就是要"了解新文学运动与新民主主义革命的关系"。而新文学运动作为新民主主义革命一翼、自始至终服务并决定于无产阶级领导下的革命运动的性质一经确立，能够进入新文学史的，必然就是那些与党在政治上的号召相呼应的作家和反映了革命现实的作品，是真实、历史而具体地描写现实的现实主义的创作。"五四"新文学于是成为以现实主义为主流的文学①。

对新文学主流的判断，给传统文学的认识提供了极为重要的参照，毛泽东早说过"今天的中国是历史的中国之一发展"，马克思主义的历史学家不应割断历史；冯雪峰也证明了"在文学者的人格与人事关系"上，鲁迅与中国文学史上壮烈不朽的屈原、陶潜、杜甫等，连成同一个"精神上的系统"②。而新文学的现实主义主流，也在要求着从传统文学中寻找到它的源头，周扬赞扬古代文学中不但蕴藏着丰富的人民性，在艺术技巧上，也达到了"可惊的准确和精练程度的现实主义"③；丁易在

---

① 关于现实主义文学理论引入中国及后来发展的情况，参见钱理群等著《中国现代文学三十年》，北京大学出版社 1998 年版。

② 参见王瑶《关于中国古典文学问题》，上海古典文学出版社 1956 年版，第1—2 页。

③ 见周扬 1953 年 9 月在第二次"文代会"上的报告《为创造更多的优秀的文学艺术作品而奋斗》，载《文艺报》1953 年第 19 号（10 月）。陆侃如曾作《什么是中国文学史的主流》（载《文史哲》，1954 年 1 月）一文，称这次会议使他明确了社会主义现实主义是"五四"运动以来的文学主流，同时也明确了"五四"以前，"自原始的口头创作以来，几千年文学史的主流不可能不是现实主义"。

《中国现代文学史略》中追溯新文学运动的传统，更是细数了从屈原、司马迁、陶潜、杜甫、李白、白居易、辛弃疾，到关汉卿、王实甫、施耐庵、吴承恩、吴敬梓、曹雪芹等一系列的现实主义作家，从《诗经》、汉魏乐府诗、敦煌的变文，到宋元以来的平话小说、戏曲、鼓词、弹词、民歌、传说和地方戏一系列的现实主义作品①。

　　新文学史家对士大夫文学与民间文学一视同仁的这种叙述，给中国古代文学史的研究者们带来的压力是不言而喻的，陆侃如、冯沅君就是在这种唯恐被时代抛弃的心情当中，开始了《中国文学史简编》的修订，他们写道：对于古典文学，"解放前，我们常常肯定太多。有些现在看来有毒素的作品，我们却因为本身的思想和作者相近，便阿其所好欣赏起来。在刚刚解放的时候，我们常常否定的太多。只在作品中找不到'人民'两字，便粗暴地一笔抹杀；我们不耐烦砂里淘金，更不懂得璞中有玉。有时我们不免用简单化的和机械的论断，来代替对于文学的正确的分析。这些偏向，近年来逐渐获得纠正，但还没有彻底纠正"②。1956 年，当北京大学 55 级和复旦大学 55 级集体编著的两种《中国文学史》问世，结合这两部文学史的实践，就民间文学究竟是不是"正宗"或"主流"的问题，古典文学界正式展开了一场具有针对性的讨论，讨论使民间文学并非中国文学史主流的认识得到进一步深化，也得到一些具体的例证的补充。赵景深当即撰文指出，现在既要"反对过去地主、资产阶级文学史家肆意贬低民间文学的做法"，也要知道"今天对某些价值不很高的民间文学作超过实际价值的评价，恐怕也不符合马克思主义的治学态度"③。刘大杰也说，连最尊重民间文学价值地位的高尔基，在《俄国文学史》中也并未说民间文学就是主流，在中国文学史中，就

---

　　①　丁易：《中国现代文学史略·绪论》，北京作家出版社 1955 年版，第 11 页。

　　②　陆侃如、冯沅君：《中国文学史简编·导言》（修订本），北京作家出版社 1957 年版，第 3 页。

　　③　赵景深：《民间文学在文学史上的地位》，载《解放日报》1959 年 3 月 24 日。

当然不应有民间文学与文人文学的对立①。乔象锺则针对北大文学史中出现的"唐代文学和作家文学比起来要先进得多"的说法，比较分析了《永淳中民谣》和杜甫《自京赴奉先县咏怀五百字》的优劣，指出在感人之深和唤起读者强烈的爱憎之情方面，杜诗都要高出一筹。②后来北大中文系修订他们的《中国文学史》，便依照这些意见，对叙述民间文学和作家文学的有关章节作了调整，基本上"根据时代的先后把民间文学安排到适当的篇章中去叙述，不再一律集中在每编的第二章"③，而这一次的修订，或许也最能象征民间文学自新文学运动以来的命运。同在"五四"新文学的这个策源地，同是以葆有"五四"新文学传统为荣的北京大学，民间文学由一度被提升为中国文学史的中心，一变而回到边缘，尽管它也很重要，但无论如何，都只能占用《中国文学史》中的一个小节。

民间文学于中国文学史里的这种地位，更在1958年的新民歌运动中又一次被确认，当周扬宣布新的工农兵作品与口头创作并不完全等同的时候，他等于明确截断了可能将新民歌与历史上口承文艺联系到一起的想象，在他为新民歌描绘的前景中，"民间歌手和知识分子、诗人之间的界限将会逐渐消泯。到那时，人人是诗人，诗为人人所共赏"④。这时的郭沫若也老话重提，老话重提当然不是无的放矢，他说，"前几年一般文艺界的朋友，就是藐视旧诗词和旧形式，近年来毛主席的诗词发表了，大家的认识才不同了"，"我们的洋气太盛，看不起土东西，这是'五四'以来形成的一种风气，可以说是受了买办阶级思想的影响。近年来我们回过头来肯定了旧诗词的价值，肯定了民歌民谣的价值"，"随着人民文

---

① 刘大杰：《文学的主流及其他》，载《光明日报》1959年4月19日。

② 乔象锺：《民间文学是我国文学史的主流吗?》，载《光明日报》1959年4月5日。

③ 北京大学中文系文学专门化1955级集体编著：《中国文学史·前言》，北京人民文学出版社1959年版，第10页。

④ 周扬：《新民歌开拓了诗歌的新道路》，载《红旗》1958年第1期。

化的提高，这两种东西打成一片后，我看，是会有新的形式出现的"①。

此种形势加之后来毛主席喜欢李贺、李商隐的消息传出，终于使民间文学的研究者们也显得谨慎起来，他们开始自我告诫不要将民间文学和作家文学对立，更不要将以新的观点和方法整理、研究民间文学，错误地理解成去为民间文学争"正统"②。

五

1949 年 10 月，苏联作协总书记法捷耶夫率团来华访问时发表了一个演讲，演讲中谈到"帝国主义雇佣的走狗们想把中国人民伟大的文化当做毫无价值的落后的东西出卖掉。但是胜利了的中国人民，伟大的中国文化继承者正在发扬中国旧文化的一切优秀的东西"，他用了"惊奇而称羡"一词，提到中国文学史中"光芒万丈"的几位文学家的名字，有李白、杜甫、白居易，在他提到值得赞扬的著作里，还有《聊斋志异》和陶渊明、苏轼的作品③。法捷耶夫的一篇赞誉之词，唤醒了听者对于自己历史上曾经有过的作家作品的回忆，它同时也传达了一种富于政治意味的暗示："新民主主义革命的胜利，中华人民共和国的建立，已使中国古代的优秀文化开始成为广大人民的共同财富"④，我们有理由把它们全部而不是部分地继承下来。

战后形成的冷战格局使国家、政府与文化等于同一单位的观念得到格外的强化。50 年代初期，当"爱国"作为最高尚也最具合理性的口号

---

① 郭沫若：《就当前诗歌中的主要问题答〈诗刊〉社问》，载《诗刊》1959 年 1 月号。

② 贾芝：《论民间文学的社会地位和作用——纪念〈在延安文艺座谈会上的讲话〉发表 20 周年》，载《民间文学》1962 年第 2 期。

③ 法捷耶夫：《在中苏友好协会总会成立大会上的讲话》，载《文艺报》第 1 卷第 2 期。

④ 游国恩：《白居易的思想和艺术》，载《人民日报》1951 年 2 月 11 日。

提出，对中国古典文学遗产的接受也被纳入了"爱国"的伟大事业中。《文艺报》提出要通过文学遗产"来加强人民对伟大祖国历史与文化传统的认识，从而增加我们对祖国的热爱，鼓舞他们的战斗意志"①，是基于激发历史文化认同上的爱国主义的考虑；学者当中，有人自觉到"当前懂得一点古典文学的人正负起结合爱国主义向广大人民介绍文学遗产菁华的任务"②，"学习祖国伟大的文化遗产，并以高度的爱国主义精神，认真深刻地、批判地吸收这些遗产，乃是一个十分严肃的政治任务，也是我们迎接文化建设新高潮的必要条件之一"③，优秀的古典文学"不仅使我们感着骄傲，并且对于我们热爱祖国、热爱新时代，对于我们继承优良传统更好地创造新时代的文学，都有重大的教育意义"④，则表明了需要在爱国主义语境下重建文学史的态度，恰如《新观察》不失时机发表的绘图本《爱国诗人杜甫传》⑤。爱国一旦成为接受古典文学遗产的目的和动机，它也就可以成为衡量文学价值的重要标准。爱国的文学史，意味着要接纳历史上所有描写爱国的作家和作品，如谭丕模在1951年所说：在普及、深入抗美援朝、保家卫国和在农村广泛进行翻天覆地的土改运动的今天，表扬封建社会"一部分出身于小有土地的知识分子"及其作品，如歌颂爱国主义的许穆夫人的《载驰》和屈原，再如热爱人民的杜甫的"三吏"、"三别"和白居易的《秦中吟》，是有意义的。因为中南区秋天就要搞土改，打倒地主，所以又需要"强调杜甫、白居易这些爱人民的作品，来提高我们支援农民土改的热情"⑥。爱国的文学史，

---

① 见《文艺报》第3卷第7期（1951年1月），加在郭沫若等论古典文学的一组文章前的编辑部的话。

② 余冠英：《答张长弓先生》，载《人民文学》第4卷第2期（1951年6月）。

③ 程千帆：《关于对待祖国文化遗产问题的意见》，载《文艺报》1953年第4号。

④ 刘大杰：《批判胡适的唯心主义的文学史观点》，《复旦学报》1955年第2期。

⑤ 冯至：《爱国诗人杜甫传》，光宇配图，载《新观察》第2卷第1期（1951年）。

⑥ 谭丕模：《掘发古典文学的人民性、斗争性》，载《新中华》1951年11月16日。

意味着要接纳虽未直接表达爱国思想，却有可能使人读后产生爱国热情的作家作品，典型的如汉赋，它在"五四"之后一直受到排斥，可现在看来，汉代与中华人民共和国有那么多的相似之处，"中国历史上树立统一的国家规模最早的一次在汉代，当时周围的邻帮称中国为'天汉'，今天祖国人民绝大多数组成部分称作'汉人'、'汉族'，今天祖国这样辽阔的疆土，与汉代所扩充的疆土没有多少差异"，而汉代辞赋正反映了这种伟绩，它的价值也就不容抹杀①。爱国的文学史，也意味着要接纳以各种复杂曲折包括哀婉悲伤形式表达爱国心情的作家作品，如《诗经》中的《卷耳》、《蒹葭》、《黍离》、《小旻》，屈原的《离骚》、《九章》，王粲的《登楼赋》，潘岳的《悼亡》，庾信的《哀江南赋》，杜甫的《羌村》，李清照的《凤凰台上忆吹箫》，李煜的《虞美人》和南朝的一些艳体诗、宋元的艳词小曲②。爱国的文学史，还意味着要接纳刻画尖锐的社会矛盾与阶级对立、揭露统治阶级丑恶行径的作家作品，如《小雅·北山》、《大雅·瞻卬》③，如杜甫、白居易"以反贪污反压迫为题材"，刺激了"王仙芝、黄巢的反地主阶级运动"的诗文④。爱国主义的文学史，意味着要接纳与"今日的爱国主义的争取和平，热爱新制度，鼓舞为解放而斗争的人民，歌颂劳动模范和战斗英雄"不相违背的作家作品，如屈原、杜甫、屈大均和黄遵宪⑤，甚至也意味着要接纳以追求个性解放与自由生活为艺术特征的，如李白

---

① 谭丕模：《中国文学史纲》（上册），中央人民政府高等教育部教材编审处内部发行，1954 年，第 114 页。

② 詹安泰：《编写"中国文学史"的一些经验和体会》，载《高等教育通讯》，1954 年第 20 期。

③ 教育部审定《中国文学史教学大纲》，北京高等教育出版社 1956 年版，第 7 页。

④ 谭丕模：《中国文学史纲》（上册），中央人民政府高等教育部教材编审处内部发行，1954 年，第 8 页。

⑤ 詹安泰、容庚、吴重翰编：《中国文学史（先秦、两汉部分）·导论》，北京高等教育出版社 1957 年版，第 11 页。

的诗①。

1953 年，适逢屈原逝世 2230 年，世界和平理事会把屈原列入了这一年将要纪念的四大文化名人之中，其他三人分别是波兰的天文学家哥白尼、法国的文学家拉伯雷、古巴的作家及民族运动领袖何塞·马蒂。这一世界范围的纪念活动，一面使人重新认识作为伟大的诗人、正直的政治家和爱国者的屈原的个人价值，一面也教人重新思考作为文化的中国在世界上的地位影响，以及传统文化在现代国家扮演角色的问题。《文艺报》于此有一篇社论指出：当前对于祖国的优秀文学和文化遗产，甚至对于祖国历史相当无知的现象很是普遍，这种不学无术产生的有害结果，就是对祖国优秀文学遗产投以不屑一顾的轻蔑的眼光或简直要把它一笔抹杀的那种"反爱国主义"的态度②。陈词痛斥的背后，反映出一种迫切需要调整对待传统文化的态度、策略，以应对新的国际政治文化形势的心态，而所谓态度、策略的调整，具体到中国文学史的编写上，最关键处，便是如何处置民间文学与文人文学关系、如何确立中国文学史"正统"的问题。对屈原的纪念，仿佛就是整个世界所给出的一份答案。

不久，在古典文学研究界展开的对《白话文学史》的批判中，许多人的意见也都集中在胡适对陶渊明、李白、杜甫等人的诗评价过低，却偏要大讲王褒戏弄侮辱劳动人民的《僮约》、王梵志宣传颓废思想的打油诗和几个佯狂和尚的诡谲诗赋这一点，批判者的感情，大都像余冠英一样："假使中国文学史上只有这些作品，那真教中国人深深'惭愧'，自认'文学不如人'了。"③

文学史往往折射出一个国家的精神史，这是 19 世纪末 20 世纪初最

---

① 教育部审定《中国文学史教学大纲》，北京高等教育出版社 1956 年版，第 94 页。

② 《屈原和我们》（社论），载《文艺报》1952 年第 11 号。

③ 余冠英：《胡适对中国文学史"公例"的歪曲捏造及其影响》，载《文艺报》1955 年第 17 期。

早接受"文学史"的中国人就已经有的观念,只是1949年以后,在中国文学史的编写当中,更加被突出被强调的是要使人从中了解中国的文学传统"比之世界任何民族的优秀作品都无愧色"①,"我们的古典文学,同样是我们的骄傲,是我们民族所创造的优良成就"②。至于说到中国文学史的主流或正统,如果我们懂得了"在我国数千年的文学史中,优秀作家之多,是世界各国的文学史中不太多见的",懂得了是屈原、司马迁、李白、杜甫、白居易、陆游、辛弃疾、关汉卿、吴敬梓、曹雪芹、鲁迅这些伟大诗人和作家的"千古不朽的艺术作品充实了整个人类的文学宝库,为我们民族争来了巨大的荣誉",那么,还会有什么疑问呢③?

（原文发表于《文学评论》2001年第6期）

从「民间」到「人民」

---

① 谭丕模:《中国文学史纲·绪论》,第3页。
② 刘大杰:《批判胡适的唯心主义的文学史观点》,《复旦学报》1955年第2号。
③ 程俊英、郭豫适:《应该把作家文学视为"庶出"吗?——"民间文学正宗说"质疑》,载《解放日报》1959年3月9日。

先锋与常态

——现代文学史的两种基本形态

陈思和 *

关于这个题目，我在今年上半年已经在北大作过一次讲座。当时我正在主持编写《中国现代文学史教程》，想探讨几个文学史的理论问题，其中一个就是"五四"文学运动的先锋性问题。上次我来讲的时候，我的思考还很不成熟，是诚心向北大的老师和同学们请教的，同学们在会上的提问对我深有启发，回去后就把这篇文章写出来了，发表在《复旦学报》今年第六期上①。但我并不认为这个问题已经深思熟虑无懈可击了，我觉得还可以进一步往下讨论下去。

一 常态与先锋：现代文学的两种发展模式

"五四"文学运动是中国现代文学绕不开的话题。它作为新文学的起点也好像是不证自明的，但近年来大量新材料、新观点的出现，使既往的文学史观念受到了挑战。许多问题亟待从理论上给予解决，比如对

---

* 陈思和：复旦大学中文系教授。
① 参见《试论"五四"新文学运动的先锋性》，载《复旦学报》2005 年第 6 期。

民国以后的旧体诗的研究。近年来不仅出版了大量当代作家的旧体诗，从晚清到抗战，一大批文人的旧体诗（包括资料全编）面世了，比如陈寅恪先生、钱钟书先生及他们同时期许多文人大量的旧体诗著作，成为我们研究 20 世纪文学不可或缺的内容。我们过去讲现代文学只讲白话文学，那么文言文、旧体诗到底算不算现代文学？在 20 世纪文学史上到底占有多少地位？

还有一个问题，就是关于晚清文学的研究，在"现代性"这个概念提出之后，我们的研究视野整个被"现代性"所吸引，晚清成为被关注的焦点。许多晚清的作品被重新解释。许多过去被认为价值不高的作品，又有了新的理解。比如苏州大学范伯群教授、复旦大学的栾梅健教授对《海上花列传》的重新评价①，就是一个代表；还有美国哈佛大学的王德威教授的著作《晚清小说新论：被压抑的现代性》，认为"五四"压抑了晚清的现代性传统，晚清许多含有"现代性"的作品，如侦探小说、武侠小说、言情小说等，在"五四"都被压抑了，保留下来的是"五四"之后的写实主义、浪漫主义等创作②。这些新的研究成果都给我们传统的文学史观提出了挑战。对通俗文学也有许多新的评价和重新研究，模糊了我们过去所谓新旧文学的界限。最典型的例子就是张爱玲及许多海派作家。他们的许多作品当年都发表在一些通俗小报上，分不清它到底属于新文学还是通俗文学③。我想把"五四"新文学或者整个 20 世纪现代文学分为两个层面。一个层面是，以常态形式发展变化的文学主流。

---

① 关于《海上花列传》的讨论，见范伯群《中国现代通俗文学史》第一章第一节《现代通俗小说开山之作——〈海上花列传〉》，北京大学出版社 2006 年版，第 14—24 页。栾梅健《论〈海上花列传〉的现代性特征》，载《中国文学古今演变论集》第二集，上海古籍出版社 2005 年 12 月版。

② 王德威：《晚清小说新论：被压抑的现代性》导论，《没有晚清，何来"五四"？》，宋伟杰译，台北麦田出版社 2003 年版，第 15—34 页。

③ 参见李楠主持《海派小说钩沉》，见《上海文学》2006 年 1—8 月《古今》栏目。

它随着社会的变化而逐渐发生变异。时代变化，必然发生与之相吻合的文化上和文学上的变化，这种变化是常态的，是指 20 世纪文学的主流。我在谈这个问题时，有意把过去新文学、旧文学的问题悬置起来了。这样讲，可以既包括新文学，也包括传统文学，还包括通俗文学。就是说，常态的文学是随着社会的变化而变化的。比如说，有了市场一定会有通俗文学，一定会有言情小说，古代也有，现代也有，它总是这样变化的。这是一种文学发展的模式。另外一个层面，就是有一种非常激进的文学态度，使文学与社会发生一种裂变，发生一种强烈的撞击，这种撞击一般以先锋的姿态出现。作家们站在一个时代变化的前沿上，提出社会集中需要解决的问题，而且预示着社会发展的未来。这样的变化，一般通过激烈的文学运动或审美运动，知识分子、作家一下子将传统断裂，在断裂中产生新的范式或新的文学。这个变化不是随着社会的变化而进行，而是希望用一种理想推动社会的变化。或者说，使社会在它的理想当中达到某种境界。20 世纪有许多或大或小的文学运动，可归纳为先锋运动，它们构成了推动整个 20 世纪文学发展的一种特殊力量。不管它是向哪个方向，在 20 世纪起到了一种激进的、根本的作用。

这样两种文学发展模式，构成了 20 世纪不同阶段的文学特点。

讨论这个问题是想说，"五四"新文学运动的崛起，其最核心的部分是以先锋的姿态出现的，一下子跟传统断裂了。输入了大量西方的、欧化的东西，希望这个社会沿着它的理想进行变化。它是突发性的运动，含有非常强烈的革命性内容。当然，我不否认"五四"新文学运动也有大量传统的东西与传统文化相衔接。我指导过一位博士研究生，她做 1921 年以前的《小说月报》的研究，她对最初十年的《小说月报》做了定量分析，比如有多少篇与下层生活相关的小说出现，多少篇白话小说出现，多少篇翻译文学等。最后，她认为，如果没有"五四"文学运动，中国也会朝白话文发展，也会出现白话小说，这当然是对的。有位作家徐卓呆，写了很多小说，都是写下层贫民的生活，有一篇叫《卖药童》，写个卖药的孩子，今天说起来就是无证卖药，被警察抓了，小孩谎称这是卖糖。可是那个警察很坏，他知道小孩卖的是药，却说，你把它吃下去我就放了你。小孩一边吃一边哭，实在吃不下去，不停地流泪。我的学生认为，这与"五四"小说没有什么区别，非常惊心动魄，写一种被扭曲的心态，写得很好。我后来仔细想了想，觉得徐卓呆的小说与"五四"新文学还是不一样，比如跟鲁迅的小说比。徐的小说就是我们今天所说的"我手写我口"的白话文，就是在讲故事，而鲁迅的小说不仅夹杂文言文，而且有欧化的语言，反而显得很拗口。如鲁迅翻译阿尔志跋绥夫的《幸福》，写一个老妓女为了五个卢布，被迫裸体在雪地里挨人打，语言很拗口。但正是这种拗口，使得小说文本充满了紧张感，很有力量和值得想象的东西。

这样就看出"五四"的意义了。如果没有"五四"，我们得到的就是徐卓呆那样的白话文，但是有了"五四"，就不一样了，语言上有了欧化倾向。我觉得欧化不是一个语言问题，而是思维方式问题，一种非常强烈、新颖的思维方式，是我们原来的语言不具备的。欧化思维建立在欧式语言的基础上，正是属于"五四"新文学带来的东西。

也许有人说，没有"五四"不更好吗？我们的白话文岂不更纯粹？"我手写我口"，不更自由吗？但是，如果没有"五四"，文学就会缺少一种包容性的东西，反映人物深层心理的新的思维模式就没有了。"五四"带给我们的不是一种单纯的白话文，不是一般的"我手写我口"，话怎么说便怎么写。礼拜六派都是白话小说，不需要"五四"来提倡和鼓励就已经出现了。但是，"五四"白话文是一种思维方式的丰富和补充。新的语言带来了新的思维、新的美学感受，这是值得我们注意的东西。

但是今天，我们已经不再稀奇，欧化语言已经融入了今天的语言模式。我们现代汉语的语法里有很多欧化的成分。不但不觉得"五四"文学革命的难能可贵，反而批评它过于欧化，不通俗。从瞿秋白开始就批评了嘛。其实这批评的前提，是当年的欧化语言模式已经被认可了，如果不认可，我们很可能还停留在晚清时代"我手写我口"和通俗小说的样子。从这个角度我就想到，"五四"是不是有一种新的东西给了我们？不完全是通常理解的白话文、现实主义、抒情主义、个人主义等，这些东西会随着社会的资本主义因素的发展也许是自然会出现的。但"五四"使我们出现了一般时代变化所没有的东西。比如，鲁迅的《狂人日记》突然出现了"吃人"的意象，不仅写人要吃人，而且每个人都要吃人，甚至于狂人自己也吃过人，这是一个巨大的恐慌，与"五四"的主流完全不一样。"五四"的主流是人道主义，张扬个人，对抗礼教，反对旧社会把个人吞噬。可是突然出现了鲁迅对人的解构。人本身就不是东西，人是会吃人的，本身就具有从动物遗传过来的吃人的本能。这跟我们通常理解的个人主义和人文主义有很大区别。所以，《狂人日记》出来以后，这个时代无法对其进行阐释，批评失语。有些批评家马上把它演化为另外一些命题：如历史是吃人的，礼教是吃人的，中国封建社会是吃人的，传统是吃人的。人不会自己吃人，而是被别人所吃，自己没有责任。可是鲁迅明明写的是自己是吃人的。这是对人与人之间关系的反思，是对人自身的追问，和当时的主流文化有明显的差距。这种差距反映在两种文学的不同思考。一种是随着时代变化而慢慢演变的文学，是常态的发展和变迁，随着这样的变迁，出现人道主义的、现实主义的、或者说白话文的文学。而另一种是非常态的，像"五四"这样，有比常态文学更精彩的、更精华的、更核心的一种力量，这个力量就是先锋文学。从鲁迅到郭沫若，从创造社部分作家到狂飙社、太阳社，包括以后"革命文学"等等一系列激进文学里边，始终有一种跳动的、前沿的、站在社会发展未来角度对现实进行批判的东西，这就使他们具有强烈的先锋性。我认为在整个"五四"新文学传统里边，拥有一部分强烈的具有先锋意识的因素，这种因素的出现，与第一次世界大战前后在法国出现的超现实主义文学思潮，在意大利、俄罗斯出现的未来主义文学思潮，在德国出现的表现主义文学思潮，等等，几乎是同步的，体现了这种具有先锋性的世界性因素。

二 "鸳蝴"派与反特电影：常态文学的历史演化

我的《试论"五四"新文学运动的先锋性》写好后，曾先请几位青年朋友批评。他们提出了一个问题：既然"五四"运动是先锋运动，先锋即意味着非主流，那么主流是什么？这正是我现在想要解决的问题：如何来把握常态与非常态这两个层面的文学变化的关系，先锋性的文学变化与常态的文学变化的关系。也就是文学先锋与文学主流的关系，到底该如何界定？

这是一个需要不断讨论的问题，我拿出的不是一个完善的成果，而是一个想法。所以我今天的报告主题就是先锋与大众文学之间的关系，是接着上一个问题继续思考，深入探讨。为何要界定"五四"文学的先锋性，就是为了回答王德威教授提出的关于"五四"压抑晚清现代性问题。更早一些，在王德威教授之前，也有学者提出类似问题。在我读书的时候，我的导师贾植芳教授让我翻译一篇美国学者林培瑞的文章《谈一二十年代的鸳鸯蝴蝶派都市小说》①。这篇文章发表很早，差不多是二十年以前翻译的。林培瑞已经提出了晚清文学的丰富性，但他没有压低鸳鸯蝴蝶派，也没有贬低"五四"，而是认为这些文学作品都有对传统文学的延续。言情派小说可以追溯到《红楼梦》，武侠小说可以追溯到《水浒传》，社会小说可以追溯到《儒林外史》，推理小说可以追溯到古代公案小说，鬼怪小说可以追溯到《西游记》、《封神榜》等神魔小说。总之，现代通俗小说门类在古典小说中都有存在的因素。到了20世纪商品经济社会，加入了新的时代因素，变得更为完备。林培瑞的文章认为，

① 该文收入贾植芳主编《中国现代文学的主潮》，复旦大学出版社1986年版。

"五四"没有延续这个传统，而是将这个传统中断了，只弘扬了其中一部分，比如社会小说、批判现实主义，其他的都被压抑了，由此进一步推出"五四"独尊的现实主义，压抑了晚清的现代性传统。这一点，国内一些专家也有研究，如范伯群教授有一个观点，认为中国现代通俗文学与古代文学的演变相衔接，应该成为文学的正宗①。针对这些问题，究竟该如何理解？我觉得这里有些内在的矛盾，我们文学史在对通俗小说描述的时候，是把"五四"新文学放在一边，以古代小说的分类来进行研究。这样一分类，通俗小说就有各种各样的门类，非常齐全。但在讨论"五四"新文学的时候，我们采用的则是外国文学史的分类概念、文学体裁或者文学思潮，如现在大陆对于"五四"新文学通行的解释，总是强调"五四"文学是现实主义文学，或者是浪漫主义文学，这现实主义或者浪漫主义也就成了评判文学的标准，也是制高点，像灯塔一样。往前看晚清，往后看整个 20 世纪，所有与"五四"新文学这一特点有关的都被抬高和尊崇，都是有意义的，如黄遵宪的"诗界革命"，如梁启超的"新小说"，还有翻译小说、剧本等；而与"五四"新文学特征无关的文学，都是没有意义的。所以在这个灯塔的照射下，很多与之无关的东西都被推到了暗影中，没有得到应有的认识。比如旧体诗，就是这样的处境；现在陈寅恪、钱钟书的旧体诗都结集出版，我们才知道原来还有那么多的旧体诗创作，还有一大批写旧体诗的文人。其实这些人一直在创作旧体诗，很活跃。但因为"五四"的灯塔之光没有把他们照进去，所以一直在黑暗中。那些与"五四"传统没有多大关系的创作，就算是新文学的创作，往往也被忽略。如钱钟书的《围城》，以前的现代文学史著作里没有关于其的介绍章节，是不被重视的，大家都说是夏志

---

① 参见范伯群、孔庆东主编《通俗文学十五讲》，北京大学出版社 2003 年版；范伯群《近现代通俗文学漫话之三：鸳鸯蝴蝶派倒是"中国小说的正宗"》，载《文汇报》1996 年 10 月 31 日。

清写了《中国现代小说史》，才抬高了《围城》的地位。但为什么夏志清看出《围城》好，而别的学者都没有看出来？这不完全是"左"的思想路线，其实与"五四"新文学的传统标准也有关系。我们是以"五四"的标准来衡量，《围城》不在这个"反帝反封建"的视野里。"五四"文学里找不到它的根基和传统。不是说它不好，也不是说它反动，而是"五四"文学传统里没有一套话语对之加以阐释，很自然就被排斥。连沈从文的小说也有这个问题，他在20世纪50年代被冷淡当然有政治原因，但也不完全是。沈从文小说中呈现的很多东西，如果用"五四"的话语来衡量它，的确很多东西无法被解读。并不是说20世纪中国文学只有"五四"新文学，而是我们这个学术圈就是在被人为构筑起来的"五四"传统下进行思考和研究文学史的，而看不清之外的东西。这样一界定，20世纪文学的意义大大缩小了，视野就束缚住了。所以今天我们面对文学史，要重新有一个定位：究竟如何看待"五四"先锋文学与常态文学的关系？

我对"五四"新文学传统有很深的感情，但要重新解释"五四"文学传统与中国现代文学史的关系，研究它跟整个20世纪常态文学发展的关系，仍然是要在观念上有所突破。在这个意义上我更强调和突出"五四"的先锋性。我们今天理解的"五四"新文学传统，往往把它的先锋性与随着社会的发展而出现的常态文学变化混淆起来，从而混淆了我们的思考对象。我们如果把新旧文学的分界暂时悬置起来就会发现，晚清文学的传统作为文学的某些因素，并没有消亡。只是在不同时代、不同历史阶段发生变化，文学传统到了"五四"期间发生变化，但还是在正常地延续演变。比如武侠的因素，在20世纪中国文学史上是一直存在的，如从平江不肖生到还珠楼主，就有一条线索。如果把中国文学看成一个整体，而不按政治行政地域划分的话，20世纪50年代以后在中国香港、台湾等地区都得到了很好的发展。另一个方面，如果不是绝对囿于新文学旧文学的界限，作为常态文学的武侠因素也一直存在。（我个人认为，新旧文学的分界到了30年代就逐渐模糊，抗战后就逐渐消失了，但"五四"的先锋传统也不存在了）抗战以后就出现了一种"常态"的文学，无法用"五四"的话语去衡量。比如说，自50年代以后，大陆的武侠小说虽然没有，但革命历史题材小说中却充满了武侠小说的因素。当时有一部长篇小说《烈火金刚》，讲史更新和日本人七天七夜进行周旋、搏斗，肖飞买药，飞檐走壁，大量的传统文学因子跟原来的武侠小说是相关的。再如《林海雪原》中栾超家飞登峭壁、杨子荣打虎上山等英雄事迹。革命时代不可能再照搬原来的武侠小说，但传统的文学因子一定会融入新的时代话语精神，改变其表达的内容，作家们可以把这种因素转换到游击队员、民间英雄的故事中去。武侠的传统还是被保留，只不过在不同时代出现了不同的形态。还比如推理小说，晚清风行一时，其前身是公案一类的清官小说，引进了福尔摩斯探案以后，逐渐就有了程小青的霍桑探案等。这个传统好像后来中断了，20世纪50年代以后似乎没有传统的侦探小说了。有一次我与一位学生讨论这个问题，他认为推理小说是在"文革"之后才重新出现的。我让他去看"文革"之前的"反特"电影、间谍题材的电影，甚至是地下党活动的惊险电影。当时间谍有两种，一种是国民党间谍，潜入大陆进行破坏，实际上就是推理题材、探案题材，或者反过来，我们的间谍打入到敌人内部，所谓"地下工作"的电影，如《51号兵站》、《英雄虎胆》等，这些其实也是充满了惊险和推理的因素，这两种都继承了原来公案小说和推理小说，不过是在新的政治形势下有所演变。还有苏联传统中的"间谍小说"也发挥了影响。惊险、推理、"反特"电影，在我青年时代风行一时。许多电影我都忘记了，但这些电影我还记得。能够进入文学史的电影却都是历史电影，比如《林则徐》、《红旗谱》、《青春之歌》等，而"反特"电影、惊险和推理电影，一部都没有进入文学史，没有一部文学史讨论《国庆十点钟》、《秘密图纸》、《羊城暗哨》，这些东西大量流传在民间，流传在当时的读者当中。当时我们都喜欢看，因为里边有逻辑推理、抓特务、惊险情节等因素，实际上就是侦探故事演化为通俗门类，它们正是对传统的继承。今天，许多研究者，包括我们自己脑海中还是"五四"的一套标准。比如对于《林则徐》这样的电影有所偏爱，认为反帝反封建才符合"五四"标准，能够进入文学史的书写范围。而"反特"电影常常被当成通俗作品，看看而已，不会写入文学史。过去讲当代文学史的战争题材的创作，通常也不讲《林海雪原》、《烈火金刚》，只讲《保卫延安》。但我们学生往往喜欢读的是《林海雪原》和《烈火金刚》。为什么会出现这种情况呢？因为我们认为《保卫延安》是真正的历史小说，而《林海雪原》、《铁道游击队》、《烈火金刚》等不过是通俗小说，我们自己脑子里有一个精英与大众的区别。这个区别的意识是何时形成的？是从"五四"初期反文化市场、反鸳鸯蝴蝶派的斗争中形成的，我们自己把本来很丰富的传统简单化了。"五四"就像茫茫黑夜中的一盏路灯，它照到的地方是核心，是精华，应当珍惜，但毕竟只能是一点点，而照不到的那些地方非常广阔。文学本来是多层次、多元化且极为丰富的状态，那么文学史如何对待这个状态？如果说文学史是一个常态的发展，就像陈平原教授过去说的，是消除大家、强调过程，那么"被压抑的现代性"其实并没有被压抑。比如从古代的包公破案到后来的福尔摩斯探案，再到程小青的霍桑探案，再到后来的公安局抓特务题材，以及今天的惊悚小说和推理小说，一代代的文学里不都是存在着的吗？甚至连"文革"这样最没有文化的时期，也有小说《梅花党》、《恐怖的脚步声》这些东西，其实并没有什么因素被压抑和取消，而是一时代有一时代的文学表达特点。推理，是人们心理的一种模式，有这种心理模式，就一定会有相应的文学。它们的出现是必然的。随着整个社会现代化的过程，一定会出现与之相吻合的文学形式，我们需要对它有一个更加宽泛的理解和解释。

但如果你是以"五四"的先锋文学精神为标准来衡量文学史，那又是另外一回事了。

那么，相对于"五四"先锋文学而言，主流文学到底是什么？是不是大众文学？我也不这样认为。我觉得，凡是以常态形式随着社会变化而变化的文学就是主流，也就是在审美上能够被大多数老百姓所接受。但我们今天说到主流，还有另外一个概念，那就是官方提倡的主旋律。这个概念近二十年来也有变化。最早提出是 20 世纪 80 年代末，那个时候的主旋律电影，老百姓看的人很少。像"三大战役"等题材的历史片，被作为一般学院的历史教学片还可以，但放到电影院里，要老百姓掏钱去买票来看，似有点勉为其难。近五六年，主旋律有很大改变，首先是讲票房价值了，即使主旋律也不能不考虑老百姓喜闻乐见的因素。比如"反贪"题材，从官方来看，与反腐倡廉相结合；从精英知识分子来看，它揭露了许多问题和社会矛盾；而从老百姓看，喜欢其中的惊险破案、凶杀暴力，甚至英雄美人的故事等。实际上是把推理、暴力、情欲等因素融合在一起，成为广受百姓欢迎的题材。所以，今天的主旋律越来越向主流文学发展了。常态文学的发展，总是与市场和读者紧紧结合在一起的。

三　政治困境与审美困境：先锋派的两大天敌

现在回过来谈先锋。国外学者对于先锋有不同看法。在 20 世纪 50 年代研究先锋运动比较权威的说法，是认为先锋文学就是现代主义文学，把波德莱尔以后的现代派文学都归纳为先锋文学。但在 70 年代以后，德国学者彼得·比格尔出版了《先锋派理论》，这本书解构了前人的主张，认为不能把先锋文学运动与现代主义文学运动简单等同起来。因为，从波德莱尔到兰波、魏尔伦、王尔德、马拉美，从法国、英国到德国，这样一种传统都是最早的现代主义运动，其特征是唯美主义，包括后来的颓废派、象征主义等，基本都是"为艺术而艺术"，即在艺术自律的状态下进行文学艺术活动。比格尔却认为，由于资本主义体制日益完备，在这个体制下的艺术已经属于其体制运作的一个组成部分，通过艺术活动来推动社会改革已经不可能了。当时一批艺术家为了维护艺术的尊严，即对艺术做出了自己的规范，这个规范就是，艺术与社会生活完全脱离，艺术可以在自己的范围内实现自己的价值，其典型就是唯美主义。这是一个很大的运动，完全改变了18世纪19世纪批判现实主义的潮流，出现了以象征、隐喻、暗示等"向内转"的一系列艺术手法。这个运动是通过与艺术体制不合作的态度来完成的。但比格尔认为"为艺术而艺术"不是先锋运动。唯美主义是通过艺术自律来完成革命和转变的，但这个运动极为软弱。先锋运动的出现不仅是针对现实主义的传统，而且还是针对唯美主义，针对"为艺术而艺术"的艺术观念的。这样一来，先锋运动首先批判了唯美主义文学，企图将文学重新拉回到现实生活，要求文学对现实生活发生作用①。为此，先锋运动以一种非常夸张的方式与传统进行断裂。

我感兴趣的是，"先锋"这个概念，与早期无政府主义运动、傅立叶的空想社会主义以及各种乌托邦的出现有关。最早把"先锋"的概念从军事术语转用到文化政治领域，是出现在乌托邦社会主义改良实验中，后来被用到了文学上，它一开始就包含了与社会对立的含义，与传统历史的对立，以一种全新的自我夸张来确认自己的地位，使这个运动重返生活，重新推动社会进步②。先锋文学的理想实施起来非常困难，所以先锋总是失败的。比格尔提出了先锋运动的两个困境。第一，当一批知

---

① 参见彼得·比格尔《先锋派理论》，高建平译，商务印书馆2002年版；比格尔所批判的对象，为美国哈佛大学教授波焦利的著作，同名的《先锋派理论》一书，该书有中国台湾远流公司出版的张心如译本，书名为《前卫艺术的理论》。关于西方学者对先锋派的不同界定，我在《试论"五四"新文学运动的先锋性》一文中给以详细的介绍，在这里不再展开。特此说明。

② 关于"先锋"一词在西方的演变，西方很多学者都讨论过。有罗塞尔《今日先锋派》一书，本文转引自王宁《传统与先锋，现代与后现代——20世纪的艺术精神》，载《文艺争鸣》1995年第1期，以及马泰·卡林内斯库《现代性的五副面孔》，顾爱彬等译，商务印书馆2002年版。

识分子想用艺术的方式来推动社会，必然导致与政治权力的结合，否则不可能产生很大的影响力。20世纪初那些影响较大的先锋运动都消失了，因为它们的发起者最后都去从政。比如意大利的未来主义者，像马里内蒂等，许多人都跟法西斯结合；俄罗斯的未来主义者，如马雅可夫斯基，参加了苏维埃革命；法国的超现实主义者，也有一些人参加了法共，最著名的是阿拉贡，成了法共的重要干部。这些先锋派，要么投身于政治运动，要么被政治碰得头破血流，这是先锋艺术的政治困境。还有一个困境，比政治困境更严重：那就是美学上的困境。当代的资本主义社会已经不同于以往的社会体制，以往的资本主义体制缺乏包容性，比如当年左拉写了《我控诉》，结果被驱逐出境，还受到审判，托尔斯泰晚年还被开除教籍。而当代资本主义体制已经强大到可以包容反对意见，任何反对意见都可以反过来成为资本主义社会民主的证据。比如，资产阶级政府照样可以建造艺术馆，把反对体制的先锋文学都搬进去展览，告诉大家这也是艺术。你先锋艺术本来是要反对这个社会的艺术体制，结果却得到了这个体制的承认。这时，先锋艺术家看似成为著名的了，实际上却失败了①。当那些先锋艺术家以成功者的面目进入我们的视野的时候，他们已经不再是先锋了。当然，他还在起作用，因为他毕竟提出了与主流不相容的艺术主张或审美观念，在一定时期内还是有一定效力的。比格尔说，先锋往往是在失败的形态下成功的（大意如此）。这句话我非常喜欢。先锋的成功不是通过胜利而实现，而是通过失败，如果他胜利了，他就失败了。他在失败的形态下发生影响。

那么，我们究竟该如何看待"五四"的先锋性？首先，"五四"发生时也遇到了类似的政治困境。短短几年，白话文、新标点符号等改革

---

① 这两个困境的大致意思，见比格尔撰写的"先锋"辞条。收米歇尔·克里MichaelKelly主编的《美学大百科全书》第1卷（Encyclopedia of Aesthetics Vol. 1），牛津大学出版社1998年版。

都取得了成功；白话文进入了教学、传媒等；白话文运动的倡导者也纷纷成了学术明星，胡适等人都参与了各种政治活动，或者掌握了学术基金的权力。但是，真正的先锋精神却没有了。我认为，鲁迅是一个非常具有先锋意识的人，所以他永远交华盖运，永远与周围的人合不来。"五四"后来的分化就首先表现在这里，当时一批文学先锋都去搞政治了，都飞黄腾达，成为了主流。而最糟糕的就是鲁迅这类人，向上没有进入到政治斗争中去，向下也没有妥协到被大众所承认。鲁迅的被认可，是另外层面上的：一个始终被驱逐的、彷徨孤独的人，始终处于边缘的位置，以此来保持先锋位置。所以，在"五四"期间，先锋文学有一次大的分化，这次分化既有政治困境，又有美学困境和其他困境。

在当时的中国，社会虽然不像西方那样宽容，但还是有一定包容性的，比如对鲁迅的包容。鲁迅，他一直以反社会、反主流的先锋形象出现，但他的先锋姿态一直保留到去世。他一直把很前卫、很尖锐的思想放在文学创作和行为标准之中。正因为这样，他遭遇了很多失败。但他始终保持着先锋性，永远在寻找一种更前卫、更激进的力量来支持他。我们今天理解鲁迅，以为他是一个孤独的独行侠。但实际上并非如此。他一生都在寻找可以和他结盟、可以给他支持的激进的力量，比如在留日期间，曾经与光复会结合。光复会是一个秘密的反清组织。"五四"新文化运动兴起以后，他与陈独秀等《新青年》联盟。到了20年代中期国民党在南方崛起，他又到了广州去参加革命。国民党掌握政权后开始清共，他却倒向了更激进的共产党一边，并成为"左联"的领袖。鲁迅一直在与最激进、最革命的组织联盟。但很多先锋性的组织都攻击他，"左联"的成员甚至某些领导人在攻击他，后期创造社也攻击他，这些团体，我认为也都是先锋性的。为何具有先锋性的团体也攻击鲁迅？因为先锋具有特殊的警惕性，要孤军深入，在正面与敌人作战的时候，有一种特殊的敏感，所以先锋与主帅有一种紧张关系，一种潜在的对立：先锋既要以自己的生死来捍卫主帅，又要保持充分自主灵活行动的独立性。古代有一句话，"将在外，君命有所不受"。前方形势千变万化需要随机应变，这个矛盾反映在文化方面，先锋文学也常常是打乱枪的，不仅反对敌人，还要反对同一阵营中比它更有权威的人。"五四"就是这样的情况。胡适的"八不主义"主要批判的锋芒所向，主要不是封建文人的旧体诗，而是南社成员的诗。南社也是革命团体啊，为何胡适不去反对晚清的遗老遗少，而是专门批判主张革命的南社？这就是先锋的策略。后来创造社"异军突起"，所谓异军突起，就是同一阵营中另一派人的突起。它的矛头不是针对"鸳鸯蝴蝶派"，而是针对新文学主流一方的文学研究会。这里的关系非常微妙。鲁迅的遭遇就是这样，当更激进的革命团体一出现，矛头总是对准他而不是真正的敌人。创造社、太阳社、"革命文学"论者等先后出现，率先攻击的都是鲁迅，而不是胡适。虽然鲁迅到处被辱骂、被攻击，可是在主观上一直积极追求和这些激进团体的结盟。他到了广州第一件事情就是想和创造社结盟，当时创造社并无此意。后来到上海也是这样，"革命文学"论者反过来就批判鲁迅，但后来共产党找鲁迅，要他和创造社、太阳社联合建立"左联"，他马上就接受了。可见，鲁迅是非常乐意与一些激进的团体结合，虽然这些结合在某种意义上不太成功，但我们可以看出，先锋文学的道路在鲁迅身上越走越艰难，逐步进入困境。

四　巴金的转变："五四"先锋意识的弱化与大众取向

这种情况下，"五四"文学与大众文学的关系究竟如何发生，"五四"新文学如何成为 20 世纪文学主流？也许这个问题显得奇怪，一般的文学史都认为，"五四"新文学作为主流是不证自明的。其实这是我们后来的文学史"做"出来的。实际上，"五四"文学作为一种先锋姿态出现，仅是在北大，仅是在《新青年》杂志发出反抗的声音。它在当时的文学环境中，就是一个手电筒跟茫茫黑夜的关系。我们今天已经习惯于站在"五四"立场上把它作为当时的主流。但当年的它，其实是一个非常具有极端性和先锋性的现象。严复当时就曾说，不必像林纾那样与白话文运动较真儿，它会自生自灭的，"亦如春鸟秋虫，听其自鸣自止可耳。"（《书札六十四》）他们当时根本没有想到"五四"新文学后来会发展得那样强大，他们以为不过是一批极端的文人在那里瞎折腾。钱基博当年编撰《现代中国文学史》，从王闿运一路写下来，到最后才随便提到了胡适、鲁迅、徐志摩等人，寥寥数笔，并不重视。可见新文学的地位在当时是不受重视的，都认为其成不了气候。所以钱钟书没有介入新文学运动，与他的家学的制约是有关系的。

那么，新文学到底是从何时被作为主流的呢？冒昧地说，就是当它的先锋性消失以后，就是鲁迅的路子越走越窄的时候。此时，"五四"新文学运动发生一个转折。当然，转折是通过许许多多的方面、各种各样的因素来完成的，今天的演讲无法全面展开。我仅举一个例子来说明，就是最近刚刚去世的巴金先生。巴金在新文学史上是什么地位？第一，巴金的早期是无政府主义者。前面我故意埋下一笔，先锋文学实际上与傅立叶、欧文、巴枯宁的乌托邦空想社会主义和无政府主义有渊源关系，由于这种思潮的影响，巴金所认同的无政府主义意识具有强烈的先锋性。他早期创作中的欧化语体，反传统思想，激进的政治理想，与未来主义、超现实主义等先锋文学思潮非常有关系。意大利的未来主义者疯狂诅咒博物馆、图书馆、科学院是"白白葬送辛劳的墓地、扼杀梦想的刑场、登记半途而废的奋斗的簿册"，号召要摧毁它们①；法国达达主义运动更是把巴枯宁的"破坏即创造"口号奉为宗旨，叫嚷要摧毁一切价值观念②，颠覆各种政治社会制度和美学观念，甚至给蒙娜·丽莎脸上涂抹

---

① 《未来主义的创立和宣言》，载《未来主义、超现实主义、魔幻现实主义》，柳鸣九主编，中国社会科学出版社1987年版，第48页。

② 参见查拉的《达达的七个宣言》："让每个人叫喊吧；有一件摧毁性的、否定性的伟大工作要完成，清除吧，扫荡吧。"引自同上，第101页。

小胡子。俄罗斯的未来主义者甚至提出要把普希金、陀思妥耶夫斯基、托尔斯泰"从现代生活的轮船上扔下去"这类的谬论①,认为所有的传统都可以断裂,等等。巴金在文化反叛上深受这类先锋运动、无政府主义、虚无主义的影响,他在30年代就说过,故也没有什么了不起,与大多数人的幸福是没有什么关系的②。显然,巴金正是以无政府主义关于未来的理想来要求社会的。艺术是为人生服务的,要推动社会的进步,所有这些想法都与先锋派的艺术主张相吻合。

但是,这样一个先锋运动失败了。"五四"新文学的先锋精神消失了,巴金的无政府主义的先锋精神也消失了。巴金的无政府主义的先锋精神是与"五四"新文学的先锋精神一脉相承的。但巴金与鲁迅不太一样。可以说,鲁迅的先锋精神是原创的,他带来了"五四"的先锋性,也影响了后来者,但后来却有变化了。比如"五四"时期的吴虞,他在《吃人与礼教》(《新青年》第六卷第六号)一文中,将鲁迅的"人吃人"意象转移为传统礼教的吃人,被动的吃人。这样的问题在巴金身上也存在。巴金的思想意识是先锋的,他在进行创作以前是先锋的,但当他进入文坛的时候,先锋精神逐渐减弱了。为什么?因为整个无政府主义失败了。当年他从法国回来写了一本书,叫《从资本主义到安那其主义》,有人问他自己的什么书最满意,他说我的书没有满意的,比较有意义的就是这本理论书。这本书探讨人类社会怎样从资本主义发展到无政府主义。但这本书已经绝版了,被国民党政府查禁了。到了30年代,巴金的无政府主义和理想追求已经完全失败了。他尝试做其他事情,比如

---

① 引自布尔柳克等《给社会趣味一记耳光》,张捷译,载《文艺理论研究》1982年第2期。

② 参见巴金《灵魂的呼号》:"艺术算得什么?假若它不能够给多数人带来光明,假若它不能够打击黑暗。整个庞贝城都会埋在地下,难道将来不会有一把火烧毁艺术的宝藏,巴黎的鲁弗尔宫?……我最近在北平游过故宫和三殿,我看过了那些令人惊叹的所谓不朽的宝藏。我当时有这样一个思想:即使没有它们,中国绝不会变得更坏一点。"《巴金全集》第9卷,人民文学出版社1989年版,第194—195页。

到福建等地进行社会考察，探索无政府主义的可能性。但没有进行下去。他的小说《电》里就描写了这方面的内容。后来他带着绝望回到上海，把这种绝望投入到小说创作中去。所以巴金的小说在思想意识上有很前卫很先锋的因素，即使到今天，仍然有它的意义。

举一个例子。我编今年第 11 期《上海文学》为纪念巴金专号，特意选了他的两个短篇①。一个叫《复仇》，描写法国的反犹主义和犹太人复仇。故事是写一个普通的犹太商人，在一次排犹运动中，妻子被两个军官杀害了。他被逼上绝路，变卖了自己的店铺，千辛万苦，寻找仇人。终于在一个偶然的机会杀死了其中一个军官。巴金在这里处理得很紧张。这个杀人犯本来是一个小心谨慎的商人，当他用刀把仇人杀掉后，心态发生了变化。复仇的欲望使他越来越以杀人为快。他在杀人之后，甚至用嘴去快意地舔刀上的血。然后他又跟踪另外一个仇人，终于杀掉了他。之后，他公布了自己的名字，最终自杀。这是当时欧洲一个真实的故事，那时候是犹太人从事恐怖主义的复仇。但那个时候的恐怖主义还没有发展到"人体炸弹"之类的地步。这个小说创作于 20 年代。巴金曾写过大量这样的小说。能这么详细、强烈、辩证地写出一个恐怖主义者的心理，令我非常震撼。巴金一方面很严厉地批判了变态的杀人狂，另一方面生动地写出了这种变态形成的社会原因。他把这种现象一直追溯到世界反犹主义。当然，反犹主义让人想到后来的纳粹，恐怖主义可以延续到今天。但迫害的恐怖与反迫害的恐怖始终是辩证地发展着。谁说这样的故事已经失去意义了呢？今天我们在全球化的强势话语下面，有没有作家可以站出来，把眼下最尖锐的问题在创作中艺术地展示出来？其展示是否正确并不重要，重要的是把这种绝望的形象展示出来。

我还选了巴金的另一个短篇《月夜》。一个月夜，船上有两个客人，

---

① 指《上海文学》2005 年第 11 期。巴金于 2005 年 10 月 17 日去世，我在第 11 期赶出一个纪念专号。

要到城里去。但船老大一直不开船，因为在等一个常客，他是村里的一个伙计，每天晚上要坐船到城里。最后大家一起去找，发现那个伙计已经被人杀害。原来他参与选举村长而遭暗害。现实生活里也确有一群无政府主义者到广东农村，想通过合法手段组织农会，通过合法的选举将原来的恶霸村长选下来，结果失败了。巴金及时地描写了这一现实故事。巴金的尖锐就在这里，他对社会进行剖析的炮弹集中打在这些根本性的社会焦点上，同样是分析社会，他能抓到社会制度的要害，包括今天仍然存在的问题。为什么巴金能够做到这样？他当时只是一个无政府主义者，所以，我现在把无政府主义也归纳到先锋性里边来。他通过文学创作来尖锐地表达自己的无政府主义的理想。在这个写作的过程中，他慢慢地被文化市场接受了。

巴金是带着先锋色彩被社会接受的，但最先被接受的是长篇小说《家》。他的小说本来都发表在一些文学杂志上，即今天所谓的纯文学杂志上，都写得很尖锐，他的早期的中长篇小说几乎都被国民党审查制度查禁过。当时，上海有一个小报《时报》，属于市民阶级的通俗报纸，常登一些言情小说。有一个编辑想刊登一些新文学的作品，于是通过熟人找到了巴金，希望巴金给报纸写点小说。巴金便想到自己家的故事，既然那些政治小说老被禁，写家庭这样的故事总不会被禁吧。巴金的《家》里的"高家"纯粹是一个象征，高老太爷象征封建家长制，与他自己的家庭真实情况不是一回事，不过是为了通过对自己家庭的批判，来达到对社会的批判。巴金为了在一个通俗小报里发表作品，不得不把一个先锋意识的作品改变成普通的家庭故事。这就是巴金的变通。巴金最初的长篇小说《灭亡》里写革命者精心培养了一些工人，给予他们革命的意识，结果工人参加革命以后被抓去杀头，那位革命者也去看了刑场。小说写得很恐怖，工人的头被割下来，在地上滚来滚去，周围的老百姓还麻木不仁地议论说这个刽子手没有以前一个刀法快之类的。这些都与鲁迅小说的先锋精神很相似。但巴金在《家》里面却是以一个较低层次的角度，演绎了鲁迅的"吃人"理念，但不是人吃人，而是礼教吃人，制度吃人。在《家》中，巴金将鲁迅的先锋意象弱化为一个大家能够接受的言情故事。这个改变使巴金的名字在上海的市民读者中广为流传。小说连载了一年多，几经曲折。中国新文学本来一直在小圈子中流传，到了巴金、老舍等作家的出现，由于他们的长篇小说被市民广泛接受，在文化市场上流通起来，才培养起越来越多的新文学的读者群。茅盾当年写《蚀》三部曲，加入了一些在今天看来有些色情或低级趣味的细节描写，遭到评论者批评，为此，他专门写了一篇文章《从牯岭到东京》来自我辩解。他指出，当代的读者群到底是谁？是小市民，小资产阶级，我们要争取他们，就要为他们写作。这是新文学一直没有解决好的为什么人服务的问题，新文学应当争夺一批小市民读者，他们是文化市场的主要消费者。但如何争夺他们？不可能拿一个真正的先锋作品来征服他们，只能拿弱化了的先锋作品，比如巴金的《家》，正好成了先锋与大众之间的桥梁。后来左翼文学的瞿秋白等，一直批评"五四"文学的欧化，批评它不够大众化。因为只有大多数读者认可了新文学，新文学才能真正得到普及。

我现在只举了巴金一个例子，其实有很多新文学作家都有如何大众化的焦虑，比如沈从文、老舍、张爱玲等。他们本来与"五四"新文学是有一定距离的，比如《二马》、《赵子曰》等作品，对"五四"新文学有讽刺和批评的意味。老舍本来出身于市民阶级，有很强的市民趣味，结果他的创作把"五四"新文学精神与市民趣味衔接了起来。可是当年老舍的小说，鲁迅以先锋的眼光来衡量是不喜欢的。但是正是因为这第二代的作家们出现，为新文学逐渐赢得了大量读者。后来，广大读者都知道鲁迅、巴金、老舍、沈从文了，就标志"五四"成功了。"五四"的先锋文学，通过自身努力占领了文化市场。30年代，"五四"文学的黄金时代到来，与大量新文学作品走向市场有关。但这恰好印证了比格尔的那句话，先锋是在失败的情况下成功的。"五四"文学被市场认可，甚至成为文学的主流，但早期的先锋精神却慢慢消失了。先锋形态的文学转化为另外的形态。我想探讨的就是这样的问题，巴金只是其中的一个例子。巴金为此曾很痛苦。他的小说非常流行，有那么多人都读过他的小说，但作为一个拥有大量读者的作家，他非但没有沾沾自喜，反而一直在说：这是违背他的写作初衷的。当他看到自己的作品发在一些小报上，名字和一些不喜欢的人列在一起，自己的作品如此流行，他很失望①。这里就涉及"先锋"和"媚俗"的关系，今天时间不够，不能再展开讨论了。但市场会使先锋变为媚俗。这种演化，反过来又使先锋成为我们这个时代的文学主流。这是辩证的关系。今天把这个问题端出来，请教于大家。

（原文发表于《文艺争鸣》2007 年第 3 期）

---

① 参阅巴金《灵魂的呼号》，《巴金全集》第 9 卷，人民文学出版社 1989 年版。其实这个问题涉及巴金的整个文学观念。我在《从鲁迅到巴金：新文学传统在先锋与大众之间——试论巴金在现代文学史上的意义》（载《文学评论》2006 年第 1 期）一文里有详细的探讨，供参考。

"主流型"的文学史写作是否走到了尽头？

——现代文学史质疑之三

吴福辉[*]

我读研究生的时候，曾听过乐黛云先生所做的现代文学研究史的讲座。乐先生从 1923 年胡适的《五十年来中国之文学》、1932 年周作人的《中国新文学的源流》讲起，洋洋洒洒，一直介绍到 70 年代末，共举出 24 种文学史（其中有 8 种是重要的），一一加以评点，客观地、平心静气地说出它们的可看之处和存在的局限。她当时便引导我们要注意各种文学史所留下的时间烙印。对于那个已逝的时代来说，叙述者们把文学曾经看成什么样子，便会写成什么样子。我特别记得她提到丁易的一卷本《中国现代文学史略》（是在国内多所大学和莫斯科大学任教时所写的讲义，作者 1954 年即因病辞世）。当年的气氛已经开始把这本文学史看成是过于"革命"的了，但乐先生评点的当儿提出自己很个性化的观点，认为它的马列主义修养较高，是力图用一种规律性的线索把文学史贯串起来的。我今天重提此事，并不是要再评丁易的这本著作。我是说，二十多年前的课程，令人回想起文学史写作的两个相互联系的侧面：一是我们后人尽管可以指点江山、激扬文字，批评各种已成的文学史，但都应对历史上的著作及前人表示起码的尊重；一是注意到过去有影响的

---

* 吴福辉：原中国现代文学馆副馆长，《中国现代文学研究丛刊》主编。

文学史，它往往要找出一条主体线索来，这种写法，后来成了大家追求的一种文学史写作模式。

一　长期形成的"主流型"文学史

文学史写作走到了今天，成为现在的这个模样，仿佛一直是在千回百转地寻找那个历史舞台上的贯穿性动作。这个"动作"可叫做"进化"，可叫做"革命"、"现实主义"，也可以叫做"现代化"或"现代性"。

试翻翻公认的我国第一本文学史著作，黄人（摩西）在 20 世纪初于苏州东吴大学讲授的《中国文学史》，在它的梁启超式半解放的文言字句中，至今仍能读出它绝不陈腐的一面：全史注意吸收"世界之观念"，贯穿着"文学为言语思想自由之代表"这一现代选择标准。谈及文学的规律，便提出"审美"各项，痛斥千年"专制政体"给文学所带来的劫难，如称"至秦、汉二雄主出，而文学始全入于专制范围内"，"文学权从此又为行政权所兼并"；做出"我国文学，有劫一，次小劫三，大劫一，最大劫二"的不凡概括。有人早已经指出，此史的正文在落实全史提出的观点时尚有距离，但叙述到史的分合沿革，确注意突出"文学之演进"的基本线索，历数汉魏的诗赋民，三唐的文有骈散与诗分近古，两宋的语录四六和词，元之歌曲院本等。尤有意思的是谈到明代时，虽指其专制已达极点（黄人讲此文学史当在清末，是否有以"明"示"清"之意？），却举出此时"演进于文界者，独有二事"，一为"传奇"，另一竟是"八股"！这种见解竟发生在"八股"完全衰落、行将灭亡之时，究其实，还是从八股也曾有过"革新"出发的。他说及明末的"天、崇两朝，而八股境界，始见革新"，"胆始放，手始辣，脑机始灵动，遂尽去老师宿儒之一切严刑峻法，而能以史为八股，以诸子百家为八股，以释老为八股，以时事为八股，以痛哭流涕嬉笑怒骂为八股。而八股乃划而不浑，繁而不简，杂而不纯，而八股乃演而愈进"①。余生也晚，加上专业的原因，让我判断"八股"的文学史地位是没有发言权的，但深感这是一本蛮可爱的、也不失其科学性的文学史啊。至少，它始终抓住文学"演进"这个关节，一步都不放松。类似的文学史讲授，稍晚有林传甲于京师大学堂的讲课，有沈雁冰1912年于杭州安定中学课堂上听一位杨先生"教中国文学发展变迁的历史"。这种文学史现今看来自是曾祖父级别、祖父级别，但当年也是"新"过的。沈雁冰就在晚年回忆起那杨先生（可惜没有记下名字）讲授的情景：从《诗经》直讲到晚清江西诗派，"讲时在黑板上只写了人名、书名"，"每日讲一段"，那教法"使我始而惊异，终于很感兴趣"②。中国文学发展史这一学科，经前辈向外人学习消化度过一个时间段落之后，其时第一次以一种严整而科学的体系展现在中国人的面前，引起他们不小的震动。

至于以"革命"为红线的文学史，我们是最熟悉的了。上面提到的丁易《中国现代文学史略》便是一部革命文学的成长史。这一类文学史，后来都以30年代的左翼文学为主体，上溯"五四"就不大顾及那一段文学发展多元共存、比较开放的事实，而说"五四"的"主流"即是"无产阶级的文化思想"（就像今天的青年一代受海外学者的影响，视"五四"的主流即与传统完全"断裂"，说得都很绝对），是为后来的左翼文学做思想准备、人才准备的。而非左翼的进步作家，被认定是一种"旧现实主义"的创作，革命作家这边是处于"社会主义现实主义创作方法成为主流的时候"③。丁易的文学史写得虽然简练，书中还有余裕来认真分析革命文学家初期所犯幼稚病的种种症状，读起来相当清晰。我们看他谈非革命的郁达夫，"革命"的标准掌握得也相当精确：什么地

① 黄人：《黄人集》，江庆柏、曹培根整理，上海文化出版社2001年版。
② 《茅盾全集》第34卷，《回忆录一集：学生时代》，人民文学出版社1997年版。
③ 丁易：《中国现代文学史略》，作家出版社1956年版。

方提到他的叛逆、反抗、爱国主义热情和弱势民族遭侮辱欺凌的心理体验，什么地方批评他封建性余毒式的感伤颓废和自我麻醉、自我戕害的程度，什么地方赞扬他受到"共产主义思想广泛流传"的影响而写出关于劳工的题材，同时不忘说他仍是"站在第三者立场"，都能紧紧围绕"革命"来言说，自成体系①。到后来我们有的研究开始走偏，在早期共产党人的刊物中努力用放大镜寻找"五四"时期无产阶级文艺理论的片言只字，用显微镜来照出新月派的"反动"思想和"低级"趣味。这之间，"现实主义"也渐渐成了一个文学史的标尺，可以用它来衡量革命文学和非革命的文学。大约这是从苏联那里，从哲学史写作那里学来的"唯物论和唯心论斗争"的范式。于是，文学史写作也有了"现实主义和反现实主义斗争"的中心公式。茅盾在《夜读偶记》曾试着用这一线索来梳理整个中国文学史，他后来也觉得是个不成功的尝试吧，就不大提自己这部理论著作了。

现在我们又在这十几年的时间里，用"现代化"、用"现代性"这个标准来整合文学史，成绩似乎也不小。1985 年北京三学者提出"二十世纪中国文学"的概念，接着 1988 年上海两学者提出"重写文学史"的观点，并在刊物上组织专栏文章攻坚，都是在这个统一的背景下进行的。这个标准的包容度，显然比过去任何时候都大得多了。"现代"，"现代"，多少非革命的作家作品，假你之名重见天日，摘掉了几十年扣在头上的沉重帽子！但问题也接踵而至。随着"现代化"的弊病在全球范围内的彰显，原来发达国家的现代化公害尚可向落后国家、被殖民国家倾销，现在是落后国家变成了后发达国家，"现代性"的反题从物质层面到精神层面渐渐全面地提上了日程。中国和它的文化、文学，突然一夜之间处于"前现代"、"现代"和"后现代"的夹缝扭曲之中。从农业文明出发指摘的"现代性"，与从后工业文明的眼光来批评的"现代性"，

① 丁易：《中国现代文学史略》，作家出版社 1956 年版。

同时发生在我们的文化、文学批评中间。还有，是"现代性"概念与"文化"一词的相似，真恨不得有上百种的定义，这样，"现代"的文学史叙述不免成了一个筐，什么都放了进去，什么都可称为"现代性"。革命文学也是"现代性"；鸳鸯蝴蝶派确实已经长期积累着"现代性"；文化保守主义还和世界主义连着呢，"现代性"比谁也不少；还有的学者旧事重提，说近代以来的"旧体诗"早经现代化，于今为烈，为何不应成为现代文学史大家庭的一员？好了，鲁迅年代的"革命"有老新党，"变法"有"咸与维新"，我们也把历史搅得个模模糊糊。此外，更渐渐引起批评的，是这种以"现代性"为唯一指归的文学史，视时间为无限进步的线形，仿佛谁处在后面谁就获得"现代性"，谁即"先进"。而文学究竟有没有"先进"和"落后"的分别，也是个永远说不清的问题。三十年前参加研究生的口试，记得导师就问过我大致这样的题目：文学是和社会经济发展永远取一样的水平吗？马克思说"希腊神话有永久的魅力"，此话如何理解呢？而在这种以"现代性"为主轴的文学史里，我们将可能迷失道路，在许多方面再一次看不清文学发生的真相。

王瑶先生私下里手持烟斗的书斋谈吐，往往是分外生动活泼的。他曾打比方形容学问有两种做法：一种学术是围绕着一个提炼出的观点来阐发的，就好像留声机放唱片，转着圈子唱出一个主调；还有一种是无中心的，就好像打毛衣前后襟、打毛围巾，织出锦云一片片，却并无主脑，有个边际就可以了。多少年过去，先生说的这两种境界，我始终记得。这不仅是做学问的方式，大概也是人类基本的思维方式：一种是"中心型"的，一种是"发散型"的。先生虽只说了这两种，也认为后一种有存在的价值，但他是更主张第一种学问的做法的。我看我们一个世纪的文学史，都是从纷纭复杂的历史现象中提炼出一个"主流"现象来，然后将其突出（实际也是孤立），认为它就可以支配全体，解释全体。无论是"进化的文学史"、"革命的文学史"或"现代性的文学史"，在这一点上都发生"同构"。我将这类用提升出一种文学"主流"来整

273

合全部历史的文学史，无以名之，姑且称作"主流型"的文学史。它们主要的特点便是鲜明、集中、清晰。最大的弊病就是必然要遮蔽许多不属于"主流"的，或误以为不是"主流"的东西。于是，我们的文学史就常常无法避免一种欠完整的、非多元的视界了。我们在"太阳系"里逗留、逡巡得太久，觉得一切是那么完整，围绕太阳是多么安心。我们很难想象一步跨入"银河系"摸不着方向，会是什么滋味。

二 "合力型"文学史的一点设想

打破"主流型"文学史的时机，依我看并未成熟。而且需不需要打破，能不能打破，也都是待讨论的问题。我自己就有许多文学史理论的盲点，常是没有写作前还能够想明白的道理，一旦进入文学史操作就有了难度，不知道如何下笔了。这仅仅是个文学史的表述方式问题吗？当然不是。这其实蕴涵着文学史内在结构的大局。历史是由各种力量、集团构成的，它负载了各种各样的利益、权势、倾向，还包括各种各样的地域意识、性别意识、学术意识。它们如何合成一个时代，在文学的时空漩流中如何千变万化，是历史的真实生态。文学史的生态，是个和文学史表述直接相关的话题。前述"放留声机"和"织毛衣"两种比喻，是思维方式，是表达方式，实际也是人们眼中的两种生态视野。比如我的读研究生的同学中，大部分当然学的是前一种方式，可也有个同学的学术论文，后来很多人做它的摘要时便叫苦不迭，因找不到"中心"，因只见全文潇洒铺陈，满篇是闪光点，却不知捡拾哪个发亮的五彩贝壳为好。这就是无明确"主流意识"的学问境界，是否应称之为突破线性两极思维的网状多向思维呢？这里，是否暗示了另类文学史存在样式的可能性呢？文学史的多元性，目前渐成共识。由此出发，我们或许能认识一种多元的、多视点的、多潮流的"合力型"文学史？

多元，是现代文学史的本来形状。多视点，是指文学史不会有百分之百的原生态，因都是人"看"的；我们不妨长一双"复眼"，使得我们的所见尽量接近文学史的本真状。多潮流，是一种操作，即承认每个文学时代都有它的主流，而且可以承担有几个流，可以承担主流的互相转换、转切，为多元的叙述找到一种切实可行的方法。

可以设想这样来梳理我们的现代文学的基本形态。比如晚清是一积累文学现代转型的时代，或许这一现代性的积累便是流。其中，梁启超的"文界革命"、"诗界革命"、"小说界革命"是一股流，是由政治而文学的精英流。"狭邪"、"谴责"、"鸳蝴"是一股流，是利用现代手段向世俗社会传播文学的流。话剧的传入和翻译小说的大举入境，则是世界文学大大接近我们之流。这些构成"合力"，互相渗透，便是现代文学起始的时代。再比如"五四"时期是启蒙的文学时代。"启蒙"是当时最强的音调。"新青年——北大"新文化集团和陈独秀、胡适构成了激进政治文化的巨大冲击之流。用"激进"的文化方式来衔接传统文明和世界文明，是经过晚清的长期徘徊，方才寻找到的一条中国现代化的道路。鲁迅和乡土作家发现了中国农民实为民族改造之精魂；创造社、沉钟社执著于催促中国的新生：两者合成文学之流。不能说"五四"只是从外部冲击文学的，白话诗歌和《狂人日记》的叙述都是真正的文学内部问题。此外，各种文化保守主义，对新文学构成了不同的声音之流；新月、京派的酝酿，构成纯文学的潮流等。它们相互关联、较量，使得"五四"的文学舞台呈现出无限开放，而精英分子初则亢奋、渐感落寞的景象。这是"五四"文学史的全方位景观。之后，如30年代是国民党政府力图形成自己的文化统制、形成制度下的文学时代，又是左翼文学的生长、抗争、占据的时代，而北方都市的京派和南方都市的海派纷纷崛起，标志着在党派政治之外的文学生态活跃，纯文学和商业性文学均有抬头之势。因此说左翼是30年代唯一的"主流文学"是并不准确的。最复杂莫过于40年代的文学，都市地区的市民文学压倒了精英文学，农村地区的农民文学借着战争和知识分子的下乡而发生急剧的变动，重庆、延安、桂林、昆明、香港五个文学集中地的关系，成了历史性的宏大文学场。以上，是仅就 20 世纪中国文学前五十年的基本形态，试一"合力型"文学史的描述。而关键在于"合力"的组成，以及"合力关系"的研究。中国文学现代性的积累和爆发的关系，便是一例。还有现在学术界动不动说的"左翼文学的话语霸权"和"话语暴力"等，以及谁是这"霸权"下的牺牲者，也是值得商讨的一例。如果从海派文学和左翼文学的合力关系入手阅读资料，我们初期可以感到"新感觉"作者承受的左翼压力，但很快，随着海派站稳文学市场的脚跟，这种压力渐次消退。而京派对左翼既有不屑一顾的一面，也有"投诚"的一面，情况是很微妙的。这种"合力关系"的文学史叙述内容，即是过去"主流型"文学史顾及不到的死角。

我们这些年还经常发问：文学史本是文学的历史，可过去的文学史却成了政治文学史，现在又一股脑儿变作了文化文学史，究竟文学性的史的线迹在哪里呢？也有人指出，中国现代文学本身就不是纯文学，"新青年"、"左联"，哪个是真正的纯文学刊物和纯文学团体？所以守着一摊政治和文学混合的历史遗产，而想梳理出纯文学性的文学史来，有人认为是不切实际的。针对这些矛盾，我想，"合力型"文学史或许可以找到将文学人文精神和文学形式创新合为一体的文学史基本单位。这个文学史单位也是文学生态，包括某种文学作品或某几种文学的产生、传播、接受的史实。像《新青年》文学、左翼革命文学、京派和自由主义文学、新老市民文学，它们的人文思想和文学革新精神在发生、传播，与各种读者接受过程中均构成繁复的关系。其中，官方的政治干预、读书市场的介入，以及大学精英文化的隐性作用，都对这种典型文学现象发生穿透；文学场的人（作者、编者、读者），或激进、或平稳、或媚俗低下的生活方式和心理方式，也对这种典型文学史现象发生各种穿透。比如《小说月报》由鸳鸯蝴蝶派到文学研究会的前后接办，就有各种文学力量和思想力量的纠合，选择得好，从一个文学媒介讲到读者市场的变迁，是很好的文学史典型现象。其他如《阿Q正传》的传播改编、最初文明戏剧场的演出、南社成员办报办刊、《申报自由谈》的编辑等，都可作为"合力型"文学史表述的遴选对象。这之间，离真正的文学史叙述虽仍有一定的距离，但也足够引起我们研究和实践的兴趣了。

三　用中国材料阐释中国文学问题

我最近突然成为"预言家"，在许多场合都在说，现代文学史书写的又一轮变动业已开始了。

我的感觉自然不是空穴来风。从最近发表的文学史研究的论文和有些刊物（包括本刊）纷纷组织文学史讨论栏目的动向来看，都渐露苗头。现代文学史的起点和转折点的讨论，当代文学史写作的崛起和再一次要求近、现、当代文学的打通，各种讨论文学史生长点、转折点、生态、心态、学科建设等的主题的学术会议的频频召开，都将注意点集中到文学史的写作上来。陈思和先生近年在北京大学的讲演与在各报刊发表的文章，其中围绕"先锋和常态"所提出概念①，据我看，是提供出一个既有理论深度、又接触到实际书写的文学史表述结构，是很有见地的（虽与实际操作还有距离）。这都有点山雨欲来风满楼的架势。当年提出"二十世纪中国文学"和"重写文学史"时在学术界引发的轰动，还如在目前。当然，因为历史条件的不同，我们这次的变动已经不可能再有那种效应了。两者确有联系，但第一，那次的背景，实际上是为了消解政治文学史和革命文学史。这次则是经过了一段"现代性"文学史

---

① 如陈思和在2005年第6期《复旦大学学报》上发表的《试论"五四"新文学的先锋性》，2006年3月8日在《中华读书报》发表的《"五四"文学：在先锋性与大众化之间》，引起反响。《中华读书报》同年3月15日发表吴福辉的《当新旧文学界限的坚冰被打破》，5月31日又连发吴晓东的《"常态与先锋"：现代文学阐释模式的重建》、李楠的《由先锋性的转化勾勒文学史，并反观"五四"》、罗岗的《"生命权力"、"文学反抗"与文学的"先锋性"》诸文，与陈思和进行讨论。

"主流型"的文学史写作是否走到了尽头？

的建构后，逐渐发生了破绽，而才自然萌生建立更上一层楼的文学史叙述的欲望的。第二，那次的消解是一次历史的"早产儿"，即在改革的动机、欲求长久存在，而改革的具体准备并未完全做好的情境下，提前发生的。有点"消解了再说"的味道。这就难怪对新概念的解释匆促上阵，而运用新概念、体现新概念的文学史书写却长期阙如。到今天为止，我们现代文学史界也还没有提供出真正的"二十世纪中国文学史"的样本来。这次，是扎扎实实的酝酿，并不急于求成，非要等到十月怀胎，好好生出一个或几个"宁馨儿"来才满足似的。我们的目的是什么？只是写出一部或几部占领学术制高点，且能够传世的现代文学史著作吗？不能说不是，又不仅仅在于此。我们要在现代世界性文明的大融合中，做到不卑不亢、不失语并非易事。差不多有一个世纪的时间，我们的文学批评、文艺学理论和文学史写作，都是在用中国的材料谈外国的事情。所谓"外国的事情"，比如在文学史里面讲的是鲁迅、郁达夫、冯至的优秀作品和人文精神，分析出来的却是现实主义、浪漫主义、现代主义，如此而已。其实这些所谓"创作方法"的概念，源于外国，也主要只能解释外国。中国现代文学的高峰在鲁迅身上的文学创造性，就绝不是一个外国的"主义"能够概括尽的。我们要借鉴外国的理论概念，却不能忘记要有自己的概念，如"工笔写意"，如"抒情想象"，如"象征寓意"，都可以拿来分析鲁迅。我有幸听过吴组缃先生的中国小说理论课，他提炼出的"孤愤"（小说家的写作感情），"爱而知其恶，憎而知其善"（小说家写人物的准则），"得意忘形"、"得鱼忘筌"（小说家写实与非写实的复杂性），"横云断山"、"草蛇灰线"（小说家的结构方法）等概念，用来解释鲁迅、解释现代小说，不是很对路、很传神吗？80年代蜂拥引入外国文论的那次高潮，已然逝去，今天看来得失互见，我们完全不必加以全盘否定（比如不能说那是"断裂"）。但是，我们也应当明白，那是一次用中国材料讲外国问题的高潮。到了今日，我们酝酿又一次的文学史写作的变动时节，不要忘记，中国现代文学史的书写应当不折不扣地是一次拿中国材料说中国事的操练了。我们寄希望于不远的未来，我们的文学史家们能真正用中国的材料，经过借鉴、消化外国的理论方法，形成我们自己的现代概念，来谈我们中国的现代事情。我期待着，包括我自己在内。

（原文发表于《文艺争鸣》2008 年第 1 期）

文学史研究的"陌生化"

程光炜[*]

为什么要讲"文学史研究的'陌生化'"的问题？对此，我也觉得难以回答。但正因为它有某种认识上的歧义性，我才愿意拿出来讨论，并请教于大家。文学是一种教人"相信"的审美形态，文学史研究则是一种将"相信的文学"进一步归纳、总结和系统化的学术工作。我们做文学研究肯定得有这种"共识"，否则就无法交流。这是第一个问题。第二个问题，即是对已经"形成"的文学史"共识"的怀疑性研究。说得再直白一点，即是文学史研究之研究。它的目的是以既有的文学经典、批评结论、成规、制度以及研究它们的"方法"为对象，对那些看似"不成问题"的问题做一些讨论，借此提出自己的看法。

一 令人"熟悉"的文学经典

哈罗德·布罗姆在《西方正典——伟大作家和不朽作品》这本书中讲得很清楚："经典的原义是指我们的教育机构所遴选的书"，这些"必修书目"是"主流社会、教育体制、批评传统"所选择的结果，因此，

---

* 程光炜：中国人民大学中文系教授。

"经典就可视为文学的'记忆艺术'"。但他又说："不幸的是，万事在变"，所以，经常会出现"关于经典的争论"①。他指的是，"经典"是一个被筛选的结果，因此成为人们共同的"必修书目"；不过，鉴于社会思潮、观念的渗透和扭转，它又经常处在"被争论"的状态。这对我下面的讨论有很大启发。我们知道，文学史研究是以"文学经典"为对象的，而这些文学经典和经典作家，是主流文化圈子根据当时历史需要共同选举出来的。例如，80年代现代文学研究界选定的"鲁郭茅巴老曹"、沈从文、徐志摩、京派、左翼文学，90年代选定的周作人、张爱玲、钱钟书和海派、通俗文学，等等。于是，宣告了一个"完整"的现代文学"经典谱系"的诞生，现在大学课堂讲的和大家研究的都是这些。研究者都相信，这个谱系的确定，代表着现代文学研究不断的"进步"、"拓展"、"丰富"和"成熟"，通过教材、教室和各种考试的"规训"，本科生、硕士生和博士生也都认为这是"最正确"的文学史选择和结论。但没有人会想到，它其实是最近30年"启蒙"与"日常化"两种文学思潮的一个妥协性的结果。"启蒙"思潮需要"鲁郭茅巴老曹"、沈从文和徐志摩力挺它"反封建"和"纯文学"的叙述架构，它力图成为文学研究的主导势力，而"日常化"思潮则借张爱玲、海派和通俗文学分化这种一元化野心，促成文学的"多元化"格局。这种文学史"内部"的秘密，人们当时不可能看得清楚。"启蒙"派的研究者深信："鲁迅认为，不揭示病弊，不暴露封建思想和封建道德的腐朽野蛮，是谈不到改革，也不足以拯救所谓'国民性'的'麻木'的。"② 越是研究沈从文，便越唤起"深藏在心底部的想象"，"使你禁不住要发生新的陶醉"，"这套《沈从文文集》给我的第一个突出的印象，就是它和这

① 哈罗德·布罗姆：《西方正典——伟大作家和不朽作品》，译林出版社，2005年第4期，第11—29页。
② 唐弢：《一个伟大的爱国主义者的道路》，《鲁迅的美学思想》，人民文学出版社1984年版，第10页。

种美好情感的血缘联系"①。文学被看做是"改造社会"的世道人心的非凡力量，而在"日常化"的研究视野中，这种看法即使不迂腐可笑，至少也令人不可思议。"启蒙"追求惊心动魄的文学环境，而"日常化"主张与张爱玲、钱钟书们的日常叙事和审美态度接轨，文学回到平实的状态。在文学史中，这显然是两种截然不同的认识路径。根据上述两个历史思路，"启蒙"思潮的价值结构实际与"日常化"思潮南辕北辙，它们难道愿意被召唤到"同一部"文学史中，不会分庭抗礼？这实在教人担心。但奇怪的是，并没有出现人们所期待的紧张"对峙"的局面，公开的"冲突"也未发生，一个心照不宣的"妥协"方案却已在现代文学研究界悄悄达成。这就是我们今天看到的"两套""文学经典"在一部中国现代文学史中"和睦相处"的现实。

然而，没有人会赞同我这种"奇怪"的"疑问"。人们确信："实际上经典化产生在一个累积形成的模式里，包括了文本、它的阅读、读者、文学史、批评、出版手段（例如，书籍销量，图书馆使用等）、政治等。"② 事实确实如此。经过近 30 年的"经典积累"，"启蒙"话语早已在现代文学学科中深入人心，相关知识被广泛普及，其他文学现象不过是它的陪衬，难以撼动它的"正宗"神位。看看各大学图书馆、系资料室的"鲁迅专柜"，堆满书架的"郭"、"茅"、"巴"、"老"、"曹"和沈从文"全集"，人们就会明白，这其实是现代文学研究的"定海之针"，在学科内部拥有绝对的统治地位。我记得 1999 年在北京中国现代文学馆"王瑶先生去世十周年暨《中国现代文学研究丛刊》创办二十周年座谈会"上，"社科院"樊骏老师有一个以详细统计该杂志研究"重要"作家文章数量为基础所做的长篇发言。据他统计，1989 年至 1999 年十年间，

---

① 王晓明：《读〈沈从文文集〉随想》，《所罗门的瓶子》，浙江文艺出版社1989 年版，第 163—164 页。

② 斯蒂文·托托西：《文学研究的合法化》，北京大学出版社 1997 年版，第 44页。

《丛刊》出版 40 期，发表文章 1040 篇，"以作家作品为对象的文章近 500 篇"，"最多的是鲁迅，达 46 篇；其次是老舍，有 28 篇"，茅盾、张爱玲各 17 篇，郭沫若 16 篇，巴金、郁达夫各 15 篇，沈从文 14 篇。据他转引，1980 年 1 月至 1997 年 2 月韩国研究中国现代作家的 180 篇博士生、硕士生论文，分别是：鲁迅（32 篇）、茅盾（12 篇）、老舍（11 篇）、郁达夫（10 篇）、郭沫若、巴金（均 10 篇）。……①它说明，经过两三代学者的努力，"经典化"的格局"大局已定"。90 年代后，张爱玲、沈从文等"非主流作家"虽然对"主流作家""鲁郭茅巴老曹"显示出某种"后来居上"之势，对传统的文学史地图构成了潜在威胁，但也仅仅如此，因为两套"文学经典"并未在诸多现代文学史研究文章中留下相互争吵的痕迹。今天看来，现代文学显然是一个"共识"高于"分歧"的学科。更重要的是，这个学科还对经典化的"积累模式"表示了高度认同。我们看到，经过若干年积累的文学史、批评、出版数量所形成的"话语优势"，已经对人们构成了明显压力，成为研究者心目中的"常识"，它浓缩的正是一个学科的基本面貌、研究现状和最高利益。

　　同样"情况"，也出现在最近的当代文学研究中。举例来说，《当代作家评论》杂志这两年正在启动"当代"作家的"经典化"进程。贾平凹、莫言、王安忆、阎连科等人显然已被视为当代文学中的"经典作家"。该杂志的 2006 年第 3 期、第 6 期，2007 年第 3 期、第 5 期，刊发了南帆、王德威、陈思和、季红真、陈晓明、孙郁、谢有顺、王尧、张清华、李静、洪治纲、王光东、周立民等人对这一"经典化事实"表示认可的文章。毫无疑问，这些批评家堪称当前中国"文学批评"的主力阵容。它的重要性在于，他们不仅来自文学界的"主流社会"，是名牌大学教授，而且还担负着推介、宣传和传播当代文学作家和作品的重任。

---

① 樊骏：《〈丛刊〉：又一个十年（1989—1999）——兼及现代文学学科在此期间的若干变化（上）》，《中国现代文学研究丛刊》2000 年第 4 期。

从某种意义上讲，这个经典作家"名单"及其认同式的权威批评，已经对"文学史研究"和"大学课堂教学"产生了显著影响。今年就是"新时期文学30年"，历史已经带有某种"盖棺论定"的意思。人们不会怀疑，任何权威批评家的"暗示"，在这个敏感时刻都将具有"文学史结论"的意义。这显然已无可置疑。于是更需要强调，在目前作家、批评家和文学杂志的"文学史意识"普遍高涨的背景下，敏锐地推出"经典作家"名单，组织大规模的"文学批评"，其用意已不仅仅为了"办刊"。这恰如有人指出的："经典包括那些在讨论其他作家作品的文学批评中经常被提及的作家作品"，"在一种文学成规主要由作者、销售商、批评家和普通读者组成的情况下，如果它得到了一群人的支持，那么它就是合理的"①。

大家在我的"叙述"中可能已经觉察到，我在说令人"熟悉"的文学经典生产过程的同时，也暗指了文学史研究的"陌生化"问题。由于我没有"明说"，有人还缺乏"警觉"，但在"我"（叙述者）所提出的问题和"你们"（听众）之间，实际已经酝酿了一种"讨论"的关系、氛围和意识。例如，有人不知道我为什么要"这样说"，还有一些人觉得我这种分析问题的方式"很有意思"。这就说明，不单在我与你们之间，同时也在我们都熟悉的"文学经典"课堂内外，出现了一个"陌生化"的研究效果。为什么会是"这样"呢？我最近有一个观点，即：大学本科生的文学史课堂，是一个教人"相信"的课堂；研究生课堂则是一个教人在"相信"的基础上再加以"怀疑"的课堂。不教人"信"，就培养不起人们对文学基本母题，如真、善、美的信任感和精神依赖感，这是对从事文学研究或一般文学阅读的人来说最为重要的东西。但不教人"疑"，就进入不了"研究"的层次，不是在培养"研究人才"，因为

---

① 佛克马、蚁布思：《文学研究与文化参与》，北京大学出版社1996年版，第51、92页。

他没有与他研究的对象之间"拉开"距离，即"审美"、"研究"的距离，而仅仅是在盲目认同——因为这种事情一般读者就可以做到，还要"研究者"干什么？这是"原地踏步"的课堂，而不是我所说的"研究性课堂"。我注意到，现在有一些大学把"本科生课堂"与"研究生课堂"混为一谈，至少没有严格区分。本科生课堂所得出的结论被原封不动地搬到研究生课堂上，不同只是在于，后者的"材料"比前者稍多一点儿，但思维训练的方式并没根本变化。很多研究生也在老师的指导下"讨论"问题，但那多半不是"问题"，而是在传播、分享和消费"当前"研究中的流行"话语"、"观点"和"信息"，是在重复这些东西的"政治正确性"。而我所指的文学史研究的"陌生化"，确切地说，就是你们也应该对我今天所讲的"内容"产生"怀疑"。提出你观点的"根据"是什么？你是在哪个层面上这样"提问题"的？既然文学史中"本来"就有一个无可置疑的"文学经典"谱系，但你为什么还要在上面加上"令人熟悉"、这个纯属"多余"的字眼？进一步问，你这样研究问题的"目的"到底是什么？我觉得，如果大家都"习惯"这样去质疑和逼问讲演者，这样来来往往地思考和研究问题，文学史研究的"陌生化"就具有了某种可能性。

下面，我来解释为什么要说"令人'熟悉'的文学经典"这个问题。前面说过，"经典"是由"主流社会、教育体制、批评传统"为广大读者选择的"必修书目"，它有一个"累积形成的模式"，如重复性阅读、文学史编写、批评、出版手段、书籍销量和图书馆使用等，而且还得到"当时"社会思潮、国家教育部门的鼎力声援和制度化保障。以我们现当代文学学科为例，《中国现代文学研究丛刊》、《当代作家评论》是两家国家管理机构认定的"权威杂志"（另外还有《中国社会科学》、《文学评论》、《文艺研究》、《新文学史料》、《文艺争鸣》、《南方文坛》和转载性杂志《人大复印资料》、《新华文摘》等），它们对所有大学有一种至高无上的"管辖权"和"监督权"，很多老师，只有通过在上面

"露面"，才能获得副教授、教授的职称。尤其在于，它还是"权威学者"的"专属论坛"，这 20 年来，前者发表的那些文章都是我们"必读"的东西。几乎每天张开眼睛，就能看到"它们"。这使这个学科的老师、本科生和研究生，对这些杂志和作者认定的"文学经典"，包括由此进行的"细读"、"阐释"，已经非常"熟悉"。而且这种"熟悉"不认为是在"被动接受"，它经过课堂"讲授"和"传播"，再经过老师学生的进一步"讨论"和"阐释"，这些经典在我们的"文学记忆"中已经变得"无可置疑"。我们注意到，很多作家形象已经在学科中"定型"，如鲁迅的"忧愤深广"、徐志摩的"浪漫自由"、沈从文的"原始的抒情"、张爱玲的"苍凉"、王安忆的"海派风格"、莫言的"民间叙述"等。在经年弥久的岁月里，在学科发展的长河中，上述"细读"、"阐释"、"讲授"、"传播"、"研究方法"、"定型"等，已经在我们周围设置了很多话语"边界"、"方式"、"结论"、"成规"，我们只能在这些"范围内"思考和写文章。作者、读者、编辑都在"遵守"这些东西。如果与之大相径庭，那文章将被无情搁置，即使"刊登"了，大家也不会阅读，不会引起重视。因为你是在冒犯本专业的"行规"。也就是说，这 20 多年，在本专业中"流通"的令人"熟悉"的文学经典及研究方法已经形成一种"过滤"机制，符合它的"标准"的都被保留，与之相悖的则被淘汰。当然，它保证了我们学科生存、发展的"稳定性"和"连续性"，但也逐渐体验到思维停滞和方法重复的状态。在我看来，这可能是一个矛盾：没有自己"文学史"的学科被认为缺乏理论自足性，而文学史是靠一套相对稳定的"文学经典"来维持的；但当学科相对"成形"后，活力也同时在削弱和丧失，它的"权威性"，要靠"修修补补"才能勉强维护。那么，怎样既保持学科稳定性，又不断开拓新"研究疆域"，提出新的问题，改善研究方法，尤其不能变成一个学科等同于一所大学、一家杂志和几个当家学者这样"僵化"的学科局面，是我们应该思考的紧迫问题。

二 "历史的同情和理解"

这是目前现代文学和当代文学研究中非常流行而且大家都很熟悉的一句话，可以说是一个"显学"的修辞。它的提出，意味着这个学科对历史的态度发展到了一个更具包容性和弹性的阶段，它的认识视野和研究空间显然已大大超过了80年代刚刚起步的时候。尽管如此，我仍感到它的含义还比较模糊和含混，有一点泛化倾向，所以，想和大家来讨论这个问题。

我首先想说，什么是"历史"，它是"谁的历史"？一种理解是，它是物理意义上的"断代史"，例如"20、30年代"、"50至70年代"或"80年代"。事实确实如此，任何年代的时间秩序、历史位置都是不能改变的，否则我们将无法对它对话；另一种理解是，它是被"建构"起来的，例如，谁知道"20、30年代"是什么样子？你见过生前的鲁迅吗？也并不是所有的研究者都与王安忆、莫言认识，即使认识，也很难说已洞悉他们的内心世界。也就是说，人们知道的以这些作家为内容的"历史"，是文学作品、批评、创作谈、后记、研讨会、轶事、各种传闻和研究等材料共同"建构"起来的，事实上是与我们隔了一层的。但更多时候，研究者都在以自己"掌握"第一手资料的"数量"来证明"历史的真实"，或认为已"回到现场"，对"轶文"的发掘和利用，尤其被看做"有价值"的"文学史研究"。一篇文章写道："三年前的一天，我在中国科学院文献情报中心开架的人文社科图书馆随意翻阅，偶然地发现了一本早期清华的学生刊物《癸亥级刊》，封面是'民国八年六月清华癸亥级编'"，上有一个"戏墨斋"的作者，证明是当时名为梁治华后来又叫梁实秋所写的一篇"轶文"。"我曾经请教致力搜集梁氏轶文的陈子善先生，他说肯定是轶文，并托我代为检出"，稍后笔记本丢了，几年后"又遇陈子善先生，再次说到这几篇轶文，令我惭愧无地"。这篇文章，根据终于找到的"轶文",经过复杂的引征、推断和分析,最后得出了"知性散文在四十年代的显著崛起是一件颇有意义的事情:它有力地矫正了被杂文的刻薄褊急、抒情散文的感伤煽情和幽默小品的轻薄玩世所左右了的30年代文风,恢复了中外散文艺术之纯正博雅的传统"这样的大结论①。这种研究肯定是"很费功夫"的,且取"以小见大"的研究方法,写得也很缜密漂亮。但疑惑的是,它有一个可以知道的研究"路径":第一手材料——辨伪工作——根据今天需要做出判断。因为"疑惑"在于,它是"预先"设置了"历史"?还是通过发现的"材料"才找到那个被图书馆"封存"因而是"原封不动"的"历史"?或就是按照作者本人"愿望"而"重新建构"的"历史"?说老实话,我读完文章一头"雾水",不知所措。其实,读完很多文章我都有这种感觉。但我想,这不是作者自己的问题(这篇文章的水平是很高的),而是学科本身就有的问题。它没有意识到,"它是被动地被建构起来的,对于是什么机构做出的选择和价值判断""则只字未提","这种定义遗留下了'谁的经典'这个未被回答的问题"②。就是说,人们并不知道被"同情和理解"的"历史"的确指,它们更多的时候,可能是根据作者写某篇文章的"临时需要"来决定的。当文章研究对象发生变化,又发现了别的材料,它的所指又可能不同。这就是我上面所说的这个"历史"的概念非常模糊含混的地方。

当然,这个历史又是我们大家都心领神会的。于是我想谈的第二个问题是,它要"同情和理解"的是一个被预设好的"历史"。大家都明白,不管你怎么"折腾"、"较劲儿",研究的"历史"已被"预设","研究范围"和对象已被锁定。如"20、30年代"的"浪漫自由",

---

① 解志熙:《从"戏墨斋"少作到"雅舍"小品——梁实秋的几篇轶文及现代散文的知性问题》,《新文学史料》2005年第2期。

② 佛克马、蚁布思:《文学研究与文化参与》,北京大学出版社1996年版,第50页。

"50 至 70 年代"的"非文学","80 年代"的"文学主体性"和"纯文学"等。由于有这些东西的控制和约定,我们是在"装着"同情和理解"那个年代"的历史,但实际这个历史并不是"那个年代"的,而是"我们自己"的,是我们依据"今天语境"和"文献材料"的结合中想象出来的。准确地说,这是根据"今天"的社会意识形态和历史经验所"建构"的历史,是"80 年代"意义上的中国现代文学、当代文学研究。在这种情况下,我认为我们"同情和理解"的"历史",实际是一个"窄幅"的历史,而不是"宽幅"的历史。这个窄幅的历史由于与今天的语境关系过于"密切",所以密切得让人担心;而且它在"一代学人"圈子中形成,与共同学术利益挂钩,有"一损俱损"的意思,所以,当历史语境发生变化,它最容易被人诟病。尤其当它以"不容讨论"的"历史结论"的权威面目出现时,那些已趋板结的认识部分,则更易于被"推翻"。历史上,"同情和理解"的方法并不新鲜,如 50 年代文学史著作因"同情"左翼文学命运,而对自由主义文学采取的贬低性的"理解","重写文学史"反过来又压抑"左翼"抬高"自由",近年有人抬高张爱玲、钱钟书地位,而有人又不以为然,等等。事实证明,这些在窄幅历史需要中所进行的"历史的同情和理解",过分暴露了功利成分和狭隘心态。人们对它"同情和理解"的特定"历史"不免心存疑虑。

"同情和理解"的研究还会发生另外一些值得注意的偏差。比如,一些鲜为人知的"历史档案"被发掘,作家"冤屈"真相大白,都容易使他们离开原先的"形象轨道",向着更有利于研究者、家属愿望和今天趣味的方向骤变。又如,一些作家的创作在"文革"时期,那么他们"新时期"的文学创作就被认为有"投机色彩",受到严峻怀疑。前一个例子可以郭小川为代表。在一些著作中,"对郭小川的'评价'就有些'过高',与他同时代的另一个诗人贺敬之形成比较鲜明的对比。这可能是受到了近年《郭小川全集》出版的某些'影响',尤其是诗人家属把他五六十年代的'检讨书'出版之后，研究者会不自觉地意识到，他应该与贺敬之有所'不同'"。实际上，"无论是从两人的'创作史'、'革命生涯'，还是当时写作的历史语境看，都不应该存在'本质'的差别。如果说有一些差异，只是贺敬之表现时代的歌声略为'高亢'了一点，对自己的反省不够，而郭小川由于特殊的个人气质和以后的社会境遇，他的作品，尤其是那些叙事诗，对个人与革命关系的'反省'力度比较大。但仅仅据此就把他们看做是'不同'的诗人，对之进行某种等级上的划分，我觉得其中的历史理由还不够充分"①。陈徒手《人有病，天知否——一九四九年后中国文坛纪实》一书对"北大荒时期"的丁玲的"再研究"也有这个问题。因为有了"北大荒"，就有理由对她当年"批判王实味"和迎合"时势"而创作《太阳照在桑干河上》的"历史"，做无形的"剪裁"与"原谅"，这样的"同情"，显然就来自那种窄幅的历史意识②。后一个例子，在最近对刘心武小说《班主任》的"再评论"中比较典型。在"90年代"的视野中，对"伤痕小说"原先的"同情和理解"被取消，作者宣称："我并不是要指责刘心武的反复无常，或者质疑创作《班主任》时的真诚，事实上像贾平凹、路遥、汪曾祺等一大批作家在'文革'末期都有作品发表，我只是想要打破一种将刘心武视为盗火者的神话表达，并且提出一种'历史的同情'的态度。"③ 然而显然，这一判断是根据"90年代"后学术的"政治正确性"而做出的。这位年轻作者的才气和敏锐我很欣赏，不过，并不赞成《班主任》因为借用"十七年文学"叙事模式就简单贬低它的历史价值。我写过同类文章，也存在同类问题，深知既要"反思"，又要做到"同情"实际非常

---

① 程光炜、张清华：《关于当前诗歌创作和研究的对话》，《渤海大学学报》2007年第5期。

② 陈徒手：《丁玲在北大荒的日子》，《人有病，天知否——一九四九年后中国文坛纪实》，人民文学出版社2000年版，第113—154页。

③ 谢俊：《可疑的起点——〈班主任〉的考古学探究》，此篇为我和李杨在《当代作家评论》主持的"重返八十年代"专栏将要发表的文章，未刊。

的困难。但我不主张因为语境变化，就把他的"创作"说得一无是处。这个问题牵涉很大一个作家群，蒋子龙、张抗抗、韩少功、梁晓声这批作家都有这种问题，他们在"十七年"或"文革"中走上文坛，到"新时期"仍在用"旧文体"写"新内容"。这个事实应该承认。不过，我觉得应该把这两种东西"分开"来看，不能一概而论。原因在于，由于他们在六七十年代已经形成了这种写作模式和思维方式，不可能马上就"调整"过来。为什么？这是因为"文学经验"还在起作用。所以，我们不能把"文学经验"在一个作家身上的"连续性"，都与文学意识形态挂钩，这样容易再犯简单化的错误。这并不是"真正"的历史的同情。所以，我们不能因为韩少功"成功"完成了创作"转型"就"同情"他，却因为蒋子龙没有"成功转型"就"怀疑"他。这和"同情"郭小川却"怀疑"贺敬之是一个道理。我认为这是最近几年从"窄幅"的历史意识中生成的一种非常值得怀疑的"窄幅"的文学史意识。

以上是我对已有"同情和理解"的研究成果所做的一些"陌生化"的讨论。我的"陌生化"的理由是，不能因为宣布是"同情和理解"的研究，就一定是"靠得住"的成果，就不需要再去讨论。因为，在我们今天的研究语境中，"同情和理解"的研究很容易被演变成一种"主题先行"和不容分说的"权威方法"。我们需要分析，它是在哪个"层面"上发生的，它的"道理"又是什么？第一种"同情和理解"的研究方式所依赖的是所发掘的"轶文"和"材料"，作为"历史学科"，它的确给了我们一种可靠性。但研究者显然未能注意，他自以为是"客观"的"材料"，已经经过了新的语境的"挑选"和"淘汰"，它并不是真正的"客观性"，而变成了符合新的历史语境需要的"客观性"。近十年来，我们注意到，对曾经被压抑的"自由主义文学"历史文献的发掘，在数量上远远超过了"左翼文学"的文献，而变成了一个更大和更重要的"文学史事实"。为什么会发生这种文学史研究的"倾斜"的现象？我认为正好是因为出现了一个对"自由主义文学"来说更为照顾和有利的新的历史语境。这一惊人的文学史研究现象，可能正符合福柯在《知识考古学》中所得出的结论："历史的首要任务已不是解释文献"，而是"历史对文献进行组织、分割、分配、安排、划分层次、建立体系、从不合理的因素中提炼出合理的因素、测定各种成分、确定各种单位、描述各种关系。因此，对历史来说，文献不再是这样一种无生气的材料"，"历史力图在文献自身的构成中确定某些单位、某些整体、某些体系和某些关联"①。这段话表明，当研究者意识到这是他"自己"所"发掘"的材料时，实际这些材料已经过了新的历史语境的严格"过滤"和"挑选"，是历史语境帮助他"激活"了它们，于是成为"同情和理解"的研究的"有力"的证据。第二种"同情和理解"的研究方式，所依赖的是主观化的"历史真相"和"新知识"。由于"真相"被披露，研究者的"同情心"明显向着"被冤屈者"一方倾斜，随着"真相"在整个作家历史中被"放大"，其作品文本"价值"也得到了更大范围以至有点夸张的释放，最近几年的胡风研究、丁玲研究、郭小川研究、赵树理研究，都出现过这类问题。另外，是"新知识"对研究者的强迫性认同。由于有了"新历史主义"，因此所有的问题都可以在"对话"中产生；由于有了福柯，于是运用"考古学"方法，一切"难题"便足以迎刃而解；或者可以用强有力的"思想史研究"处理文学史问题，因此再困难复杂的问题都可以讲得直截了当、简洁明白，它毫无疑问会在年轻研究者那里大受追捧。当然，我们得承认，"批评家使用本学科的概念术语是将种种直观印象置换为另一种理论语言，进而纳入特定的理论范畴和系统，进行分析和判断。因此，区别于普通的凌乱观感，批评家的语言具有一种理论规范的力量"②。但也需要警惕"新知识"对"同情和理解"

---

① 福柯：《知识考古学》，谢强、马月译，顾嘉琛校，三联书店 1998 年版，第 6 页。

② 南帆：《理论的紧张》，上海三联书店 2003 年版，第 30 页。

的简单粗暴的统治，或说新知识势力对细致艰苦研究阵地的轻易占领。这种宣称是"同情和理解"的研究方式，可能与耐心细致和困难重重的"同情和理解"研究毫无干系。这些方式或许非常"陌生"，但它们却可能会以"陌生"的玄奇效应达到某种目的，这并不是我所说的"文学史研究的'陌生化'"。因为人们担忧，"批评家可能对种种事实做出随心所欲的取舍"①。

我讨论"同情和理解"研究的"陌生化"还有另一层意思，即可以把它看成是一股学术研究的"思潮"，但不要简单地被这种强势学术话语所裹挟，而是真正回到文学现象那里，既要借用"陌生化"研究眼光，同时又"设身处地"发现并分析它（它们）的问题，并从中找到一个更适应自己研究方法的结合点。这样的研究，所得出的结论可能是令人"陌生"的，但所讲出的道理却是"入情入理"的。在这方面，我觉得李长之、李健吾两个人做得非常好。在 20 世纪三四十年代，我觉得"最好"的批评家并不是众所周知的那些"大牌批评家"，而是非常年轻而且"名气不大"的李长之和李健吾两人。如果说大牌批评家的作用，往往表现在推动文学思潮、促进文学观念转变上的话，那么，二李则应该说是更为到位的文学批评和文学史研究。例如，李长之对于鲁迅的"批判性"分析，他针对作品本身的深邃的观察和发现，那些著名的结论，到现在都仍很鲜活，对我们有很大启发。再例如，李健吾在《咀华集》、《咀华二集》中对批评家"身份"、"任务"、"话语限度"以及批评与作品关系的"陌生化"的讨论，至今还生动如初，令人惊讶。为便于说明问题，我愿意把他的一些精彩表述抄在这里："在了解一部作品以前，在从一部作品体会一个作家以前，他先得认识自己。我这样观察这部作品同它的作者，其中我真就没有成见、偏见，或者见不到的地方？换句话说，我没有误解我的作家？因为第一，我先天的条件或许和他不

---

① 南帆：《理论的紧张》，上海三联书店 2003 年版，第 31 页。

同；第二，我后天的环境或许与他不同；第三，这种种交错的影响做成彼此似同而实异的差别。"作者还警醒地承认："唯其有所限制"，所以，"批评者根究一切，一切又不能超出他的经验"①。这些论述，难道不是最为"自觉"的对研究者自己的反省吗？它们不正是我们所需要的那种"同情和理解"？

三 文学研究的"陌生化"和如何"陌生化"

不瞒大家说，我想到这个题目就有点后悔，意识到，这是在给自己出难题：如何。事实上，我也不知道"如何"才能"更好"地处理"陌生化"的问题。但这不表明，它不是一个可以被讨论的问题。

我首先以为，所谓的"陌生化"，是一个怎样面对本学科的"公共经验"的问题。我们知道，学科的"公共经验"是诸多学人经过长期艰苦的探索、追究、辩驳和研究的一个结果，是根据特定"语境"和思考而对文学史的重新发现，它被证明是一个"真理"意义上的学科共识。例如，一位擅长运用"启蒙论"来把握整个学科方向的学者这样认为："《呐喊》和《彷徨》的研究在整个鲁迅研究和整个中国现代文学研究中都是最有成绩的部门"，理由在于，鲁迅的"主要战斗任务是彻底地、不妥协地反对封建思想，代表中国封建传统思想的是儒家学说，这个学说的核心内容是关于人与人关系的一整套礼教制度和伦理观念"②。应该承认，在"文革"后的社会转型中，这种"认识"确实达到了当时文学史研究的"最高水平"，因为它大胆而深刻地回应了"反封建"那种强烈的时代情绪。他把鲁迅摆在历史制高点，假托鲁迅的"先驱者形象"，

---

① 李健吾：《咀华集·咀华二集》，复旦大学出版社 2005 年版，第 2、16 页。

② 分见王富仁《〈呐喊〉〈彷徨〉综论》、《自我的回顾与检查》，引自《先驱者的形象》，浙江文艺出版社 1987 年版，第 115、10 页。

并进而彻底颠覆专制文化观念的做法，使他自己也站到了一个研究文学史的罕有的制高点上。显然，这乃是本学科几代学人思考与探索的结果，这种研究的价值就在于它对已有的研究做了最好的"总结"，正因为它具有强烈的"总结性"，才积淀为本学科无人不信的"公共经验"和"学科基础"。不过，正如当时有人尖锐指出的："这种研究模式的弱点恰好也在：它把鲁迅小说的整体性看做是文学的反映对象的整体性，即从外部世界的联系而不是从内部世界的联系中寻找联结这些不同主题和题材的纽带。"[①] 不过，这位批评者只说对了一半，即研究者不能以"整体性"的社会观念来笼罩作家的具体作品，但他在批评别人的同时也很大程度认同了鲁迅"精神特征"对现代文学研究的垄断价值。而在我看来，"鲁迅研究"只有在辛亥革命、"文革"后这些特殊历史语境中才最有"价值"，也就是说，越是处在"惊心动魄"的历史时代，鲁迅的思想和对他的研究也才能够让人激动，给人以最丰富的启发；而在和平年代，尤其是市场经济年代，情况可能就大不相同，它明显是在下滑，是弱化。例如"70 后"一代人就没有这么强烈的"鲁迅观"；再例如，在海外华人文化圈、港台地区也并非如此。所以，我这里关心的主要问题是，为什么一个作家所"依托"的"历史场域"变了，对他的关注度就会有如此大的差别，简直就不像是"同一个作家"？最近，我让博士生做"鲁迅与 80 年代"的研究。我希望他关注的是，鲁迅是"如何"、又是在什么理由上"重返"80 年代的中国大陆学界的？这就是要他"重审"本学科的"公共经验"，了解它的"发生学"，它通过权威性的解释进入学科的方式，以及为什么更多的后代研究者并没有"文革"后特定的语境感受，却毫不犹豫地相信了"这就是"他们的"鲁迅"呢？这一切的背后，有什么"机制"在起着作用，它又是以"谁的名义"在发挥

---

① 汪晖：《历史"中间物"与鲁迅小说的精神特征》，《文学评论》1986 年第 5 期。

这种作用？或者进一步说，"鲁迅研究"有什么理由具有对现代文学研究的"垄断性"？仅仅是由于他的强大无比的"作品"吗？这显然是值得怀疑的。在这里，我想引用一个研究者对自己这代人"文学史经典意识"的反思性表述，他说："70年代后期，我读高中，然后上大学。很长一段时间，我是标准的文学迷——其实那个时候，没有人能够抗拒文学的诱惑。像我身边所有的人一样，我为每一部作品的出现而激动不已。《班主任》、《伤痕》、《爱是不能忘记的》、《芙蓉镇》等等"，"不仅看，而且还真的感动，常常被感动得热泪盈眶。真的觉得那些悲欢离合的故事写的就是我自己（或我身边的人）的故事，表达的是我自己的感受"。"但现在回过头来一想，仔细一想，就觉得不对啊，这些故事同我的经验根本没关系啊，右派的故事，农民的悲惨故事，知青的故事，被极左政治迫害得家破人亡的故事，缠绵的爱情故事，都与我个人的经验无关"，"但为什么我会觉得这些故事都与我自己有关，并且还被激动得死去活来呢？为什么自己要把自己讲到一个与自己的经验无关的故事里面去，讲到一个'想象的共同体'里面去呢？现在我才明白，我被规训了，只是这种规训采用的方式不是批斗会、忆苦会，而是靠文学的情感，靠政治无意识领域建构的'认同'"①。这就是我要谈的第一个"陌生化"的问题。既然我们与那位80年代鲁迅研究的"开创者"不是"一代人"，我们就应该问一问，我们是"怎样"被他（和他代表的这个学科）"规训"的。而在我看来，只有认真地研究这个规训的问题，"真正"回到自己"这代人"的历史场域中来，我们才能够突然发现，我们在这个非常"熟悉"的学科中，实际仅仅是一个"陌生人"的身份。也正是在这个意义上，我认为，一种与自己的"身份"和"场域"关系更大、更为直接的研究，也许就是针对于这个学科而言的文学史的"陌生化"研究。

---

① 李杨：《重返80年代：为何重返以及如何重返》，《当代作家评论》2007年第1期。

其次，我要谈的是"再次回到"本学科的"公共经验"中的问题。我这样说，大家肯定觉得更"奇怪"了。你刚才不是说，所谓"陌生化"研究就是要"偏离"这种"公共经验"吗？怎么现在又要我们"再次回到"它那里？这就是文学史研究的复杂性所在。或者也是一种"陌生化"的研究。艾略特在《传统与个人才能》一文中讲得非常好，他认为："不但要理解过去的过去性，而且还要理解过去的现存性，历史的意识不但使人写作时有他自己那一代人的背景，而且还要感到从荷马以来欧洲整个的文学及其本国整个的文学有一个同时的存在，组成一个同时的局面。"① 他的意思是，让我们把研究对象放在同一历史场域的"多重层次"中，在"共同性"中找出"差异性"，同时又在"差异性"中找到"共同性"。我前面说的学科"共同经验"，实际是一种建立在启蒙文学立场上的研究文学史的眼光和方法，是一个"共同性"。而我们与它的"差异性"就在于，我说它与我们的"今天"无关，说它的方法已经"失效"，不是说它真的无关和失效了，而是今天这种肯定个人和否定集体的社会语境宣判了它的"无关"和"失效"。一个十分典型的例子是当时对孙犁小说的"单纯"的分析："澄澈明净如秋日的天容的，是孙犁的小说。引起人们这种审美感受的，是统一了孙犁小说的那种'单纯情调'。"② 把孙犁看成是"革命文学"之中的"纯文学"的代表，是80年代文学史研究中的一种"公共经验"。有段时间，我们会觉得这种"看"孙犁小说的"方式"非常可笑，因此反感这种研究结论。原因是，认为它是在为申明"纯文学"的主张，而粗暴地把作家与他的时代进行了剥离。一位研究者就这样质疑道："不正面描写敌人，一味关注我方军民人情美、人性美，必然无法正面和具体描写战争或战斗场面，这样会

---

① 参见《艾略特诗学文集》，国际文化出版公司1989年版。
② 赵园：《孙犁对于"单纯情调"的追求》，《论小说十家》，浙江文艺出版社1987年版，第253页。

不会掩盖至少是让读者看不到战争本身的残酷，一定程度上美化了战争？尤其是当作家代表战争受害者一方时，这种未能充分表现战争的残酷而一味追求美好的写作方法，会不会本末倒置？"① 由于今天的研究环境与80年代明显不同，我们会认为它对研究者过分依赖"过去的过去性"的做法的批评非常有道理。但是，如果联系艾略特的那个提醒，它的"片面性"就暴露出来了。因为什么？它是在"今天"与"80年代"的某种"差异性"来怀疑它们身上的那种"共同性"的东西，或者说用差异性代替了共同性，所以就取消了共同性的历史存在。我们注意到，前面的观点是以"理解过去的过去性"的方式，来支持80年代对"纯文学"的浪漫化想象的，因此，只有在理解什么是论述者的"纯文学"的方式里，也才能发现那种本来就有的"过去的现存性"在今天语境中的真正缺失；而后面观点以为自己代表了"过去的现存性"，这种现存性将意味着用90年代的"文化批评"来取代80年代的"审美批评"，那么"纯文学"主张和研究方式就必然性地遭到了怀疑。但是，这种"怀疑"也将会遭到更大的"怀疑"，因为，这种"文化批评"方式中的"孙犁小说"实际是无法成立的，或者说这种认定标准恰恰"抹去"的正是孙犁小说的"独特性"。因为人们会将进一步的质疑指向论者：难道在极其"残酷"的"战争"面前作家就没有权利去呈现人性中的"人情美、人性美"吗？我想大家都看过《钢琴课》这部电影，剧情写第二次世界大战中德国纳粹对犹太民族有组织的集体屠杀。但是，犹太钢琴师在逃亡过程中仍在忘乎所以地弹他的钢琴，即使生命一息尚存，他都在顽强坚持这么做。这就像电影叙述的复调叙述，战争在有组织地毁灭人性美，但人性美却通过钢琴表明了自己最微弱和最惨烈的挣扎和自恃。这正是我们为这部电影深深打动的地方。我的意思是说，你可以说孙犁可能有

---

① 郜元宝：《柔顺之美：革命文学的道德谱系——孙犁、铁凝合论》，《南方文坛》2007年第1期。

时处理得不够好，有一点疏漏和瑕疵，但如果借战争题材为前提来"全盘"怀疑和否定他人性美的主题，那"问题"可就大了。因为，"人情美"所代表的恰恰是"过去"历史中一种永远都无法取消的"现存性"，它既是我前面所说的那种人类经验中的"共同性"的东西，也是我们学科"公共经验"中不能被取消的基本品质。所以，我觉得应该以这种"循环"式的思维方式，来理解"再次回到"学科"公共经验"中去的问题。

大家不要"误解"我的看法，以为又是通过"批评"在"否定"别人的研究。完全不是这样。我这是以一种"讨论"的方式"再次回到"学科的"公共经验"之中，我特别要强调，这是在认真地"讨论"。通过讨论，我发现了两位研究者成果的"陌生化"效果，它们在客观上给了我启发，和继续往下面讨论的兴趣。因此，我所说的回到"公共经验"的"陌生化"的研究指的就是，两位研究者的结论，让我看到了他们"为什么"要这样做背后的属于他们各自年代的语境、知识、审美趣味、个人立场、批评态度和研究方式等东西。也就是说，他们的观点不是我研究的"起点"，而成为我研究的"对象"，被我对象化了。我惊讶地看到，在他们的观点与我的研究之间，出现了"陌生化"的距离，"陌生化"的视野和心境。这和我们认识我们的"学科"是一个道理。不少人以为，所谓研究，就是在"学科共识"和流行话语中说话，只要"顺着"已有的"权威成果"去说就是"真正的学术研究"，其实不是，至少不完全是。在某种意义上，你的研究被别的研究"覆盖"住了，当你开始"自己的研究"时，事实上已经被别的研究所规训、所遮蔽，没有了你自己的声音和存在。总之，我指的是，既回到"公共经验"中去，与此同时，又把它"对象化"、"陌生化"，把学科的"公共经验"转变成你讨论的对象，在此基础上，提出你的问题。

最后，我还想说，当人们说，迄今为止的文学史研究都是我们很"熟悉"的，是我们所"知道"的，这实际是一个虚妄的看法。第一个原因，可能是他在研究中确实没有"自我反省"的意识，没有怀疑的习惯，把别人的结论误以为是自己的；第二个原因，他的研究刚刚起步，还需要别人研究的拐杖，这可以理解，因为他还需要一定的时间来产生研究的自觉。

（原文发表于《文艺争鸣》2008年第3期）

当代文学的发生、来源和话语空间

孟繁华[*]

一 当代文学的发生和来源

在中国当代文学的历史叙述中，普遍认为它起始于 1949 年中华人民共和国的成立。这一社会历史的断代方式，似乎为中国当代文学学科的建立提供了合法性依据。但事实并不这样简单，或者说，当代文学的发生是一个"历史化"的过程，这里不仅有 20 世纪中叶以来中国社会实践和文化实践作为它必要的语境和规约条件，须在"历史化"的过程中完成必要的资源准备，同时，历史叙事也须在形式中诉诸意识形态的功能。因此，当代文学的发生和来源，是不可能离开上述三个条件的。

20 世纪 40 年代前后，是中国社会生活最为动荡的时期，或者说从这个时代一直到 1949 年，中国一直处于战争状态。抗日救国和解放全中国是这一时期不同时段的社会主题词。战争不仅改变了中国的社会生活，同时也改变了中国新文学原有的发展进程。建立一个现代的民族国家不仅是中国共产党的思想路线，同时也是全国一切进步人士的梦想。因此，无论是国统区还是解放区，进步文学和革命文学都表达了它对中国社会历史进程的深切关怀，对中国现实的深切忧患。中国当代文学与现实建

＊ 孟繁华：沈阳师范大学中国文化与文学研究所特聘教授。

立的密切联系，是有其深刻的历史传统和复杂的社会原因的。这一社会实践和文化实践的语境，作为文学发展的规约性条件，进入当代中国之后得到继承和发展是有其历史合理性的。也正是在这样的历史条件下，新中国成立后对现代文学的历史叙事，才遮蔽了主流文学之外的文学现象和作家作品。对"非主流"作家的"重新发现"，是后来社会和文化实践条件发生变化之后的事情。这也从另一个方面印证了社会和文化实践条件对文学史叙述的限制和规约。

中国当代文学的发生并不是突如其来如期而至的。他的发生发展离不开现代中国文学和文化作为必要和必须的资源准备。或者说现代文学所具有的多样化形态，在当代中国总是以不同的方式或隐或显地得到表达。那一时代的中国处在不同的状态之中，不仅有解放区、国统区，还有"沦陷区"。不同地区的文学存在着明显不同的特征。虽然解放区的文学在新中国成立后取得了不可替代的地位，但鲁迅、郭沫若、茅盾、巴金、老舍、曹禺等现代文学大师，所取得的文学成就仍然在当代产生着重要和积极的影响。特别是他们重要的、被认同的作品，被选进了不同的文学选本和课本，文学教育本身就是对他们文学精神、观念乃至形式的传播和学习过程。他们反帝反封建的爱国、进步和战斗的文学精神，以及对文学多种形式积极、有效的探索，始终是当代文学重要的遗产和资源。至于跨越两个时代的作家在解放后为什么没有再写出重要的或人们期待的作品，那是另一个值得讨论和研究的问题。随着时间的推移，许多更边缘化的作家逐渐被"钩沉"，不仅张爱玲、沈从文、钱钟书等在20世纪90年代风靡一时，而且甚至像徐訏、张恨水等作家也得到了不同程度的重视和研究。

40年代前后，中国共产党在陕甘宁边区建立并巩固了自己的根据地，建立了边区政府。在这块象征着中国未来和希望的土地上，在新的意识形态的引导下，延安进步、革命的文艺家进行了全新的文艺实践。这个实践当然是在毛泽东文艺思想指导下进行的。也从这个时代开始，

"新文化猜想"成为成熟的毛泽东思想的一部分。毛泽东认为："一定的文化（当作观念形态的文化）是一定社会的政治和经济的反映，又给予伟大影响和作用于一定社会的政治和经济；而经济是基础，政治则是经济的集中表现。这是我们对于文化和政治、经济的关系及政治和经济的关系的基本观点。"① 毛泽东的这一观点显然来自马克思的《政治经济学批判》序言。马克思认为："物资生活的生产方式制约着整个社会生活、政治生活和精神生活的过程。不是人们的意识决定人们的存在，相反，是人们的社会存在决定人们的意识。社会的物资生产力发展到一定阶段，便同它们一直在其活动的现存生产关系或财产关系（这只是生产关系的法律用语）发生矛盾。于是这些关系便由生产力的发展形式变成生产力的桎梏。那时社会革命的时代就到来了。随着经济基础的变更，全部庞大的上层建筑也或快或慢地发生变革。"② 从经济基础决定上层建筑的理论出发来理解新文化的建设，虽然在理论上得到了解决，但仍存在对"新文化"具体理解和表达的问题。毛泽东对此曾经有过不同的表述："所谓中华民族的新文化，就是新民主主义的文化"，"所谓新民主主义的文化，一句话，就是无产阶级领导的人民大众的反帝反封建的文化"。这种新文化的阐发，还是建立在破坏旧文化基础上的，是以断裂的方式实现变革的。毛泽东虽然没有具体地阐发，但在他不同时期的著作中，我们仍然可以发现他对新文化的猜想和期待：这是一种"革命的民族文化"，它要有"民族的形式、新民主主义的内容"，它是"新鲜活泼的、为中国老百姓喜闻乐见的中国作风和中国气派"，是"为人民大众"的，是"比普通的实际生活更高、更强烈、更有集中性、更典型、更理想、因此就更带普遍性"的，是"政治标准第一、艺术标准第二"的等等。它是新文化的要求，也是文学所要坚持表达和研究的标准和尺度。

---

① 《毛泽东著作选读》（上），人民出版社 1986 年版，第 350 页。
② 《马克思恩格斯选集》第 2 卷，人民出版社 1972 年版，第 82 页。

应该说，延安时代的文艺实践，为我们提供了在"新文化猜想"指导下创作出来的最初的范本。这些范本：《白毛女》、《王贵与李香香》、《小二黑结婚》、《漳河水》、《太阳照在桑干河上》、《暴风骤雨》等，塑造了中国最初的活泼朗健的农民形象和基层革命者的形象。对这些作品"历史化"叙述的过程中，也完成了这些作品的"经典化"过程。这个时期奠定的文学创作方向一直延续到"文革"时期。也只有通过这个历史过程，文学艺术不断净化、纯粹、透明的要求，才能够得以实现。也只有用这样的标准塑造的生活和文学艺术才被认为是社会主义的。

进入共和国之后，"战时"的文艺主张被移植到和平时期，局部地区的经验被放大到了全国。社会主义雏形时期的文学终于在社会主义时代被全面推广。因此，当代文学的发生，应该始于40年代初期的延安革命文艺。当代文学的基本来源，同样是延安时期的革命文艺。

当代文学作为一个学科的建立，比当代文学的发生要晚许多年。这不仅在于"历史"与"叙述"不能平行进行的技术性困难，重要的是，当代文学也需要在形式的叙事中实现其意识形态的功能。因此，历史的原貌就"呈现"的意义而言是不可能的。这就像汤因比在《历史研究》绪论所指出的那样：事实与虚构之间并没有清晰的界限。他以《伊里亚特》为例指出，如果你拿它当历史来读，会发现其间充满了虚构；如果你拿它当虚构的故事来读，又发现其中充满了历史。所有的历史都同《伊里亚特》相似到这种程度，它们不能完全没有虚构的成分。把历史事实加以选择、安排和表现，就属于虚构范围所采用的一种方法。但他赞同一个伟大的历史学家同时也是一位伟大的艺术家，如果不是这样，他就不可能成为"伟大的"历史学家①。史料的钩沉与拓展构成了文学史发展的基础，但历史观念的变化和演进则起着主导性的作用。从这个

---

① 汤因比：《历史研究·绪论》（上册），上海人民出版社1986年版，第55页。

意义上说，"历史"就是"史家"的历史。文学史家在他的历史著作中"建构"他的"历史"的时候，他有意忽略和强调的"史实"，已经是他历史观的一种表达形式。当代文学史除了它的对象、范畴不同，其观念和叙述性，也就是它隐含的"虚构"成分同其他历史著作是没有区别的。但也正因为如此，文学史就可以因其叙述主体观照方式的不同，而将其写成"语义审美的历史"、"文学活动的历史"、"文学本体建构的历史"、"文学生产发生的历史"、"文学传播与接受的历史"、"民族精神衍变的历史"、"文学风格史"等。这些"历史"并不完全等同于历史，它是史家"历史叙事"的不同形式。当代文学史进入"历史"的叙事，已40多年的时间。《当代文学史》的写作已经出版了60多部著作①。通过这些著作我们可以明确看到，《当代文学史》是处于不断"建构"和"重构"的过程之中。这个有趣的现象不止表明当代文学学科的"发展"或"进步"，同时它也从一个方面表达了当代文学史家试图重构的意识形态性质和功能。

二 当代文学发展的特征

通过当代文学思潮变迁的描述，我们可以发现，对文学评价尺度的变化以及文学发展方向的确定，一直处于"不确定性"之中。这个"不确定性"有意识形态控制的因素，但如果把"不确定性"完全归于"一体化"的统治是不公平的。原因是，在中国当代文学发生的年代，已经遭遇了现代性问题。西方资本主义已经以霸权的方式诉诸全球化，社会主义则刚刚崛起或正在实践中。内忧外患的中国不仅经济上十分落后，

---

① 根据辽宁大学王春荣老师的统计，60年代至今已经发表了60部中国当代文学史著作，其中还不包括邵荃麟、茅盾、周扬等具有文学史价值的文章以及以体裁、专题编写的文学史著作。

而且传统文化也处于风雨飘摇之中。中国已经有过饱受西方列强欺辱的惨痛经历，这时选择超越资本主义的社会主义道路，便有了理智与情感的双重含义，而马克思主义为中国革命提供了思想和语言，俄国革命的成功则为中国提供了范本和前景。这两个条件使中国共产党人看到了民族自我拯救的可能。因此，中国共产党选择马克思主义理论和俄国的社会主义实践，与中国的历史处境是联系在一起。但是，矛盾重重的中国使革命的实践一开始就充满了探索的艰巨性。这种艰巨性不仅来自本土政治、经济和文化带来的困难，同时也与蕴涵在现代性之中的矛盾息息相关。阿瑞夫·德里克在分析这一矛盾时指出："20 世纪上半叶的几十年间，中国人跨入了一个广阔的文化和知识空间，这个空间是由欧洲两个世纪的现代化所开拓的；同时又把中国的文化局面抛入了动荡的旋涡中，当时中国人正试图寻找一种与他们选择的现代性范式相应的文化。中国人与现代性的斗争体现在其历史人物的现代主义眼光中，体现在这种眼光所暴露出来的矛盾之中，这种眼光显示出中国人无法使自己从过去的沉重包袱中解脱出来；这场斗争被陷入在两种不同的现代性之间的夹缝之中，其中一种现代性是霸权主义的现实，另一种现代性则是一种解放事业。"① 中国共产党的选择正是在这种矛盾的处境中作出的反应。许多年之后，毛泽东说："我们正在做我们的前人从来没有做过的极其光荣伟大的事业"，就不应看做是一位浪漫诗人的抒情，而是他在重重矛盾中作出选择后自豪的告白。作为胜利者，这一告白潜含了他一向的乐观主义。但它同时也掩盖了现代性旋涡中出现的矛盾，而恰恰"中国化"的胜利和过程中出现的矛盾，一起构成了中国的现代性问题。

　　一个西方的历史学家曾经写道：在马克思的时代曾经以"天朝"闻名于世的国度，被称为"活化石"的国度，却让"先进的"西方世界中

---

　　① 阿瑞夫·德里克：《现代主义和反现代主义》，萧延中等编《在历史的天平上》，工人出版社 1997 年版，第 219—220 页。

最现代的革命学说在它那里生根开花并结出果实，这个矛盾的现象一直是历史学家的难解之谜：马克思主义学说教导人们，只有高度发达的资本主义经济才能够创造出使社会主义成为真正可能性的工业先决条件——而且同时产生现代无产阶级，即注定要使那种可能性成为历史现实的社会力量。然而，在资本主义前的中国，马克思的当代弟子们却完成了现代最伟大的革命，并且是利用农民起义的力量完成的。这个历史事实让包括这位论者在内的历史学家感到匪夷所思。而且中国革命并不像法国大革命和俄国革命那样，是一个改变历史方向突发的政治事件，它没有巴黎群众攻打巴士底狱或俄国布尔什维克在"震惊世界的十日"中夺取政权的戏剧性革命事件。当中华人民共和国于 1949 年 10 月 1 日宣告成立的时候，中国革命家已经完成了摧毁旧秩序的战斗①。

西方历史学家也终于在这个历史事实面前谈论中国革命的特殊性。或者说，是这个历史事实证实了中国共产党所选择的道路，他们实现了把一个贫穷落后的中国改造成为一个独立自主的现代民族国家的梦想，百年激进的理想变成了现实。但是，在抗拒一种现代性的过程中以及实现了这种抗拒后，新的现代性矛盾始终环绕在新中国周围，而这种矛盾一开始就充满了窘迫与紧张。德里克事后发现了这一矛盾的存在，这就是，在中国：

> 启蒙运动既成为使人们从过去解放出来的工具又是对民族的主体性和智慧的否定；而过去则成为一种民族特性的源泉又是加诸现在的负担；个人既是现代国家的公民又是全民族解放的威胁因素；社会革命既是把阶级和社会群体解放出来从而建立一个真正民族的工具又是导致民族解放的分裂因素；乡村既是古老的民族特性的源

---

① 莫里斯·梅斯纳：《毛泽东的中国及其发展——中华人民共和国史·序言》，社会科学文献出版社 1992 年版，第 1—3 页。

泉又是发展的绊脚石；民族既是世界普遍主义的动力又是反对霸权行为的防卫力量（即以狭隘的本国观念的永久化而向世界封闭）。诸如此类的矛盾无穷无尽，它们在不同的社会视野里以不同的方式表现出来，但是它们都属于现代性的矛盾。①

这些矛盾在中国社会的发展过程中曾以简化的方式做了处理。也就是说，民族解放的总体目标成为主要任务时，其他矛盾只能在压抑中作为代价被忽略，而当面对这些具体矛盾时，就只能以一种"不确定"的形式作出不同的回应。事实上，无论中华人民共和国成立前后，诸如精英与民众、集体与个人、民族与世界、民主与控制、东方文化与西方文化等问题，都没有明确和稳定的理论阐发。允诺的临时性总为不断的变化所替代，独特的中国道路始终是一个实验中修订的方案，它的乐观主义和探索性就无可避免地在实践中遇到障碍和挑战。而方案的修订是以"政策和策略"的形式出现的。

超越资本主义道路的选择，无疑是一种富有想象力的实验。中国共产党在解决它所面对的矛盾时，有两点是值得注意的，一是强调人的作用，一是强调民族性。资本主义世代的物资积累是东方古国不能比拟的，但人的意志却是可以重塑的。长征的胜利使毛泽东更加坚信人的意志的作用，延安的艰苦环境和战争中的献身精神，使经历了那一时代的人都培育了崇高感和英雄主义。这种神圣精神在反复强调中演变为道德价值，它超越了资本主义对物资的炫耀，而强调人的作用。但这个"人"是一个"大写的人"，当把"大写的人"当做符号的人对待的时候，这一理论就没有成为关于人的解放的学说，而恰恰是一种对人的自然要求和心灵世界的压抑和控制力量：人需要有道德意识，社会也需要秩序的规范，

---

① 阿瑞夫·德里克：《现代主义和反现代主义》，萧延中等编《在历史的天平上》，工人出版社1997年版，第219—220页。

但人并不总是时时需要神圣和献身、时时需要忘我的。日常生活的多样性要求和心灵世界的丰富性表达，具有无可争议的合理性，但在对人的意志强调控制的过程中，它只能是不合理的。

因此，当代文学在建构的初始阶段，规范和控制为这一领域留下的自由是相当有限的。50—70年代，曾出台过大量的关于文学艺术的方针政策，召开过许多关于文艺工作的会议，但是，这些方针和政策、会议，并不是鼓励文艺工作者自由的创作，而是教育、告知他们如何创作。当我们重新回顾这些文献的时候，我们发现那里的"不确定性"和非连贯性是显而易见的：当思想领域控制过于紧张，文艺创作和研究明显失常的情况下，便会出现一些宽松的方针和政策；而当文艺创作和研究超越了限定的范围时，又会出现紧缩的方针、政策甚至运动。这些都是新的现代性焦虑的反映。超越了资本主义和它所缔造的现代性问题，并不意味着中国现代性问题的终结。而中国当代文学的发展，恰恰从一个方面成为中国现代性的"表意形式"，而它的"不确定性"也构成了自身发展的特征。

三 当代文学的话语空间

当代文学的历史叙述，通常是以重大的政治事件作为重要标示的，这一叙事方式本身就意味着政治与文学的等级关系或主从关系。但这种叙述方式却难以客观地揭示当代文学发展过程中的真正问题。这一事实也从一个方面表明，当代文学在相当长的时间里，还没有从紧张焦虑的状态中解脱出来。共和国成立以来，当代文学曾发生过多次重大的理论讨论，但其目标大多是文学如何更好地为政治服务，而不是出于对文学具体问题的兴趣。那些试图在文学范畴内展开人生、体现自我价值的作家和批评家，怀着极大的热情参与进去，而得到的却是意想不到的结果。对文学的敏感和戒备，使当代文学的话语空间一开始就是被限定的。几大学案——对《红楼梦研究》、胡适思想和胡风的"三十万言书"的批判，以及不间断的对知识分子的思想清理，逐渐地粉碎了知识分子试图建立自我意识的幻觉。于是，在当代文学史的建构过程中，很快形成了共同的知识背景和话语形式，他们有了相同的取资范围和评价标准，也惟其如此，才可能在一个学术共同体内被认可和承认，才有可能以话语的方式进入社会实践。

对文学家独立思考和艺术趣味的抑制，源于中国政治文化的革命观念体系。这一观念对人类通过意志来改变社会的能力抱有充分的信心，而且认为中国的群众、特别是农民才是历史的主要推动力量，对文化精英的作用始终是怀疑的，改造他们的思想一直是革命观念体系中的重要部分。知识分子虽然也被当作人民的一部分，但其情形与1917年后俄国几乎大体相似："知识分子与人民是隔绝的，主观上没有与人民融合在一起。对知识分子来说，是我们知识分子还是人民这个两难的选择几乎是悲剧式的。"① 1918年，俄国科学院院长阿·彼·长尔宾斯基对造成这样认识的原因分析说："把需要专门技能的工作非常错误地理解成享有特权的反民主的工作……这成了群众与思想家、科学工作者之间一条不可逾越的界限。"所以沃洛布耶夫认为："长期以来，在人民的意识中知识分子被理解为'他们，这些老爷'。而与此同时，知识分子却不断地给所有社会主义政党，其中包括受到人民支持的政党，输送思想家和工作人员。"② 这种身份不明的悲剧，在50—70年代的中国持续地上演过。

对知识界多次的思想清理运动，彻底改变了知识分子的言说方式，他们甚至不知道用什么样的方式来表达自己诚恳接受改造、转变思想的

---

① 帕·瓦·沃洛布耶夫：《革命与人民》，刘淑春等编《十月的选择——90年代国外学者论十月革命》，中央编译出版社1997年版，第237页。

② 同上书，第237—238页。

决心和勇气。"在他们的岗位上，不再仅从个人兴趣出发，而极愿把自己的科学研究工作去配合国家的实际需要。学院式的生活，将成为过去的陈迹了。今后我们还要继续努力，肃清那些可能残留下来的坏影响，进一步发挥集体智慧，提高集体创造，来迎接经济建设与文化建设的高潮。"[1] 表决心式的表述方式，在那个时代是普遍流行的。像茅盾这样资深的作家、理论家，除了阐述毛泽东文艺思想之外，很大一部分精力是用在"为了赶任务"而"常常写写小文章"，并认为"这十年来我所赶的任务是最为光荣的。在党的领导下，有意识有目的地鼓吹党的文艺方针和毛主席的文艺思想，这不是我们的最光荣的任务么?"[2] 茅盾虽然是以一种欣然的语调谈论他的体会，但"赶任务"本身就隐含着一种惟恐不及的紧张和焦虑。何其芳作为著名的诗人，50 年代很大一部分精力是"参加文艺解放的思想斗争和政治斗争"[3]。他文章的题目多用"批判"、"批评"、"保卫"等充满战斗紧张的词语。当一切成为历史的时候，何其芳内心充满了遗憾和无奈。所谓"学诗学剑两无成，能敌万人更意倾，长恨操文多速朽，战中生长不知兵"[4]。"既无功业名当世，又乏文章答盛时"；"一生难改是书癖，百事无成徒赋诗。"[5] 正是他这种心情的真实写照。类似茅盾、何其芳的心态，于当代文学来说是十分普遍的。

　　一方面是紧张的赶任务、参加斗争和批判，一方面则是不间断的检讨和忏悔。茅盾、郭沫若、夏衍、赵树理一直到新中国后成长起来的作家，都不乏检讨者，许多检讨都是在报刊公开发表的。因此，国外学者也认为："1949 年以后大多数人文和社会科学研究以及文学创作更适于

---

①　马寅初：《北京大学学报》（人文社科版）发刊词。

②　茅盾：《鼓吹集·后记》，《茅盾评论选》（上），人民文学出版社 1978 年版，第 214 页。

③　何其芳：《没有批评就不能前进·序》，人民文学出版社 1958 年版。

④　何其芳：《何其芳诗稿》，上海文艺出版社 1979 年版，第 141 页。

⑤　同上书，第 133 页。

从政治斗争的角度来分析，而不是从学术和文学的角度去分析。"① 应该说，政治文化对知识分子的态度是相当矛盾的：一方面，必须维护政治的权威，知识分子必须服从这个权威；另一方面，整齐划一的要求又使文学创作不断地贫困化、单一化。因此，在要求文学艺术服务于政治的同时，又要不断地调整和放宽文艺政策，这就是周期性的震荡。值得注意的是，这种震荡不仅没有缓解文学家的压力，反而加剧了他们的不安。当代文学的话语空间就是在这样一种震荡中随风飘荡。但这也诚如费正清在《伟大的中国革命》中所指出的那样："知识分子和国家当局的关系，长期以来都是一个议论纷纷的主题。我们只要回忆一下西方经验是如何复杂和多种多样，就不难看出在中国情况下同样是复杂和多样化。如果我们不能看出这个来，那只不过由于我们的无知罢了。"② 当代文学的话语空间，就与知识分子和国家当局的关系相似到这样的程度。

（原文发表于《南方文坛》2003 年第 2 期）

---

① 瓦格纳：《中华人民共和国的知识分子》，引自王景伦《美国学者论中国》，时事出版社 1996 年版，第 262—263 页。

② 费正清：《伟大的中国革命》，世界知识出版社 2000 年版，第 341 页。